投稿者

窦应泰 著

中国工人出版社

目录

第一章

女编辑午夜打来的电话

进入北方 11 月，初冬的辽县小城便显现出一派萧疏的寒意。

横贯城区的辽河支流已经结满白亮亮的冰凌，不久前刚下过一场大雪之后，往日堪称县城一景的汩汩辽河，便在皑皑积雪的覆盖下渐渐变得流速缓慢。待雪后北风一起，又吹去河面上那层白雪，冰冻的河床便裸露出来。刚下夜班的茅剑秋，耳边还响着抄纸车间巨大的机器轰鸣声，彻夜守在抄纸机前不得安眠的他，这时正骑自行车经过县城中心那座小石桥。忽然，他情不自禁地跳下车来，俯望那已经坚冰闪亮的弯曲小河，感到浑身泛起了一股寒意。眼前的冰河就如同茅剑秋此时悲凉的心境一样，无奈中又有几分陷入绝境的失望。

茅剑秋同志：

你好！

本来，你的书稿已经被我提交三审，我就像当初对你承诺的那样，一定要把这部史实厚实的作品当成我年初编发的重要稿件处理。然而，总编和几位能够决定稿件命运的编委，在讨论时提出了不同意见。因此我只好把稿子退还给你了。对不起，请你谅解，但我无愧地对你说：我确实已经尽力了！……

这是一封最近收到的退稿信。

下面的署名是他一度视若师长的C城松江出版社编辑室主任沈跃龙。想到沈跃龙，茅剑秋心头就百感交集，他凝视着在北风中雪尘飘浮的结冰河面，脑际竟闪出沈跃龙那文质彬彬的颀长身影。第一次去省城和沈跃龙见面，这位戴黑框眼镜的编辑室主任就给了他良好的印象。早在省城学友陈泓为他介绍沈跃龙之前，茅剑秋就在省报上不时拜读沈跃龙发表的诗歌和文艺评论。在结识沈跃龙之前，他一度就是茅剑秋心底最为崇敬的诗人和评论家。沈跃龙的名气在这东北C城一直很响，茅剑秋尽管从不写诗，也不写评论，可诗歌与一些视角睿智、阐述深刻的文学评论，始终是茅剑秋在从事业余写作时必不可少的借鉴。尤其是沈跃龙前几年对在东北三省轰动一时的长篇小说《煤城血祭》公开发表的不同意见，在茅剑秋看来也确有振聋发聩的见解。毕竟

《煤城血祭》是一部已经引起中央某部门评定的主旋律佳作，据说这部以东北某煤矿伪满时期为背景的抗日题材长篇作品，C省省委宣传部正在筹划拍摄电视连续剧，如果没有一定鉴赏力的人是绝对不敢轻易对《煤城血祭》发表批评意见的。就凭这一点，就足以让困居在辽县老城的茅剑秋心悦诚服了。从此以后，茅剑秋只要发现省城期刊或报纸发表沈跃龙的作品，哪怕只是豆腐块大的小诗，他也要小心地剪裁下来，读后再贴在自己的资料册中，作为珍贵的收藏。

“茅剑秋，你想和沈跃龙见一面吗？那还不容易？只要我一个电话，事情就可以搞定，再说，你出书也是松江出版社的职责范围嘛！”在C城省委宣传部担任副部长的陈泓，是茅剑秋初中时期的同窗好友。茅剑秋和陈泓虽然从小学读书时起就感情较深，但陈泓在高中毕业后就报考了C城一所名牌大学，而茅剑秋则由于中学读书时偏爱文学，所以他因过分偏科造成他在高考时失利。陈泓等人进省城读书后，作为知青茅剑秋曾到内蒙古下乡插队，后来他当兵去了黑龙江的边防。等他服兵役再回到辽县时，陈泓已经大学毕业了。听说他被留在了省委机关，眨眼二十年的光景过去了，从此再无任何联系的陈泓，居然当上了省委宣传部的副部长。而当年在辽县中学学生会当主席的茅剑秋，竟与陈泓已经天壤之别，退伍以后在辽县造纸厂当了个抄纸工人。1999年陈泓和茅剑秋终于又见面了。陈泓虽然经过十几年的奋斗，已成为省委的一位副部长，他听说当年自己崇敬的学生会主席茅剑秋在辽县当了工人，却仍然不轻看茅剑秋，曾经主动给他打过问候的电话，彼此还保持着读书时的友情。茅剑秋清楚地记得，一年前那个难忘的春节，县城飘起纷纷扬扬的落雪，从C城回家探亲的陈泓特意找几个中学时代的旧友，在县城一家有名的酒楼小聚。作为从前的小老弟，陈泓如今虽已官至部长，在中学校友面前他仍然还像从前那样平易近人，丝毫不见有拒人千里之外的凌人官气。茅剑秋深有体会的一件事是，就在陈泓回县过年那几天，县里的头头脑脑都忙着为陈泓安排接风的饭局，陈泓却每每找借口推掉，而把和他们这伙中学旧友的相聚看得格外重要。不仅如此，陈泓还亲自给在造纸厂值班的茅剑秋打电话，当他听出茅剑秋有推辞之意时，便语气坚决地说："老学长，如果你不给我面子，到时候我就亲自去你府上相请呀！非要把你这秀才请到席面上不可！"到学友聚会那天，陈泓唯恐心高气傲的茅剑秋不肯出席，又一个电话打到县委办公室，让县委秘书亲自带车到茅剑秋住处把他强接出来，于是他成了学友中唯一被陈泓隆重请进酒楼的客人。席间，茅剑秋始终保持沉默。陈泓在县中时就喜欢行事低调、沉默寡言的茅剑秋，他想起许多往事。17年后再次相聚，茅剑秋惯有的寡言少语似乎变成了他善良天性的一部分。陈泓意识到那是茅剑秋骨子里的清高与卑微交织形成的复杂性格。社会地位的卑下让茅剑秋在包括陈泓等事业有成的学友面前必须行事低调。他如今往往不是以同学而是以工人的身份，面对学历地位都比他优越的昔日旧友们，脸上露出的是愧疚与无奈。在同学们推杯换盏、对酒谈笑之时，茅剑秋从不高谈阔论，最多只是微微一笑而已。陈泓因此对他更加敬重了几分，近二十年来陈泓始终没有忘记他。尽管茅剑秋命运坎坷，当过兵又成了工人，可是陈泓深深地理解茅剑秋。在陈泓眼里，茅剑秋尽管落魄不走运，可他在这些二十年前的中学学友们中间，仍然堪称是一个人才。至于坐在茅剑秋身边高谈阔论的学友们，中学毕业进入社会后都比在中学当过学生会主席的茅剑秋进步惊人，各显优势。茅剑秋正因为如此才感到卑微和自责。特别是他见当年的同班学友一个个神采飞扬，不是在外地经商的大款，就是政府官员，最小的也在县委当上了科长局长。只有茅剑秋今不如昔。

陈泓成了学友聚会的主角。茅剑秋记得小学时的陈泓，还是个成绩不及格的劣等生，而今由于他身居省委副部长要职，因此他成了学友眼中的政治明星。大家都看着陈泓的眼色行事，人们谈的大多也是如何经商成功，如何在仕途进取。还有人在酒桌上津津乐道着当今流行的所谓黄段子，唯有茅剑秋无话可说。因为他自感卑微，一个工厂的工人，有何话可言呢？还是陈泓理解他，主动询问茅剑秋的写作情况。大家见陈泓关心他的写作，忍不住都笑了，说："这年头哪个还爬格子玩呢？剑秋，我看你就算了吧！"不料陈泓却郑重地纠正说："你们可不要小看剑秋，他可是个人才呢！大家别笑，将来有一天他真成功了，我们在座各位也许都不是他的对手！"大家这才停止了说笑，把困惑的目光移向不苟言笑的茅剑秋，只听陈泓以敬重的口吻询问说："我听说你在部队服役时，就动笔写历史小说了。可真有此事？"茅剑秋嘿嘿地笑了："有是有，《盛京春秋》已经改过三稿了，可是没出版也算不上一本书啊！陈泓，我看你就别哪壶不开揭哪壶了吧？今天这种场合，是群英聚会，我本就不该来的呀！”大家都不敢再夸夸其谈了，陈泓正色地问：“你为什么不该来？要我说，只有你这学生会老主席才应该到场。剑秋，我要问你，你的历史小说究竟写得如何？《盛京春秋》你敢拿出来吗？”茅剑秋被他一语激起肝火，脸一扬，拍胸说：“怎么就不敢？不能出版不等于书稿就没有质量！”陈泓听了，马上就说：“那好！既然这样，我给你推荐！我让松江出版社立即安排出版。凭什么好书得不到出版的机会呢？有我嘛！剑秋，你给我把书稿拿出来，我让沈跃龙给你出书！”茅剑秋大喜过望，没想到陈泓能搬动出版社的编辑室主任沈跃龙。陈泓说：“这是小事一桩，我在宣传部，管的就是出版社嘛！”

这次春节聚会不久，初夏的一个上午，茅剑秋终于在省城宾馆见到他心仪多年的沈跃龙。当时，陈泓因事下乡，尽管不在场，沈跃龙因有陈泓的叮嘱，对从辽县赶来的茅剑秋仍然格外热情。他一口一个“陈部长交办的事，我是非办不可！”不但郑重许诺一定出书，沈跃龙还为他安排食宿，在宾馆雅间设宴摆酒。茅剑秋从对方金丝镜片背后闪动的一双小眼中，观察到大名鼎鼎的沈跃龙那一见如故的文人气质。他没想到频频在省报发表文学评论的沈跃龙，竟不像他语言犀利的文章那样锋芒毕露，待人接物，温文尔雅，俨然是礼节周到的儒雅长者。当时沈跃龙虽然尚未阅读茅剑秋的书稿，却在他面前信誓旦旦地做出保证：“书稿我虽然还没拜读，不过依我的经验，松江出版社出版《盛京春秋》应该是没有问题的。你放心，有陈部长一句话，什么事都好办！”那次短暂的接触，沈跃龙给茅剑秋头脑中留下的印象是豪爽、坦率和文人好客的热诚。茅剑秋回县不久，就接到沈跃龙的两次电话。第一次他说读了《盛京春秋》以后非常振奋，描写奉系军阀的作品虽然不是什么新题材，可沈跃龙却认为茅剑秋的《盛京春秋》写得优秀，写得出类拔萃！书中记述了辛亥革命发生前后东北奉系军阀角逐的历史，是以历史唯物主义史观的超脱眼光再现这一史实的精品。因此他对隆重推出这部作品充满必胜的信心。半个月后，沈跃龙再次打来电话，说他和出版社总编陆炎对这部书稿已经基本达成共识，并表示马上就要和茅剑秋签订出版合同。然而，让茅剑秋没有想到的是，接下来的几个月，信誓旦旦的沈跃龙忽然从热情的许诺中变得沉默起来。茅剑秋更没有想到，这一年的冬天，邮递员给他送来的不是期待中的出版合同，而是扔来一包沉甸甸的书稿，他居然遭到了无情的退稿！

冰河上的积雪在北风呼啸中打着旋儿。天空又在集聚一团团浓黑的雪云，清晨时还是冬日斜射，如今忽然雪云聚拢，很快就把那轮惨淡的冬日全然遮掩住了。茅剑秋神情郁郁地回到家中，发现桌上有妻子梁晓月留给他的一张纸条，上写一行他熟悉的小楷字：“剑秋：我马上去省城进货，早饭热在锅里，明天晚上我肯定回来。晓月。”

见到妻子留下的字，茅剑秋心中不禁一暖。空旷的单元房里，那无边的寂寞似因妻子的一张纸条平添了几分生气。窗外呼啸的风声和正在飘洒棉絮般落雪的天穹，都给他空寂痛楚的身心带来阵阵寒意。十几年来，对于从黑龙江边防退役归来的茅剑秋，唯一让他心存温暖的一件事，恐怕就是他在人生艰难时期有幸与学友梁晓月结合。同样中学毕业的妻子对他的文学追求尽管无任何帮助，不过长年累月奔波经商的梁晓月，却能给丈夫以衣食不愁的精神鼓励与可靠的经济支助。在这种频频遭到退稿的逆境中，理解与温情对茅剑秋比什么都重要。想到这里，他的眼神忽然落在五斗橱上那镶嵌在精致相框中的一幅小照，内中是一张清秀女子的侧影。她就是梁晓月，其相貌在别人看来也许极为普通，而在茅剑秋眼里，她美丽、纯朴、善良，可靠。茅剑秋总发誓要把文学搞出个名堂，他需要的就是有这样的女人为伴。

户外风声依然凄厉。这风声刺激着茅剑秋痛苦的心。“你的抱负越大，希望越大，失望也就越大。剑秋，还是像我这样活着为好。做一个平凡人吧！如今这年月，你还想搞什么文学呢？”梁晓月的话，初听就像窗外呼啸的寒风一样刺耳。当初他曾对妻子冲动地发过吼叫，因为她不该触犯自己心中不容侵犯的神圣领地。梁晓月却不让步，她无法理解一个把前半生宝贵青春都慨然交给文学却一无所获的人；他则抱怨妻子只顾拼命赚钱，只知频繁搭车前往 C 城贩运时装，全然不懂他为什么喜欢在灯下爬格子。后来，他们有了孩子，他给儿子起名“茅文学”，好像要儿子也成为自己的接班者和继承人，发誓要把文学当成事业一代代奋斗下去。梁晓月经过婚后多年的苦日子，终于认清了丈夫的“文学梦”，他的梦做得痴迷入心，做得认认真真，这个茅剑秋头脑中的“魔”，绝非因她的反对就可以罢手。因此，梁晓月慢慢就让了步，并且违心地接受了他。就像有的女人婚后不得不接受丈夫固有的赌博恶习那样，索性由他去吧。大不了就是点灯熬油在桌上写字，总要比那些聚拢闲人在家中打麻将好得多。写作毕竟只耗费纸张笔墨，而不会让她倾家荡产。从这以后，无论茅剑秋没日没夜地写稿也好，寄出去的稿子频频被退了回来也罢，梁晓月都一概接受。夫妻俩不再为写稿一事争吵，再加上他们的儿子渐渐长大了，尽管茅剑秋给儿子冠以“文学”的名字，但“茅文学”却不喜欢走他父亲的老路，他不写文章，只喜欢舞枪弄棒，打打杀杀，中学毕业后又走了父亲当兵的老路，而且服役的地点也在黑龙江边境那片起伏的岗峦与山林中。

而今，茅剑秋已经步入人生中年。在文学这条坎坷小路上他一直是失败者，当年的文学理想早已变得麻木。读初中时误以为文学可让他成材的梦想，在近二十年的不断写作失败中变为了美丽的肥皂泡。收到沈跃龙退回的稿件，茅剑秋一度兴奋的头脑开始冷静下来。文学理想与严峻现实总有一段不可逾越的险路。他现在回想起来，妻子晓月的话尽管直率，却有着比较现实的根据和理由。正如晓月对他说的那样：“还是现实一些吧，剑秋，如果你也像我一样面对现实，你就不会活得那么累，就不会生活在痛苦中了。其实，你必须承认你是一个落伍的人……”

“我真的落伍了吗？”下夜班后感到双眼发涩、头脑发晕的茅剑秋，很想和衣躺在床上，尽快进入梦乡。他不想让痛苦永远困扰自己，也不想为退稿愁肠百结。自初中时他茫然误入文学的歧途，像今天这样因退稿所受到的精神打击简直不胜枚举。记得从对文学一无所知的 18 岁开始起步，直到今天——1999 年 2 月的早春，茅剑秋眨眼45岁了。屈指算来，茅剑秋为当初那懵懵懂懂的文学之梦已经苦苦奋斗17个寒暑了。他如今才感觉到为这个理想付出的代价太大了。这期间他为一圆文学之梦，曾经失去了许多宝贵的东西。考大学时他就因固执地埋头写作失去了分数的优势，从而过早地进入社会。当兵服役时他原本寄托着对文学的极大希冀，哪知部队里紧张的训练不允许茅剑秋存有过多的奢望。后来他回到自己萌生文学之梦的县城，成了一个每天三班倒的造纸工人。茅剑秋并没有在不断的失败面前气馁，仍在紧张倒班的间歇忙里偷闲地修改他在部队时起草的《盛京春秋》。十几年来的晨起构思，漏夜执笔，茅剑秋尝遍了披阅三载、增删五次的艰辛。原以为幸遇沈跃龙这样的伯乐，他的书稿定会实现他多年的文学梦想，他哪里知道在盼望成功的喜悦过后，袭来的竟又是一次更加沉重的打击。

“请问，您是茅剑秋先生吗？”夜深人静茅剑秋躺在床上正要入睡，突然桌上的电话铃声响起。这铃声让他从床上爬起来，他以为是妻子晓月从省城打来的，操起话筒时才听到里面传来一个好听的女子声音。这是个全然陌生的女子，她似在遥远雪空的背后向他发出一声亲切的问候。茅剑秋忽然觉得心里温暖起来，因为电话中的女人的声音甜润而柔和，他那僵硬冰冷的心灵得到了慰藉。女人自我介绍：“我是省城松江出版社的编辑杨瑶，如果我没猜错的话，你就是《盛京春秋》的作者吧？”

“对，《盛京春秋》是我的作品。”茅剑秋顿时吃了一惊。他的睡意也立刻消逝了，他不知这自称松江出版社编辑的杨瑶，是如何弄到他的电话、又为何主动提起已被沈跃龙退回的书稿《盛京春秋》。茅剑秋怔怔地坐在昏黑的灯影下，那一度因退稿变得痛苦绝望的心，再一次泛起绝处逢生的兴奋。不过他很快打消了自己不切实际的奢望，感到这个念头有点荒唐可笑。一家出版社既然已经决定退稿，当然不可能随便更改初衷。于是他的声音低了下去，说："不过，书稿已被你们退回了呀……"

"我关心的正是这件事，茅先生，我想了解的是，这部书稿现在是不是还在您手里？"杨瑶的语音有些急迫，好像担心茅剑秋在接到退稿后，是否改寄其他出版社另谋出路了。茅剑秋对《盛京春秋》的起死回生显然不抱任何幻想，因为在他心里沈跃龙的出尔反尔已经说明，这部书稿在这家出版社已被判了"死刑"。他不相信一个女编辑能给他的退稿带来复活的机会。便说："还没有……再投出去，因为我没有信心了……"

"茅剑秋先生，请您不要这样说，更不要这样想。退稿，并不代表一部作品从此再无发表的可能。"茅剑秋一怔。没想到一位素昧平生的女人，竟然在子夜的电话里这样诚恳地安慰自己。这对正陷入失意、茫然和无限痛苦中的茅剑秋来说，就是意想不到的精神鼓励。不知何故，她轻轻几句话，竟让心性坚韧的硬汉子茅剑秋，眼里流出一股泪水。电话中那陌生的女子继续说："其实写作是非常艰苦的事情。有些作者苦苦探索了大半辈子，到头来他的作品很可能没有任何结果。不过，搞创作的人首先要明白一个道理：'文学是愚人的事业'。如果谁想通过文学这条狭窄的小路，最终获得什么名利，那么，他很可能就一辈子一事无成。但在这条小路上也有许多攀登的强者，也有数不清的成功先例。当然，茅剑秋先生，我并不是说您的《盛京春秋》最后一定能成功。我只是想，你能不能在尚未找到其他出版社之前，让我读一读您这部作品？”

“不是说，退稿是出版社的集体意见吗？既然如此，您……为什么还要再读？”茅剑秋在不知真相、也不了解杨瑶身份意图的情况下，他不敢再轻信他人了。沈跃龙就是他心中曾经崇敬的偶像，他把自己呕心沥血写了多年的《盛京春秋》交给沈跃龙时，还有他同窗好友陈泓的特殊推荐，可最后的结果竟是重诺之下不明不白的退稿。时至现在茅剑秋仍不知沈跃龙退稿的真正原因，究竟是作品的质量达不到出版水平，还是其中另有什么与书稿无关的隐秘？多年来始终痴情笔墨生涯的茅剑秋，虽然和许多同龄人一样生活在改革开放的新时期，可他过于封闭的生活习惯，决定了他与某种社会潮流的格格不入。因此，当听到杨瑶出乎意外的要求时，茅剑秋难免疑虑重重。

杨瑶巧妙地避开正面作答，沉吟片刻说：“是这样，茅先生，请您一定相信，任何一家出版社在对待作者的稿件方面，都要慎之又慎的。我现在要求您把书稿再寄回来，也是请示社领导才打电话的。”茅剑秋还是无法释疑。在他看来沈跃龙是出版社文艺编辑室的主任，几乎就是这部书稿命运的主宰者。既然沈跃龙已经决定退稿，那么，在同一出版社里还会有什么人敢为一普通作者的稿件力挽狂澜？他沉默多时，仍以不信任口吻作答：“对不起，刚才您说，您只是这家出版社的编辑，是吧？……”

杨瑶有些失望，但她仍然不愠不火地耐心劝导："茅剑秋先生，我是一名普通编辑，我也不敢肯定就能把您的书稿推上去，也许读过以后还要给您退回去。不过，我仍然希望您还是把稿子给我寄回来。我真的想读一读，还有一个原因，我也是学历史的出身。尤其对奉系军阀这段历史，我非常有兴趣。我想，咱们最好先不谈这部书稿是否出版，我只想认真读一读您的作品。请您相信我，即便我读过后仍然不能出版，我也会在退稿的时候，写明我对您稿件的意见。就让我们以文会文，交个朋友吧！"

茅剑秋的心受到深深的震撼。杨瑶是何许人，他并不了解。不过她那暖如春风般的语音，已经透出女性所特有的善良与真诚。她并没有像沈跃龙那样许愿，更没有信誓旦旦，也许正是这种真诚的态度感动了他。还有，她自称也是学历史的，因而打动了多年始终以自学方式从事奉系军阀史研究的茅剑秋。也许由于沈跃龙接到《盛京春秋》稿件时过于肯定的评价，以及退稿时连一点否定意见也不提这两件事，给茅剑秋精神的打击过于沉重。所以他开始惧怕编辑、惧怕出版社，尤其惧怕已经否定他一次的松江出版社。不过他无法谢绝主动找上门来的女编辑杨瑶。两人虽然尚未见面，可电话里传来的声音，已经融化了茅剑秋胸臆间的坚冰。尽管如此，他仍然不敢马上应允，淡淡地表示："杨编辑，请让我再考虑考虑吧……"说罢，他就挂断了电话。

自从接到省城那个奇怪的电话，茅剑秋一直考虑是否把他倾尽心血、撰写多年的书稿寄回松江出版社。无论如何他也不敢对他们出版《盛京春秋》再抱任何希望了。因为一个沈跃龙就是挡在他面前的一座大山，凭他的判断，以沈跃龙在省城出版界不可撼动的威望，已经注定给他的《盛京春秋》判了死刑。至于那位热情的女编辑杨瑶，即便她真喜欢自己的作品，恐怕也不敢因一部素不相识者的书稿轻易触犯沈跃龙。因此他一连几天举棋不定，后来，茅剑秋还是把稿子送到了邮局，以挂号方式寄给杨瑶。当然，他对《盛京春秋》的起死回生已不抱任何不切实际的希望，他仅仅是为答谢女编辑对他难得的一份真诚。“以文会友，交个朋友吧！”耳边只要响起那好听的女人声音，茅剑秋就感到浑身温暖。他毕竟是在人生逆境中受惯挫折和冷遇的人啊！

书稿隐情

松江出版社是C省宣传部直辖的一家出版社科类图书为主的综合性出版社。沈跃龙自退回他曾经许诺隆重推出的长篇历史纪实文学《盛京春秋》以后，一连几天都在悄悄等候茅剑秋的反应。

沈跃龙心里清楚：退稿不是书稿本身的质量问题。

为防止茅剑秋突然打来兴师问罪的质问电话，沈跃龙总是关闭手机。他甚至连编辑室的座机电话也不敢轻易接听。他担心茅剑秋因受不得如此突然的挫折，打电话向他追问退稿的原因，如果发生那样的尴尬，他将无法面对作者的质疑。书稿毕竟没有任何缺陷，直到如今沈跃龙才后悔当初不该当着茅剑秋的面拍胸发誓，以至于事到如今他有些怯怯不安了。毕竟是一部经过千锤百炼的文稿，当初在宾馆初见来自辽县的作者茅剑秋时，沈跃龙在尚未读稿之前就夸奖他的书稿，完全是因为陈泓副部长的一个电话。让沈跃龙意想不到的是，后来他把茅剑秋的书稿匆匆地翻阅，才发现满面沧桑，其貌不扬的茅剑秋，笔下文字竟然非常简洁。难怪像陈泓这样严谨的宣传部领导，在电话中也特别关照说："老沈，你不能以貌取人，茅剑秋当年可是我们读初中时的文学精英，如果不是他误入文学的歧途，可以断定他决不在你我之下！因此，他的书稿你一定要亲自审稿，还要你当他的责任编辑。如果因为你们的疏忽，把茅剑秋的书稿流向外省出版，可就是一大损失了！"当时，沈跃龙尽管口头连连应诺，但他心里绝不相信偏僻的辽县，真会有多年笔耕却不见任何成果的"卧龙隐士"。不过，在沈跃龙看来，既然是副部长亲自推荐的书稿，茅剑秋又是陈泓的初中学友，《盛京春秋》在他们松江出版社出版，应该是没有任何问题的。

沈跃龙本来想把《盛京春秋》交给自己信任的女编辑周慧处理，只要出书就可以向陈泓交差了。哪知陈泓从乡下回到省城以后，又一次打电话给他，在询问他和茅剑秋见面的情况后，非常郑重地问他："茅剑秋的书稿究竟达到了什么水平？"这时，沈跃龙才意识到马虎不得，如果他再不亲自审阅书稿，胡乱在陈泓面前瞎说一通，将来万一引起陈副部长的误解，必将坏了他的前途大事。所以他当即对陈泓郑重表态："陈部长，我不能现在就草率地谈意见，因为我已经发现，茅剑秋确实不是个简单的普通作者。从我现在读阅的几章来看，作者的潜力大大出乎我的意外啊。”沈跃龙如此谨慎，当然不仅仅为一部书稿，而是考虑到他将来和省委宣传部副部长的关系。那时他已经暗暗发誓，无论李征夫对他有多么大的威胁，他都要责无旁贷把茅剑秋的《盛京春秋》编发出来。而且他已经亲自和总编辑陆炎进行了沟通，他说：“我目前手上弄到一部很可能引起轰动的稿子。到时候我要让出版社上上下下都感到意外！”

沈跃龙这样对陆总编说话，当然不仅因有宣传部陈泓副部长的幕后支持。而且他确实在灯下认真读阅了茅剑秋文稿的前几章。同样是描写奉系军阀的题材，同样是写张作霖、赵尔巽、张榕、蓝天蔚这些东北辛亥人物的作品，茅剑秋出笔别致，构思独特，而且人物刻画细腻，语言风格也别出心裁。最初陈泓向他介绍茅剑秋和《盛京春秋》的时候，沈跃龙就在心里暗暗掂量，暗想像奉系军阀这类早已司空见惯的陈旧题材，一个在县城当工人的业余作者，莫非能在他笔下惊起什么震撼文坛的风雷？许多松江大学历史系的老教授和当年参与C省辛亥革命的遗老遗少们，早就对这一题材做过多种方式的披露和尝试了。在这辛亥革命的题材方面，早就有小到文史资料，大到影视剧本先后面世了。莫非一个名不见经传的茅剑秋真能写出什么独家新闻吗？莫非他当真有让世人震撼的文学功力刷新历史吗？不可能！在C城文坛纵横驰骋十几年的沈跃龙深知这是根本就不可能发生的事情。然而，当他一旦进入茅剑秋罗织的情节与故事，进入奉系军阀的角逐与斗争，沈跃龙就不能不惊讶和震撼了。茅剑秋的作品不仅史料翔实、无懈可击；而且书稿情节曲折，悬念跌宕起伏，有极强的知识性与可读性。他知道有这两条就已经符合当今图书市场的需求了。再看茅剑秋笔下的人物塑造，功力也完全超乎他的想象，他看得出来，即便省城几位奉系军阀史专家著作的水平也难以超越茅剑秋这县城小民。还有，沈跃龙发现书稿中的语言描写、人物对话、民国初年 C 城的民俗风光等等细枝末节，茅剑秋也都刻画细腻，入微感人。以沈跃龙在出版界多年接触的众多书稿，茅剑秋的《盛京春秋》堪称上乘之作。平心而论，这部历史纪实文学称得上 C 省改革开放以来绝对少见的佳作。

沈跃龙在为茅剑秋拍案叫绝的同时，也服气地吁出一口气来："看来陈泓不是空头宣传部长，他推荐茅剑秋也绝非仅仅因为乡友同窗，原来陈泓是为工作才这样举才不避友的啊！"了解书稿的真正水平以后，沈跃龙开始思考如何在李征夫和陈泓两位副部长之间平衡周旋，李征夫在宣传部虽然名列陈泓副部长之前，李征夫对他将来是否实现梦想多时的副总编任职，起到的作用也将强似陈泓；但是，沈跃龙不能不考虑陈泓现在主管的正是 C 省的出版工作。对一部有可能给 C 省带来影响的文学作品，他向陈泓副部长直接汇报更在情理之中。尽管陈泓的资历远远不及李征夫，尽管他和陈泓的私人关系还极为浅显，沈跃龙还是决定选择时间，就出版《盛京春秋》专门向主管副部长陈泓做一汇报。陆总编已经倾向他的意见，书稿在正式发排之前，先要征求省委宣传部的意见。《盛京春秋》如得到宣传部欣赏，那么将来不仅可作为重点图书推向全国，还可能改编成为电视剧。沈跃龙再深想一层，如果把《盛京春秋》当作宣传辛亥革命的主旋律题材上报，说不定将来还有拿大奖的希望。

让沈跃龙始料未及的是，就在陈泓副部长听到陆炎总编辑和沈跃龙的汇报以后，竟在宣传部部务会上正式提出此事。他要求把《盛京春秋》作为纪念辛亥革命50周年的重点图书来抓。这本是一件好事，但沈跃龙做梦也没有想到，这天晚上，李征夫副部长忽然打来电话，要请他单独“喝茶”。沈跃龙有些受宠若惊，李征夫从前始终是他渴求建立私人关系的副部长，原因在于他是部里主管人事的领导，但李征夫清高自傲，也因他在宣传部资历甚老，所以根本不屑和出版社当编辑室主任的沈跃龙往来。尽管他为接近李征夫费尽了脑筋，托了许多和李征夫相熟的关系从中进行渗透，可是后来李征夫见了他，最多不过是点头一笑，从不给他单独交往的任何机会。这一次李征夫居然主动打电话约他，而且还要和他这个层级的干部“喝茶”。这究竟为了什么？

“喝茶”的地点精巧别致，典雅幽静，是在省委办的“三产”小茶楼的雅座里。李征夫早在“文革”时就是宣传部一般干事，所以这次喝茶，他主要跟沈跃龙讲一些阶级斗争时期机关内部的“排队和站队”。此前沈跃龙在出版社时就从陆炎那里听说些李征夫与后起之秀陈泓之间若隐若现的矛盾。如今经过这次“喝茶”，才让处事精明的沈跃龙蓦然意识到，他此前正不由自主地在做一件有害自己的傻事。从李征夫副部长的茶叙中，他隐隐听出弦外之音，李征夫对在宣传部里正呈现锐进之势的陈泓心存不满，而将来宣传部将要产生的常务副部长人选，正如陆炎此前无意中向他透露的信息一样，就要在李征夫和陈泓两人中择选其一。如此看来，李征夫目前正把全部心神放在仕途的最后一搏，因此他有意无意谈到“文革”中清理阶级队伍时的“站队”问题。李征夫含而不露的一句话是：“那时的站队虽然不科学，可也有值得我们借鉴的一面。毕竟是亲不亲，线上分嘛！”这让沈跃龙暗暗一惊，李征夫的话是在暗示他“站队”上出了问题。他产生如此醒悟的原因，是李征夫在即将结束“喝茶”之前，看似无意地问了他一句：“听说陈部长正扶持一部和辛亥革命有关的重大题材？”沈跃龙听到这里，心中所有迷茫都顷刻廓清了。原来他和陆炎向陈泓汇报扶持纪实文学《盛京春秋》以后，陈泓便正式在宣传部部务会上提及此事，而处于两虎相争中的李征夫，岂能容忍陈泓在此关键时刻再推出一部比三年前《煤城血祭》更有影响的作品，在他与陈泓争夺常务副部长较量的天平上再添沉重的砝码？

回到家中以后，一贯遇事善于左右逢源的沈跃龙，平生第一次为一本书陷入苦恼。他深知李征夫在省委宣传部人事决策时举足轻重的作用。为了一个副总编的位置，他已经苦苦奋斗了十几年。而副总编毕竟和他现任的编辑室主任不同。从李征夫的口风中听得出，将来自己在出版社的前途有可能就操在他手中。对于省委宣传部内部的人事变迁，作为一家出版社的中层干部当然无法预见吉凶，但他明白李征夫此时正与支持他出版《盛京春秋》的陈副部长之间，发生着事关权力的尖锐争夺。谁胜谁负，沈跃龙自然无法预知。可他如今深感艰难的是，不知该如何摆脱夹在两位副部长之间的尴尬。他甚至后悔当初不该插手此书，如果当初陈泓副部长提到《盛京春秋》和茅剑秋时，他暗暗多动一个心眼，安排普通编辑周慧前去组稿，那么如今他就不必在李、陈两人中间左右为难了。如果他进一步推出《盛京春秋》就可能得罪主管人事大权的副部长李征夫，他如果退一步而求安稳，放弃茅剑秋的《盛京春秋》，就会让当初推荐茅剑秋的陈泓恼恨于他。何况，这样在出版社内部也不好交代，他毕竟多次对人说起手中有一部将有轰动效应的稿子了，总编辑陆炎也是他想息事宁人的障碍。这个凡事认死理的老头子，既然已知有一部高质量书稿在他手里准备编发，这时他忽然又出尔反尔，陆炎岂能通过？只要他把李征夫反对出书的想法透露出来，陆炎肯定就会板着脸说："抓一部好书稿不容易呀，咱们发咱们的，关他部里什么事？"

深夜，起了风。沈跃龙在床上辗转反侧，烦躁得毫无睡意。李征夫那双暗含威胁的眼睛始终在他脑际闪动，沈跃龙忽然咬了咬牙，说："管他呢，索性把稿子先退了再说！"可当他再翻了个身，对面忽然又出现了陈泓那双凡事认真的眼睛。沈跃龙又感不妥，自问："让李征夫好受了，可如何向陈副部长交代呢？我可是对陈部长拍了胸发了誓的啊？再说，即便将来提职部里有一个李征夫，可得罪了主管出版的陈副部长，还不是一事无成吗？"

就这样，沈跃龙一连折腾数日，始终想不出如何摆平此事的办法。好在沈跃龙深谙在文化官员之间周旋的道术，索性先把茅剑秋的书稿暂扣手中，既不发也不退。他越在这微妙难熬的关口，越沉得住气。沈跃龙必须把宣传部两位领导在他升职一事上孰轻孰重搞清楚，至于如何对付社里的老总编陆炎，沈跃龙心中有数，凭他在社里多年打下的基础，不露声色地处理掉一部稿子当然是游刃有余。茅剑秋这部《盛京春秋》在出版之前就是一堆不被社会承认的废纸，至少在目前除他之外还不曾有一人读阅！因此，他就有可发可退的主动权。

眨眼深秋已尽，初冬的寒风吹得松花江两岸百树凋零。陆炎已经催过他多次了：“明春的图书订货会，我们社一定要有主打产品，你手里的宝贝什么时候抛出来呀？”沈跃龙不说行也不说不行。他只把眼睛牢牢盯在省委，盯在那些可能在“两会”前后发生变动的人事消息上。他心中暗暗地焦虑，期盼着李征夫的电话，他很想把自己想退掉《盛京春秋》所受到的压力，委婉向他和盘托出，也想听一听李征夫的指点，因此沈跃龙十分渴求李征夫再次约他去小茶楼雅座“喝茶”，但李征夫的茶并不容易喝。他不能主动请求会面，只能悄悄等着时机。不久，1999 年的岁末到了，一个让沈跃龙大为振奋的消息果然传到出版社。主管全省出版工作的宣传部副部长陈泓，即将奉调前往省内清江市出任市委副书记；而李征夫虽然仍在宣传部任副职，却如愿以偿地成为仅逊于老部长的助手、常务副部长了。直到这时，沈跃龙才从书柜里找到那包沉甸甸的书稿，他认为处理《盛京春秋》的时机终于到了！

杨瑶抢回一部“退稿”

松江出版社作为 C 省城最大的综合类出版机构，其中有两个较大的编辑室，一是沈跃龙为主任的文艺编辑室，其次是以杨瑶为主要负责人的文史编辑室。杨瑶和沈跃龙虽然都是这家出版社的业务尖子，可两人的资历有所不同。杨瑶和沈跃龙都是“文革”后期恢复高考后的大学毕业生，但沈跃龙比杨瑶早两届，进出版社的时间也较杨瑶早几年，再加上沈跃龙是北京某名牌大学中文系的优等生，回到C省后在不断编发有影响稿件的同时，又以文艺评论作武器在省内外报刊闯出一条“文学理论家”的新路，因此沈跃龙成为松江社内部举足轻重的第二梯队接班人。尤其是有陆炎这样懂艺术的学者型专家出任总编辑，沈跃龙深得出版社领导班子的信任。随着时间的不断推移，一位已近六旬的副总编退居二线，这个副总编的位置就一直虚席以待。沈跃龙尽管在同样有业务专长的杨瑶面前始终十分客气地称她为“我们编辑中的女作家”，但杨瑶却发现沈跃龙那故作谦恭的调侃中似乎隐含着居高临下的故步自封。特别是三年前发生沈跃龙化名在报纸上批判她的成名作《煤城血祭》一事后，杨瑶不得不暗中悄悄提防着他。这位毕业于省城大学历史系的女才子，一直认为在出版社这纯属业务性的事业单位里，与那些真正的政府官场应该有所区别。她身边就有许多青年编辑都像她一样，每天潜心于发掘散稿中有价值的作品，任劳任怨地把编稿当成为他人做嫁衣裳。比如她主张提拔为副主任的高楠楠，就是有前途的好助手；然而，杨瑶却发现沈跃龙与他们这些文史编辑室的编辑截然不同。沈跃龙不仅每天周旋于编辑和审稿之间，似乎时刻都渴望走出这被他视若“生活围城”的寂寞天地。而且杨瑶也观察到沈跃龙不安于现状的微妙行迹。他或者与那些官场友人沉溺于无休止的应酬，或者乐此不疲地在推杯换盏中吹吹拍拍，渴望利用出版社作平台，不断结识众多的政商两界新朋旧友。久而久之，杨瑶就发现沈跃龙领导的文艺编辑室人心浮动。女编辑周慧每天打扮得花枝招展，还不时与沈跃龙共同参加应酬性的社交活动，文艺编辑室的几个男编辑，也受其熏陶影响，开始追求社外的新领域。而杨瑶对此看不惯，她多次告诫文史编辑室的几员战将，说："咱们既然是编辑，就要培养一辈子编稿的信心。当然，我不反对工作之外另有追求。比如我吧，我也有我工作之外的追求，不过，我们职业之外的追求，无论如何不要和编辑的职业完全脱节。"

在她的言传身教之下，编辑室的三女一男，几乎都是规规矩矩的人。特别是她视为助手的高楠楠，在职业道德方面更是谨言慎行，除了编稿就是读书，再就是利用业余时间进修，考职称。其他人则利用编稿余暇的时间考研或者考托福。只有杨瑶与众不同，她与生俱来的乐趣，就是多年来苦苦追求写作水平的不断提高。正因为如此，三年前她苦写了四年的长篇作品《煤城血祭》终于出版了。不过杨瑶为了避嫌，她这部作品并不是在松江出版社推出，而是以普通业余作者的身份，贸然将作品投寄给北京一家文史类出版社，居然获得了意外的成功。不仅出版异常顺利，而且《煤城血祭》在北京面世不久，就有几家报刊先后转载，然后就引起京城舆论界的关注，再后来这部作品就在她所在的C城引起极大的震撼。就连老总编陆炎和文艺编辑室的同仁们也大感不解，沈跃龙甚至以困惑目光重新打量这位平时文文静静的女编辑室主任，恭维说："杨瑶，真没想到，你是不鸣则已，一鸣就要惊人啊！”

杨瑶是个内秀的女子。她在北京出版了处女作《煤城血祭》，并不是她不甘编辑工作的寂寞所做的尝试，出版这部书应该感谢她当年在省城大学毕业前夕去省内一家煤矿实习时所进行的社会调查。那次社会调查就是她毕业时必交的答卷之一，作为省城大学历史系的应届毕业生，从小生活在汽车城里的姑娘，平生第一次身临其境地面对“日伪统治时期”一手制造的滔天血案。当她在一个几丈深的“万人坑”展览现场亲眼看到数以千计的矿工白骨时，杨瑶的内心发生了有生以来最沉重的悲情震颤。这让她想起大学课本里多次提及的旷古血案——南京大屠杀！眼前这关东煤城当然无法与金陵血案相提并论，不过她清楚在自己生长的东北，三十年代也曾出现过与南京屠城类似的一场灾难。这些积埋在深深土坑底下的千具尸体，就是1937年“日伪”在这矿山发生反日浪潮的时候，派重兵在矿坑里引爆足以毁灭矿井的瓦斯，在发生矿井巨大的爆破之后，又是日本关东军强行封锁了可供矿工外逃的几个出口。凡是逃出来的矿工，日本兵一律以机枪扫射，最后矿口的尸体堆积成山，血流成河。杨瑶在经过这次长达月余的实习和社会调查后，当时只有二十多岁的姑娘忽然变得成熟了。毕业以后，杨瑶就来到省城这家综合类的出版社，当上一名以史料为主的见习编辑。那时候，沈跃龙已是这家出版社文艺类书籍的台柱子了。杨瑶刚进社不久，还是一个无人注目的小编辑时，就在业余时间悄悄构思这部史诗性的长篇作品了。每当别人沉浸在欢愉假日的游览之时，杨瑶眼前就摆着一本写满密密麻麻采访笔录的稿本。这些已经变成文字的历史，在她眼里就是字字血，句句泪。一个个来源于真实历史生活的人物，常常情不自禁地活跃在她的脑海深处。只是那时的杨瑶还没敢奢想有一日把这些社会调查中获取的文字积累，经过她艺术的加工成为可供人们阅读的文学作品。杨瑶在初进出版社时萌发的创作理想，一直到她转为正式编辑以后，才渐渐产生了真正的创作灵感。而且她利用婚前那几年住在集体宿舍的空闲时间，忙里偷闲地把头脑中从史实中演化出来的形象思维，悄悄地诉诸文字。杨瑶在编辑生涯中忽然成为人人羡慕的作家，是她进出版社 10 年以后的事情。也许正由于她善于使用手中的文史资料，陆炎才力排众议地把杨瑶提拔到文史编辑室主任的位置上来。她也就水到渠成地成为在出版社内可与沈跃龙平起平坐的中层干部了。回想起自己一步一个脚窝走到今天，其间所经历的种种挫折与失败，还有那些因编辑他人稿件而获得的成就感，杨瑶就从内心深处发出一声感叹："我很幸运，我感激编辑的职业！"

"杨主任，你的快件！"那天，大楼外飘起棉絮般的雪花。这是数九以来 C 城最大的一场暴雪，雪的魔力可谓法力无边，眨眼就把人间化为了银白的茫茫雪国。从楼窗口往外眺，松花江边一幢幢新建的楼宇屋顶都披上了白绒绒铠甲。那是省城经济开发区的一隅，望着隐藏在滔滔大雪中的一顶顶巨厦华盖，杨瑶就感到自己不再年轻了。她刚进这家出版社的时候，开发区那边还是光秃秃的江边沙滩地。每年一到雨季，江水就会暴涨，然后汹涌的浊浪就会从固有的江岸无限制地向那片荒草黄沙漫无边际地扩展，从而形成可怕的“飞滩”。杨瑶没有想到，就在大雪封闭出版社楼门的时候，一包沉重的稿件忽然被人送到桌前。她心中顿时一阵激动，这些年来她看惯全国各地作者和作家寄来的书稿，这些尚未变成铅字的文稿，只有她这种职业的人才能先睹为快。每当她见到那些名家走笔的一沓沓横格纸时，杨瑶都会发自内心地叹道：“真好！当编辑真好！”

如今，她拆开的纸包，出现的并不是司空见惯的打字纸，而是当今已经不多见的一本本印有绿格的稿纸。翻开来一看，格纸上写满一行行整齐的钢笔小楷。如今已经不比当年，有些高知作者早已尝试电脑打字了。五笔字型或汉语拼音都在电脑的键盘上发挥了作用。眼前的书稿已是绝对的手写佳作了。杨瑶没想到自己主动打电话约来的稿子，竟是一字字用钢笔写成的长篇。《盛京春秋》的标题下注有作者的名字：茅剑秋！

“周慧，你真读过那部退稿吗？”其实，杨瑶发现这部书稿的线索出于偶然。在一般情况下，文史编辑室是不能随便过问隔壁文艺编辑室稿件情况的。第一是两个编辑室的稿件性质有异，文史编辑室的约稿和组稿重点理应在省城和其他省会城市。毫无来由的自然来稿，即便有时出现在她和几个编辑的案头，也多不被重视。唯有杨瑶不同，她不仅每天都翻阅那些来自省内外的自然来稿，而且对一些来自县、乡、镇等阶层业余作者的稿件，也从不敢忽视。只有她——这不仅为他人编稿，同时自己也亲笔写作的人，才深知写作是何等艰苦的事情！无论何人，无论他（她）们写的是何种题材，也无论写作手法的高超或拙劣，她知道都是需要花费血汗的。从编辑的眼光和心态去审视那些不伦不类的稿件，也许都是些局外人的无效劳动，根本不必过多动心；然而杨瑶一旦以作者角度去翻阅那些林林总总的投稿，她往往就会情不自禁地与这些陌生的投稿人产生共鸣。有时她发现一些根本不能称为稿件的稿件，杨瑶也不想像身边有些人那样，心绪烦躁地把它们投进桌前的废纸筐中。凡是能阅读的成本稿件，她一般都会认真分类登记，然后再把它们分发到几位编辑手中，要编辑替她把这些远方寄来的手稿认真阅读并拨冗认真处理。凡是超过万字的手稿，即便没有出版价值，她也争取要编辑们按规定退稿。杨瑶说："你们千万别以为这些作者是在无事找事，他们写这些文字的时候，别人可都在搓麻将、喝酒、看电视、跳舞、唱卡拉 OK 呢！而他们在这物欲横流的环境中能写下几行文字，已经难能可贵了！可是当他们通过邮局把这些滴有汗水的稿子寄到我们这儿来，我们连看一眼的机会都不给他们，那么我们这些职业编辑岂不是太残忍、太无情了吗？！"

正因为对投稿者有着与生俱来的理解与同情，杨瑶在听老总编陆炎无意中流露的一声不满的叹息，才忽然关心起隔壁文艺编辑室退掉的一部 30 万字的长篇作品来。那天，杨瑶因事叩开总编办公室的房门。在开门的一霎间，她听到里面好像有人在发生不愉快的争执，最先入耳的是陆炎不满的声音："不是早就报了选题计划吗，你为什么说撤就撤了？"接着是沈跃龙不厌其烦地解释和苦苦表白："老总编，如果《盛京春秋》真像您想的那么好，我怎么说也不能退稿吧？唉，这部稿子初读的时候，确实给人以良好的印象，可如果你继续深读下去，才发现这个作者的写作态度极不严肃。尤其是引证一些史实的时候，他可以不顾真实性去胡编滥造。有些细节甚至是史实中根本就不存在的，您说，像茅剑秋这类作者我们怎么敢相信他？要知道他多年来生活在社会的底层，他根本不是什么历史学家，也不是成名的作者，他写这样的作品实在是力不从心啊。因此我经过反复权衡，最后还是忍痛割爱了！”

陆炎却问：“我没有读过这部稿子，我没有发言权。可你毕竟是读过的嘛，而且又是你多次向我力荐，甚至你为这部稿子的质量和前途还拍胸做出过保证。我不明白，现在你为什么又否定了自己当初的意见？”

沈跃龙说：“一个编辑在衡量一部作品的时候，确实需要有伯乐识马的胆识。当初我就是以这种善意心态，决定冒险把《盛京春秋》推上去的。可是，我的老总编啊，编辑的职责不仅要考虑社里的经济效益，还要为那些掏钱买书的读者负责啊。您想，一个连标点符号都用不准确的作者，他的作品一旦认真读下去，肯定会不经推敲。在我不断发现书稿有问题的时候，我还能顾及我曾经做过的保证吗？老总编，请您相信我，我一定会约到比《盛京春秋》更有卖点的佳作，到时候我会给您一个惊喜！”

尽管如此，陆炎仍然不忍放弃：“跃龙，对于下面的作者，我们最好不要苛求枝节问题。只要他的稿子基础好，最好还是再想想办法。”沈跃龙却决然地闭了门，说：“不行，肯定不行！现在再说这些已经没有意义了，因为我早就把书稿退还给作者了。

不过您放心，好稿子马上就能寄来的！”

沈跃龙神色慌乱地退出总编辑办公室后，杨瑶这才走了进去。她见陆炎戴一副度数很高的眼镜，正坐在皮椅子上生气。他信手批了杨瑶递来的条子，余怒未消地自言自语：“退稿，怎么能凭感情用事？我就不信《盛京春秋》真像他说的那样不伦不类！”杨瑶站在一边沉思着，她很想打听一下这部退稿的来龙去脉。可她见到了老总编那伤心愠怒的脸色时，还是把想说的话咽了回去。

杨瑶就从那时开始，得知社里有一部名叫《盛京春秋》的书稿，一度被当成重点作品进行操作。可她始终不能理解，当初被沈跃龙视为重点作品的稿件，为什么忽然又退给作者？而且他是在没有征得总编辑陆炎同意之前就断然决定退稿？像沈跃龙这种颇有经验的老编辑，难道真会对稿件质量的判断有误吗？从他和陆炎对作品前后不一致的品评，看出沈跃龙内心深处对这部作品存有的矛盾，他的退稿是否真与稿件的质量有关？还是掺杂进其他与作品无关的客观因素？沈跃龙最近一段时间过多倾向社会交际的行迹，不能不引起杨瑶的注意。如果真是一部好作品却因其他缘由遭到退稿，无疑就是社里的一个损失。想到这里，杨瑶非常想读一读这部描写奉系军阀的书稿。学历史出身的杨瑶，从“盛京”二字推断出作品的历史背景应是辛亥革命以前，她在大学读书时就对这段历史颇感兴趣。于是她向隔壁女编辑周慧了解此事。非常凑巧的是，周慧不仅知道沈跃龙一度热衷编发这部《盛京春秋》，她还忙里偷闲地翻阅过几章。周慧在社里食堂吃午饭时和关心此事的杨瑶谈起对书稿的印象，这样表示："我觉得稿子写得很棒。真的，真的很棒！沈主任也说过，这是他见过的最好的历史纪实性作品。我估计，作者很可能年岁较大，因为他现在仍然用钢笔爬格子。你想，如今哪个编辑还看这种费力的稿子呀？"

自从听了周慧一番话，杨瑶对被沈跃龙悄然退掉的作品更加用心。她很想马上找到这个名叫茅剑秋的作者，更想把《盛京春秋》要回来一睹为快，因为她的文史编辑室编发这类稿件才是正理！可她明白自己如果去抢别人已经退掉的稿子，就是犯了社内编辑同行之中的大忌。更不消说她和沈跃龙在思想深处早就存有某些不为人知的芥蒂，她又如何可以乱来？那样的话，就会因为一部稿子影响到她和沈跃龙的关系！这是一般人眼里不划算的事！但不知为什么，杨瑶越想越觉得无法放手！晚上回家，她又想起前几年沈跃龙无缘无故在省报上点名批她的作品《煤城血祭》，这就让她从心里更想把这部被他退掉的书稿重新弄回来。杨瑶意识到沈跃龙对待稿件质量从来不是就书稿论书稿，他往往喜欢把作品质量之外的因素掺杂进去。他当年就是这样对杨瑶已有定评的作品《煤城血祭》，好在她的作品在遭到沈跃龙化名抨击以后，非但没有沉沦下去，反而招来很多人的反驳，甚至还有一些国内知名文艺评论家也站出来为她主持公道。然而，《盛京春秋》的作者则截然不同，听周慧说他好像是省内某县的业余作者，还是一个工人。如果茅剑秋的作品真是有价值的佳作，那么沈跃龙无端掺杂进个人因素，突然退稿很可能造成对作者的精神打击。一部几十万字的作品写来何等不易？万一因他片面否定而造成作者信心的丧失，就可能因为寻找不到出版门路而埋没了优秀的作品。

“沈主任，听说您退掉了一部描写辛亥革命的书稿？”杨瑶经过几天的思想斗争，最后决定要看一看这部手稿，而她如果想在社里编发《盛京春秋》，就一定要光明正大，不可能偷偷摸摸地去找沈跃龙一度联系的作者。尽管她知道自己这吃别人嚼过的馍，显然是犯了编辑行业内的大忌，可她最后还是无法阻止自己的跃跃欲试。毕竟她是学历史出身的编辑，毕竟她对沈跃龙的突然退稿疑虑重重。而她如果真想做成这件可能引起沈跃龙大为不满的事，杨瑶就必须首先征求沈跃龙的意见。不怕他以种种理由劝阻自己的贸然抢稿，杨瑶要把想做的事情一定做到底。只是她在决定这样做之前，预先请示了老总编陆炎。当陆炎听说她想编《盛京春秋》的时候，不知何故眼睛竟豁然一亮，但随即又有了一丝莫名其妙的忧虑。不过，很快她就和陆炎达成了心中的默契，陆炎只说：“杨瑶，女中豪杰，我佩服你的胆识。”其他想说的话，都被老总编保留在那欲言又止的摇头之中了。就这样，杨瑶决定以随便的方式打听一下。她清楚如若十分郑重地来到文艺编辑室，沈跃龙就会误解她的意思，甚至还会对杨瑶此举产生许多不必要的联想。毕竟在松江出版社还从没有发生过编辑穷追一部退稿的怪事，更不要说有人敢追回被沈跃龙退掉的稿件了。在这家出版社，谁都知道沈跃龙和杨瑶微妙的关系，也都清楚刚刚空下来的副总编位置，只有沈、杨两人才能构成势均力敌的较量。因此，如果杨瑶真想编发《盛京春秋》，肯定会招来沈跃龙的反感。所以，杨瑶找了在走廊偶遇的机会作为交谈的地点，她尽量让对方认为她是无意间行事，决不是经过深思熟虑的挑战性动作。还好，杨瑶问起此事时，沈跃龙马上笑了笑，不以为意地说："是啊，稿子本来是想发的，可就是发不了。唉唉，如果他的文字功底再稍稍好那么一点点，也许……"

"如果一部作品的基础好，我倒不介意作者的文字是不是精致。"杨瑶马上就做出果断的回应，她嫣然一笑："听周慧说，《盛京春秋》的开篇就很吸引人？"

沈跃龙暗暗一怔。他没想到杨瑶并非随便搭话，原来是有备而来的主动出击。沈跃龙就不得不郑重起来："这么说来，杨主任对我退掉的稿子有兴趣？哦，对了，你是学历史的，也怪我当时没想到这一点，如果当时我不给他退回去，先让你读一读，也许效果就会更好些，因为《盛京春秋》是历史题材，你们文史编辑室做它也许更合适呢。可惜，现在已经不大可能了。"

"为什么没有可能呢？"杨瑶见他委婉地封了门，索性直来直去地盯住不放，说，"退掉的稿子，也可以让作者再寄回来嘛。"沈跃龙没想到平时处事慎重的杨瑶，居然会为一部退稿如此痴情，便爽然地仰脸大笑起来："好嘛，本来这也是可以的嘛。只是，我听说作者已经另找了一家出版社。如果你早一点说，也许还有挽回的余地，可现在嘛，还是晚了那么一点点。"

杨瑶已经看出他在虚与委蛇地劝阻她行事，便越加产生挽救那部书稿的强烈欲望，她笑了笑说："不会吧，沈主任，书稿不是刚退给作者吗？我能不能和作者联系一下？万一那部稿子还在他手上，我想请作者寄回来。不管谁来编发，咱们社总是不埋没一部好作品。您能把作者的联系方式告诉我吗？”

“哎哟哟，我的杨主任，这事有点难办，作者是个工人，他没有电话。”这次沈跃龙已经沉下脸，不想再给杨瑶任何可乘之机了。但杨瑶仍然锲而不舍地穷追到底，就问：“没有电话也可以联系，他总该有地址吧？”沈跃龙怔在那里，他不可能说对方没有联系地址，他毕竟退过稿。可他又不想把茅剑秋的地址告诉这时时对他构成威胁的女编辑室主任，只好讷讷地应付着：“哎，他的地址我也记不清了，好像是一家什么造纸厂吧。”说完这句话，沈跃龙再不想与杨瑶纠缠，转身就向他的编辑室走去……

杨瑶舒了一口气。她毕竟闯过了沈跃龙这一关。至于他不肯出示作者茅剑秋的联系方式，完全在她意料之中。不过，这难不住信心十足的杨瑶。她事前已从周慧那里打听到作者在辽县，一个县城不可能有第二家造纸厂。于是她就通过辽县的电话查询台，很快就查到茅剑秋所在的造纸厂。出乎意外的是，该厂门卫室听说出版社在寻找茅剑秋，竟然提供了他家的电话号码，而且杨瑶还顺利地通过电话与茅剑秋直接对了话。如今，她盼望的书稿《盛京春秋》已经送到她的面前。杨瑶不顾窗外刺耳的风呼雪啸，独自坐在空荡荡的编辑室里，开始埋头翻阅那一度备受沈跃龙喜爱，又一度惨遭冷落和抛弃的手稿。她一口气读下去，才惊愕地发现，书稿的第十章之后，几乎没有被人翻阅过。因前十章可以见到沈跃龙修改的错别字，而十章之后竟不留编辑阅稿时的任何痕迹。这就足以说明，沈跃龙对《盛京春秋》的肯定与最后的否定，并非出于认真，一如她事前估计的那样，退稿仅仅是考虑与书稿质量全然不相关的其他因素。书稿不仅前半部吸引读者，杨瑶读到中间的部分时，已有一种欲罢不能的感觉了。这时候，她才忽然抬头发现，楼窗外已是万家灯火。子夜时分的风雪仍在楼外的云空中呼啸肆虐，而她抬腕看表，指针已经指向深夜11 时了。

第二章

工人出书在省城走红

茅剑秋收到从C城寄来的《盛京春秋》样书，已是2000年的早春5月。

翻开那散发沁人墨香的新书，他仿佛置身于一场尚未醒来的甜梦中。这确是一场好梦，时至如今他耳边仍然响着那个从电话里传来的女编辑声音。她的语音遥远而悦耳。他迄今还没见过这名叫杨瑶的女编辑，但他们好像早就是熟悉的朋友了。杨瑶透过电话中传来的声音，已经消除了彼此的陌生感。作者和编辑之间横亘着的戒意与界限当初就是被电话里动听的声音打破的。杨瑶是个什么样的女人？茅剑秋一无所知。她是毕业不久的女大学生，还是一位在出版社工作多年并已积下丰富经验的老编辑？从电话中那悦耳的声音判断，杨瑶似乎很年轻，大概是一位美丽的北方姑娘；不过茅剑秋很快又否定了自己的推断，他想起杨瑶第一次打来电话时，自称是学历史的，同时也喜欢历史题材的作品。据此估计，女编辑杨瑶也是出版资历深厚的人，他深知如果没有相当阅历只学过历史的年轻人不能编好像《盛京春秋》这样具有历史厚重感的作品。茅剑秋还从摆在面前的样书上得到这样的印象：杨瑶不仅对民国历史有深刻的研究，而且她还是一个有胆有识、敢说敢做的资深编辑。不然，她就不可能在沈跃龙退回稿件以后，还在同一家出版社得到出版此书的机会。尽管他目前还无法了解松江出版社内部围绕他的作品，是否发生过哪些无法让外界知晓的纠葛和冲突，不过茅剑秋毕竟是和沈跃龙有过一面之缘的作者。因此他能够判断沈跃龙一旦变成这本书出版的阻力，那么出来迎击这强大阻力的女编辑杨瑶，肯定也不是等闲之辈。正因为如此，当初在杨瑶要他重新寄回书稿时，茅剑秋就不会产生种种畏难和担忧了。

“茅先生，我代表出版社正式向你发出邀请，你一定要到省城来！”当早春的太阳从地平线上冉冉升起，墨绿色火车奔驰在五月碧绿如茵的北方大地上时，坐在这列驶往C城的火车里的茅剑秋，还在回味不久前杨瑶再次打给他的电话。她的声音仍然平和亲切，仍然让他听了感到振奋和激动。去年严冬就是这个电话传过来的女人声音，让他从退稿的沉重打击中振作起来。尽管他在文学创作的狭窄天地里，已经苦苦奋斗了二十多年，在此期间茅剑秋从事过各种文学形式的写作：小说、散文、诗歌，这几种文学样式他几乎都有反复失败的实践。生活在社会底层的他，深知在这个世界上从事写作的人，一般都和他一样生活在相对封闭的生活环境中。不错，写作需要的是高智商，然而在当今这个社会，真正高智商的人都往往选择从政、经商或寻求更为有利于发挥才智的职业。至于盲目进入写作领域的人，大多跟不上时代发展的步伐，还有一些是纵使有机会进入辉煌官场商界却因性格原因而远避喧嚣的孤独者。他茅剑秋当初误入写作的歧途，仅仅为满足自己与生俱来的文学爱好。他从初中毕业到入伍，再从部队到工厂，近二十年的坎坷生活，始终没有让他改变对写作的痴情。现在他的第一部作品终于面世了。在总结二十个春秋的得失祸福以后，茅剑秋仍然认为进入文学这冷清的领域，的确是艰难的人生选择。当初他当兵之前，本可以有许多充满绚丽阳光的坦途供他选择，可从小就痴迷文学的他，竟然为了一种兴趣和追求，多次和可能给他带来美好前途的机遇失之交臂。正因为文学他失去了读大学的机会。在部队他本来可以成为职业军人，也因为他迷恋写作而疏忽人际关系的改善，这才让他退伍后进入了一家纸厂当上了工人。这些年来，在艰难写作与有花无果的漫长投稿过程之中，茅剑秋突然醒悟了，他已经走上了一条布满荆棘的小路。这条小路上攀登的人很多，他只是其中一分子。他身边大多数人都是像他一样渴望在文学方面成材，最终却又名落孙山的失败者。他当初梦想一夜成为作家的梦想也随着时光的流逝而化作泡影。茅剑秋这才感到自己有点可笑，当年期望靠写作成就事业的理想，只是孩子的一个梦，在无法攀登的文学绝壁面前他忽然发觉自己何等幼稚和荒谬。他自疚为一圆这文学之梦而荒废了年华，他也曾自责因轻率迷恋写作从而失去一个原本能通往官场的机遇。这一次，如果不是遇上杨瑶这样负责的编辑，他也许仍然徘徊在这条充满泥泞的小路上望洋兴叹。

“茅先生，你的书出版以后，各方面好评如潮呀！”他凝视列车窗口掠过的亮闪闪小河，经冬后泛起嫩绿的层层柳林，心海一派激越翻腾。寒冷的冬天终于过去了，泛着绿意的早春又来到人间。如今茅剑秋急于要见人生困难关头帮他挣扎出来的女编辑。杨瑶盛情邀请他前往省城，主要有两件事：一、C城正在举行一年一度的春季图书订货会，松江出版社准备搞一次作者签名售书活动；二、为进一步扩大《盛京春秋》的影响，出版社联系省电视台的《图书博览》栏目，准备为茅剑秋组织一次电视访谈。对这两件事，茅剑秋都感到胆怯和惶惑。杨瑶给他电话通知时，茅剑秋就忙不迭地谢绝：“不行，杨编辑，这两件事我都做不来呀。一是签名售书，我知道那都是名人干的，可我只是个普通工人，还是个县城里的小工人，省城的读者能稀罕让我签名吗？第二，让我到电视上讲话，也是打鸭子上架。你哪里知道，我是个闷葫芦，我只能写却从不善于言谈啊。别说在电视上讲话，就是让我在车间里发言，也都前言不搭后语。我看算了吧，如果弄得不好，我丢人事小，让您和出版社有损失，那不是闹着玩的！我看，还是免了吧？”

“茅先生，你怎么这样自卑呢？”电话里的声音充满了真诚和鼓励。杨瑶说，“你的作品写得好，这说明你是个有潜力的作者。至于接受电视台的采访，也不必害怕，这不是不善于言谈的问题，而是只有你可以谈得出写作《盛京春秋》的得失。你要相信读者是有辨别能力的。我们反对夸夸其谈。如果你没有过硬的作品，讲得好又有谁买你的账呢？读者主要是想在电视上和作者见面交流，这种交流是有益的。你可以讲一讲对历史题材的研究和探索，读者喜欢这部作品，也希望了解你的写作过程；说到签名售书，是的，你现在还不是名人，知名度非常有限。不过，你要知道许多名人在成功之前也像你一样，都是普通人。你一定要有自信，我相信你将来肯定也会成为名人的！”

茅剑秋坐在向C城飞驶的火车上，想起杨瑶一番话，说不清是兴奋还是感激。没有她去年冬天的支持，也就没有他今年春天的幸运。茅剑秋就这样一路想着，下午时分终于抵达省城。车站还像一年前来和沈跃龙见面时那样阴冷潮湿，在夕阳下攒动的旅客人头在他面前幽长的地下通道中向前涌动，茅剑秋随着熙熙攘攘的人群走出地下通道，来到车站前厅的出口。他出来后左顾右盼地向车站广场上张望，有些两眼茫然，不知究竟该搭哪一路汽车前往松江出版社。他后悔在电话里没向杨瑶打听清楚，就在茅剑秋茫然面对车水马龙的广场发怔时，对面忽然走来一位穿着蓝色春秋衫的高挑女子，近前把他打量许久，问道：“如果我没猜错的话，你就是茅剑秋先生吧？”

“哦，我是茅剑秋！”他猛然意识到近在咫尺的漂亮女子就是他期盼多时的杨瑶！不过，面前这位梳着乌黑披肩发的中年女子，顶多四十岁出头的样子，显然比茅剑秋来前想象的杨瑶似乎还要年轻标致。她椭圆形的鹅蛋脸，眉眼清秀，气质高雅。第一眼的印象，就知道她是大城市长大的女性，杨瑶开朗的性格与睿智的神采恰好形成完美的和谐，让初次见面的茅剑秋心神顿生几分慌乱。茅剑秋觉得杨瑶的美丽和妩媚，并非刻意的化妆所致，而是浑然天成的自然美感扑面而来。这让茅剑秋有些自惭形秽。

"我是杨瑶，"她热情大方，彬彬有礼，主动伸出一只手来，与他紧紧地相握。初次见面，杨瑶热情之中不失礼节，主动要帮他提那只沉甸甸的提包，说，"您比我也许年长一点，就让我叫你茅老师吧。省城的图书订货会昨天就开始了，我还担心你今天是不是能赶到。因为明天就是签名售书的日子了。"

"哦哦，你怎么能称我是老师呢？"茅剑秋有点受宠若惊，额头上顿时沁出了汗珠。见她替自己提东西，茅剑秋更感到紧张，便想上去抢过来，不料杨瑶把手轻轻一挡，就轻捷地走到他前面去了。杨瑶把茅剑秋从熙攘的旅客人群中带到前面的停车场，那里早就停着一辆白色小轿车。她先把他的提包锁进轿车的后备厢，然后拉开了前门，热情地请茅剑秋坐在副驾驶座位上，而她自己则在茅剑秋意外惊愕的目光下，娴熟地把车发动了，开到通往出版社的宽坦马路上。在杨瑶麻利把轿车开出来的过程中，茅剑秋简直有些看呆了。他没想到女编辑杨瑶居然还会娴熟地驾驶轿车，更想不到她会亲自到车站接一个尚未见过面的作者。不知为什么，和杨瑶这样年轻漂亮的女编辑坐在一起，茅剑秋总感到有些紧张和局促。对前半生在兵营和车间里生活的忠厚人而言，茅剑秋对大城市的一切都感到很新鲜。

“茅老师，咱们既然开始了合作，你就该为我解开心中的一个谜。”走了一段路以后，杨瑶就把他带到一处环境幽雅的宾馆，安排茅剑秋在出版社为他预订的房间里休息。茅剑秋有生以来，还是第一次住进如此豪华的高档宾馆。刚才杨瑶把他带进来，在服务台办好手续以后，引着他上了电梯，22层有一个套间是出版社为他专订的房间。在从电梯里走出来，前往客房的一段路上，茅剑秋简直就如刘姥姥初进大观园时那样，看得有些眼花缭乱了。什么按摩间、保龄球馆、健身房、台球室、洗浴中心、小酒吧、飞镖室等，在偌大的廊道里排列有序，茅剑秋越发觉得心神不安，没想到杨瑶为了他的到来，让出版社花了这么多钱。

茅剑秋在房间里稍稍休息，杨瑶又过来请他到楼下小餐厅用晚餐。这时，窗外一派淡蓝色的暮霭已经徐徐降临了，透过宽大的落地窗口，茅剑秋凝视远方，望见一片参差不齐的雪杉树组成的天然屏障，这便是省城宾馆特有的一道绿色风景，一辆辆轿车就停在那雪杉林前面的广场上。坐在圆桌对面的杨瑶，在幽暗灯火的辉映下越加显出她都市女性特有的矜持。在茅剑秋看来娇柔秀美的杨瑶与在辽县做服装生意的妻子晓月，俨然就是两个不同世界里的女人，在高雅与粗俗之间，茅剑秋觉得有些不可思议。他不明白同样都是女人，为什么杨瑶和梁晓月之间竟有如此悬殊的差别？坐在省城的宾馆里就连他本人也有不安之感，世间的角色转换原来是随着时光和地域的变迁而变化的。多年习惯于在机器轰鸣的车间里生活的他，从来就没想到有一天他能在省城高级餐厅，与气质格调高雅的女编辑面对面品尝晚餐并开怀地畅谈。这时候，杨瑶忽然向他提出一个问题，茅剑秋没想到他在杨瑶眼中竟然是一个猜不透的谜。因此他哑然失笑地说，他不承认他有什么让人猜不透的谜。茅剑秋说："我很平凡，也很粗俗。因为我曾经当过兵，军队的生活让我变成坦荡的人，因此我的身上不会有任何猜不透的谜！"

"谜，总还是有的！"杨瑶不再神秘，她亲切而得体地称茅剑秋为"老师"。这样的称呼让茅剑秋不敢领受，他与她尽管近在咫尺，仍然感到彼此相隔甚远。杨瑶笑着解释说："是这样，在我们松江出版社，尤其是你的《盛京春秋》出版以后，许多编辑都无法理解这本书是出自一个工人之手。而且你又是一个小县城的工人。茅老师，请你不要多想，对于您能写这样的书，就连我本人也感到有点不可思议。为什么？就因为这些写进书稿中的历史，不再是干巴巴的史料照搬，而是经过艺术的再创造，才成为这样一部人物性格鲜活、情节生动曲折、读来让人不忍释卷的历史小说。不瞒您说，我是省城大学历史系的硕士生，我知道历史如果一旦被艺术加工成文学作品，没有一定功力是做不到的。可我听说茅老师从前只是个初中毕业生，你的学历在我们省城的编辑眼中，是根本无法从事这种繁杂脑力劳动的人。可是你，倒是真正写成了一部引起轰动的《盛京春秋》。难道这不是一个谜吗？"

"可在我看来就不是谜了！因为文学和其他门类的学问不同，古今中外，凡有成就的作家一般都没有高深的学历，据我所知，逆境成材往往是作家获得成功的普遍规律。”茅剑秋憨厚地笑了，一口酒下肚，他黧黑的脸庞便渐渐泛起了红晕。他面对着杨瑶投来的探询目光，坦荡无私地道出了自己写作初始和将近二十年失败的教训。茅剑秋告诉冷静倾听他谈话的女编辑说，他确是一个初中生，而且他是在对文学一无所知的懵懂状态下盲目喜欢文学并进行写作的。无论在兵营里当兵，还是后来回辽县当工人，茅剑秋的全部工余时间几乎都在做同一件事：那就是不分昼夜地写作。身边人的兴趣大多集中在纵情声色之中，可他茅剑秋四十多岁时居然还不懂搓麻将的乐趣，不会跳舞，也不会蹦迪。有人甚至取笑他是世外之人，还有人不时见他的退稿接二连三地寄到兵营和车间，就不客气地戏谑他说：“废品大王，不要再搞名堂了，你不是写作的材料！”茅剑秋却不肯服输，他对那些揶揄自己的人回敬说：“我的写作是经常失败，不仅身边朋友们讥笑我，就连我的家人也认为我是不懂世事的怪人。父亲劝我放弃写作，重新回归社会，做一个和时代潮流适应的普通人。可我已经上了文学和写作这条贼船，再让我下来，又谈何容易？唉，真是上贼船容易下贼船难啊！”

杨瑶为他诙谐直率的自述深深感动着。问他：“这么说，在出版《盛京春秋》之前，你已经有二十多年的退稿经历了？”

“是的。我的退稿如果装进麻袋里，至少也有几只麻袋了！”茅剑秋老老实实地面对杨瑶，继续述说自己的往事：“可是退稿并没有让我灰心！这些年我把凡是可以找到的历史书籍都读了再读，写过的废稿，那就更多了。我妻子见我每次投稿都被原封不动地退回来，就劝我不要再浪费时间和金钱了。她说邮稿虽然花钱不多，可天长日久也是一笔不少的开支呀。最让我意志发生动摇的，是母亲去世时对我说的一句话，她老人家叮嘱我说：‘你不要再写了，如果你不是写作的材料，就是写到牛年马月，最后还是一个失败！倒不如静下心来，做一个老老实实混日子的人呢！’这就是母亲给我的临终遗言。从那以后，我真想洗手不干了，有很长时间我一个字都不想写，也不敢再写了，因为寄出去的稿子，一般都逃不脱失败的命运。可是后来，我不知为什么又拿起笔来了……”

杨瑶沉默不语，灯光越来越昏暗，茅剑秋忽然发现她眼里闪着泪光。看来她真被自己的一番话打动了，于是他急忙收住奔涌的思绪，把交谈的话题有意引向初次见面的杨瑶。他也同样希望了解对方，更希望杨瑶也像他一样，毫无顾忌地坦露胸襟。然而杨瑶在谈到她的家庭时却显得有些谨慎。她只是粗略告诉他自己的家就在这座临江的省城，父亲杨震东和母亲都是知识分子。她当初之所以报考省城大学的历史系，并不是出于她对历史学的兴趣，而是命运鬼使神差的安排。因为她填报的中文专业，在学校录取时以一分之差把她关在门外，却成了历史系分数最高的学生。杨瑶还告诉茅剑秋，她在大学里是为数不多的学生党员，至于她来松江出版社工作，也是不以她主观意志转移的机缘。本来她的档案已在人才招聘会上被省城另一所大学取走，但就在她准备到大学报到的前几天，松江出版社因急需历史题材的编辑，陆炎是通过种种关系才从那所大学拿回了杨瑶的档案。这样她就在煤矿实习期尚未结束时，提前进入了工作岗位。

“杨编辑，我真羡慕你。您的家庭也一定很幸福吧？”在了解女编辑室主任的大概情况后，茅剑秋猜测像杨瑶这样纯正高洁的女人，夫君也定是一位事业上的志同道合者。因此他说，“我想，你的先生也在知识界供职吧？”

“啊……不不，现在不是了……”不知何故，谈吐自若的杨瑶面色忽然泛起尴尬的苦笑，她好像无意就此深谈，甚至有些避讳她的丈夫。于是便把话岔了过去，只敷衍一下：“他现在不在本市工作……”

“哦，那么、那……”杨瑶的微妙神情，让茅剑秋忽然收住口。他意识到她和丈夫之间，似有不宜对外畅谈的隐情。彼此初识，茅剑秋后悔不该涉及敏感话题，但又不能不把谈话继续下去，便说：“孩子已经大了吧？”

杨瑶的眼神又变亮了：“对，她已经二十岁了，正在北京读大学的一年级呢。”她好像担心对方继续去追问自己的家庭生活，马上把话题转向明天的签名售书。她要茅剑秋不要担心签售时身边没有读者，现在省城读者对小说《盛京春秋》的呼声很高。出版社在省报还为此书发了专版介绍，省内几位颇有名望的文学评论家都应邀写了书评。杨瑶说，从图书订货会前两天的发行盛况看，《盛京春秋》很可能是全省文史类图书中发行数量最高的一本，目前省内外书店和销售商们都在抢这本书。一些读者也纷纷打电话到出版社，希望马上购到这本新书。杨瑶见他不敢面对签售，担心无人冷场，就给他打气说：“茅老师，你不必担心冷场，昨天还有许多热心的读者打来电话，要求请作者为他们买的新书签名，我们是有信心才请你来省城的，我敢保证，明天肯定不会让你感到尴尬。”

那天晚上，茅剑秋在客房里迟迟不能入睡。只要闭上眼睛，面前就浮现杨瑶那双凝聚着关切的眼睛，她的热诚和信任，足以让初次参加签名售书活动的茅剑秋为之感动。虽然在昨天的谈话中，杨瑶没有提及她当初是如何排除沈跃龙的阻力，让他这部已被判死刑的书稿再次起死回生，但茅剑秋仍能感受到杨瑶为此所付出的艰辛努力。他甚至这样想，杨瑶冒着风险力挺一个普通作者的稿子，很可能还会遭受来自沈跃龙的不满与怨恨。因为他在饭桌上几次提及沈跃龙，她都敏感地回避了。杨瑶不想在作者面前评论同在一家出版社供职的沈跃龙，就表明沈跃龙至少在这本书的出版上没有起到积极的推动作用。杨瑶在谈及沈跃龙时的格外敏感，恰好说明事情的复杂性。正因为如此，茅剑秋从心里更加感到几分不安，也更加感激杨瑶，她的敬业精神非同一般。茅剑秋记得，傍晚他与杨瑶分手的时候，他把杨瑶一直送到停车场。在杨瑶准备驾车离去前，她才忽然想起放在后备厢中的那只沉重的提包。茅剑秋见她拉开了后备厢，急忙表示提包里装的是土特产，那是他送给她的一点心意。可杨瑶却坚持不肯收下。茅剑秋有些发急了，他红着脸向她固执地表白：“如果说你连这点不值钱的土特产也不肯收，我的心会更加难过！……因为我感激你，杨编辑，我是发自内心地感激你啊，请你千万不要拒绝啊！”杨瑶见他这样郑重，哑然失笑说：“如果谈到感激，我还要感激你呢，茅老师，你这本书也给我们出版社带来了很好的效益，是社里要我请你吃饭的。你千万不要误会，这些都是我应该做的。”茅剑秋却不这样理解，他认为杨瑶就是他难得一遇的伯乐！杨瑶见他急得额头沁汗，情知断然谢绝接受，反而伤了他的心，她站在车前踌躇了很久，最后还是收下了。茅剑秋也清楚这点土特产，算不上什么礼物，在杨瑶眼里也许微不足道，不过在他看来，那就是他的一颗心！此时的茅剑秋，是把杨瑶当作今生事业的恩人来看待的。

茅剑秋的笑脸出现在电视上

第二天和第三天，茅剑秋接连参加了三次图书签名售书的活动。

第一次是在图书订货会的大展厅里，这里集聚着来自全国各地的图书订货人员。其中有各地新华书店、个人图书发行商和一些大图书馆的代表。当然，围拢并在茅剑秋桌前排成长龙般队伍请他在《盛京春秋》扉页上签名的人们，多是省城闻讯赶来的热心读者。他们以学生为多，也有一些干部和工人。有男有女，场面热烈。让茅剑秋为之兴奋的是，和他同时出席签名售书活动的，还有省内和北京的几位作家，他们中甚至还有多年在中国文坛上驰骋的著名学者。茅剑秋做梦也没有想到，有一天他的作品也能与那些自己仰慕多年的老作家并列一起，而他当初担心签售时会遭遇的冷场，甚至无人问津的尴尬局面，所幸并没有出现。

也许因松江出版社事前为《盛京春秋》作了足够的宣传。因此，那些陌生读者并没有小看他这个来自边远县城的无名之辈，尤其是酷爱东北历史的大学生们，似乎对茅剑秋的《盛京春秋》情有独钟。等候他签名的读者，在面前已经排成了长龙，这让他大感意外。茅剑秋没想到自己这个文坛上的新人，居然拥有如此众多的崇拜者。看到眼前这隆重的场面，还有在现场忙着维持秩序的杨瑶和她的助手高楠楠，茅剑秋眼里泛起了泪花。他暗暗在心里说："如果没有杨瑶，就不会有我茅剑秋的今天啊！"

第二场签名售书是在C城最大的新华书店。在这两次签名售书过程中，茅剑秋不仅结识了热情的女编辑高楠楠和发行部主任卓越，而且也见到了暗中支持杨瑶的总编辑陆炎。这位在出版界驰骋多年的老总编，和茅剑秋接触时尽管说话不多，可他仍能感受到老总编对此书成功面世的喜悦。一次，陆炎还在餐桌上询问他写作《盛京春秋》的经过，在了解到他搜集素材和采访当事人所历经的艰辛后，只说了"后生可畏"四字，看得出陆炎对茅剑秋的印象颇好。在此期间，他还和沈跃龙打了个难堪的照面，沈跃龙对他态度冷淡，与前次有陈泓引荐时的见面恰好形成鲜明的对照。那次见面沈跃龙俨然是心地善良的笑面虎，这一次见到他时，连个手也不想握，只是淡淡向他点个头，然后就和一个衣饰艳丽的女编辑周慧，嘻嘻哈哈地向会场走去了，把茅剑秋甩在一边。茅剑秋总感到沈跃龙和他相遇时唇边浮现的冷笑，似有几分莫测的隐情。看来《盛京春秋》当初被他无情退掉，肯定有不可告人的内幕。不然，沈跃龙就不会把他视若陌生人。茅剑秋始终不明白，他只是一个普通业余作者，和沈跃龙往日无仇，近日无冤，他为什么对一部书稿的得失看得如此重要呢？让他高兴的是杨瑶在整个签售活动中，始终是一脸欣然的笑容。茅剑秋发现她无疑是一个胜利者，毕竟是她让一部被沈跃龙“枪毙”的书稿复活再生了，而且出版后的销售呈现着意想不到的红火，这足以说明杨瑶当初力排众议扶持他的作品，绝对是慧眼独具。茅剑秋还注意到，在签售过程中文艺编辑室的女编辑周慧，不时出现在他周围，本来她不负责此事，《盛京春秋》也并非文艺编辑室出版的新书，可她不知为什么总来现场出没，好像在暗中悄悄观察什么，气得高楠楠对杨瑶发牢骚：“你看她像个特务，为什么总躲在后面监视呢？莫非我们室出了一本好书，她看着眼红吗？”杨瑶却不肯多说，只是冷笑一声，说：“管她呢，咱脚正不怕鞋歪，光明正大签名售书，还怕有人暗中监视？”作为局外人的茅剑秋，在感受到松江出版社上下对他的友善之外，也隐隐发现隐藏在热烈场面背后的积怨与妒忌。他想到这些细枝末节，不知为什么在心里暗暗地为杨瑶担心。他担心自己获得了成功，杨瑶会不会因此在社里遇上麻烦。不过，杨瑶对此好像丝毫不加警觉，依然兴高采烈地到处张罗，好像她比作者茅剑秋还要高兴。

第三场签名售书安排在省城的南湖宾馆。

杨瑶事前已经告诉茅剑秋，在省城宾馆安排这场签售，是因为有两个全国性的行业会议正在这里举行。其中一个是民国史座谈会，一个是纪念辛亥革命五十周年东北纪录片筹备会。而茅剑秋的新著《盛京春秋》所描写的内容，显而易见与这两个全国性行业会议都有一定的关系。杨瑶这一考虑的实效性，在茅剑秋签售时得到了立竿见影的验证。在南湖宾馆的大厅里，围拢在他面前购书并等候签名的人们，不同于新华书店，他们多是国内有名的史学家和史学工作者，有些老专家和老教授，白发苍然，一看便知是一些在民国史研究方面颇有造诣的前辈。让茅剑秋大为感动的是，这些在国内名望甚高的学者们，在请他签名的时候，都把茅剑秋视作同行。这些学者中，有一些是北京、南京、上海和社科院的民国史专家、名牌大学的教授。茅剑秋早就熟悉和景仰他们的大名，因此当签名时对方报出姓名请他签字时，茅剑秋往往有些诚惶诚恐。自己毕竟是小人物，本来他理当请这些著述等身的前辈和专家们为自己签名留念，可茅剑秋如今竟成为这些著名学者教授眼里的专家了。这怎么可以？但让他感动的是，这些名声震耳的著名学者非但不小看他是县城的工人，而且在签名过程中还谦虚地与他探讨学问，在谈起奉系军阀的历史和这部刚面世的《盛京春秋》时，他不断得到这些前辈们的称赞。

茅剑秋没想到他这生活在社会底层的业余作者，居然因为一部小说而成为省城读者眼中的热点人物了。每当他在签售现场面对踊跃读者的时候，茅剑秋都发现杨瑶的身影隐现在熙熙攘攘的人群里。她那双美丽的眼睛正悄悄躲在签名人群的背后望着他，不时投来鼓励的眼神。茅剑秋越发感激她，他知道如果没有杨瑶，他怎么能坐在省城的图书签售现场呢？他真想找机会对她说句感激话，可只要他和杨瑶在一起，茅剑秋又觉得无话可说。正所谓大恩不言谢，他觉得这时候语言是多余的。而杨瑶也从不以恩人自居，见了他仍然很客气，说话语气也相当尊重，就像当初她在电话里主动约稿时那样，亲切而和蔼。杨瑶待他越是这样，茅剑秋越感到不安。

“在电视上讲话，你千万不要紧张。其实电视采访就像咱们平时交谈时一样。茅老师，你有什么就讲什么，观众想了解的，无非是你身处逆境，却能在艰苦的环境中写出有分量的作品。如果你讲透了，肯定会有最好的电视效果！”茅剑秋在省城期间的主要活动，就是出版社事前与省电视台共同策划的一次访谈节目。现在根据安排，马上就要进行录制了。尽管他从县城来前，杨瑶在电话中已经征求过茅剑秋的意见。可一旦真正进入电视台的录制大厅，从小生活在县城的茅剑秋，还是有些本能的紧张。那天清早，茅剑秋在杨瑶和高楠楠的陪同下，乘车来到省电视台的录制现场，杨瑶见茅剑秋对大厅里的水银灯和摄像机有些紧张，便悄悄叮嘱他：“茅老师，这些东西都没什么了不起，我相信您一定能录好。坦然面对一切，就像平时一样沉着，记者问什么，你就答什么好了！”

电视导演是个女人，她在杨瑶引领下走了过来，导演把茅剑秋上下打量一番，说：“茅剑秋，咱们马上就要开始录制了，我们的采访是漫谈式的，你一定要放松，千万不能紧张。如果你一紧张，咱们的录制就要失败。我相信你会坦然面对镜头，我相信你定会配合我们。”

录制大厅里的几只水银灯忽然同时打亮了，导演请茅剑秋坐在摄像机前的固定位置上。这时，一位担任采访的女主持人翩翩而至，她为茅剑秋选好面对摄像机的最佳位置，然后导演示意摄像师对好镜头，忽然，刚才还人声嘈杂的大厅内变得异常沉寂。茅剑秋见杨瑶和高楠楠已退到拍摄现场之外，他有些紧张地望着坐在场外的杨瑶和高楠楠，他发现杨瑶也正把关切的目光投向他。说来也怪，当茅剑秋与拍摄场外的杨瑶目光相遇的一刹那，他心中的紧张感顿时消逝了。有杨瑶在场外为他站脚助威，茅剑秋就觉得心里踏实。这时，录制正式开始了，主持人开始向他提出问题："茅先生，当你的《盛京春秋》出版并获得广泛好评的时候，也引起一些人的猜疑甚至非议，有人甚至认为您只是个县城的工人，怎么可能写出这样一部洋洋数十万言的长篇巨著？而且书中涉及 1901 年辛亥革命时期的沈阳，也就是您所说的'盛京'。我想请教的是，大作所写的奉系军阀新旧两派代表人物的激烈斗争，您为什么能写得那么惟妙惟肖，甚至许多情节、人物、对话都写得格外逼真。据熟悉这段史实的专家们说，史料尚未记载的，您的书中居然也有了，而且又写得生动具体，有些情节让人读罢甚至产生潸然泪下的效果，您能不能说说写作素材的来源？究竟是依据史实写作还是先生的随意杜撰？"

场外的杨瑶和高楠楠顿时紧张起来，她们都没想到主持人竟提出如此苛刻的问题，要求一个从县城来的作者即席回答。特别是杨瑶更为紧张，她在暗暗为摄像机前的茅剑秋捏一把冷汗。电视主持人所提的问题，远比杨瑶来前估计的要难得多。她担心初次接受电视采访的茅剑秋，能不能回答这绝对敏感的话题。主持人的问题深刻具体，不容作者有丝毫回避。她清楚茅剑秋毕竟生活在相对封闭的县城，他虽然在艰苦环境中能写出数十万字的作品，却不一定能回答主持人涉及作品实质的尖锐发问。杨瑶想向导演求助，可是已经来不及了，摄像机已把镜头对准了坐在椅子上的茅剑秋，容不得杨瑶从中进行补救。这一刻她甚至有些后悔，不该贸然把茅剑秋推到这众目睽睽的位置上，她担心他要在关键时刻“出丑”，或者胡乱讲一些事后遭人讥笑的错话。如果那样的事情发生，所有的宣传活动都将前功尽弃。不仅她无法向社内领导们交代，也会让关心她的社内支持者们失望。尤其是因《盛京春秋》对她耿耿于怀的沈跃龙，如今盼望的就是见到茅剑秋的真才实学“露馅”和“穿帮”！还有，茅剑秋如果在镜头前答非所问，或者他因占有史料的捉襟见肘而在摄像机前张口结舌，那么，不仅对出版社今后扩大发行《盛京春秋》不力，还会因此给茅剑秋今后的写作和出版制造障碍。想到可怕的种种，杨瑶真想闯进拍摄现场，要求导演中断这次艰难的采访。然而，茅剑秋已经没有退路了，他在沉默过后终于开口说话了。

“您提的很对，这部纪实性历史小说依据的就是已经发生过的历史——民国时期盛京城里革命与反对这场革命的历史。当然，史实是不允许作者随意杜撰的。”茅剑秋的脸色忽然变得异常平静，守在场外的杨瑶和高楠楠发现茅剑秋的口才也像他笔下文字一样，条理分明且又对答流畅。而且他越面临众目睽睽的场合，发挥得就越淋漓尽致。茅剑秋底气十足地面对女主持人侃侃作答，让杨瑶悬起的心渐渐放下了。她甚至还有些欣喜，在茅剑秋侃侃而谈回答问题的时候，她为他暗暗叫好，也为自己没看错人而深感欣慰。茅剑秋继续谈下去，“但是，纪实文学作品，并不是历史史料的照搬，如果机械地照搬历史就不可能像您刚才所说的惟妙惟肖了。至于专家们所说，书中的情节和人物，一些史料上都无记载，这也毫不奇怪，因为史料的记载，毕竟是受到局限的；而生活中的许多历史细节则是丰富多彩的，一个文史写作者只有把死资料变成活资料，历史题材的文学创作才真正有价值，也才会让读者读起来为历史动情和落泪！”

主持人接着提问：“这么说，茅先生在创作这部作品的时候，不仅占有大量历史素材，而且还对史实进行过调查和考证？”

茅剑秋说：“这是当然的。为了写好这部作品，早在十年前我就开始对素材进行搜集和研究了。在我掌握大量历史资料以后，本来就可以动笔了。可是，在决定再现历史并开始对历史人物进行塑造时，一个不容忽视的问题又摆在我的面前，那就是这些在辛亥年间发生在盛京的事件和人物中，记载在纸面上的都是些死的东西，如何寻找这些历史人物与事件的见证人，在我写作时已经不可能找到了。不过，我还是前往历史事件的发生地，努力寻找这些事件的间接见证者，以及奉系军阀们的后代、旧部袍泽，进一步了解和挖掘史料中不包括的那些活历史、活情节。为了把书写得更好，我利用整整两年时间去研究和完善这些尚不完整的历史。我是工人，我利用休班和假期，自费奔波在辽南和辽东广大地区，采访奉系军阀的后裔、旧部和知情者，达 200 多人次。搜集的资料近两百万字之多。许多在史料上记载不清的历史悬疑，我在采访中都一一廓清了，然后我才动笔写《盛京春秋》。

一年后我写成初稿，可我仍然不满足，于是再次前去张作霖、张作相、汤玉麟、冯德麟、张景惠等历史人物的出生地补充调查，一批全新的历史资料再次得到了充实。这样我才对初稿进行修改。像这样的搜集、创作，再搜集、再创作的过程，一直持续了六个年头。现在我可以无愧地说，我笔下的《盛京春秋》是对历史资料与生活资料所作的综合性再创作，是一次由表及里的艺术加工。也就是说，这部作品既不是自然主义的历史照搬，也不是毫无史实依据的随意杜撰，它是在历史真实前提下进行的文学创作。因此，我认为《盛京春秋》能经受读者的推敲！……”

坐在场外观看录制的杨瑶，被茅剑秋的这番谈话深深震撼了。她身边的高楠楠不断说悄悄话：“真了不起，没想到，他比咱们这些有文凭的人还精通历史和写作！”杨瑶胸间热血奔涌。如果说当初她读茅剑秋的长篇手稿时曾被其文笔、构思和史料的充分利用所感动，那么如今当她看着面对电视主持人提问而口若悬河的茅剑秋，敬佩与感动则交织在她的心头。一个生活在边远县城、只有初中学历的工人作者，不仅在艰苦封闭条件下勤奋笔耕，十几年如一日不肯气馁，让她意外的还是他在主持人尖锐提问面前应对自如。这说明茅剑秋并非沈跃龙所说：“他没有资格写这样厚重的作品！”她认为，茅剑秋不仅有资格写，而且他的历史学识甚至可以让他游刃有余地面对社会众多的质疑者。杨瑶忽然意识到自己在做一件比编辑工作更重要的事情，因为她在出版《盛京春秋》的同时，也从社会底层发现并挖掘了一位有真才实学的学问家。这显然比她力排众议出版一本《盛京春秋》更为重要。她已听不清主持人与茅剑秋在摄像机前继续在说什么，不过杨瑶发现电视导演也同样被茅剑秋的谈话深深吸引，她不时向杨瑶投来赞许的目光，身边的高楠楠也不时发出钦佩的感叹。杨瑶从这些人的神态中已经信心十足地断定，茅剑秋今天的电视访谈是成功的。因此她能够设想，电视节目将来一旦播放茅剑秋的谈话，就是对社会质疑《盛京春秋》的最好回答。就在这时，电视采访结束了。突然，现场旁观席上“哗”地爆起一阵热烈的掌声。杨瑶眼中的泪花情不自禁地沿着面庞滚落下来……

第三章

梁晓月无法面对丈夫的绯闻

茅剑秋因一本纪实长篇文学的发表，突然在省城大红大紫。

他的名字不仅上了报纸，电视上也有了他的影像，从前默默无闻工作在辽县一家工厂里的茅剑秋，一夜之间变成了热点人物。可是，让茅剑秋回来后无法适应的是，县城仍然还是从前那个寂静的县城，工厂仍然还是从前那个机器隆隆的造纸厂，茅剑秋并没有因为在省城出名而改变生活现状，他还是每天三班倒的抄纸工人。他感到自己生活的狭窄天地，似乎与文化氛围浓厚的省城俨然是两个截然不同的世界。每当他想起在省城被请求签名的热情读者欢迎的场面时，忽然又置身在机器喧嚣的造纸车间，就好像从天上突然又跌落到地上了。厂领导对他在省城引起轰动的作品，似乎一无所知。车间主任老胡还像从前那样冷着脸安排他打替班，有时还要在会上严肃追问他抄纸时为何要出残次品。当然，也不是所有人都没注意到他在省城的风光，车间的女工小D就是文学爱好者，她是从电视上听了茅剑秋的谈话，当时她误以为眼睛看错了，把频道急忙调过去了。可后来仔细一看，是他，就是每天在车间里一起工作的茅剑秋！于是小D再把频道换过来，可惜茅剑秋的谈话已近尾声，只听他在电视里说："我的作品还不成熟，今后我会在写作中进一步提高写作水平。民国的历史，是浩如烟海的历史，我将继续利用有限的业余时间苦心研究，以期不断挖掘出新的史料，写出新的作品，奉献给我们的社会，以不负读者的厚望！……"

"真是茅剑秋啊？"小D平时在车间和茅剑秋经常一起看抄纸机，真是除了睡觉之外，每天就连吃饭也在一起。她也听说茅剑秋一直在埋头搞写作，可小D从没想到有一天在她身边当抄纸工的茅剑秋，也会现身在电视屏幕上，而且他周围还围着那么多人。这对小D来说简直就是海外奇谈，于是她就在车间里到处宣传。可惜，小D的话几乎没引起什么人注意，因为工人们都熟悉茅剑秋，也知道他是个老实人，始终在埋头写什么东西，但谁也不相信老实厚道的茅剑秋去省城拍了电视。大家都以惊愕的口气询问车间主任。老胡平时就看不起茅剑秋，人前人后总说："茅剑秋这人太傻，不懂人情世故！"胡主任讨厌茅剑秋，只有小D清楚其中缘故，有一年胡主任女儿嫁人，全车间都随了礼，唯有茅剑秋例外。并不是他不懂人情，而是他因去县文联参加一个什么文学集训班，结果错过了胡主任女儿结婚的时间，因此胡主任逢人便说："茅剑秋看不起我，他目中无人。"这次小D说茅剑秋上了省城电视，老胡颇为错愕，摇头晃脑地说："不可能，如果茅剑秋也能上电视，天下公鸡都可以打鸣了！"小D为茅剑秋愤愤不平，说："你们不能从门缝里瞧人，茅剑秋绝不是你胡主任想的那么无能，他是不鸣则已，一鸣惊人啊！主任你不能因私怨妒忌茅剑秋，其实他本事大了。我也是在电视上听他讲话，才知道茅剑秋他是个人才！"胡主任仍然不肯相信："什么人才，我就不相信他茅剑秋能成气候！"小D继续为他打抱不平："茅剑秋这些年始终在你的压制之下，所以你根本就不了解他！"胡主任恼了："小D，你别胡说，别人不知他茅剑秋，我还不知道吗？他能写出什么来呀？我就不信靠写东西也能成大事？"因胡主任一盆冷水泼下来，围在车间听小D为茅剑秋仗义执言的工友们，都讪讪离去了，似乎小D带来的消息，就是不可思议的谣传。又过了几天，果然不出胡主任所料，茅剑秋又回到抄纸车间，工友们这才相信胡主任的话："不可能，如果茅剑秋能出息，将来我就爬出咱们车间！"

茅剑秋仍然我行我素。他每天仍然还像从前那样上班下班。他喜欢寂寞，并没有因为在省城的偶然抛头露面，就变得趾高气扬。他行事低调，可有人仍然妒忌他。茅剑秋从省城回辽县的第二天，就在街上遇见了黄文远，他是县文联主席，此前他对茅剑秋不冷不热，有时相遇，黄文远最多是淡淡地打个招呼，居高临下地问：“茅剑秋，听说你也在写东西？莫非想十年磨一剑吗？”茅剑秋说：“黄主席，真正的好作品，恐怕十年时间太少了！”每当这时黄文远总以领导关心作者的姿态拍拍他的肩膀：“不要灰心嘛！茅剑秋，要知道文学是一条拥挤的小路，想成功哪有那么容易？不过像你这种人，想出版大部头著作当然不可能了，不过，你可以找找关系，在省报上发点诗歌、散文，也许是可以的！”这次黄文远又见到茅剑秋，竟热情走上前，紧紧地握住他的手：“真没想到，你也能在省城出版几十万字的长篇！如果我没猜错，你是沾了陈泓部长的光吧？”不料茅剑秋听了心气不顺，硬邦邦还他一句：“在黄主席眼里，恐怕我出版长篇是大逆不道吧？”黄文远急忙解释说：“并不是看不起你，在咱们辽县出版长篇，就像爆炸一颗原子弹，凭你业余写作没有背景肯定不成。”茅剑秋不想和他深谈，丢下一句话就走：“你以为在省城出书，就一定要靠关系呀！”

黄文远哪受得了茅剑秋的轻蔑，带着一肚子气回到县文联，进门就把桌子上的杂志报纸摔得叭叭作响，愤然说：“没想到，茅剑秋去了一次省城，眼中就没我黄文远了！”坐在沙发上的文联干事孙中飞吓了一跳，他从没见过老成持重的黄文远发这么大火气，起身问：“黄主席，哪个敢惹您生气？”孙中飞在辽县也是个无人敢惹的“臭爷台”，只因几年前在省城《青年诗人》上发过几首打油诗，便在这县城里红了起来，人称“浪漫派诗人”。黄文远身边当然需要有孙中飞这样既有诗人名气在县城又能呼朋唤友的助手。于是便一纸调令，把正在纺织厂当宣传干事的孙中飞调进县委大院，成了文联的干事。这些年黄文远在省城就是依靠孙中飞的周旋，建立了强大的人脉关系，因而博得省文联各位领导的重视。有一年，省文联开年会，黄文远破例成了中心演讲人，介绍经验的文稿标题就是《我们是如何扶持业余作者搞创作的》。黄文远能在省城介绍经验，就是孙中飞送礼活动的结果。今天，黄文远没想到茅剑秋竟敢不把他放在眼里，气呼呼地坐在桌前生闷气。半晌，他对孙中飞说："从前辽县谁把一个茅剑秋搁在眼里？谁能想到他有一天也能出版长篇。现在我才明白，陈泓被咱们忽略了，如果我们早早就去陈泓那里给姓茅的吹冷风，也许就不会发生今天的难堪局面了。"

没有谁比孙中飞更了解黄文远的心思。这些年黄文远尽管在省市县三级不断代表文联发言，信誓旦旦表示如何支持业余作者的创作，但孙中飞清楚地知道，黄文远根本不希望见到茅剑秋出版作品。因为茅剑秋特立独行，我行我素，疏远县文联，成了貌合神离的文学"单干户"。茅剑秋早就是黄文远的一块心病。如今茅剑秋因一本书在省城走红，报纸电视也随之轰动，县委书记也开始注意茅剑秋了，亲自给黄文远打电话说："茅剑秋真是咱们县的作者吗？我怎么没听你们汇报过？"这让黄文远难堪尴尬。县委书记说："茅剑秋的成功有人说是墙里开花墙外红，你们文联啊，为什么从前不重视他？"在县领导的责问下，黄文远显得有些手忙脚乱了。

黄文远愈想愈怕，恨不得除掉茅剑秋而后快。孙中飞对此心领神会，进言说："主席，咱们也可以把《盛京春秋》宣传成是县文联多年扶持的结果，这样，您就可以变被动为主动了。"黄文远一拍桌子："你懂什么？平时我们最看不起的人就是茅剑秋，如果我们再把他的作品说成县文联扶持的，岂不是抽我自己的耳光吗？"孙中飞这才发现黄文远对茅剑秋的恼恨，并非如此简单的办法就可消除。他想了想，忽然对黄文远进言："既然茅剑秋不让咱文联好过，咱也不能手软了。主席，我们既然拉不过来，不如就这样狠狠地踩他，如何？"

"说，你怎么踩？从前他一事无成的时候也没少踩他，可如今他的作品得到省城专家们的肯定和承认，我们一个县级文联，就是再怎么贬他踩他，也怕无济于事呢！"黄文远当然容不得突然崭露头角的茅剑秋，可他左思右想，茫然无策。孙中飞进言说："如想打击茅剑秋，当然不能从他的作品入手，只能从他生存的根子上做做文章。我听说，造纸厂正在搞裁员下岗，像他这样想成名成家的人，工厂其实是最讨厌的！"

黄文远听了，眼睛忽然一亮，但很快又失望地摇摇头："你想做做手脚让他下岗……"孙中飞把胸一拍说："管不了那么多，我和茅剑秋的车间胡主任关系不错，我不妨先给这家伙吹吹风再说，我就看不惯像茅剑秋这种不知马王爷几只眼的家伙，难道他凭一本书，就想威胁县文联吗！"他的话正中黄文远下怀，但他不点头也不摇头，实际上支持孙中飞暗中排挤茅剑秋。孙中飞又说："主席，还有一件事，省里现在也有人恨茅剑秋呢！咱们来一个里外夹攻，不怕挤不垮他狗日的！"黄文远听到这里，连连地咳嗽起来，说："我不听，我不听！"孙中飞见他这样，反倒心领神会地笑了。

只是茅剑秋还蒙在鼓里。他每天仍然准时上下班，仍然雷打不动地趁休班时间在灯下写稿子。《盛京春秋》的出版并没有改变茅剑秋的命运，他仍然还像从前那样紧张地三班倒。正像孙中飞对黄文远说的那样："茅剑秋想出息，我们就折断他的翅膀！"由于孙中飞不断地请车间胡主任喝酒，茅剑秋的日子更不好过了。

这样的倒班日子眨眼又过了一年。

"剑秋，我嫁给你的时候，就没指望你有一天会出人头地。现在你写的书出版了，可我就不明白，你去了一次省城，怎么就和一个女编辑勾搭上了？"茅剑秋的妻子梁晓月终于有一天向丈夫摊牌了。晓月是县高中的毕业生，而丈夫茅剑秋却是个初中生，尽管晓月当初和茅剑秋结婚，许多亲友都对她的选择持反对态度，但晓月是个有主见的姑娘，她看中的既不是茅剑秋的职业相貌，也不是他并不富裕的家庭，而是看上他忠厚老实的人品。当然，晓月更不是寄希望茅剑秋有朝一日在写作方面有所发达，文学创作对高中毕业后下海经商的晓月而言，永远是遥不可及的神秘世界。她对文学毫无兴趣，但又喜欢舞文弄墨的才子。结婚后，茅剑秋在工余时间伏案笔耕，晓月也不知他究竟在写些什么，更不知茅剑秋何时才有出头之日。不过，这善良的北方女子只有一个朴素的信念：只要茅剑秋这样坚持写作，她就要义无反顾地支持他。在茅剑秋频频向省城投稿又不断遭到退稿的日子里，梁晓月从没有失望过。那时，有人给梁晓月吹冷风：“快劝劝你那口子不要再写什么书了，写书不如经商赚钱。如果你们两口子一起捣腾服装，你们的小日子肯定会发达的。”不料晓月自有自己的主见，她对那些嘲笑茅剑秋写作的人不客气地说：“你们不要笑他！剑秋干的是正事。写稿尽管不赚钱，至少也比那些在酒楼舞厅鬼混的男人好得多！我不求剑秋大富大贵，更不要他扬名显身，只求他和我安安稳稳过日子就行。”梁晓月的娘家人也从来瞧不上不修边幅、每天和纸墨打交道过得浑浑噩噩的茅剑秋。亲友甚至当着晓月的面嘲讽茅剑秋：“现在是什么年月了，他还想靠写书成名成家。有名的作家都洗手不写了，可他却越写越起劲儿了！”梁晓月在娘家人面前，总喜欢挺直腰板以自豪的口气夸奖在纸厂当工人的茅剑秋：“他是没有什么出息，也注定不能成名成家。可我就是不嫌他，为什么，就因为他不嫖不赌，走得正行得端，我跟他过日子踏实着呢！”

茅剑秋仍然像从前那样在工作闲暇时间里读书写稿子。

让梁晓月无法面对的，竟是在省城文坛刚露头角的茅剑秋一年间传出了绯闻。当梁晓月见茅剑秋的大照片刊登在省报上时，她也高兴过、欣喜过，晓月做梦也没想到茅剑秋苦苦写作二十几年，终于有了出头之日。最高兴的是她从电视上见到茅剑秋接受记者的采访，平时不善言词的他居然口若悬河地讲了那么多与文学相关的道理，梁晓月越加印证了当初嫁给茅剑秋时的判断：我没看错茅剑秋这个人！没想到这喜悦的心情很快就被一种深深的忧虑替代了，茅剑秋回县城不久，就有人不断制造和茅剑秋相关的传言。有人说，从前在厂里不引人注意的茅剑秋，自省电视台播放他和记者的谈话以后，车间里几个漂亮姑娘开始拼命地追求茅剑秋。其中喜欢文学的女工小 D，不断地给丈夫写情书，约他看电影，谣言就像长了腿的毒菌在春风里肆虐。有人说得甚至有鼻子有眼睛，把小 D 如何爱慕茅剑秋、追求茅剑秋渲染得让梁晓月心神不安。

初时，梁晓月对这些坊间传闻不以为然，没有谁比她更了解茅剑秋的为人。她知道茅剑秋虽然初获成功，但他不会像外界猜测的那样因一本书出版就飘飘然了，梁晓月清楚地知道，一本书所得的报酬，远没有人们传扬的那么丰厚。因此，在她眼里茅剑秋还是从前的茅剑秋。他不会被艳丽的姑娘们拽进舞厅，梁晓月知道他从来不会跳舞，更不相信和她度过二十几年苦日子的茅剑秋，因为一本书的出版就改变了惯有的生活轨迹。

不过，茅剑秋毕竟和从前不同了。有时夜深人静的时候，会有些莫名其妙的电话突然打进家中，当她拿起话筒时，里面却又没有了声音。这让梁晓月不得不小心起来，莫非茅剑秋真有什么不可告人的秘密。这时，梁晓月也不得不相信外边传言并非空穴来风。有一次，她已经进入梦乡，突然一个电话打进来，梁晓月接听时话筒里竟然传来青年女子的嬉笑。她声称要和茅作家亲自对话，她说要向他请教如何写作如何成名成家。这让老实本分的梁晓月无论如何也容忍不了。她没想到茅剑秋竟成了招蜂惹蝶的男人！“都怪我，真不该放任他写作！”有时她暗暗怪罪自己，悔当初不该支持茅剑秋写作。人怕出名猪怕壮。如果茅剑秋不写这本书，哪个女孩子会钟情于他呢？梁晓月赌气拔断了电话，冲着在夜灯下修改新作的茅剑秋说："我劝你还是不要再写了，现在你出了一本书，就有那么多不知羞耻的女人找上门，谁敢保证将来你真成了作家，不被这些女孩子缠住。"茅剑秋索性充耳不闻，仍在桌前改他的作品。晓月一怒之下，关了电灯。气得茅剑秋发起火来："晓月，难道你不知我是什么人吗？"

好在这些骚扰电话随着茅剑秋的风头过后渐渐稀少了。让梁晓月恼怒的是，有一天，邮递员给在天河商场卖服装的她送来一只沉甸甸的纸口袋。晓月不知是何人所寄，急忙拆阅，让她大吃一惊，从纸口袋里抖搂出来的竟是几张彩色照片！梁晓月定神看时，这些照片每张上都有她丈夫茅剑秋。她发现每张照片上茅剑秋身边都有女人相伴。不是茅剑秋和女人亲昵交谈，就是他们凑在灯影里吃饭喝茶。梁晓月见这些照片的背景非常陌生，大多是装潢精致、富丽堂皇的高档宾馆和酒吧。尤其引人注目的是茅剑秋身边的女人，几乎都是同一个人。她身材高挑，秀发披肩，白皙美艳的面庞，让她倒吸一口冷气！原来外界谣传的绯闻，并非都是毫无根据。如果让梁晓月和照片上那清丽高雅的女人相比，真是一个天上，一个地下。这自惭形秽的紧张和妒忌，让梁晓月顿时慌了手脚。她没想到跟茅剑秋风雨同舟二十几年，最后盼来的竟是如此可怕的结局！丈夫写作的频频失败没有吓倒晓月，而今茅剑秋刚有一点成果就有美女上门了！真是可怕极了！

这时，一张雪白打字纸从纸口袋里飘然而下，晓月捡起一看，原来随照片寄来一封信，上面赫然印有几行黑体字："梁晓月女士：请看这些令人作呕的‘艳照’，这就是你丈夫在省城和女编辑偷欢的丑态！好一个才华卓越的作家，其实，茅剑秋从来就没有真才实学，他是靠和女编辑调情才爬上了文学之塔的，你千万小心！小心姓茅的私欲膨胀，脚踩八只船。我们是出于善意，提醒你注意：茅剑秋成名成家的美梦实现之日，就是你们幸福小家庭的毁灭之时！……”

“天啊！”梁晓月平生哪里见过这种事？她顾不上在商场里照顾自己的摊床，一路恸哭着跑回家去。见了还在桌前爬格子的茅剑秋，把手中一沓照片“啪”地甩在他面前，涕泪如雨下地哭道：“茅剑秋，你在外边做的好事，你来看，这都是些什么呀？！”

茅剑秋刚下夜班。他没有睡觉，而是抓紧时间忙着修改一部新稿。他要在最短时间里，寄往省城的松江出版社。这时他正聚精会神埋头桌案之上，没想到妻子竟大哭着破门而入了，茅剑秋不知出了什么事，当他发现晓月把几张照片甩在面前，脑袋轰然一响。他猛然意识到，家庭的灾难降临了。不过，茅剑秋没有像妻子那样震惊，他面对这些经过偷拍的照片并没有慌乱，而是一张张地仔细看过，这才认出照片都是有人隐身暗处偷拍的。他马上从这些照片的背景上推断，偷拍这些照片的人，肯定不是县文联那个处处和他作对的孙中飞，他一眼就认出照片上的背景是在省城，这是他参加签名售书期间发生的偷拍。一处是他在省城下榻的宾馆小餐厅，另一处则是他即将返回辽县的前夜，松江出版社编辑室主任杨瑶为他饯行的餐馆小雅座。偷拍者尽管在没有用光的情况下悄悄拍摄的，光线较为昏暗，可是茅剑秋仍然可以看到照片上的女人，就是困难时帮助过他的女编辑杨瑶！

看到手中这些照片，茅剑秋在震惊过后心底升起一股无法扼制的愤怒。他虽然还无法断定是什么人躲在幕后偷拍了他和杨瑶在一起的照片，也不知偷拍者居心何在，但茅剑秋可以断定，此人必与杨瑶大有关系。他究竟是何许人？这让茅剑秋内心一动，不禁想起一年前离开 C 城前夜和杨瑶的最后一次见面。

那是一个飘着霏霏细雨的暮春傍晚，在一家北方风味的餐馆内。喧嚣的省城难得有如此恬静的空间。细雨沙沙沙，缠绵的雨丝伴着窗前纷乱的柳絮在微风中飘舞，此时，杨瑶为结束省城签售活动将要返回辽县的茅剑秋特备菲酌，把盏饯行。他们这晚上谈了许久许久，话题也比初次见面时更为广泛。暮春细雨之中的时光让人产生几分留恋，他的省城之行似乎过于短暂，而她也觉得与他相处的时间过于仓促。因而她和他都谈到这次省城的图书订货会上的许多趣事，《盛京春秋》名列售销排行榜的榜首，是她和茅剑秋最高兴的事情。在此基础上，杨瑶和茅剑秋谈到了他的新稿。本来他也想把正在修改的新稿谈一谈，如果有可能，茅剑秋还希望与杨瑶继续合作。可他从不喜欢说尚无把握的事情，这部新稿尽管他写了几年，在他看来还不到拿给杨瑶看的时候。越是获得了初步的成功，茅剑秋越觉得要严格要求自己的作品质量。尤其要把书稿交给杨瑶这样认真负责的好编辑，他必须要做到书稿的无懈可击。

就是那次晚餐，杨瑶询问起他的写作近况，她在为他写作时还要背负沉重的工作压力感到几分忧虑。这时，他们的话题不知不觉又转向茅剑秋的妻子。说起梁晓月，茅剑秋就有几分自豪，他谈起他从部队回辽县后那段工作无着的日子，梁晓月就是在他没有生活出路的艰难时期结识他并爱上他的。因此，患难与共的生活往往凝聚着深厚的情谊。茅剑秋发现，每当他谈起梁晓月的时候，杨瑶眼里都流露出复杂的神情，他不知那是羡慕还是女性特有的本能妒忌？总之茅剑秋越是津津乐道梁晓月对他写作的无私支持，杨瑶越显得谈兴寡淡。茅剑秋开始时没有意识到他的话正在悄悄伤害着她，因而他仍然在谈梁晓月如何如何能干，如何如何乘夜车前往C城进服装；他甚至固执地认为，他和梁晓月永远是贫贱夫妻，梁晓月在他人生最困难的时候，没有嫌弃他的无能，也从不厌恶他多次投稿的失败，是她用贩卖服装得到的钱，给他买来大捆稿纸；梁晓月令他尤其珍惜的是，当她听说C城出版社将要出版《盛京春秋》的时候，并没有显露出俗女陋妇追逐名利的喜悦，也许这正是茅剑秋最为称道的。

“你很幸运，因为你有个好妻子！……”直到杨瑶发出淡淡的感喟，茅剑秋才恍然意识到什么。这时他发现一个问题，他来C城和杨瑶先后两次单独吃饭，闲聊中她始终在回避一个敏感的话题。她愿意倾听对方谈他的家庭，却很少让彼此的话题涉及她的家庭生活。更不愿在他面前谈她的丈夫。茅剑秋意识到杨瑶的丈夫是一个猜不透的谜！在几天的签售活动中，他从没见过杨瑶的丈夫。一次，女编辑高楠楠无意中谈到杨瑶的丈夫，说：“你没见过杨瑶开的白色轿车吗？那是她丈夫送给她的礼物，这宝马轿车比我们康社长的公车还漂亮呢！”茅剑秋随便问上一句：“这么说，杨主任的丈夫不是官员就是富商？”高楠楠点头：“茅老师，你又猜对了。杨瑶的老公可是个富商，不过世间之事，都难免美中不足。可惜的是，两人是牛郎织女，聚少离多，看来，天下事都不会圆满。”

杨瑶拒绝谈她的丈夫。茅剑秋发现杨瑶在谈话时尽量不涉及家庭，更不谈她的富商老公。这天晚上，茅剑秋竟主动发问：“听高楠楠说，你爱人是做大生意的？”

“我不想谈他……”出乎茅剑秋意料，这次当他直接问起她丈夫时，杨瑶竟然马上回绝了。她很避讳此事，脸色也忽然变得异常惨白。茅剑秋自知言多必失，触及了她内心的痛处，于是急忙收住口，笑笑说：“对不起，我不该打听和我无关的事……”

杨瑶意识到自己的失态，慌忙掩饰尴尬说：“没什么，这几年我一直和女儿一起生活，每天很愉快的。后来贝贝去北京读了大学，我一个人在C城生活，也过得很好……”接着，她转了话题。谈的是今后的合作问题，她希望茅剑秋继续写下去。茅剑秋总感到和杨瑶的这次交谈，感情上有些障碍。在她的内心深处，似乎有一道外人无法触及的阴影，莫非表面性格开朗的杨瑶，生活中遇上了纠缠不清的麻烦？

如今，当茅剑秋忽见有人给妻子寄来这样一包带有明显挑拨性的偷拍照片时，老实忠厚的他再也无法忍受了。他觉得自己的私人空间遭到了粗暴侵犯。他和编辑室主任杨瑶之间，本来就是一清如水的纯洁友情，充其量就是编辑和作者的正常交往，根本没有必要从中大做文章。他仔细反思当时与杨瑶在省城有限的接触，无非是谈一些与写作出书相关的事情而已。如果说稍有越格，就是他询问了杨瑶的家庭情况。这些谈话即便被人窃听并摆在桌面上，也没有任何儿女私情的成分。茅剑秋震惊的是，有人竟敢偷偷躲在后面，在偷拍两人吃饭交谈的同时，也窃听到他们的私人谈话。这究竟是何人所为？他是出于何种不可告人目的，把这些照片突然寄到辽县，让他那不明真相的妻子来承受感情的冲击？

茅剑秋一边劝慰陷入“艳照门”中惊慌失措的妻子，一边暗想着偷拍偷寄者的卑劣目的。他能够猜到寄信者肯定和松江出版社的杨瑶有特殊的利害关系。在他有限的视野中，只有两个人最为可疑，一位是当初接受并信誓旦旦要出版他书稿，后来又不知何故草率退稿的同一出版社编辑室主任沈跃龙；另一个人，很可能就是杨瑶的丈夫。尽管到目前他还没见过他，对此人和杨瑶的关系如何也尚不了解，甚至连他的名姓也不清楚；不过茅剑秋仍然意识到杨瑶正在做大生意的夫君，肯定是最关心妻子与其他异性往来的人。经过认真的思考，茅剑秋又否定了杨瑶丈夫会做出这下作之事，更不可能邮寄这些不雅的“艳照”。尽管杨瑶和他交谈时极力回避谈论其夫，他也从杨瑶谨慎谈吐中看出她与丈夫的关系并不和谐，但直觉仍然告诉茅剑秋，偷拍照片的人不可能是杨瑶丈夫。其中一个理由是，她丈夫当时不在省城。除此之外，还有什么人这样关心杨瑶与一个从县城来省城的普通作者呢？

茅剑秋左思右想，无法平息心头疑惑。还有，这个邮寄“艳照”的人，如果居住在省城，他怎么能掌握梁晓月在辽县经商的地址呢？他把这些毫无任何价值的所谓“艳照”寄给梁晓月，究竟是为瓦解他们的家庭，还是为了破坏他的写作，进而影响松江出版社无辜的女编辑杨瑶呢？抑或这是一箭双雕，另有所图，意在破坏他与杨瑶的再一次合作？

“晓月，你不要哭，我和省城的杨编辑仅仅是工作关系，你不要相信别人的造谣中伤！”想到这些复杂的背景，刚才有些恼怒的茅剑秋忽然变得思维清醒起来。他把晓月紧紧搂在怀中，为她拭去脸上的泪滴，郑重地说：“莫非你连我也不相信了吗？”梁晓月哪里肯信，对那些从天而降的“艳照”仍然耿耿于怀，便追问：“可这些照片你如何做解释呀？照片上的女人风流漂亮，你们接触亲密，谁能保证你不动心呢？”

茅剑秋说：“你不要以这种口气说话，照片上的人就是我多次提起的恩人杨瑶，如果没有她的支持，也许我多年勤奋写作的成果，还会继续被埋没。我们应该感激她才是，别人出于某种阴险用心，用这些东西伤害她，也丑化我，难道你就那么轻易上当吗？再说，我一个县城的工人，人家杨瑶是出版社的主任，她和我之间有多远的距离，你清楚吗？我劝你还是不要胡思乱想吧。”

听了他这一番话，通情达理的梁晓月破涕为笑了，说：“我险些上当了，是哪个坏种，在你们吃饭时偷拍了照片？”茅剑秋见妻子不再哭闹，才开始认真查看那些照片，越发感到杨瑶编发他稿件的不易。显而易见是因为杨瑶力排众议出版他的处女作，才得罪了出版社的某些人，不然，就不可能有人做此卑劣的勾当。究竟谁在眼红他的《盛京春秋》？此书经杨瑶全力推出以后，一连加印三次，茅剑秋不仅获得一笔丰厚的稿酬，而且也引起了省内外文学界的注意。一些外省出版社和杂志社也先后给他打来电话约稿，这说明他多年的刻苦写作已经得到了社会的承认。在茅剑秋看来，这是他苦苦笔耕二十多年获得的成功，而他的成功又离不开杨瑶。让茅剑秋欣慰的是，妻子晓月也不像那些浅薄势利的女人，为丈夫出版一本书沾沾自喜，甚至因此到处吹嘘炫耀。梁晓月永远是贤妻良母，茅剑秋赚了第一笔稿费，家庭生活得到了改善，可她仍在悄悄经营商场中的服装摊位。尽管梁晓月对文学创作一窍不通，夫妻俩在事业上没有共同语言，然而，茅剑秋仍然喜欢妻子的单纯朴实。在他眼里没什么比困境中相依为命的女人更为可亲可敬了。

大雪纷飞，2003年北国的严冬来到了。辽河古老的河道开始封冻，白亮亮的冰河上积满皑皑雪尘，冷飕飕的小北风一刮，那些冰河上的积雪便在风中打旋儿。河岸的行行垂柳已在凛冽寒风中变成了光秃秃的枝条，茅剑秋站在枯草萋萋的岸堤上裹紧了棉大衣，眼前渐渐呈现出一派银白的琉璃世界。眨眼他从省城回故乡辽县快一年了。

“茅老师，我一直在等着你那部新稿，选题早就报上去了，不知你何时能把稿子寄给我？”他耳边风声呼啸，仍然依稀听得见一个女人遥远的声音。进入秋季以来，杨瑶曾两次给他打来电话，向他通报省城图书市场的近况。从她的语气中茅剑秋能感受到出版界正面临着严峻的挑战。松江出版社也正推行企业化的改制，和其他出版社一样，他们再也不能吃大锅饭了。因此杨瑶多么希望茅剑秋能在这时拿出一部像《盛京春秋》那样具有爆发力的新作，以期参加年初在北京举办的订货会。茅剑秋的新稿即将出炉，一年来他没有躺在《盛京春秋》的成绩簿上睡大觉，他甚至比从前更忙碌、更紧张，尽管工厂已在紧锣密鼓地酝酿着企业的转产，他也知道将有一批职工面临下岗。可是，茅剑秋对这些事关生计的大事竟然不以为意，全部心思和精力几乎都倾注在改稿上。他要追求精益求精，他清楚地知道第一部作品发表困难，第二部作品虽然发表较为容易，但编辑和读者对他的期许肯定要比前一次高得多。因为有《盛京春秋》的一炮打响，如今已经有主动向他约稿的出版社了，如果茅剑秋仅仅满足于作品的出版，现在就可不做任何修改地交给某一家出版社了，但杨瑶的电话他不敢忽视。

终于有一天，茅剑秋决定把将要修改完成的新作交给杨瑶了，他在电话里对她说："这部小说写的是 1929 年东北军内部统一与反统一的斗争，同样也是以历史史实作为背景的，书名就暂定为《古城斗枭雄》。杨瑶，我给你寄去，还是先听听你的意见再说吧！"这次通话，茅剑秋决然放弃南方某出版社许诺的高版税，仍然决定把书稿交给在困难时支持过他的杨瑶。他认为优厚的稿酬比不上珍贵的友谊。杨瑶自然为再次得到茅剑秋的新作而高兴。就在茅剑秋为新作即将在新春订货会上面世而兴奋的时候，一个意想不到的打击悄悄降临了。

女编辑看好的书稿又遭厄运

就在省城几家出版社忙着备战春季订货会的时候，让杨瑶万分苦恼的是，早在两月前就提交社里审阅的书稿仍然没有任何信息。收到茅剑秋寄来的《古城斗枭雄》以后，她以抑制不住的兴奋只用一个昼夜就读完了。凭着在出版社十几年的工作经验，杨瑶发现茅剑秋的创作潜力决不像老总编陆炎从前担心的那样，《盛京春秋》只是昙花一现，也不是沈跃龙在暗地里诋毁茅剑秋是“兔子的尾巴长不了”。她认为此时正是茅剑秋创作旺盛爆发期。如果说《盛京春秋》只写了奉系军阀角逐纷争的皮毛，那么他的新作《古城斗枭雄》则是关东一批草莽枭雄在历史重要转折时期的一场大决战。茅剑秋在新著里突出描写张作霖死后一批东北军进步将领向往国家统一，但以杨宇霆、常荫槐为首的一批反动人物则在实现国家统一过程中的奸险掣肘与刀兵相向的对垒。明争暗斗的东北军上层将士为今天的读者揭开了鲜为人知的历史帷幕。大学就以历史专业为研究方向的女硕士杨瑶，平生还是第一次读到如此深刻、如此感人的好作品。她发现在茅剑秋笔下，总会出现一些在历史典籍中虽有了解却又一直含混不清的情节与细节。张学良、郭松龄、张作相、韩淑秀等一批有血有肉的进步人士，都在他笔下得到了细致入微的刻画。杨瑶还记得那个难忘的深秋雨夜，她把一部厚重的历史文学作品读完之后，抑制不住心头的激动，她曾想连夜拨通那小县城的电话。她真想把自己对这部新作的意见马上告诉作者。然而杨瑶在操起电话的那一霎，这强烈的念头忽又打消了。毕竟已是午夜，她能估计到茅剑秋此时不宜接自己突然打来的电话。如果他不在机声隆隆的车间，身边就必定有他的妻子。再说，在这时候她作为编辑只能谈本人的一己之见，至于书稿最后发排，毕竟还要经过出版社的三审。这样，杨瑶的脑际就闪出一双阴鸷的眼睛。已经升任副总编的沈跃龙，尽管此前她在选题研究会上已当众谈到茅剑秋新作《古城斗枭雄》，尽管沈跃龙和陆炎都对她扶持这部作品表示了支持的态度，但不知为什么，在杨瑶内心深处始终还隐藏着淡淡的担忧。

“看来，杨瑶是抓到了一个非常有潜力的作者。我们社现在最需要这样的作家，如果像茅剑秋这样有能力的作家多了，才可能让我们永远处于全省出版界的优势地位。大家不要小看一个茅剑秋，更不能轻视一个来自社会底层的作者，我们看重的就是作品的质量，因为作者就是我们出版社能否在改革中永远立于不败之地的衣食父母啊！”那天，沈跃龙在选题研讨会上是以乐观豁达的态度公开支持她扶持茅剑秋新作的。杨瑶看到在会场上谈笑自若的副总编沈跃龙，全然是虚怀若谷的领导者风度，根本不见了当初因她设法索回一部曾被他枪毙的书稿，事事对她百般阻挠的沈跃龙了。毕竟是升任了副总编辑，毕竟他在小事大事上要展示宽敞的胸襟，以博得群众的好感。不过，多年与沈跃龙的共事，让杨瑶不得不暗加一分小心。她担心的是沈跃龙这番话并非发自内心，她当然不能忘记《盛京春秋》出版后沈跃龙在台前幕后对她的耿耿于怀，在彼此没有真正消除思想隔阂的时候，沈跃龙难道真能以领导者的高姿态面对茅剑秋的作品吗？

“我总感到沈跃龙有些故弄玄虚。”出于对沈跃龙的担心与戒意，也考虑她此次在春季订货会前操作茅剑秋新作可能遭遇的麻烦，杨瑶在选题研讨会结束后，还亲自找总编辑陆炎谈了一次话。她想先入为主地把《古城斗枭雄》首先交给陆炎过目，杨瑶认为只要经验丰富的陆炎对茅剑秋新作有了明确的印象，那么沈跃龙如果有一天站出来反对，她就不担心此稿无法通过终审。新官上任的沈跃龙，毕竟不敢与德高望重的老总编分庭抗礼。可是，杨瑶没想到陆炎却不肯先阅审茅剑秋这部书稿，陆炎说：“人总是在变化的。杨瑶，也许你想得太多了。要知道选题的认可与否，任何人都必须以大局为重，以社里经济效益为重。既然你对《古城斗枭雄》有信心，不妨还是按照社里从前的三审程序进行为好。要知道社领导有分工，沈跃龙就是主管你们文史编辑室的领导嘛，我看，还是先把稿子交给他为好。我相信他不会像你担心的那样，以自己的好恶随便处理一部有可能给社里带来丰厚效益的作品。”

杨瑶对老总编的意见当然只有服从。因为陆炎看问题往往超越社内的人脉关系，始终把作品质量视若第一生命。就这样，杨瑶只好依审稿程序把经她编好的《古城斗枭雄》提交给副总编沈跃龙阅批。在把书稿提交上去后，杨瑶也觉得心里踏实，因为她对茅剑秋的书稿有一定的把握。就作品质量与发行前景而论，作为资深编辑的她，深信作品在思想性、史实性、可读性等方面都占有绝对的优势。至于茅剑秋在人物刻画、总体布局结构方面的功力，更是无可厚非；他在作品中花费的苦心比比皆是，小到情节、细节、人物对话和关东风土人情的描写，都到了无懈可击的水平。杨瑶完全能够预见这部书稿发排面世以后的社会效益将要比《盛京春秋》更占优势。她甚至还想，如果这部新书上市后得到各方专家的好评，还有可能引起影视界人士的注目。如果把《古城斗枭雄》搬上电视屏幕，那么随着历史电视剧的播映，很有可能会进一步拉动图书的销售。因此，杨瑶曾暗自设想许多图书出版后的宣传方案，美好远景指日可待了。她也认为沈跃龙作为新任副总编辑，他无论从哪一角度，都应该对这部书稿全力支持。因为他毕竟现在身负社领导的职责和任务啊！

然而，事情往往在意想不到的时候发生逆转。杨瑶发现那几天各编辑室送总编审阅待批的稿件，一部接一部送上去，又一部部地顺利批复下来。紧接着书稿一部部被送往印刷厂发排印刷。发行部门在不断催促杨瑶，问她："《古城斗枭雄》我们已经作好宣传准备，要把它当成进京参加春季订货会的重头戏，可你为什么到现在还不发排？如果误了时机，可就怪不得我们发行了！"

杨瑶当然也是心急如火。眼看着那些一般性作品都顺畅无阻地进入印刷预订程序，唯有当初在全社选题会上大家看好的《古城斗枭雄》，不知何故竟卡在副总编沈跃龙那里迟迟不签字。杨瑶为此几次去沈跃龙的办公室，当面向他提及此事。但让她捉摸不定的是，每次她去催问此稿，沈跃龙都笑脸相待，不温不火地说："不急嘛，越是重要的稿子，咱们越要苛求质量。因为好书一旦上市，就会引起各方注意。轰动效应还会惊动媒体。杨主任，你怎么忘了，北京前年发行一部名人的传记，一下子发行了几十万册，可后来不是砸了锅吗？有个老先生就是较真儿，他竟然从这部畅销书中一股脑儿查到几百处错别字。你想，出书是大事，我敢马虎大意吗？”

杨瑶纵然心有一团火，但她自知人在屋檐下的道理，不得不忍住怒气问他：“这么说，《古城斗枭雄》你到现在还没有审完？”沈跃龙取下金丝眼镜，慢条斯理地用一块精致拭巾小心地擦拭，冲杨瑶露出一抹意味深长的笑，说：“就是嘛，这么重要的书稿，只读一次怎么行呢？我现在正在通读第二遍。杨主任，我知道你此时的心情，其实你我都一样，都想拿这部《古城斗枭雄》来打开咱社的被动局面，创出一个可喜的成绩来。正因为如此，所以我才要过细再过细，你懂吗？越是好东西编辑越要沉得住气才行。心急可吃不到热豆腐啊。”杨瑶见他说得有理有据，心事突然越加沉重起来。她恍然意识到沈跃龙还是从前的沈跃龙，并没有因为他出任新职而改变他惯有的为人。她也意识到沈跃龙并没有忘记前次她力排众议推出他的退稿《盛京春秋》，这件事对他而言也许就是终身难堪的往事。如果书稿继续压在他手里，那么即便有一天放行，春季订货会的发行良机已错过了。想到这里，杨瑶忍不住发问：“沈副总编，对作品过细当然是对的，可是时间不等人呀！北京的春季订货会再过半月就开始了，可我的稿子到现在还压在你手里，到时候万一赶不上，可要错过发行的大好时机！那样的话，就是不小的损失了！”沈跃龙听了，暗暗一怔，可脸上仍然保持惯有的和颜悦色，漫不经心地说：“我已经说过了，杨主任，你急不得。赶上订货会当然好，可我们也要为读者负责，更不能为了订货会而不顾图书的质量。好书也不能全部依靠订货会。再说了，今年订货会就是赶不上，不是还有明年吗？”

“明年？”杨瑶吃了一惊，她从他的话中听出了不祥的前景。她不想和沈跃龙发生争吵。她清楚如果继续和他谈下去，很可能又像从前那样与他发生激烈的争执。她也清楚如今的沈跃龙和从前已经大不相同了，他不再以部门负责人身份与她进行讨论和争辩，而是以副总编的权势在面对她这事事喜欢与他较真的女编辑。如果继续据理力争，杨瑶当然不惧怕对方，可如果那样一闹，事情也许会因沈跃龙的从中作梗而无限期的推迟出版。那样一来，后果就不堪设想了。于是，杨瑶决定直接向总编辑陆炎反映问题。不出她的所料，陆炎听说此事，也感到忧虑和急迫，因时间毕竟一天天逼近，但陆炎又不想在杨瑶面前暴露他和沈跃龙之间早已存在的磨擦，只好忍住怒气地在地上徘徊搓手，说：“你给我一点时间，我要和他好好谈一谈，先摸摸他的想法再说。不过，杨瑶你放心，在咱们社里，任何人也别想拦住《古城斗枭雄》这本书。因为社长也肯定了我们的方案，他也支持我们把这本书当成重点图书推上去！”

杨瑶听了陆炎的话，紧张的心绪稍有平缓。在松江出版社，毕竟有着压倒一切的经济效益在左右出版的方向，在这大方向面前任何个人恩怨与私欲都将无条件地作出妥协。沈跃龙尽管有省委宣传部李副部长作后台，他也不敢把社里重点图书长期地私自扣下，因为如果因他的从中作梗，耽搁了可能再次让松江出版社成为媒体焦点的《古城斗枭雄》出版，那么沈跃龙不仅会影响全社的发行码洋指标，而且可能因此影响经济效益而成为大家非议的目标。她不相信沈跃龙因对《盛京春秋》耿耿于怀就再次限制《古城斗枭雄》的出版。那样他就要成为全社指责的对象！他真会那样不计后果吗？再说，她认为他也没有任何理由封杀她心中有底的《古城斗枭雄》书稿！

一连几天过去了，仍然不见任何动静。

杨瑶当然无法了解陆炎和沈跃龙如何研究此事的，但她已从沈跃龙悄悄回避和她的接触上，察觉到事情并没有向好的方面转化。随着订货会即将举行，杨瑶已经意识到她力荐的《古城斗枭雄》似乎已经与这次春季订货会失之交臂了。就在这时候，一个让杨瑶意想不到的消息传来了：沈跃龙主张把《古城斗枭雄》书稿由普通选题变为重大选题，以“专题申报”的方式进行逐级上报审批。这让杨瑶在震惊之余变得十分愤怒，她再次叩开陆炎的房门，她要向老总编询问究竟。她不明白沈跃龙在多次表示支持此书出版之后，究竟是什么原因忽然来了个一百八十度大转弯。

“杨瑶，这部稿子需要专题申报！因为……”出乎杨瑶意料的是，陆炎这次有些为难地回避了她的目光，也不是前次那热切支持她尽快出版的积极态度了。杨瑶困惑地呆望着满头银丝的老总编，她发现陆炎一夜之间变得格外苍老了，似乎他真到了退休的年龄。想了想才问：“为什么？中央对于重点作品的申报审批，不是早就有文件吗？民国时期的军政人物，指的也是蒋介石等人才需要特别申报审批，《古城斗枭雄》不涉及重要政治人物，又是历史题材，按照有关规定它并不是专题申报的选题！”

陆炎失望地摇了摇头，叹息一声：“我也是这么说，我还把中央有关这方面的文件找了出来拿给他看。我还对他说，《古城斗枭雄》和我们去年出版的《盛京春秋》本来就是同一类题材，根本不涉及敏感的政治问题，按说我们是可以直接出书的。可沈副总编却说省委宣传部不同意，认为这书稿中写了张学良，而张少帅又是敏感的政治人物，所以必须把书稿上送省委和中央审阅之后我们才能出版。我当时就表示不能理解，因为张学良的传记我们社也出过的，都不需要搞得这么繁琐嘛。可他偏要说这是部里的意见，杨瑶你说，让我还怎么办？”

“啊——？”杨瑶听到这里，才知道事情远不是此前所想的那么简单，前景也并非乐观。沈跃龙多次对她表示：“没问题，没问题！”竟然是想把《古城斗枭雄》长期压在手中，最后彻底封杀的一个借口。她看出老总编居然在沈跃龙托词面前失去了从前让她敬佩的果断，反过来违心迁就一个副总编。杨瑶再也忍不住了，冲动地说：“没想到沈跃龙会这样对待一部书稿。老总编，《古城斗枭雄》虽然写了张学良，可他并不是书中主要人物。再说，我们出过一本《盛京春秋》，里面也写到了张学良呀，社会反响不是很好吗？为什么《古城斗枭雄》就一定要上送审批呢？”陆炎性格中软弱的一面，在他行将进入退休行列之时不可避免地显现出来，他叹息一声：“我也是这么说，可他却拿省委李部长来压我，你说，我该怎么办呀？”

杨瑶情知她的话已无作用，可她仍然在总编面前据理力争：

“老总编，您也知道，如果把一部根本不需要专报的书稿，有意推给上级究竟会有什么结果？或许会无限期压在上面，重要的是错过了最好的出版时机，让《古城斗枭雄》成为没有新意的废稿！因此，我们不能看着沈跃龙这样胡来，他这不是为社里负责，他是为一己之私在拆台啊！”

陆炎仍然打不起精神来，沈跃龙那双眼睛似在暗中盯着他，压得他喘不上气来。半晌他无奈地摊开手说：“杨瑶，报就让他报吧。”

杨瑶感到胸臆间有一股怒火在奔窜。她也清楚继续依靠陆炎成全此事已经不可能了，她愤愤地一跺脚说：“太卑鄙了！我要亲自去找康社长，我不能眼看着社里受到损失，作者受到损失呀！……”

第四章

杨瑶与沈跃龙的恩怨

社长康平最近正住在城郊一家医院里。

当杨瑶从城区赶到位于松花江东岸的医院时，已是下午时分。她见江岸那片在冬阳下熠熠生辉的银白树挂异常耀眼，雪后的层层柳林宛若“千树万树梨花开”。医院就坐落在这结满银白树挂的柳树丛中。杨瑶来城外求助社长康平，本属无奈之举。因康平历来在社里很少过问陆炎职权范围内的事情，到现在她还记得起来，当年她因出版《煤城血祭》和同在一家出版社供职的沈跃龙发生不快的冲突，康平就对她说过：“沈跃龙这个人有才，但心胸狭窄。你不要理他就是了！”那时的杨瑶刚来松江出版社不久，她是用业余时间完成大学见习期间积累的创作素材，经过几年的夜间写作，最终完成并出版了处女作长篇《煤城血祭》。康平对颇有才华的女编辑非常看重，就在她出版《煤城血祭》不久，是康平力排众议把在出版社只有四年工作经历的杨瑶，大胆推上编辑室主任位置的，因此她对康平始终颇有好感。杨瑶没有想到的是，当她的《煤城血祭》出版并收获好评如潮的时候，平时对她客气谦恭的沈跃龙，会在杨瑶事前毫无警觉的情况下，突然在省报副刊发表一篇题为《不该如此宣扬资产阶级人性论》的文章，其矛头所指，正是被他亲切称为小师妹的杨瑶！

杨瑶初时不知作者“投枪”是何许人。只觉得这篇文章写得过于偏颇，是一篇带有恶意诽谤性质的极端文字。让人不解的是，文章作者在九十年代仍然还用“文革”时期极左腔调批评改革开放后的文学作品。杨瑶并不是喜欢吹捧而不敢倾听不同声音的女作者，她知道《煤城血祭》发表后在东北和北京所受的专家好评，多半是文学界前辈对她这后起之秀给予的关爱与支持，而她也不认为自己的处女作真像人们所说的那么完美。本来，像“投枪”这类批评文稿她也是渴望见到的，在杨瑶看来，文学作品能够有不同声音进行争鸣并不是一件坏事。如果“投枪”在文章中能指正她一些创作中的缺陷，无疑对她将来进行写作会有极大的益处。然而让杨瑶读后无法接受的是，“投枪”不是从三十年代煤矿工人与日本煤矿把头斗争的主基调来品评她作品的得失，而是抓住她书稿中塑造的一个人物——日本女人“山田枝子”入手，尖锐指责作者刻意用大量篇幅美化日本把头的妻子，意在宣扬所谓的“资产阶级人性论”，甚至还认为杨瑶的《煤城血祭》意在为日本侵略者歌功颂德。

杨瑶万分委屈。山田枝子是她在矿区实习时从大量珍藏史料中发现的真人真事，在当时日本侵占煤矿的时候，日本把头山田是个无恶不作的关东军凶神，而这个杀人恶魔的妻子山田枝子则是体恤中国矿工的贤惠女性，后来当她听说山田因矿区发生瓦斯爆炸而不顾井下数百工人的性命强行封矿时，是山田枝子挺身而出，以生命抵抗企图封井的大批日本军警，救出了很多生命垂危的中国矿工，最后山田赶过来下令日本军警无情封井，又开枪杀害了自己的结发妻子山田枝子！杨瑶就是根据发生在这座矿山里的真实历史事件来写这个人物的，杨瑶认为在日本关东军中有像山田枝子这样的善良日本女性，这是历史的真实，因为日本人中也有反战的好人，而她这忠实于历史的文学作品，显然要比那些毫无根据地虚构生活或曲解历史的作品更有价值。杨瑶为驳斥“投枪”那篇攻其一点不及其余的文章，曾经挥笔写就一篇《真实再现历史就是宣扬人性论吗？》的文章。杨瑶在这篇文章中，首次披露了《煤城血祭》的创作过程，尤其说明山田枝子的生活原型就来自三十年代日本关东军的家属，其冒死保护中国矿工最后遭到其夫的枪杀，都是生活中的真人真事。她无法苟同“投枪”所谓的“宣扬人性论”观点，就在于她认为日本侵华军及其家属之中，并非没有善良的反战者。而山田枝子在其夫下令封闭煤矿，井下数百中国煤矿工人将要惨死的危急时候，出于善良的天性拼死阻拦日本人封井，并没有什么不可以触及的。她甚至认为，“只有写出山田枝子这一善良美好的日本女性形象，才能更加有力反衬以把头山田为首的日本侵略者的残忍与可恶”。因此杨瑶不认为这是宣扬“人性论”，更不是“投枪”所说的《煤城血祭》是“卖国文学”和“媚日文学”！

本来，省内一家有影响的报纸已经决定刊发杨瑶的《真实再现历史就是宣扬人性论吗？》，甚至稿子已经进厂发排。可是，不知什么缘故，后来报社又悄悄地撤了稿。杨瑶不肯就此屈从，她又把此稿投到北京，一家更有影响的报纸马上就同意发表。可就在这时候，杨瑶没想到社长康平竟然亲自找她谈话。

“杨瑶，你是咱们社里的女秀才，听说你不仅写小说，论文也写得很棒啊？”康社长早年在省委宣传部当干事的时候，也是一个有名的“笔杆子”。只是他自下派松江出版社任职以来，就渐渐疏远了写作。不过他虽然工作在出版社，兴趣还在上面。他和总编辑陆炎截然不同，康平喜欢的是在官场里走关系，而且喜欢与官场中的首长们拉拢关系。他本人很少有时间读书，却又不断把社里出版的新书，一批批送到省委各部的领导桌上，有些重点图书康平还要亲自送到省委主要领导的手中，有些首长他不便直接接触，就把新书送到秘书手里。康平在社里主要管人事方面的工作，平时和杨瑶的来往不多。杨瑶没想到，康社长一见面就谈她能写“论文”，搞不清自己刚被省报“毙掉”的一篇文稿小样怎么会落在康平的手里。他指着那篇未能发表的《真实再现历史就是宣传人性论吗？》，对她说：“你看看，你看看。这文章写得多么有力度！杨瑶，我没想到‘文革’结束这么多年了，你们仍然还在讨论什么‘人性论’。真有些不可思议啊！”

杨瑶一时没猜到康平的真实意思，便说：“康社长，不是我想讨论‘人性论’，而是有人说我的《煤城血祭》是宣扬‘人性论’的作品。您说，我对于指责能不做任何反应吗？”不料康平竟把手一摇，说：“不一定，不一定。如果是我的话，就不会再写这种没意思的文章了。杨瑶，你是《煤城血祭》的作者，你就该认真倾听各种意见嘛。当然有正面的褒奖，也要听得进深刻的批评。不管批评者说得有无道理，你总该让人家把话讲出来嘛。你要知道，让人家讲话天不会塌下来的。如果你要搞反击，那你就显得不够成熟了。让人家见了，会说你没有胸怀，没有接受批评的勇气，你说是吗？”

杨瑶被他一番话说得怔在那里。她没想到康平会插手这类事，更没想到他的观点如此明朗地站在“投枪”一方，杨瑶不得不表明她的立场：“康社长说得有道理，一部作品出版后是应该多听不同意见的，如果‘投枪’的文章说得中肯，我当然喜欢听。但是，文学的批评历来都讲批评和反批评的，因为只有争鸣，才能繁荣文学。我写的这篇文章，就是为了争鸣。这样做有利于读者明辨是非，这有什么不好呢？”

康平笑了笑：“是啊，我的女秀才，争鸣当然是好事。可是，你写这种文章，也要看一看批评的对象是哪一个，而且还要看一看受到你批评的人有无背景。这个背景非常重要，一定不要顾此失彼。再说，你还要顾及咱们社内部的安定团结嘛！”

“顾及社里的……团结？”杨瑶惊愕住了，一时没有明白康平的意思。自从署名“投枪”的文章在省报见报以来，社里很多同情杨瑶的编辑都在愤愤指责“投枪”的文学观点和立场，有人甚至称“投枪”是“文艺投机商人”。可今天她听了康平一席话，才感到事情的复杂性，更没想到“投枪”会和自己所在的出版社有什么关系。因此杨瑶追问说：“康社长，莫非‘投枪’和咱们社有关系？”

康平还是笑眯眯地望着她：“当然有啊，莫非你到现在还不知道，‘投枪’就是沈跃龙的笔名啊！”

“您说什么，沈跃龙原来就是‘投枪’？”听了这话，杨瑶好像后背突然挨了一支暗箭，顿感痛及肝肠。她刚进这家出版社时，沈跃龙在杨瑶眼中还是一位温文尔雅的学长，两人经过交谈还曾是省城这所名牌大学的校友，只是沈跃龙早毕业几年，然后到北京继续深造。在彼此接触中杨瑶发现沈跃龙学识渊博，因此她便产生了几分敬重。尤其是杨瑶破天荒出版小说《煤城血祭》以后，第一个跑来向她表示祝贺的人，就是文艺编辑室的主任沈跃龙。他说为有她这样的校友感到高兴，杨瑶对沈跃龙老大哥似的关爱也铭记心间。可她做梦也没有想到，这时候沈跃龙竟然在省报上化名抨击她，指责她。而且沈跃龙竟以“宣传人性论”这种“文革”时期的政治腔调上纲上线。也就是从那天开始，杨瑶虽在康社长软硬兼施的劝阻之下，撤回了在北京某报将要发表的文章，但在她心底却对沈跃龙画了一个偌大的问号。她不明白沈跃龙为何要做这种阳奉阴违的事情。如果说她的小说《煤城血祭》确实存在什么错误，沈跃龙为什么不可以当面向她提出来，反而要把想说的话一股脑儿捅到报上去。而且他还使用了一个

"投枪"的笔名，沈跃龙显然在做见不得阳光的事。正因为如此，杨瑶眼中的沈跃龙形象忽然发生了根本的改变，老成持重的正人君子，怎么就变得让她看不清本来的面目了。接下来就是沈跃龙无原则地退掉一个县城作者的稿件，这件事发生以后，杨瑶对沈跃龙越加感到陌生和警惕。这也是她当初为什么一定要设法寻找茅剑秋的深层缘故。实践证明，沈跃龙退掉的《盛京春秋》确是一部不可多得的稿件，她决定扶持这部有可能因沈跃龙的原因造成埋没民间的作品以后，沈跃龙对她的敌意加重了。而今，让杨瑶倍感痛苦的是，就在她急于把茅剑秋第二部作品推出来时，沈跃龙又以副总编的权势之手，想把书稿打进冷宫。心性纯洁的杨瑶既然对沈跃龙的打算早已洞若观火，她岂能让他再次得逞？

杨瑶已经走进那雪松环绕的江边医院，她要在沈跃龙把《古城斗枭雄》以"送审"为借口束之高阁之前，设法游说在这里养病的康社长。只要康社长敢于支持她，杨瑶仍有可能马上把茅剑秋的书稿在春季订货会上隆重推出。可就在她走进住院部大楼时，忽然发现路边那辆熟悉的小轿车！她认出那是出版社专为沈跃龙配备的专车，这说明沈跃龙又走在了自己的前面，他已经估计到杨瑶可能要走这步棋，所以捷足先登。杨瑶马上收住了脚步，她在思索着自己究竟应该怎么办。

"作家"下岗，当上了小贩

飘雪的严冬就这样过去了。茅剑秋没想到省城的女编辑杨瑶自从收到他寄去的书稿《古城斗枭雄》以后，从此再也不曾给他打过电话。

这是让茅剑秋百思不解的怪事。电话中那个温和甜美的女人声音，已经几个月时间没联系了。杨瑶的最后一次电话，是去年冬天 11 月初打来的，当时她刚收到茅剑秋寄去的长篇《古城斗枭雄》不久，杨瑶就在电话中以抑制不住的兴奋告诉他："放心吧，茅老师，我粗略地翻了一下，感到这部稿子比《盛京春秋》写得还要厚重。如果顺利的话，下月初就可以发排了，赶北京的春季图书订货会应该没有问题。只要新书出来，我马上就给您寄去！"自杨瑶那次电话以后，茅剑秋一直在等盼省城的好消息，日夜期盼着散发油墨香味的新书寄过来。茅剑秋甚至还在头脑中构思许多美妙的前景，他估计如果此书在北京订货会上一炮打响，有可能再次引起媒体的关注，报刊的轰动效应应该是没有问题的。如果一切按正常的轨道发展，也许还会有电视台对作者进行采访，届时他将再次面对记者。茅剑秋觉得他有许多心得体会，要通过电视告诉广大读者。茅剑秋越想越兴奋，他甚至在想如果再有电视采访，他能够说些什么。茅剑秋知道面对记者时一定要考虑谈话的新意，一个作者凡有新作品面世，读者不仅要求新书的内容要有新意，同时也要求作者在谈创作体会时同样要有新意。不然，读者就会厌烦。是啊，一个作家头脑中始终要酝酿全新的创意。你说出来的话和写出来的书，也才会有众多的读者。当然，也只有如此，才会让出版社获得更多的收益。

茅剑秋认为，这次创作《古城斗枭雄》的体会，显然和处女作《盛京春秋》有所不同。尽管它是在《盛京春秋》之后面世的，但茅剑秋知道这部书稿的构思时间要比前一部更长一些。因此只有他才知道《古城斗枭雄》比《盛京春秋》揭示的东北军内幕更为深刻，在人物刻画与历史事件的总体结构方面，茅剑秋也刻意做到精致和耐读。作品的艺术性与思想性他本人是满意的，所以茅剑秋不怀疑这部书稿在出版社三审过程中能出什么意外，而且已经初步翻阅书稿的女编辑杨瑶已有电话打来，这说明她有心中的底数。他知道依杨瑶的慎重，书稿质量不过关她是不会轻易给作者打电话的。

然而事情往往不以茅剑秋的主观意志为转移。整个一月份杨瑶没有任何信息。初时茅剑秋还以为杨瑶正处在紧张编辑和发排阶段，为赶一年一度的图书订货会，她没有时间和作者联系。再者，他也了解杨瑶是个女人，她的女儿虽然在北京读书，在外地做大生意的丈夫又经常不在家里。这样就有许多家务事全靠杨瑶一人操持，她哪有闲暇时间随便给辽县的作者打电话呢？再说，杨瑶已经明确表示稿件让他“放心”，还有什么话再需要与他交流呢？

就这样，茅剑秋耐心等待着，冬天的大雪一场接着一场。在茅剑秋记忆中，似乎这个冬天比任何一年都寒冷无比。奇寒的原因就因为雪多雪大，北风频频席卷鹅毛大雪在辽河两岸昼夜呼啸，河冰比往年结得厚实，城区民宅的屋檐下也挂上了参差不齐的闪亮冰凌。茅剑秋望着窗外屋檐下的冰凌，有时会这样想：杨瑶会不会在编稿过程中遇上什么麻烦？想到这一层，他就不禁想起去年有人从省城给妻子晓月寄来的一包照片。那些躲在阴暗角落偷拍的所谓“艳照”，其实已向茅剑秋通告这样一个严峻的现实：C城早就有人在暗中注意杨瑶与一个男性作者的来往了。不然，谁会注意他和杨瑶一起吃饭和喝咖啡这类再寻常不过的小事呢？偷拍这些照片的人，分明知道他和杨瑶只是极为普通的工作交往，为什么偏偏要把它们当成“艳照”寄给妻子梁晓月呢？这足以证明，偷拍者用心险恶，他匿名邮寄照片的用意，当然不仅为了搅乱他和妻子的生活，而是希望这些男女在一起的交往照片，最好引起茅剑秋家人的纠纷与不和。甚至那人还希望收到“艳照”的梁晓月借机大闹，一直闹到省城出版社去才好。如此看来，偷拍匿寄这些“艳照”的人，并非为了让他茅剑秋手忙脚乱，而是把可怕矛头直指松江出版社的编辑室主任杨瑶！

想到这里，茅剑秋忽然对杨瑶不来电话产生了种种联想。他的书稿也因此变得吉凶难卜了。茅剑秋不得不把已经有过两面之缘的沈跃龙考虑进去，他毕竟退过《盛京春秋》这部书稿，他毕竟有愧于他，他毕竟不愿意见到杨瑶编发遭他否定的书稿，而且杨瑶又出乎意料地获得了意外成功。这件事别说沈跃龙会成为一块无法消除的心病，就是他茅剑秋置身其中，也会因此嫉妒杨瑶。茅剑秋始终在想，沈跃龙和这些匿名寄来的“艳照”究竟有没有关系？他很想把自己的怀疑告诉给省城的杨瑶，提醒她注意身边的人。可是，茅剑秋很快就打消了这个念头，他和杨瑶终究是编辑与作者的简单关系。他不能随意介入她独立而封闭的世界。更不想猜测她和沈跃龙的关系，如果偷拍匿寄“艳照”的人不是他怀疑的沈跃龙，如果杨瑶与沈跃龙在工作中并无任何磨擦，那么他茅剑秋此举就会破坏杨瑶心中已经形成的良好印象。因此，茅剑秋没有贸然拨通省城的电话，他只能耐心等待，决不能经常电话催促。

茅剑秋就这样怀着忧喜参半的心情，迎来了2003年的早春。在这个充满紧张、忧虑和不安的春天里，他仍然得不到任何有关《古城斗枭雄》的消息。杨瑶的电话总是盼也盼不来，而他又不敢轻易打这个电话。如果她在出版社确实遇上麻烦，茅剑秋再去催促，肯定会让她越加烦躁。不过他十分心安的是，与杨瑶尽管只在省城匆匆一面，茅剑秋却认定她是个言而有信的人。她绝不会轻易放弃他的作品，退一万步说，即便他的书稿无法通过，杨瑶对他也能有一个交代。

就在茅剑秋为书稿下落忧虑不已的时候，他身边发生了一件麻烦事。工厂第一批下岗名单在春节后公布了，而他的名字就在其中！

在整个一个冬天里，茅剑秋都生活在紧张的氛围中。尽管工厂正在搞下岗动员，他的抄纸车间更是人心惶惶。但唯独茅剑秋不为所动。他在车间两耳不闻窗外事，无论白班还是夜班，始终坚守在抄纸机前。有人问他怕不怕下岗，他就笑着说："该我下岗我就下，不该我下岗我就跟班生产。"茅剑秋因一部《盛京春秋》在省城名声大噪以来，他所在的辽县已有人开始注意他了，据说县委书记有一次在精神文明建设会议上，提到了茅剑秋的名字。还有消息说，县长也在另一次会议上表示："我们辽县出了一个茅剑秋，他是个人才，可我不明白，像茅剑秋这样的人为什么要搞业余创作呢？”县长这番话的意思，是有意提醒县文联应该重视并抽调茅剑秋搞专业创作，可他听了只是一笑。茅剑秋清楚知道自己早就该进县文联从事专业写作了，然而主席黄文远始终无法接受他，这是一个无法逾越的障碍。黄文远喜欢的是像孙中飞那种吹吹拍拍的人，而茅剑秋性格木讷，只会埋头写作，不会左右周旋。茅剑秋深知如今的县文联，已不再是单纯联系文化人的群众团体，似乎也变成了地道的小官场。黄文远和孙中飞尽管多年一直没发表什么文章，更谈不上写出有轰动效应的作品，可他们居然上上下下周旋得十分热络。而像茅剑这样真正把毕生贡献给写作的人，却无论如何也休想踏进县文联的门槛。

三月里，茅剑秋上了最后一个夜班。

这也是最紧张的一夜。半夜里机械出了故障，茅剑秋尽管知道次日就要公布下岗职工名单，可他仍然无事人一样，凡事都认真操作。出事故后他和几个维修工在纸滚前面忙碌，一直干到凌晨时分，抄纸机总算修好了。这时他才发现车间外正飘着棉絮般的大雪。立春以来，又接连下了三场大雪，偌大厂区一派银白，高高水塔上氤氲着白蒙蒙的水汽，雾蒙蒙中大小厂房的人字形屋顶上积满层层皑皑白雪。茅剑秋没想到倒春寒的冷意竟然这般彻骨，就在茅剑秋准备交班时，有人把他从机声隆隆的抄纸车间叫到车间办公室，原来胡主任正板着脸等着他。“剑秋，这可是你自己写的《决心书》吧？”茅剑秋见了胡主任那脸色，马上就明白有重要决定向他宣布。只见胡主任从抽屉里翻出一张横格信纸，拍在他面前桌上，茅剑秋见是几天前车间吩咐他写的《下岗决心书》。立刻意识到他离开工厂的时候到了，便坦然说："如果我没有猜错，第一批下岗的名单里就有我茅剑秋吧？"

胡主任原以为茅剑秋会和他纠缠不休，可他没想到对方对此早有所料，便有些不好意思，说："剑秋，实在没办法，你毕竟是厂里不可多得的秀才啊，可这次下岗要保留的都是技术老标兵，你尽管会耍笔杆儿，可毕竟不是技术骨干，再加上你又主动写过下岗决心书。所以我也留不住你了！"茅剑秋有些好笑，更有些愤慨，前次写《决心书》时，胡主任在会上说，必须人人都要写。而今却说成是他主动写的，茅剑秋自知"秀才遇见兵"，索性不再啰唆，把那张《决心书》揉成了一团，丢在桌下，爽然地说："对我这样的人，下岗也不是什么坏事。胡主任，你就不必废话了。我表个态：只要车间让我回家，我决不再找你的麻烦！"说罢就有迈脚离开的意思，胡主任慌忙将他拦住，说："不急不急，我还有话对你说呢！"胡主任事前曾担心因写小说从省里红到县城的茅剑秋，会因为下岗和他"理论"一番。胡主任也非常清楚，茅剑秋尽管因文人气质太浓，甚至还有点不识时务，但他工作多年任劳任怨，群众关系很好。如今又见他对下岗没有任何怨尤，心里反而有些不安了。胡主任越见他拔脚想走，越有些不忍了，便亲自给他献茶递烟，哀叹一声说："其实你是墙里开花墙外红。你不仅不该下岗，还应该提拔重用才是。"

"提拔？"茅剑秋听了这话，心里很苦。他记得不久前县文联主席黄文远请他吃饭时说的一番话："剑秋，县委和县政府领导对你在省城出版作品非常重视。其实，现在你在工厂里确实埋没了人才，如果不是受编制的控制，我早就想把你调到县文联了。当然，你最好还是到省里去发展。”茅剑秋当时没真正理解黄文远话里的意思，后来有人告诉他，黄文远请他吃饭，是因为县委书记要黄文远考虑调他进县文联从事专业写作，黄才不得已而为之。如今他没想到自己非但没被提拔，反而丢了铁饭碗，第一批下岗名单就有他的名字。

“你呀，剑秋，有才是有才，只可惜你把兴趣都用在写作上了。”胡主任也许良心发现，忽生恻隐地叹息说：“如果你有孙中飞那上蹿下跳的本事，早就应该高升喽！”

“你怎能把我和孙中飞相提并论？”茅剑秋虽然走在人生下坡路，但他仍然不屑与文坛混子孙中飞为伍。孙中飞也是从军队退伍的，可他回到地方以后，竟把自己胡诌的几句打油诗当成了进入文联的敲门砖。不仅很快走通黄文远的路子，还因孙中飞善于交际，经常出没在省、市两地文联和作协，人脉关系非常丰厚。他靠吃吃喝喝结交了一批文友，至于他写的那些打油诗，居然也靠吹吹拍拍不时见诸省市两级的刊物。不过，在清高自重的茅剑秋眼里，孙中飞永远是文坛的一介小丑。

“你呀，剑秋，你可不要小看孙中飞，”也许是终于拔掉了眼中钉，胡主任忽然对一度厌恶的茅剑秋产生几分同情，“告诉你吧，如果你不得罪孙中飞，也许你不至于有今天呢！”茅剑秋对胡主任忽发的感慨自然不知所云，更不知孙中飞和他下岗有何关系。只有胡主任心里清楚，早在车间酝酿下岗名单之前，孙中飞就悄悄进厂活动了，意在让因出书得意的茅剑秋“下岗”。当然孙中飞的上下游说，恶语中伤，与黄文远正受到舆论的压力也不无关系。

原来早在当年夏天，茅剑秋挥汗如雨躲在家中小阁楼修改《古城斗枭雄》时，黄文远就在悄悄打探他的消息了。他从沈跃龙那里得知杨瑶又在筹划出版茅剑秋新作，气得他一夜不眠，暗暗叫苦：“茅剑秋这是给我们文联添乱啊！”黄文远对茅剑秋暗暗生恨，便向文联干事孙中飞发起了牢骚：“没想到茅剑秋也能成气候？听说出版社的杨编辑，是个漂亮坯子，她怎能看中茅剑秋这种人呢？”

“是啊，我也觉得奇怪，杨瑶的老公可是省城有名的大款呢！”孙中飞对茅剑秋一夜走红也颇感意外，他没想到从前默默无闻的茅剑秋，突然进入了创作的旺盛期。一般作者在出版一部长篇之后，至少要经过三五年的休整期，才有可能再次进入新的创作期。而茅剑秋的《盛京春秋》刚刚轰动不久，又要有长篇小说《古城斗枭雄》将在省城面世，这对多年以打油诗到处张扬的孙中飞而言，就是不可思议的怪事。孙中飞见黄文远脸色不好，慌忙站起说：“主席，您千万别听外面瞎吹，我就不信茅剑秋还有新书出版，他们工厂可正闹下岗呢，他将来饭碗都丢了，还有心思搞创作吗？”

黄文远埋头吸烟，甩他一句：“我看让茅剑秋下岗不那么容易。他已经成了省城名人，工厂如果让他下岗那还了得？”孙中飞说：“不必担心，主席，我有办法。我早就去厂里吹了风。我说，如果像茅剑秋这样不务正业的人不下岗，将来就让银行停了他们的贷款。我舅可是县银行的行长，我就不信厂长敢不把我的话当回事。”

黄文远虽暗恨茅剑秋，担心他在省城继续出书，从而造成对他的舆论压力。不过在孙中飞面前却说：“其实茅剑秋下岗不下岗，也不关我什么事。我倒是担心你呀，孙中飞，如果茅剑秋继续这么闹腾，你在文联的位置可就危险了。你虽名为诗人，可几年也发不出作品来，你让我怎么面对县领导？如果没有茅剑秋，你还可以在文联混下去，如今不同了，茅剑秋的名声越来越大，县领导已经过问了……”

孙中飞听了越加心虚，他忽然发狠地吐掉烟蒂：“不能让姓茅的得逞，有我没他，有他没我。我要让他断了进文联的路，马上找我舅舅，让他给造纸厂施压，非让茅剑秋下岗不可，我就不信一个下了岗的人，还能进县文联吗？”黄文远正中下怀，却不露声色，一本正经地说：“茅剑秋也真是一条卧龙，生活在社会底层，也能写出让省城震动的作品，让人不得不佩服！”孙中飞越想越感到憋闷，把烟蒂狠狠一吐，说：“不行，有我孙中飞在，他茅剑秋就休想成气候。明天我就去省城出版社，我要去介绍介绍茅剑秋其人，我不信杨瑶还敢出他茅剑秋的书……”

尽管茅剑秋委屈，知道这些年他的写作并没有影响工作，也从胡主任话中猜测有人暗中为他设下障碍，可他无法改变下岗的既成事实，只好收拾工具箱里的什物，在一群同情者的叹息声中回到了家。

“这世道真不公平，就凭你现在取得的创作成果，本该到县文联工作，文联就是笔杆子待的地方，可谁能想到你如今连工人也当不成了！”得知茅剑秋突然下了岗，最不能接受这一现实的就是妻子梁晓月。她没想到从部队退伍的丈夫，多年在纸厂里勤勤恳恳三班倒，到头来竟如此下场，气得她愤愤地拍桌子说，“剑秋，你为什么不去找县长评理？县长和县委书记不是在会上说你是难得的人才吗？天下哪有人才下岗的道理？”茅剑秋苦笑着说：“让我去找县长和书记，他们认识我吗？再说，下岗也不是从此就断了生路，那么多下岗的人中，难道就没有比我强的人才？”梁晓月越想越感到不公平，说：“县里有几个人能写出长篇小说，不就是你茅剑秋一个吗？为什么像孙中飞那种混子能在县文联，你连铁饭碗也打了？剑秋，你不去上访，我就替你去县里找领导。就不相信天下没道理可讲了！”茅剑秋拉住想往门外冲的妻子，苦苦劝道：“下岗我是写过决心书的，你就是找县长和书记评理，我也再不能回厂上班了。活人不能被尿憋死，我看，不如让我跟你一起经营服装吧！”

梁晓月听了，漂亮的大眼睛一亮，困惑地望着在沉重打击面前不肯服输的茅剑秋，问：“你也想做服装生意？莫非你能跟我一样去摆小摊叫卖吗？”茅剑秋嘿嘿笑了：“摆摊叫卖怎么了，如今下岗自谋职业的人多着呢。晓月，你别怕，我不仅能跟你一样摆摊床，我还可以替你去省城进货倒腾服装。如何？”梁晓月见丈夫随遇而安，不气不馁，当初担心茅剑秋遇事想不开的她，忽有绝处逢生之感。她知道茅剑秋不仅能要笔杆，也是有技术的工人。将来如果夫妻一起经营服装生意，倒也是解决全家温饱问题的途径，便答应了他，说："我正好缺个帮手，你就跟我一起干吧。剑秋，老天爷饿不死瞎麻雀，咱明天就干起来吧！"

从2004年春夏之交开始，茅剑秋就和妻子一起进货，然后在县城的商场里摆摊。让梁晓月大喜过望的是，茅剑秋到省城进货，让她的生意忽然变得兴隆起来，因为茅剑秋对时装有独特的眼光，他会观察什么季节进什么时装。只要他进了货，摆摊时就会被女顾客们围得水泄不通。这和梁晓月进货大不相同，梁晓月进的都是滞销货，女人们不喜欢，有些积压过时，最后不得不贱卖。可茅剑秋不仅进的女装样式美观，而且价格合理，符合小县城的购买水平，因此几天光景就被人抢购一空。梁晓月发现，丈夫之所以进货与众不同，显然也和他多年对艺术的追求不无关系。这样一来，梁晓月见生意越来越红火，索性就把去省城进货的工作全交给了茅剑秋。茅剑秋虽然把时装生意做得风生水起，可他仍然不想丢掉多年痴情的写作，只要有时间，他仍然在夜里读书或伏案笔耕。梁晓月见了，尽管不以为然，却说："咱做服装生意就可以解决吃饭的问题，你为何还要苦苦地写呀写呢？"茅剑秋在写作上与妻子没有共同语言。他仍然牵挂此时积压在松江出版社的书稿《古城斗枭雄》。算来杨瑶和他已经断了联系一年有余，其间他虽多次前往省城，也想拨一个电话给杨瑶，询问书稿的下落。因为这时南方有一家出版社主动给他打来电话，询问可否将《古城斗枭雄》交给他们出版。茅剑秋没敢答应，因为得不到杨瑶的答复，他不想做没有信义的事情。他知道尽管杨瑶没有任何信息，但他始终认为杨瑶是个讲诚信的编辑。他不能见异思迁，他还记得杨瑶前次对他的许诺：“放心！我会为这部书稿负责到底的。”

C 城对茅剑秋不再陌生。为了生计，他开始不时前往省城进货，本来有充足时间可以直接去出版社当面向杨瑶问清楚书稿的下落，最后还是打消了这个念头。没有谁比他更了解杨瑶，他已经意识到这部书稿可能在她手里遇上了意想不到的麻烦。不然，这位认真负责的女编辑，绝对不会在长达一年多时间里既不出书也不回复。他相信杨瑶总有一天要给他明确答复的，即便最终她因无法抗拒的困难，《古城斗枭雄》不能出版，相信杨瑶也会退回稿件并作出明确的答复。

就这样，又一个炎热的夏天过去了。

在这难熬的酷热夏天里，茅剑秋俨然变成一个经营服装的商场小贩。有时他几天几夜不睡，为前往 C 城服装批发市场进货而辗转在汽车、火车上。经过一个夏天的奔波，茅剑秋渐渐熟悉了服装的选货、砍价、进货、销售等诸多环节中的经营窍门。有时他甚至因连续在几个商业网点奔忙，不得不放弃视若毕生至爱的写作，当然也忘了那部迄今仍然吉凶难卜的《古城斗枭雄》。2004 年一个初秋的深夜，茅剑秋家里的电话铃声突然急剧地响起，他从话筒里又听到那个久违了的女人声音：“茅老师吗？我是杨瑶，我正在北京出差，听说你已经下岗了，这可是真的吗？……”

茅剑秋顿住了。他太激动了，因为已经一年多不曾听到她的声音了，他没有想到杨瑶开口就问他现在是否下岗，他也不清楚杨瑶究竟通过什么途径，得知他此时的处境。杨瑶为什么要在出差北京的时候，忽然给他打来这个电话，便说：“是真的，不过，你别担心，下岗也没有什么不好。如今我和妻子一起在做服装生意，虽然生活比从前紧张一点，心情反而比从前愉快多了，也充实多了……”

“生活得愉快就好”杨瑶的话中似有特殊的关切和担忧。也许她间接听到的信息，与茅剑秋实际的生活状况不尽相同，因此杨瑶在谈到他下岗后的生活时就加重了同情的语气，“只是你说的生活更充实了，我的理解是你现在既忙于从前根本不熟悉的服装生意，又要兼顾业余的写作，这就更要多注意休息。还有，茅老师，你从前在工厂只是车间劳动，如今你开始经商了，隔行如隔山啊。因此你要多多注意身体，只要有好的身体，才能适应急剧变化的客观形势。你说对吗？”

“对对，杨瑶，你放心好了，我会注意身体的。”茅剑秋有些激动，杨瑶和他只有一面之缘，没想到她远在北京还在关心他的身体，便说：“你说得很对，当工人和经商确实隔行如隔山。不过，现在许多下岗工人都在优化组合，重新选择适合自己的职业。请你放心，我会渐渐适应新环境、新行业的，至于写作，现在我仍然不想放弃，因为文学始终是我人生的重要追求！就像吃饭和睡觉一样重要！”

“那就好，”杨瑶的声音充满了欣喜和振奋，她说：“这次我出差来北京，顺便来看看正在送审的稿子。茅老师，现在我终于可以给你一个明确的答复了，你的《古城斗枭雄》很快就要通过有关部门的审阅。批回去以后，如果顺利的话，我们社很快就要发排的。这么长时间我一直没给你打电话，就因为这部书稿需要请有关专家审读，而我在没有确切的把握之前，是不能给你谈什么意见的，现在我可以这样说了：我们新的合作成功在望！我想，你的新书最迟在今年冬天就可以出版了。到时候我会主动和你联系……”

“太好了！”茅剑秋心中悬着的一块石头终于落了地。果然不出他所料，杨瑶是一个从不轻言许诺的编辑。她多时不和自己联系，肯定遇上了难以化解的矛盾。原来他的《古城斗枭雄》自去年交到杨瑶手中以后，始终在编辑程序上进行着艰难紧张的运作。茅剑秋感到意外的是，他的作品居然被送去“专审”。在一年多时间里，他无法猜测在杨瑶那里究竟发生了什么意外的麻烦，也不知她为了这部书稿到底花费了几多心血。不过，茅剑秋还是从杨瑶在北京打电话时的兴奋声音中，得出这样的判断：杨瑶为他的书稿顺利出版，已经想了很多办法。想到这里，茅剑秋举着话筒落泪了，暗暗地对自己说：“谢谢你，杨瑶！………”

孙中飞大闹编辑部

北京的秋天别有一番风光。

杨瑶凝望着遍布香山左麓那片在秋霜下已经染成殷红的层层枫叶，她此时心境朗然，宛若明丽秋阳一般明亮。自从进入松江出版社以来，二十余年的编辑生涯，为了一部普通的历史纪实文学从东北辗转到首都北京，多次申报专家审读，这对她还是绝无仅有的一次。在一般情况下，像《古城斗枭雄》这类描写民国时期的历史文学作品，是不需从省城直送北京的专家审读的。前次她编发《盛京春秋》就是一个成功的先例。然而这次由于沈跃龙升任了出版社的副总编，由于他力排众议在社务会议上坚持此稿必须“申报”的意见，致使总编辑陆炎不得不放弃签发稿件的终审权利。杨瑶已经看出沈跃龙对一部即将出版的书稿耿耿于怀，其原因当然不是《古城斗枭雄》存有什么敏感的政治问题，而在于书稿之外不易被人所知的缘由，偏执地坚持着他决绝的立场。这让杨瑶既气愤又无奈，也许包括陆炎在内所有关心此书的编辑、发行人员们对此也大感困惑。杨瑶作为此稿的责任编辑，最后只能求助于社长康平。那天，她亲往松花江边一家医院求见正在生病的康平，没想到沈跃龙为在社长面前争取主动，已经先她一步求见康平。

“康社长，本来我可以不坚持自己的意见，不加申报就签发出版了。可是，我从这部书稿中还是发现一些我们社里无法认定的敏感问题。”杨瑶守在病室门外，她可以清晰地听到里面的谈话。沈跃龙在康平面前所谈的内容，不外是他在出版社选题研讨会上说过多次的陈旧话题，实在提不出多少必须“专审”的新问题。杨瑶没想到沈跃龙为了一部书稿竟如此煞费苦心。康平原来也赞同陆炎的意见，把《古城斗枭雄》作为普通书稿进行发排。如今当沈跃龙与老总编陆炎的意见发生尖锐分歧的时候，康平采取的应对手段还是较为圆滑的老办法，他想在双方对峙、互不妥协的情况下采取巧妙的“和稀泥”手法，将矛盾尽量加以化解。他没有想到沈跃龙居然拿出他副总编的杀手锏：“社长，这并不是我个人的意见，应该说这是部里的意见。李征夫副部长亲自调阅了这部书稿，他也认为最好送到专家那里去审一审。李副部长说，这样做要稳妥一些！”康平听了，半晌无言，直到沈跃龙告辞也没有表态。等杨瑶去求见他时，康平对这部有争议的书稿，已经权衡利弊地打好了腹稿。因此，当杨瑶从正面阐述她对这部书稿政治方面、历史史实方面不存在专家审读的必要性时，康平仍然沉默不语。平心而论，康平历来欣赏杨瑶严谨细致的工作作风，也曾在社里会议上多次肯定她把握历史题材作品的水平。当然，作为一家出版社的主要领导，康平也不能不考虑《古城斗枭雄》出版后给社里带来的经济效益。因此他在认真倾听杨瑶所谈的意见之后，并没有果断支持她，而是极其委婉地表了一个态：“杨瑶，我承认你的意见有理有据。不过，就这部书稿是否送给专家审读，社里最好不要发生不愉快的磨擦。我想，既然省委宣传部主张送审，我们就应该慎重考虑才对。”

杨瑶仍在坚持她不必送审的意见。她向康平语意尖锐地进言：“康社长，如果像《古城斗枭雄》这类历史题材的作品也要推给专家替我们审定，我们的出版社还有存在的价值吗？”

“……”康平听了这话，不由脸一红。他没想到杨瑶竟然为一部书稿不惜直言冒犯他，这足以说明这名女编辑的敬业与果敢。但康平从不直接反驳他人，而是沉吟有顷，仍然模棱两可地说：“杨瑶，你的敬业精神难能可贵。不过事关书稿送审的问题，还要再容我认真考虑考虑。我还想和陆总编沟通一下，然后再把结果告诉你，如何？”

杨瑶已经意识到她的努力无法扭转康平的犹豫与彷徨，而沈跃龙想左右她编发稿件自主权的企图现已到了游刃有余的地步。这是杨瑶想起来就万分不甘的。她不明白沈跃龙为什么总和她作对，从前她还是文史编辑室编辑的时候，沈跃龙就事事以文艺编辑室主任的资历想压她一头。她出版《煤城血祭》而他化名“投枪”向她暗刺一枪，就是一个明证；当然，杨瑶心里清楚，当初她以见习编辑的身份进入松江出版社时，沈跃龙曾经一度对她非常关照。他那种特殊的关照甚至让年轻美貌的杨瑶感到隐隐不安。因为他经常在无人在场时向她送来暧昧的目光，杨瑶每每避开，甚至不加理睬。后来一直到她和丈夫姜有松结婚的消息在社里传开，暗中窥视她多时的沈跃龙才恍然大悟般地有所收敛。接下来他对她的爱就变成了悄悄的恨，属于那种得不到就丢在地上狠踩一脚的怨恨，因此才有“投枪”向她暗刺的怪事发生。也该杨瑶与沈跃龙之间的情结剪不断理还乱，偏偏就是沈跃龙退回的一部书稿，引起了杨瑶发自内心的兴趣。与其说她喜欢茅剑秋的历史题材作品，不如说她不甘愿看沈跃龙丢弃一部可能被埋没民间的优秀作品。同样出乎杨瑶意外的是，茅剑秋的书稿经她一手推出后，居然获得了意外的成功。不仅为出版社赢得了可观的经济效益，重要的是茅剑秋的《盛京春秋》面世后好评如潮。还有，从前在国内默默无闻的松江出版社，也因为沾了这本书的光而引人注目。正因为如此，沈跃龙在升任副总编后，把杨瑶视为不可忽视的对手，原因是杨瑶随时都可能进入出版社的领导班子，陆炎因年龄关系随时都可能退到二线，而省委宣传部同样重视德才兼备的杨瑶。沈跃龙可以预见的将来，他和编辑室主任杨瑶之间，肯定还会发生更加艰难的职务竞争。也许，这就是她这次把茅剑秋的新稿《古城斗枭雄》提交社里讨论时，沈跃龙表面支持而实则暗加掣肘的主要原因吧！

偏偏在这时候，有人利用作者茅剑秋大做文章。

起因是，就在沈跃龙卡住《古城斗枭雄》不放手的时候，一天，一个油头粉面的青年人醉醺醺来到出版社。有人认出他是辽县文联的孙中飞，这自称“浪漫诗人”的家伙，进门就吹嘘与省文联某书记是“多颗脑袋差个姓的弟兄”，与省作协某主席是“生死与共的铁哥们”。沈跃龙竟在这时候也同时出场了。让杨瑶始料未及的是，沈跃龙和孙中飞居然也称兄道弟，点烟敬茶，这就给孙中飞提供了散布谣言的有利环境。杨瑶记得孙中飞那天假借醉酒，当众放肆攻击的人，就是她联系的作者茅剑秋。杨瑶本来就看不起这类吹吹拍拍的人，又见孙中飞醉醺醺的丑态，有些恶心，很想远远避开了事。哪知她听孙中飞开口就骂编辑有目无珠，轻信茅剑秋而错把劣作当成佳作，杨瑶的性格哪容得一个满嘴喷粪的小人。于是她从人群后面站出来，想听孙中飞说些什么。很快，她就听出了一些眉目，孙中飞攻击和中伤不在现场的茅剑秋，不过是两件事：一、茅剑秋因在工厂不务正业（工作时间写稿子），在这次人事重组中成了第一批“下岗”的人；二、茅剑秋的《盛京春秋》不像报上宣传的那样完美，在他看来，就是一本漏洞百出、历史知识浅薄的失败之作。孙中飞为让在场的编辑们信服，还信手甩出一份他整理的《“盛京春秋”失误表》。杨瑶在旁越听越气，漂亮的脸蛋已经气得惨白。她上前一把夺下他手中的材料，只粗略瞟了几眼，就指着孙中飞的鼻子斥责：“你说茅剑秋是冒牌作家，可你又是个什么？好一个诗人，好一个名牌作家，请大家看一看，他在这张表里罗列的所谓《盛京春秋》的历史知识失误要点，其实正是茅剑秋作品中最为精彩的部分。一些常识性的历史名词，他都不懂，还配跑到这里来指责别人？”

这时，几位女编辑都在传阅孙中飞提供的《失误表》，高楠楠忽然忍不住笑起来，说：“你这个醉鬼，难道是醉酒之后才读茅剑秋的书吗？不然，你写的怎么都是醉话和浑话呢？而且，你还把本来正确的词汇，也故意说成是茅剑秋的错误。哼，真是岂有此理！”周慧见了那张表，也感到有些荒唐，就给一旁的沈跃龙丢了眼神，说：“可别让他在这儿出丑了！”女编辑们的笑骂指责，让孙中飞忽然酒醒了几分。可他既然来到松江出版社，就不情愿灰溜溜地离去，因此他仍在那里强词夺理，对杨瑶大声地说：“杨编辑，你知道现在我县群众都怎样议论你吗？他们说你是看中了茅剑秋的傻劲，才发了他的书稿。我真替你担心，一只脚踩在狗屎上，你就不怕沾了茅剑秋身上的晦气？告诉你，姓茅的可是个风流情种，见了漂亮的女人他就狂追，是一个为人不齿的老花货呀……”杨瑶听到这里，愤慨而鄙视地朝他唾了一口，说：“茅老师绝对不像你说的那样卑鄙，只有卑鄙的人才会这样背后向别人身上泼污水！”高楠楠也骂了起来：“茅剑秋我们都见过面的，他是个老实人，你不要在这儿败坏他人名誉，小心茅老师将来到法院起诉你侵害名誉权！”

守在一旁的沈跃龙，见理屈词穷的孙中飞甩出了下作的杀手锏，担心他继续在社里闹腾下去，会引起不良后果，就站出来佯怒地把他往门外轰赶：“姓孙的，你有理讲理，谁让你跑到我们社胡乱往别人身上泼污水？杨主任虽然发了茅剑秋的稿子，那是杨主任不了解作者的真实情况，你怎敢这样放肆无礼，还不快给我滚出去……”

杨瑶原想和孙中飞继续理论，还想为受到中伤的茅剑秋讨还公道。但她见沈跃龙和孙中飞眉来眼去的样子，心头不禁暗暗一动。莫非这所谓的辽县“诗人”造访，与道貌岸然的沈跃龙也有某种关系？……

孙中飞如此一闹，对《古城斗枭雄》是否报送专家审读举棋不定的社领导们，忽然都变得认真起来。也许是孙中飞那句“像茅剑秋这样的作者，不可能写出有价值的作品”话在起作用，社长康平对“送审”的态度忽然变得坚定起来，此前摇摆不定的陆炎也不再坚持马上发稿了。因为社长康平的态度，茅剑秋的新作《古城斗枭雄》最后只能走报审这条路了。杨瑶知道她无法改变这一既定事实之后，只得退而求其次，就是尽量避免沈跃龙插手。杨瑶深信像茅剑秋撰写的《古城斗枭雄》，很可能获得肯定。因为她是研究近代历史的，同时也一直编辑与民国史相关的书稿，杨瑶清楚茅剑秋所写的关东民国年间发生的军阀混战，史实清楚，立意纵然新颖，但绝对是在唯物主义史观基础上来展示东北军将士的爱国情怀。至于茅剑秋笔下出现的张少帅，他既没有无限制地“拔高神化”，也没有刻意加以曲解贬损，因此她断定这是一部既有极强可读性也符合时代要求的作品。即便请史学界的权威负责审阅，只要审读专家不抱偏见，《古城斗枭雄》应该能得到批准。

杨瑶担忧的还不是送审本身，而是执意要书稿走这套程序的副总编沈跃龙。杨瑶看到沈跃龙在争得《古城斗枭雄》必须送审的主动权后，接下来他又并不热心送审。杨瑶急在心里，却又插不上手，因为稿件一直压在沈跃龙案头，如果上报是需要他签字并由总编室负责的。这样就拖到春季订货会结束，仍然没有任何动静，后来她只好请总编辑陆炎出面催促，沈跃龙也觉得继续拖下去不是办法，这才把书稿送到省出版局，请专家审读。杨瑶一直在等候审读的结果，以便给作者茅剑秋一个答复。可让她为之焦虑的是，从春天盼到初夏，此稿竟如石沉大海一般，没有任何动静。她万般无奈，只好亲自到省出版局询查，这才发现那部春天送来的书稿，此时仍然压在局里而无人送往北京。杨瑶几次电话催询，最后她只好亲自去找出版局局长，局长这才告诉她：“书稿理当由你们出版社送到北京，而我们早就在催你们来人取稿了呀。”杨瑶这才知道，还是沈跃龙从中作梗，他迟迟不安排送稿才是审稿无法正常进行的原因。

陆炎见杨瑶气得浑身发抖，索性息事宁人地劝她说：“杨瑶，你不要生气。莫非你还没有发现文坛如今也很黑暗！”杨瑶却说：

“我知道这几年文化界也不平静了，有人早就把官场那一套邪风歪气带到咱这本该平静的出版社来了。可这次我再也忍不住了。这书稿毕竟是我组来的，非要逼我送审也要真送去审才行啊！您说说，现在卡在他那儿，不上不下，这算怎么一回事呢？”陆炎为此动了肝火，冲沈跃龙震怒地拍起了桌子：“你如果再这么横着来，我就提前退休好了！”沈跃龙哪还敢软磨硬泡，最后他安排女编辑周慧专程去了一次北京。杨瑶从此就把书稿的命运寄予在北京某历史研究所的审读上。好不容易，一个炎热的盛夏过去了，可是送审的书稿仍如泥牛入海一般没有任何信息。到了秋天，新一年的订货会又在紧锣密鼓地筹划之中。这时，老总编亲自过问杨瑶：“稿子可有了消息？”杨瑶告诉陆炎，《古城斗枭雄》已经由历史专家审读。陆炎知道如不马上派人前往催促，很可能又误了明年的春季图书订货会，因此，杨瑶才借去北京办事的机会，亲自询问有关《古城斗枭雄》的审读进展情况。让她大喜过望的是，负责审读茅剑秋这部书稿的专家，原来都是她从前大学读历史系时的学友。这样，她就可以直接找负责审读的人员面对面谈情况了。

“这是一部让人读罢兴奋不已的书稿，作品再现了民国时期东北军阀争锋割据的历史现场。”当杨瑶在学友们引荐下，面见主审此稿的一位老教授时，她终于心中有底。因为须发皆白的老教授出口成章，只用几句话就概括了茅剑秋著作的特点，“作者精通东北史，尤其对民国史更有专长。他笔下的东北军人物，刻画得都有特色。既尊重了历史的真实，又有他独特的见解。许多经过作者挖掘的历史资料填补了东北军史的空白。”杨瑶在听到这些专家学者们的审读结论以后，才从北京火速给远在辽县的茅剑秋打了电话。

“妈妈，爸爸为什么始终在冰城做生意呢？”杨瑶在北京期间，与在这里读书的女儿贝贝多次见面。母女俩每次见面，都要谈到在冰城从事房地产生意的姜有松。这几乎成了杨瑶和贝贝的一块心病。贝贝对母亲长期和父亲分居两地，早就有些担忧了。她对杨瑶只身在C城生活充满了同情，而对她那经常以做生意为名滞留在冰城的父亲，抱怨之声不绝。每次贝贝为此抱怨，杨瑶都要劝慰她，其实她的内心十分痛苦。杨瑶对女儿这样解释：“冰城是你爸爸多年经营房地产的基地，有一定的人脉基础。所以他不回C城也可以理解。你在北京只管好好读书吧，至于大人之间的事情，你要相信我们会处理妥当的。”

贝贝却提醒杨瑶说：“爸爸在冰城如何，我们都不十分清楚。不过，现在这种社会环境，他经常一人在外生活，也难免要生出一些事情来。妈妈，我已经多次给爸爸打电话和发电子邮件了，我向他提出了严正的抗议。我对爸爸说：妈妈一个人在C城生活得很苦很苦。如果他继续待在冰城不肯回去，我就请求退学了。因为我可以回C城去陪母亲！”

“贝贝，你千万不要胡来！”杨瑶听了，立刻劝阻，“我和你爸爸的事情，我们自己可以处理好的。你怎么也不该想到退学啊，你要知道，你在北京读大学，可是我最大的希望啊！到任何时候，你都不能丢弃学业。今后你的路很长很长，要知道父母是不可能过来陪你的啊！贝贝，你一定要听妈的话！……”杨瑶在北京和女儿的相处，虽然时间短暂，但见女儿一天天长大，她心里积郁的苦楚便渐渐被一种希望代替了。

杨瑶从北京返回东北以后，很快就开始了《古城斗枭雄》出版前的准备工作。她甚至还请美编设计了一个精美大方的封面，只等书稿审读回来，即可进入编辑发排程序了。然而，让杨瑶颇为疑惑的是，随着北国深秋的临近，天气一天天变得寒冷起来。一有寒流过境，便彤云四合，雪花飞舞，美丽的松花江畔又见到那久违的雾凇了。可是，北京审阅已经过关的那部书稿，不知何故却迟迟没有寄回出版社。

杨瑶急得口唇起了白泡。她一次又一次打电话催问，北京方面才告诉她，稿件和批文早在一月前就寄回了C省。这样，杨瑶只好又一次次打电话到省出版局，初时局里也无人知道此稿下落，后来她不知询问了多少人，最终有位熟人提供了这部书稿的下落：“书稿就在你们沈副总编手里嘛，他早就亲自取了回去！你为什么没有见到呢？”

杨瑶心中再次泛起疑虑。她无论如何也想不通，作为副总编的沈跃龙，怎么可以悄悄把书稿和批文取回，却不通知她这书稿的责任编辑？莫非沈跃龙害得本来就不该送审的书稿空走了一圈冤枉路后，又在这部即将出版的稿子上做什么文章？如今严冬已至，全社上下都在热火朝天筹划一年一度的图书春季订货会，而沈跃龙竟然神不知鬼不觉地躲在家中。据总编室说，沈副总已经称病数日不上班了。他捷足先登取走了她组来的书稿，困居家中，究竟意欲何为？杨瑶这次再也忍不得了，决定亲自打个电话到沈家，追问他书稿的下落。沈跃龙对焦灼不安的杨瑶找上门来似乎早有准备。他竟这样说："本来我早就该祝贺你了，《古城斗枭雄》的审读意见我已经交给总编室存档。杨瑶，现在你可以马上发稿了！"

"可书稿不在我手上，你让我怎么发稿？"

沈跃龙打着哈哈说："哎哟哟，你看你看，都怪我最近生了病，书稿就在我这里，我是想拜读一番，先睹为快的呀。现在看来，我们当初的担心都是多余的，北京的专家们对茅剑秋的书稿评价很高。不过也提出一些技术性的小问题，我这里已经为你改过了。现在你只要简单地编一编，就可以发排了！"杨瑶听到这里，索性不与沈跃龙多说，说："既然沈副总生病，我就亲自到府上去把书稿取回好了。因为社里都在关注这部书稿呢，赶订货会的时间已经有些紧张了！"不料，沈跃龙却不想让杨瑶亲自上门，委婉地搪塞说："这……怎么能让你一个主任亲自上门取稿呢？杨瑶，我看这样吧，明天早上我请周慧给你捎回去就是，周慧也住在江北，让她上班时带过去，不是更好一些吗？再说，就是急于发稿，也不在乎一个夜晚吧？"杨瑶不好坚持上门，但她对沈跃龙执意让女编辑周慧捎稿有些不解，也许真像他所言，周慧距他家很近。杨瑶对沈跃龙的反常举止也就没有多想。可她后来才知道，正因为自己一时疏忽，再次让这部本来多灾多难的书稿在关键时候横生枝节！

第五章

女编辑亲临小县城：手稿丢失！

凛冽的北风在屋檐下发出尖厉的啸叫，北国12月的严冬到了。

茅剑秋坐在从省城归来的小火车上，身边放着一箱箱新进的时装。他显得有些疲惫，下巴上的胡子变得黑森森的，双眼里布满了红色的血丝。他已经两天两夜没睡好觉了。这次他亲往C城进货，妻子梁晓月正生着病。随着他们的服装生意越做越大，他和晓月在辽县城里已经开办了三个摊床。人称“茅氏连锁店”。只是他期盼的那本新书，一直到严冬将至的时候仍然没有一丝好信息传来。自从初秋九月女编辑杨瑶从北京给他打来电话，三个月时间眨眼又过去了。在此期间，茅剑秋不断期盼杨瑶有进一步的信息传来，比如说书稿进入编发阶段时，稿子的个别细节和作者的遣词用字等，杨瑶都有可能提出她的不同意见。这类小改小修总是难免的。让茅剑秋感到奇怪的是，杨瑶从此并没有再打电话过来。他这次前往省城进货，原想去松江出版社主动面见杨瑶，在接触和谈话中他就可以解开心中的谜团。但茅剑秋思虑再三，最后还是放弃了和杨瑶见面。他并不是因为时间紧迫而放弃这一思考多时的想法，茅剑秋是顾及到他亲自去出版社有可能给杨瑶带来新的压力。他十分了解杨瑶，如果书稿还像 9 月时她说的那样顺利，杨瑶肯定会主动联系作者。会不会又发生了什么意想不到的麻烦呢？如果没有新的麻烦，《古城斗枭雄》作为参加明年春季订货会的新书，早就应该进入印刷的程序了。可是还能有什么麻烦呢？这让茅剑秋百思不得其解。书稿毕竟已经得到北京某历史研究所专家们的肯定，谁还能从中再次制造新的障碍呢？

“茅师傅，有人找！”经过“下岗”的折腾，突然跳进商海拼搏的茅剑秋好像变成了另一个人。他的脸膛因为过度操劳显得有些憔悴苍老了，这一年来，他把多数时间都投入到经商中去，写作如今成了地地道道的副业。在帮助妻子梁晓月捣腾贩运服装的日子里，善于机械修理的茅剑秋，忽然意识到时装也是一门深奥的学问。特别是当他来到省城服装厂等候进货的间歇，看到设计室内墙上挂满了千奇百怪的新式服装设计图时，茅剑秋就从心里羡慕起那些坐在桌前靠灵感设计时装图纸的姑娘们。有时他就倚在窗前悄悄地看，忽然就从心中升起一种新颖的创意，于是他情不自禁地脱口说出来，有时他还隔着窗子对正在绘图的姑娘们指指点点。茅剑秋的举动让那些女设计师们惊诧不已。她们都感到茅剑秋和那些来厂子进货的乡下人截然不同，他的点子往往都极具新意。茅剑秋来的次数多了，设计室的姑娘们就开始与他熟悉起来，有时她们甚至还把茅剑秋请进室内，请他对她们正在设计的一些服装提出修改意见。茅剑秋性格直率，也不客气，每次都坦率地发表自己的意见。久而久之，茅剑秋和服装厂设计室的几位女设计师关系变得密切起来。一次，有人甚至鼓励他来省城打工，女设计师小 A 还怂恿他说："茅师傅，如果你来我厂设计室，我保证让你很快就设计出最时髦的新颖服装。"茅剑秋也是干一行爱一行，经小 A 的多次怂恿，他也有些动心了，但他把来省城服装厂打工的想法和妻子一说，梁晓月竟不肯同意，说："还是咱自己单干的好，莫非你还没有尝够'下岗'的滋味？"茅剑秋明白妻子的潜台词是：你茅剑秋纵有天大的本事，可一旦进了工厂，势必不讨领导的欢心。当然最后还是难逃"下岗"的厄运，茅剑秋也没有坚持要去省城。这一天，茅剑秋正在辽县的商场摊位前吆喝生意，忽然有人来到他摊床的前面，向商场大门一指说："有个漂亮女人找你，据说她已经找了几家商场，好不容易才找到这儿来的！"

"有漂亮女人……找我？"茅剑秋拍了拍脑袋，梗着脖子也想不起哪个姑娘能到这里寻他。那人却回身一指说："茅师傅，你看，那是不是个漂亮女人？"茅剑秋急忙回头一看，发现那些鳞次栉比的服装摊床间的小道间，果然款款走来一位穿红色羽绒装的高个女子。初看时，他有些茫然，好像在省城那家服装厂当设计师的小A。仔细一看，又不是她。前面那穿红色服饰的女子身材高挑，由于商场外此时正在飘雪，她肩头洒了一层薄薄的雪尘。看得出她肯定是跑了许多路，风尘仆仆的她显得有些疲惫。她忽然发现了正在五彩缤纷服装中向自己探头张望的茅剑秋，就叫了一声“茅老师”，接着快步向他走来。就在这一霎，茅剑秋那黯然的眼睛一亮，心里顿时涌起一股奔涌的热血，结结巴巴叫了一声：“我的天啊，杨编辑，您怎么跑到这里来了？”

来人就是去年在C城见过一面的杨瑶。她近前一步，仔细打量几步开外的茅剑秋，杨瑶也有些认不出他来了。仅仅两年光景，茅剑秋的脸膛变得黧黑清瘦。只是她仍然能寻觅到往昔潇洒干练的茅剑秋影子，杨瑶发现尽管经历下岗失业的频繁挫折，茅剑秋的文人气质还没被严酷的风雨洗刷殆尽。她在省城听说茅剑秋的艰难处境以后，一直担心在商海里折腾的他，会不会有一天彻底丢掉文人的本色。杨瑶甚至还想，茅剑秋在为生计奔波沦落到社会底层以后，能不能也会像她丈夫姜有松那样，变成一个浑身俗气的纯粹商人。杨瑶如今总算见到了失意中真实的茅剑秋，他确实有变化，根本就不像一个搞文学的人了。不过还好，他还不是杨瑶担心的那种浑身铜臭气味的商人。杨瑶迟疑着向他伸出手来，说：“茅老师，没想到吧，我会亲自到辽县来找你？”

“没、是没有想到。你怎么能到我们辽县来呢？”茅剑秋打量着浑身披着雪花儿的杨瑶，一时猜不到她远路而来的真正用意。不过他很快就把杨瑶的到来，和他那部积压两年多没有出版的书稿联系起来了。凶多吉少！这四个字立刻在脑际一闪，但茅剑秋无论如何也想不明白，即便他的书稿出版发生了新的麻烦，杨瑶也大可不必亲自跑到边远的小县城来。她也可以像沈跃龙当年退稿一样，把书稿邮寄过来就可以了。

她为什么要亲自来辽县寻找他这已经下了岗的作者呢？想到这里，茅剑秋心中泛起了不安，他从杨瑶有意回避他的眼神中已经发现，杨瑶这次冒雪前来，带来的消息肯定非同一般。茅剑秋已经发现她那幽深的眼睛里似有一丝难言的怯意。杨瑶几次张口，但欲言又止。莫非在她的生活或工作中发生了什么意想不到的挫折。想到这里，茅剑秋急忙把摊床交给临近的朋友代管，而他则带杨瑶出了人群熙攘的商场。店外大雪纷飞，他们沿一条小街走去。很快，两人就来到一家临街餐馆，虽然临近中午，可店里的客人寥若晨星，茅剑秋选了张临窗的小桌，他要在这里为从省城赶来的女编辑接风洗尘。

“县城也有县城的风景。没想到这里的冬天比省城的雪还大呀，你看，茅老师，到处都是积雪啊，咱们好像就置身在银白的琉璃世界之中！”杨瑶坐在临街的小桌前面，目光仍然在竭力回避什么。只见棉絮般的落雪越下越大了，小县城的狭窄街道和一排排低矮的小屋，都笼罩在雾气般的白雪之中。她的眼神不敢和急于想了解她来意的茅剑秋对视，因为杨瑶心中此时正藏着无法向他直言真相的难言之痛。在杨瑶的人生中从没有像现在这样灰暗和无助，自她和隐居辽县的作者茅剑秋结识以来，有多少次她都有亲自来辽县拜访茅剑秋的愿望。不过，从前的杨瑶所以想到辽县来，是希望进一步了解茅剑秋的写作生活。她作为他的责任编辑，仅仅了解他的创作成果还远远不够，杨瑶还希望进一步走进茅剑秋不为外界所知的狭小生活天地。她与那些对茅剑秋历史作品兴趣浓厚的编辑和专家们一样，在阅读他笔下气势恢宏的奉系军阀角逐历史画卷的同时，都对生活在封闭小县城的作者产生了不可思议的联想。有时她也认为茅剑秋是个怪人，学历不高却能揭示东北军历史真相的茅剑秋，究竟有什么魔法邪术让他的那挥洒自如的神笔，去得心应手地描绘那些远离今天的奇妙世界呢？尤其是他在书稿中那些刻画细腻、性格迥异却又栩栩如生的历史人物，让作为编辑的杨瑶万分敬佩。她不知一个生活在社会底层的工人作者，究竟有何种神奇的功力能娴熟地驾驭那些鲜活生动的文字。

“杨瑶，我们这里没什么好吃的，只有些山里的野味，请你品尝品尝吧！”热气腾腾的菜肴上桌了，茅剑秋面对一碟碟弥漫着香气的山中野味，心底就油然想起前年春天他在省城参加图书签售活动时，杨瑶为他安排的几餐便宴。相形之下，他今天在小街餐馆里摆酒，就显出了几分寒碜。不想杨瑶却对这小饭馆里的普通农家菜颇有几分新奇和喜欢。因为茅剑秋为她点的蘑菇、野鸡、狗肉等山乡野菜，炒得香味浓烈，十分诱人胃口，正是她多年在省城生活所罕见的民间风味。杨瑶有意借这些乡镇小菜来调节彼此略有些拘谨的气氛，她指着菜肴赞不绝口地说：“真好，茅老师，你点的菜我很喜欢，因为它们都是难得一见的美味。”

茅剑秋见杨瑶的气色渐渐好转，也感到高兴。虽然他直到现在仍然猜不到杨瑶冒雪来辽县的真意，但聪明的茅剑秋已经看出杨瑶心事沉重。也许他那部书稿又遇上了麻烦，不过，茅剑秋早对《古城斗枭雄》作过最坏的考虑，他曾想如果杨瑶在松江出版社出版发生困难，他就在适当时机把书稿取回来，再交给南方那家对他感兴趣的出版社。他在把书稿寄给杨瑶之前就已经考虑她身边有一个沈跃龙了。因此，茅剑秋在不断怂恿杨瑶吃菜喝酒时，有意把话题引向那横在他们中间的倒霉书稿。平生讲义气的茅剑秋，从来不想为自己的一本书稿难为某位编辑。他尽管毕生酷爱文学和写作，却又不想通过文学达到什么非分之想。因此他见杨瑶迟迟不涉及敏感话题，茅剑秋索性就直言了，说："杨瑶，我忽然做起了生意，才认识到一个问题。世间任何事情，往往是可遇而不可求的，凡是强求的事情常常适得其反。因此，我主张凡事顺其自然。如果你该有的东西，你就是不求也会是你的；反之，如果你命里没有，即便强求到最后也要两手空空。就拿我的写作来说，在出版《盛京春秋》之前，我已经失败几十次，大大小小的稿子，我都认真写过，可命运总跟我作对，成功的少，失败的多。杨瑶，我的意思你肯定听明白了，我寄给你的《古城斗枭雄》如果遇上你解决不了的麻烦，请你一定不要为难，退给我就是了。我不会因此而苦恼的。"

杨瑶没作声。她举着筷子的手哆嗦了一下，准备夹的一片肉不知何故又放下了，茅剑秋的开场白，打破了两人难堪的沉默。是她该讲话的时候了，茅剑秋宽厚的胸襟已经向她坦露，然而杨瑶却仍然难以启齿。

“杨瑶，有什么话，你就说好了。没关系，天塌不下来。”茅剑秋看出她的畏难和紧张，他虽然还不知道真相，却已经猜到杨瑶所面临的肯定是比他想的还要难堪的局面。不然，她不会面对豁达的茅剑秋几欲张口，难言之苦却又不便倾吐。茅剑秋坦荡地笑了笑，说：“不就是一部书稿嘛！我说过了，对文学我仅仅是一种爱好，从没想通过写作得到什么。既然出书遇上了困难，你又何必这样难为自己呢！”

杨瑶抬头看一眼真诚坦荡的茅剑秋，来时的忧虑非但没因他的通情达理有丝毫缓解，反而增加了她不敢面对的畏惧。忽然，她放下筷子，伏在桌上难过地抽泣起来。她这一哭，让茅剑秋更加不安。他不知究竟发生了何事，让刚强自重的编辑室主任当着他面痛哭起来。茅剑秋感到这一切都是他造成的，如果他当初不把书稿交给杨瑶，也许她就不会有今天这进退两难的尴尬处境，更不会因此而倍受精神折磨。茅剑秋忍不住劝慰说：“杨瑶，有话你只管说，我茅剑秋什么事都能承受。说到底，不就是一部书稿吗，再说，即便不能出书，也不是你杨瑶的问题，那是……”

“可我是编辑！书稿不能按时出版，我就有不可推卸的责任。”杨瑶抬起头来，她惨白的脸上梨花带雨。她想倾吐积郁心中的愁苦，又忍着不敢说出来，她似乎担心万一她道出惊人的内幕，茅剑秋能不能真正承受。他见她这样痛苦，恨不得上前抱住她、安慰她，劝说她讲出实情，减轻压力。便说：“杨瑶，有话你就说吧！我知道在出版社可能发生了我想不到的事，可这没有关系，我什么事都不在意。你说吧，你只管说出来好了！……”

杨瑶终于“哇”地失声痛哭，把茅剑秋和左右食客们都吓了一跳。谁也没想到杨瑶在饭馆里竟会放声大哭。借着哭声，她吐出一句让茅剑秋吃惊的话来：“茅老师，我告诉你，你用心血写成的书稿……被人弄丢了！……”

“你说什么？书稿……丢了？！”茅剑秋听了，仿佛当头炸了一颗响雷。他原来想杨瑶手中的书稿，最坏的结果不过是松江出版社因为沈跃龙作梗，经杨瑶百般努力最后不得不退稿。但他没有想到，他一笔笔在灯下写成的长篇作品，居然在出版社反复折腾、上报审批之后，最后竟被人弄丢了！他那时尚未学会电脑写作，全部书稿 30 多万字，全是他在纸上“爬格子”写成的。让茅剑秋始料未及的是，他只有这抄写清楚的完整书稿，并没有留下复印件。茅剑秋这才明白杨瑶报来的消息，是何等让他痛断肝肠？这等于他那漫长而艰苦的写作，全然变成一场有花无果的无用劳动！他怔怔地坐在桌前，望着哭得一塌糊涂的杨瑶，有些手足无措了。

下午，起了风。

县城的小街上空，再次弥漫起浓厚的雪云。一场小雪尚未结束，茅剑秋意识到又一次暴风雪即将降临。寒风呼啸而起，街路两旁的白杨在风中颤抖着萧疏的枝桠，光秃秃的柳树枝条在剧烈抖动中发出刺耳的啸叫。这顿别有山区风味的午餐因杨瑶通报的不幸消息吃得索然无味，茅剑秋把杨瑶安顿在中心街一家宾馆里。这也是辽县城设备最好的投宿之地了。在这家宾馆的客房，杨瑶给茅剑秋讲了一段噩梦般的故事——

那天，当杨瑶得知茅剑秋的书稿《古城斗枭雄》原来在沈跃龙手中时，她就有些担忧。没有谁比她更了解沈跃龙的为人了。沈跃龙当编辑的初期在社里口碑尚好，杨瑶刚进出版社时曾很敬佩沈跃龙的才学。如果后来不发生他化名“投枪”在报上诋毁她《煤城血祭》那件事，杨瑶一直认为沈跃龙是个既有渊深学问又善于团结身边同志的兄长。后来当她听说沈跃龙因为参与省委宣传部复杂的人事纠葛，还把他正在扶持的作品也当成取悦副部长李征夫筹码的时候，她不得不重新打量这外表庄重而内里空虚的沈副总编了。没有想到，如今又是他让自己在准备编发《古城斗枭雄》时无端走了一段弯路，杨瑶看出沈跃龙仍然不想放手，仍然把理当交她尽快发排的书稿悄悄拿在手里。如果她不是顺藤摸瓜地找到他，沈跃龙也许要继续闷声不响扣压这部积压两年之久的书稿。杨瑶本想亲自开车取回，可不知沈跃龙为何却要坚持让编辑周慧捎给她。杨瑶无法再坚持取回书稿，只有选择了坐等，那时她根本就没想到书稿会在周慧转送途中发生意外。

翌日上午，杨瑶早早就在办公室里坐等。可周慧就是迟迟不露面，一直等到上午 10 点多，仍然不见周慧的影子，她不得不给周慧打电话，追问她把书稿送到哪里去了。让杨瑶顿感心碎的消息传来了，周慧在电话里哭着告诉她：“书稿让我给丢了！现在我正在这儿找呢！”

“书稿……丢了？”杨瑶闻讯后在第一时间向总编辑陆炎作了汇报，然后她就心急如焚地开车，带着高楠楠等人向周慧丢失书稿的地点——松花江大桥方向风驰电掣般疾驶而去。那时，她有一种急疯了的感觉。杨瑶从事编辑工作近二十年了，像这样丢失一部没有底稿的手写作品，在松江出版社还是史无前例的怪事。因为出版社有固定的规章制度，凡属尚未发表的书稿，任何人不得带离出版社，更不要说一部送到北京专家审读回来的书稿。杨瑶无论如何也想不明白，沈跃龙为什么不经社长和总编辑同意，在尚未经该书责任编辑处理之前，他一个副总编竟把书稿私自取回并带回自己家中，她无法理解沈跃龙为何不计后果，为什么她主动要求取回书稿时他却百般阻拦，以至于让周慧在来社里上班的途中丢失了社里急用的书稿。

“书稿是怎么弄丢的，周慧你必须要说清楚，这究竟是怎么回事？”在松花江大桥上，杨瑶终于见到同样焦急万分的周慧。一贯处事冷静的杨瑶，如今也失去了冷静。毕竟是她发现并执意推出的书稿，在经历几番人为的折腾之后，她原以为《古城斗枭雄》终于转危为安了，哪想到奇怪的事情竟在这时发生了。杨瑶觉得她无法向作者交代，茅剑秋的书稿在她手上连连受挫，两年前就准备上春季订货会的书稿，在经历近两年时间的磨难之后，灾难其实并没有过去。让杨瑶无法接受的残酷现实是，辗转送审的书稿最后竟在转到她手上之前，出人意料地丢失在松花江大桥上！这究竟是为什么！

“我也不知书稿是怎么丢的呀！”周慧已经哭红了眼睛，对她而言，丢失书稿也不是一件小事。周慧扶着一辆电动车，在正午的寒风中浑身瑟瑟发抖。杨瑶仔细打量周慧，感觉她也不像有意丢失书稿，更不像事前和沈跃龙有过不可告人的城下之盟。尽管她和高楠楠早就看出，周慧和沈跃龙的私人关系变得得愈来愈暧昧。“杨姐，我真不知是怎么弄丢的呀！”周慧神情慌乱，把杨瑶和高楠楠引向车水马龙的宽坦桥面，这是她每天上班的必经之路。周慧和副总编沈跃龙的家都在江北，而松江出版社则位于松花江南侧。据周慧向杨瑶哭诉，昨天晚上，她就接到沈跃龙的电话，要她明天早晨上班之前，务必去他家把一部送审的书稿带回出版社。沈跃龙还再三交代她，一定要亲手交给责任编辑杨瑶。因为春季图书订货会在即，这部书稿必须马上发排，否则就无法赶上北京的图书订货会。

周慧对沈跃龙事前装在牛皮纸口袋里的书稿看也没看，就放在电动车的后架上。然后她骑上车，加进了向市区涌来的上班人群之中。周慧对杨瑶说，她在骑上大桥之前，还回头看了一眼后座上那只牛皮纸口袋。当周慧确认书稿仍在后架上时，她才松一口气，然后紧蹬几步，让她的电动车逆着人流冲出几十米。可就在她将要骑车驶离大桥时，猛然一回头，却发现书稿不翼而飞！吓得周慧顿时魂飞魄散，连连地哭泣起来。她也知道这部书稿能有今天，已是天大的幸运。她清楚杨瑶为了这部书稿，急得几乎要生病了。而今她竟把如此重要的一部书稿给弄丢了，她不知该如何向杨瑶交代，如何向社里上上下下关注此书出版的人们作出交代。正因为如此，周慧只好一面哭泣，一面顺着原路向桥面上寻觅而去。可大桥上车如流水马如龙，哪儿还寻得见她稳稳放在车后座上的牛皮纸口袋。

“周慧，你不觉得这书稿丢得有些奇怪吗？”杨瑶虽然从心里埋怨周慧的失职，但那时她想着许多尚未厘清的疑问。尤让杨瑶生疑的还是女编辑周慧，她作为受副总编委托送书稿的当事人，理应把这包重要的书稿放在最保险的地方。她发现周慧电动车前把上，此时仍挂着一只沉甸甸的提包。如果她稍稍加些小心，把装有书稿的纸口袋放进提包里，就不至于在过江桥时发生手稿遗失的过错。然而，两眼哭得红红的周慧，却再三强调她提包里装有前去城区找裁缝剪裁新袄的布料。她后悔莫及地说：“如果我知道书稿在桥上丢失，我当然会把布料放在车后的。布料丢了，总可以花钱买到，可这书稿，你让我到哪儿寻找呀。”

杨瑶凝然无语。她不想当面斥责周慧，也许确如她自己所说，当时把书稿放在车后座上，是出于对衣料的爱护。但杨瑶无论如何难以原谅周慧的过错，还有，她始终不明白沈跃龙为什么固执地拦阻她亲自前往沈家取回书稿，她是有私家车的。沈分明知道周慧每天上班要以电动车代步。舍弃安全而转求骑电动车的周慧转送稿件，究竟是有意还是无意呢？杨瑶对突然丢失稿件的怀疑也并非毫无根据。周慧早在沈跃龙尚未出任副总编之前，就是沈跃龙文艺编辑室的编辑，两人不仅关系密切且还是多年邻居。沈跃龙在杨瑶为书稿急得跳脚之时，他竟然坚持要周慧转送，这其中是否有什么不可告人的秘密。然而，杨瑶还是很快冷静下来，她了解周慧的人品，不管她和沈跃龙之间的私人关系如何，她都应该考虑书稿在她手中丢失的后果有多么严重。想到这一层，杨瑶忍住内心火气，和高楠楠陪着周慧沿松江大桥继续左寻右找，直到她坚信遗失的稿件已不在桥面上时，杨瑶才和高楠楠、周慧等人再次俯瞰桥下冰封的江面，也不见书稿的踪影。最后杨瑶等人失魂落魄地回到出版社。

刚好社里各部门负责人都聚集在楼上会议室，讨论即将进京参加订货会的某些细节。猛见杨瑶和高楠楠、周慧冲进来，大家听说《古城斗枭雄》书稿丢失在松花江桥上的消息时，立刻人声鼎沸。好像杨瑶把一颗炸弹投了进来，激起会场无法抑制的惊呼怒骂。杨瑶像傻了一样呆然不动，周慧也不敢去看大家那迸火的眼睛，只有高楠楠是局外人，她对康平和陆炎说："社长，总编，这一来咱们的重头戏不用唱了！"人们都变得鸦雀无声，大家都清楚地知道，这部丢失的书稿就是今年春季订货会上的重头戏！如果说前一年没有此书上市，发行人员还有盼望的余地，而今书稿的不翼而飞，简直就断绝了大家的最后一线希望。社长康平坐在席位上脸色铁青，良久的沉默无语意味着他作为全社主心骨的信心正在崩溃；总编辑陆炎冷冷地盯着垂手而立的周慧，恨不得一口把她吞掉。许久，老总编才愤愤地用鼻子哼了一声："有人拆台！有人拆我的台啊！……"更多的人开始指责此时尚未到场的沈跃龙，参差不齐的声浪震撼着会议室的屋顶："凭什么今年又是他在作梗！""如果说去年我们市场的码洋上不去，最后把责任一股脑儿推给我们发行人员，那么今年呢，今年的责任应该由谁来负？""《古城斗枭雄》的海报，我们一年前就印出来了。可是，有人就是看着眼红。我们原来想，今年这海报总可以派上用场了，可没想到又把书稿给弄丢了！你们说，我们发行人员还怎么上北京？”……

杨瑶从编辑和发行人员愤怒的感情流露中，听出对沈跃龙无法抑制的愤懑。她沉重的心绪稍有平缓，群众的眼睛毕竟已经看透社内的许多阴暗面。让杨瑶痛断肝肠的是，改革旧体制的呼声尽管一浪高过一浪，然而仍然阻力重重，沈跃龙虽是副总编，可杨瑶不理解他为什么竟能有如此胆量，方方面面制造强大阻力。这本不值得折腾的书稿，看来好像是微不足道的小事，但在书稿送审和丢失的曲折过程中，已经让她看到松江出版社必须改变落后的旧体制，才有可能彻底翻身。她似乎已经看到在沈跃龙背后有一个强有力的黑手，他就是省委宣传部的副部长李征夫！此时，李征夫好像又在出版社的讲台上振振有词地发表改革演讲。杨瑶忽然感到自身的渺小，也醒悟到像康平和陆炎这样有资历的出版社领导，为什么在一部普通书稿是否送审上所表现出的模棱两可了。

书稿丢失以后，杨瑶和高楠楠等人多次到松花江大桥桥上桥下去寻觅。可是，哪里还有那部命运多舛的《古城斗枭雄》。社领导班子对书稿丢失事件也极为重视。陆炎抢先在会议上作了检查，他说：“这是我的失职，如果事前我派人把送审的稿子取回来，也就不会发生这种让人痛心的事了。”称病多时的沈跃龙也参加了这次社务会议，他的检讨显得更加深刻，说到动情之处，他甚至涕泪交加：“所有的过错、所有的责任都应该由我一人来负。我现在非常后悔，当初为什么要把稿子拿回家。尽管我完全出于善意，想把这部重点书稿改得好些，力求让我社推出一部在全国有影响的精品力作。可是哪知我顾此失彼，根本不该把书稿交给周慧这种事业心不强的人……”周慧没有参加这次只有各部门负责人出席的会议，她也不可能听到沈跃龙这番名为检查实则把责任一股脑儿推给别人的谈话。不过有杨瑶在场，她再也忍不住了，愤然地拍案而起，毫不留情地当众指责沈跃龙，她说：“沈副总编，你不该把责任推给无辜的周慧。我到现在仍然不明白，我主动要求前往你家取回本应属于我编辑的书稿，可你为什么一定要让没有汽车的周慧承担这不属于她的工作。请沈副总开诚布公地讲一讲，你这样做的真正原因究竟是什么？”沈跃龙不惧康平，也从不把陆炎放在眼里，他唯独对得理不让人的杨瑶心生畏意。面对她的严厉指责，他支支吾吾，顾左右而言他。在杨瑶的步步紧逼面前，沈跃龙额头上沁出了冷汗，杨瑶的话已经说中了他的要害。

事后，在杨瑶的建议下，出版社在省电视台和省报先后发出了《悬赏公告》。许诺的价格尽管很高，让杨瑶不解的是捡到这部书稿的人竟不为所动。她弄不明白，书稿如果真落在他人之手，难道几万元赏金还没有诱惑力吗？

茅剑秋：“放心，我可以凭记忆把书稿重写一遍！”

这是个罕见的暴雪之夜。

漫天飞雪在铅灰色天穹下纷纷扬扬，把整个辽河两岸星罗棋布的屋舍都覆盖在一片银灰色雪幕之中。河面已在严寒中结冰，民国时期建造的辽县城区状若雪国，低矮破旧的民居隐藏在积满落雪的槐、榆、柳、杨组成的林带背后，俨然雪中的一座座起伏不平的城堡；而河南岸二十世纪八十年代开始兴建的辽县新城区，一幢幢拔地而起的巨厦，在这场近年罕见的特大风雪中却显现出它特有的雄姿。暴风雪只能为巨厦的高耸屋顶蒙上一层雪白的毯衣，却无法掩埋它们迎接明天的伟绩。茅剑秋就在这风雪封闭县城各条马路的时候回到了家中。

“听说省里来了个漂亮女人，她真是专程到辽县找你的吗？”深夜时分，茅剑秋垂头丧气回到家里，见梁晓月正在灯下以异样的眼神悄悄打量他。妻子中午就听说杨瑶来到辽县的消息，她当时真想马上去找他们，想亲眼看看省城来的女人是不是像别人传说的那样标致漂亮。她不知在省城当编辑的杨瑶为何百里奔波来这座县城来找茅剑秋。但梁晓月知道，自长篇纪实文学《盛京春秋》出版以来，茅剑秋就和省城女编辑杨瑶保持着若即若离的关系。她也清楚他们的来往并不频繁，不过凭女人特有的敏感，梁晓月隐隐感到杨瑶在丈夫心中的分量。有时他为等杨瑶的电话，一个人守着床头的电话机默默地吸烟，一等就是一夜。呛人的烟雾弥漫在床前，梁晓月从他眼里的一丝哀愁，就能断定两人友情的深厚程度。此前县城里也有一些相关的传闻，而今梁晓月做梦也没有想到，在省城当编辑的杨瑶竟然在一个大雪天里来到这边远的辽县，她和茅剑秋究竟有什么事需要商量呢，难道仅仅为了出版丈夫的书稿吗？

“嗯，是杨瑶来了！”茅剑秋坐在床前又开始默默抽烟了。

梁晓月反感地用手扇着呛人的烟雾。可她不敢劝，因今晚茅剑秋的脸色格外阴冷，浓黑的眉在脑门上聚拢起来，皱成一个解不开的疙瘩。她无论如何也想不通，既然他敬重的女人从省城赶来看他，茅剑秋为什么还要忧愁痛苦呢，难道他们之间发生了什么矛盾，还是另有什么隐情不好在她面前说。梁晓月小心地问："你没请她吃饭吗，为什么不把她请到家来住，这么鬼冷的雪天啊！"

"到咱家来住，亏你说得出口，咱家人家能住吗，你也不看咱家什么环境。"茅剑秋心情烦躁，说话就像放炮一样。梁晓月不想跟他吵，只想进一步了解他和省城女编辑究竟发生了什么事，说："你那书这次总该出来了吧？"茅剑秋听了，心火更盛，这句话恰好揭开他隐痛的伤疤，愤愤地吼了一声："出来个屁。你是哪壶不开揭哪壶！你烦还是不烦！"

梁晓月这才发现杨瑶的到来，带来的肯定不是好消息。茅剑秋平时从不轻易发火。今天他见到杨瑶，想不到情绪竟然一落千丈。两人究竟发生了什么不愉快，梁晓月不敢继续打听他们的事，于是倒头便睡。她知道茅剑秋近年厄运不断，莫非他好不容易写的书，又遇上了什么麻烦。梁晓月索性把头蒙在被子里，等她睡醒一觉，探头看时，才发现茅剑秋仍然坐在灯下，女编辑杨瑶的到来，不仅没为茅剑秋平添乐趣，反而加重了他的苦恼。那天夜里，茅剑秋一直坐到天明也不曾合眼。天亮时，梁晓月发现他的脸突然瘦了一圈。梁晓月猜测杨瑶和茅剑秋肯定遇上了最棘手的麻烦，茅剑秋是乐观的，就是从工厂下岗，他也没这么苦恼过。

杨瑶什么时候离开的辽县，梁晓月一无所知。不过她悄悄暗中观察，自那个风雪弥漫的夜晚过去后，茅剑秋变得似乎更加沉默了，即便在家中也很少说话。白天他虽然还在看摊床，可每天到了夜晚，茅剑秋就又开始了在灯下的“爬格子”了。自下岗以来，茅剑秋夜间写作已明显减少，他似乎也想把全部心思都用在经商中来，写作尽管是他与生俱来的兴趣所在，但谋生永远是第一位的。用梁晓月的话说：“你想写作，也要首先解决肚子问题才行啊！”当生存面对“下岗”危机的时候，即便像茅剑秋这种痴心不已的人，也不得不考虑先要解决温饱问题，写作作为一个人的爱好，毕竟是第二位的。让梁晓月茫然不解的是，女编辑杨瑶来辽县和他见面以后，不知她说了些什么，茅剑秋又“迷”上了写稿子。自此他恢复了从前夜间写作的规律，而且现在他写稿的时间显然比从前还要长。后来她才从茅剑秋口中得知杨瑶来辽县的原因，因为她把丈夫呕心沥血写成的书稿不慎弄丢了，茅剑秋现在必须从头写起。这让梁晓月大为不满，埋怨他说：“既然书稿是她给弄丢的，她就该作出一笔赔偿。你为她还要从头写起，这不是个傻瓜蛋吗？”不料茅剑秋瓮声瓮气地打断妻子：“你懂什么，我茅剑秋难道能要杨瑶的赔偿，你太小瞧人了吧！”梁晓月哪肯罢休，仍然坚持自己的意见：“即便你不要赔偿，也不能继续充当傻瓜了，如今做什么生意不比你写稿赚钱多。你有那么多精力，不如帮我去省城进一批货。剑秋，我劝你不能再像从前那么写了。”每遇上妻子发牢骚，茅剑秋往往很少和她争辩，只是回敬一句："你懂什么……"

茅剑秋经过这次沉重打击，面庞确实有些憔悴不堪了。

白天他仍然把全部精力用在协助妻子经销服装。茅剑秋清醒地意识到，写作当然不会在短时间内给他带来实惠，更不能真正改变他衣食住行面临的实际困难。下岗与在岗的确是两个截然不同的生活境况。一个大男人如果一旦失去赖以生存的职业和薪水，写作无疑就要退居次要的位置。因为人不吃饭是不行的。

"茅老师，我们社领导这次派我来辽县，主要是代表社里向你表示歉意。"茅剑秋永远记着那个寒冷的风雪之夜。那天晚上，他在县宾馆和杨瑶分手之前，忽见杨瑶从皮包里掏出一个沉甸甸的纸口袋，他立刻猜到那是杨瑶给他的钱。杨瑶说，"书稿是我们不慎弄丢的，即便书不能出版，社里也有责任，所以决定给你一些必要的经济补偿。请茅老师一定收下！"

"不不，不行，这钱我说什么也不能收！"茅剑秋那时当然需要钱，没有了工作，再没有钱，他和妻子简直就无法继续生存下去。可他心里非常清楚，出版社在作者书稿不能正常出版的情况下，是不可能支付作者稿费的。而这些钱很有可能是杨瑶出于对作者发自内心的同情，自掏腰包给予的"经济补偿"。翌日清晨，雪霁风止，火红的一轮冬日从远方天际升起，阳光辉映着皑皑白雪，天地间一派红光普照。茅剑秋经过彻夜的苦思冥想，仍然准时前来宾馆为杨瑶送行。在火车站的月台上，杨瑶又一次取出那沉甸甸的纸包，这次她一把将纸包塞进茅剑秋的衣袋，语气坚决地说："这笔钱你如果不收，我就始终无法安宁。我知道无论多少钱，都无法弥补《古城斗枭雄》不能再出版的缺憾！再说，你现在已经下了岗，生活是急需钱用的。如果你坚辞不受，又让我怎么返回省城呢？"

"杨瑶！"茅剑秋没想到她待自己如此真诚，一般编辑如果遇上稿件丢失这种意外的情况，往往都会采取逃避的做法。再说书稿毕竟不是在杨瑶手里丢失的，她只要用电话向作者说明情况，也就尽了做编辑的职责。根本就没有必要亲自前来陌生的辽县，也不必向作者亲口致歉。让茅剑秋感动的是杨瑶把这些应该做的事情几乎都一一做到了。至于这笔"经济赔偿"，可能是杨瑶来辽县的主要原因。从中可见杨瑶对一个普通作者的尊重。茅剑秋既然已经婉拒，她就没有必要继续坚持给这笔钱。这部书稿尽管到现在没能发表，其责任并不在杨瑶本人。茅剑秋已从杨瑶在稿件送审曲折过程中所蒙受的精神磨难，看到了松江出版社的邪气上升，因此，他把纸袋再次推给她，不留余地地对杨瑶说："这钱，我是无论如何也不能收的。如果你想让作者得到稿酬，只有等我把《古城斗枭雄》这部书重新写出来，你们出版社新书出版以后，我才能收报酬。现在，还请你把这些钱带回去吧。我现在的生活虽然苦一点，不过吃饭还是没问题的。杨瑶，请你放心好了！"

"茅老师，您刚才……说什么？"不料就因他这随便一句话，让心事沉重的杨瑶突然变得精神振奋起来。她眼睛一亮，紧紧盯住他的话反问："您现在手里已经没有了《古城》的底稿，莫非您真想靠记忆重新写出来吗？”

茅剑秋沉默片刻，好像在回忆那部书稿残留头脑中的片断记忆，半晌他说：“现在我后悔的是，为什么当初我没有学会电脑打字。如果我用电脑写作，那么稿子即便丢了，还可以有副本存在。现在我如果重新写这部书，当然就要靠我的记忆了。好在书中人物还都存在我的记忆里。杨瑶，请你放心，我会把《古城斗枭雄》这部书重新写出来的，只是，再写一次，这需要一定的时间啊。”

“时间没有问题。我们可以等嘛！”杨瑶不再是刚来辽县时的忧郁茫然，忽然变得笑容灿烂，又露出了让茅剑秋心动的嫣然微笑。昨日一整天，她在茅剑秋面前始终阴沉着脸，因为丢失书稿的精神压力使得杨瑶无法笑出来。如今她做梦也没有想到，就在她即将登上返回省城列车的时候，经过一夜苦苦思索的茅剑秋，居然在临别之际给了她一个意外的惊喜。杨瑶高兴得险些跳起来，向他郑重地保证说，“茅老师，只要你能把《古城》的稿子重写出来，就是多长时间我们都可以耐心等待。我知道你现在的生活压力比从前还要大，写作的时间也比从前在工厂时少一些。不过，你不要太急，哪怕是一年两年，三年五载再写出这部书来，我们社还要把它作为重点作品隆重推出去！”

“好吧！那就一言为定。”茅剑秋在遭遇意外打击之后，很快从极度的痛苦失望中振作起来。他是个不善言谈的东北汉子，也不想在书稿尚未动手之前，就在杨瑶面前做过多的表白。不过他已经暗暗下定最后的决心，既然《古城斗枭雄》已经消耗了他和女编辑杨瑶许多精力，既然在杨瑶帮助他出版作品的过程中，曾经出现和发生过那么多的曲折和磨难，他茅剑秋就决不能在关键时候气馁妥协。这些年茅剑秋一直是在挫折和失败中熬过来的，当初在误入文学这艘小船时他从心底萌发的成名成家的欲念，早就随着岁月的无情磨砺被冲淡了。在多次让他的欲望灰飞烟灭后，如今保留下来的只有一个坚忍的意志。

送走杨瑶以后，茅剑秋把从前写《古城斗枭雄》时的所有废稿残篇统统都找了出来，他这才发现，保留的都是一些写作的提纲、人物表、历史重要事件大事记和一些创作心得笔记。成形的稿件不可能保留底稿。好在他的记忆力惊人，现在闭上眼睛回想一下，《古城斗枭雄》中许多在笔下出现过的人物和事件，仍然十分清晰地再现在他的眼前。甚至一些人物对话，也完好地保存在记忆的仓库里。茅剑秋不禁暗暗欣喜，暗暗激动。于是他拿起笔来，一行行优美的文字便如同泉涌一般流泄在横格稿纸之上。他深知在这个世界上写作是最为辛苦的劳动之一。在茅剑秋的多年实践中，没什么劳动比让他重写一遍已经完成的稿子更为艰辛的了！但他必须要做这个繁琐艰难的重复劳动，因为冥冥中始终有一个人在暗暗为他祝福："茅老师，你写下去吧，给那些想把书稿彻底从人间毁灭的人看一看！请您一定要坚持下去，即便写作不再是为了艺术，不再是为了名和利的需要，您也要继续坚持下去！因为您是在争一口气啊！一口让人扬眉吐气的浩然正气！……"

第六章

杨瑶的馈赠：一台电脑

2005年冬天，又是一个风中飘雪的季节，《古城斗枭雄》终于在北国C城出版了！

茅剑秋又来到省城，再一次下榻在滨湖宾馆——还是几年前他第一次来C城时下榻的地方。他望着窗外，冬雪覆盖着幽静的小园和一丛丛苍翠的松树。所不同的是，前次来时早春绚丽的秀色已经满园，而今则是冬雪压松枝，园中花花草草都尚未开放。杨瑶把他接送到宾馆以后，就张罗着茅剑秋和省电视剧制作中心负责人见面的事去了，而他则坐在窗前默默想着心事。一年前那个奇寒的冬天，杨瑶亲自前往辽县找他，把那让人心碎的震惊信息告诉他时，茅剑秋真想大哭一场。毕竟是自己多年劳动的心血，一部30多万字的手稿，就这样不清不白地丢失了。在一个写作者心中没有什么比劳动成果遭到无情毁灭更为痛苦的事了。杨瑶回C城以后，茅剑秋一直在想这不可思议的事。他始终也弄不明白，沈跃龙和他无怨无仇，仅仅在陈泓引见下匆匆见了一面，他为何要这样对自己的作品？茅剑秋固执地认为：其手稿在C城松花江大桥意外丢失，很可能与事前抢先从省出版局取回书稿的沈跃龙有着一定关系。如果他的手稿当真在大桥上丢失，出版社发布悬赏通告后，理当重赏之下必有勇夫，应该有人站出来持手稿领奖的。然而奇怪的是，时至如今他的手稿仍然下落不明。

好在他听了杨瑶的建议，以去年冬天那场大雪为起点，茅剑秋就在严寒冬夜里又开始了紧张的写作。尽管《古城斗枭雄》一些情节和细节有些淡忘了，可是，当茅剑秋重新拿起笔时，头脑中积淀的人物、情节、对话甚至景物描述，顷刻间都再现于他的笔端。那些久违了的书中人物，又重新跳了出来。他们好像是茅剑秋胸间孕育的大小胚胎，在经历严霜风雨的磨难之后，很快就再现了当初构思时的故事梗概。一个个历史人物就在他的笔下逐渐鲜活起来。历史人物的对话在诉诸笔端之时，俨然他与那些过世的故人在进行心灵的交流。这夜以继日的艰难笔耕，由于被茅剑秋赋予了鲜活的生命，因而已不再是某种意义上的劳累，纯然变成了一种感人肺腑的艺术享受。有时茅剑秋写着写着，情绪忽然有些失控，他甚至有身临其境之感。越是他倾注心血最多的作品，越有让他沉浸在悠远历史长河里的感觉。数十年来，茅剑秋虽然贫穷，虽然没有金钱和地位，可他始终自认为是精神生活最丰富的人，因为他有着普通人所没有的艺术享受。一行行中国方块字就像一块块建基之砖，通过他手中之笔渐渐码成一座座屋宇和楼厦。被人丢失并迄今仍无踪影的手稿，并没有让茅剑秋精神颓废，反而激起他再次重新搭建文字巨厦的勇气。在那春寒凝人的三月，茅剑秋完全凭记忆开始重建文稿的地基。进入五月，窗外已是一派盎然的秀色，茅剑秋已不再像冬天刚刚起步时那么心无底数了，因为他已经写出至关重要的前五章。他知道有这五章作为全书的基础，继续写下去就显得浑身艺术细胞都在拼命地涌动。手稿丢失时猝然带给他的惶惑、紧张和茫然，早被从心底复生的勇气所替代。就在茅剑秋每天挥汗如雨般在灯下写作的时候，忽然有一天，邮递员在楼下喊他名字，说有邮单要亲自交到他手里。茅剑秋怔住了，他不知究竟何人给他邮寄包裹，这两年来他多次奔波在辽县和 C 城之间，都是为妻子梁晓月经营的几个服装摊床到处奔忙。但他知道那些服装都不需通过邮局邮寄，他每每要携货用火车运回来。既然如此谁给他寄包裹呢？

“请在这里签字！”邮递员见他从楼梯上跑下来，忙把一张催领单交给茅剑秋。他一边签上自己名字，一边困惑地望着邮递员说：“是从哪里寄来的，什么物件？”邮递员只说：“是省城寄来的，好像是一台电脑！”

“电脑？”茅剑秋顿时惊呆了，好像丈二和尚摸不到头脑。他做梦也没想到省城有人会给他寄一台电脑。当他手捧催领单仔细打量上面的地址时，才恍然大悟地“哦”了一声，原来寄件人就是松江出版社的女编辑杨瑶！她为什么给他寄来一台电脑，莫非就因为前次她来辽县，两人在谈起手稿丢失时茅剑秋暗自感喟的“如果我会电脑打字就好了，可以保留作品的底稿”？当时他说者无意，没想到杨瑶听者有心。就在茅剑秋忙于撰写《古城斗枭雄》的时候，杨瑶雪中送炭地给他寄来一台新式电脑。

“哎呀，一台电脑要花很多钱吧！”当茅剑秋兴冲冲从邮局运回一只沉甸甸大纸箱，汗流浃背地背上三楼家中时，梁晓月有些意外地望着他把纸箱拆开，很快就见他搬出一台崭新的电脑。梁晓月既惊又喜，一时不知说什么好。在他们这经济拮据的三口之家，此前最时髦的家用电器不过是一台小彩电和一台洗衣机，至于电脑无论在梁晓月还是茅剑秋眼中，都是可望而不可即的奢侈品。而今省城的杨瑶居然在事前不告知的情况下忽然邮寄而至，这让贫穷的家庭顿时蓬荜生辉。梁晓月见茅剑秋爱不释手地把主机箱、显示器和打字机等一整套时髦高科技办公设备，一股脑搬到他写作专用的桌子上，忽然说：“剑秋，我这才发现，你和省城的女编辑关系不一般啊，不然，杨瑶怎么能给你买这么贵重的东西？”

“晓月，我也没想到啊！”此前茅剑秋尽管渴望将来拥有一台属于自己的电脑，用于写作。但是当电脑真摆在面前的时候，他竟也兴奋得手舞足蹈。杨瑶为什么要给他寄电脑，他有几分猜测。他记得杨瑶前次来辽县，曾坚持要给他一些经济补偿，借以弥补出版社手稿遗失的损失。茅剑秋当时无论如何不肯收下，他认为杨瑶送的钱，很可能是她个人的积蓄，这类开支出版社一般是不会支付的。如今看来杨瑶对他确是真心，回到省城以后，她很快就用“补偿费”为他购买了一台电脑。果然不出茅剑秋所料，在装电脑主机的纸箱里，有一封信，茅剑秋拆开一看，杨瑶那书写流畅的钢笔字就出现在他眼前：

茅老师！

你好！

我从辽县回来以后，始终在想一个问题：在您重写《古城斗枭雄》的时候，我如何才能助您一臂之力。后来，我决定为您买一台电脑。现在省城许多作家都用电脑写作了，可您还在用原始的方法在“爬格子”。因此我送这样的礼物，您肯定会高兴。我意十分简单：请您用高科技手段来写新的作品。当然，电脑写作有利也有弊，利是速度比钢笔要快，还能保存底稿。弊是你需要从头学起。此前你大概还没有电脑写作的经验，现在我寄去了电脑，实际上也给你寄去了压力。您现在一边经商，一边要靠记忆复写一部旧作，已经够累了。如果再让您同时学会电脑写作，肯定难上加难。不过，这样做有一个好处，就是压力之下才会产生一往无前的勇气。我相信你有毅力和决心。我相信，将来一定能见到你用电脑写成的新作《古城斗枭雄》！祝你成功……

茅剑秋短信尚未读完，一行热泪就从脸上淌了下来。梁晓月也把那信读了，从信上读到了杨瑶对《古城斗枭雄》的一份热心，也读到了她对丈夫的厚望。从而更加证实了她从前的猜测与判断：茅剑秋和女编辑杨瑶之间的友情已经十分深厚。不然，杨瑶绝不能给一个县城的作者寄一台电脑支持他写作。梁晓月心里很苦很苦，多年来她就感到自己与茅剑秋虽为夫妻，但在思想的沟通上一直存在障碍。这个障碍就是彼此在文学上的明显差距。茅剑秋虽为下岗工人，早就失去了铁饭碗，可他现在仍然比梁晓月有本事。他可以把经商赚钱视为一种谋生的手段，而写作则是他优越他人的长处。想到茅剑秋与自己性格爱好上的差异，梁晓月就常常自卑。

“我真不明白，一个在省城当编辑的人，为什么要给你寄一台电脑？”梁晓月越想越痛苦，好像从这台天外飞来的电脑上，让她联想起许许多多让她既羡慕又生疑的事来。梁晓月真想大哭一场，不知是出于羡慕还是妒忌，她面对茅剑秋和省城女编辑越来越频繁的交往，感到发自内心的焦虑和不安。

“晓月，你怎能这样多疑？”茅剑秋见妻子无端折磨自己，便来安慰她，“你不要多想，杨瑶寄我一台电脑，是因为出版社丢失了我辛辛苦苦写了多年的书稿。在她看来这电脑就是对稿件丢失的赔偿。杨瑶寄电脑还有另一层意思，是希望我尽快学会电脑打字，这样就不再担心有人弄丢我的书稿了。”

“不是多疑，而是早就有人在说闲话了！”梁晓月不敢再哭，她知道有人为丈夫制造绯闻，大多望风扑影，意在中伤茅剑秋。她也知道杨瑶在省城而丈夫是县城的下岗职工，两人之间不可能发展超越作者与编辑的关系。不过，县城人多嘴杂，茅剑秋又是个多灾多难、惹人非议的人物。因此，梁晓月对丈夫和杨瑶的交往当然不敢掉以轻心。自去年冬天，杨瑶来辽县商场寻找茅剑秋，就有亲友提醒她多加小心。特别是县文联的孙中飞，借此到处散布茅剑秋和省城漂亮的女编辑搞起了婚外情。梁晓月听了这些坊间闲话，气得要哭。她毕竟了解茅剑秋的为人，也知道孙中飞等人是妒忌茅剑秋才借机中伤。不过，有关茅剑秋和女编辑杨瑶的传言，并非来自孙中飞一人。有人甚至还说，杨瑶来辽县那个风雪之夜，茅剑秋就和她同住一家旅馆里。梁晓月最清楚那天夜里的情况，可她做梦也没有想到，有人竟然无中生有，抓住表面现象，随意暗中加害。气得梁晓月怒不可遏又无处发泄。如今，杨瑶又把一台电脑寄给茅剑秋，她担心有人还要从中添枝加叶，传得更加不着边际。

“晓月，别人不相信我，难道你也不相信我吗？”茅剑秋没想到妻子多愁善感，对杨瑶好心相赠的电脑也想入非非。茅剑秋说：“世间男人和女人的关系，并非一律都是暧昧的儿女私情。如果你真把人与人的交往看清楚，就会发现善良才是一种美德。杨瑶就是我所见女性之中最具这种美德的人。”

茅剑秋坦然接受杨瑶从省城寄来的电脑，开始练习用电脑打字。他对电脑的应用也与众不同，茅剑秋既不用电脑上网，也不打游戏，只有打字一种需求。在他看来，仅仅打字这门学问，实际操作起来，也并不轻松。1954 年出生在辽县农村的茅剑秋，由于家境贫穷，父亲早亡，母亲改嫁，他读到初中就再也不曾继续升学。在部队服役期间，茅剑秋身边有许多高中生，那时部队里学历开始受到重视。一些高中生就凭学历的优势留在了部队，而他纵有满腹文才，兵役期结束以后便回到辽县。因此杨瑶送给他的这台电脑，操作起来还真有点手忙脚乱。幸好茅剑秋是个凡事肯于钻研的人，为学好打字，他弄来许多电脑进修方面的资料。为快些走一条练字的捷径，许多人都选择汉语拼音输入法。茅剑秋却觉得拼音输入的速度较慢，而五笔字型学起来虽然难度大，需要操作者死记硬背各种固定的输入程序，茅剑秋仍然感到五笔字型输入法对他极为适合。这样，他每天就利用在商场守摊的时间，悄悄地默记硬背。为尽快掌握运用五笔字型打字，茅剑秋还多次到几家打印社求教。他羡慕那些熟悉打字的女孩，在茅剑秋眼里，这些年轻女孩打起字来，一般都能有效地运用五笔字型。见茅剑秋虚心，她们就向他传授经验："五笔字型虽然初学起来速度很慢，可它打出的字往往又快又好，很少有错别字。拼音打出的字却很难保证质量。因为拼音排出的汉字同时出现几种同音字，有些字还很难区别，所以你如果真想学会打字，最好从五笔字型入手。只是学的时候要用心去记，记到熟练时才能得心应手。"茅剑秋学电脑打字时已经近 46 岁，文化程度又是初中，当然无法与那些打字社的专职打字员相提并论。不过他不肯服输，争取每天记牢一类文字的输入法，面对五花八门的汉字，他采取各个击破的战术，很快就把键盘上的键子牢记心中。每天练一字，并将输入法强记心中，晚上回家再一边按白天背熟的文字输入法进行汉字录入，一边还要把构思好的《古城斗枭雄》一书的情节人物试用五笔字型输入电脑之中。如此坚持下去，茅剑秋的写作兴趣愈来愈大，有时他写到次日凌晨尚无睡意。

经过这样反复多次的磨炼，茅剑秋终于把电脑的五笔字型写作法灵活地应用到写作中去。写到《古城斗枭雄》的最后几章时，茅剑秋每分钟输入速度甚至达到了百字。就连打字社的女孩们听了，也忍不住为之敬佩。茅剑秋终于成功了，到这一年初冬，一部30多万字的长篇《古城斗枭雄》重写完成。这第二次重写又是他在学电脑打字同时一并进行的。当他把打印的文稿寄到C城松江出版社时，刚好社里正筹划新一年的春季图书订货会。杨瑶收到茅剑秋用电脑打成的书稿时，一则以喜，一则以忧。她喜的是，茅剑秋记忆力惊人，居然在没有原稿的情况下，复记了洋洋数十万字的作品。由此观之，茅剑秋在构思此稿时所花费的精力，已然文入骨髓，可谓融入血液之中了。她忧虑和担心的是，即便茅剑秋有超人的记忆力，他能够将丢失的原作一字不差地复写无误吗？因为这毕竟是一部送专家审读的书稿。让杨瑶和社长、总编辑为之惊愕的是，茅剑秋重写的《古城斗枭雄》打字本，不仅书中的主要情节、事件、人物与送审稿酷肖一致，甚至连细节和人物对话也与前稿雷同。这让杨瑶等人简直难以置信。如果这样发排应该没有问题。但是杨瑶和陆总都不约而同地想起一个人来。沈跃龙如果站出来向上级举报怎么办？陆总急中生智，说："为了万无一失，你马上带打印稿连夜进京，找你们那几位审稿的老校友去。请他们紧急披阅，他们肯定有阅读笔录。只要书稿基本一致，出版署肯定会尊重审稿专家的意见。我们在家的人，连夜校对发排，误不了大事。"社长当即拍板，特许杨瑶乘坐夜里的航班火速进京。让杨瑶没想到的是，几位老校友翻阅了茅剑秋的打印稿后，连说此稿几乎与手稿一模一样。当听说茅剑秋是靠记忆复写时，都连连称奇。并说出版署的批文就是根据我们的审读意见写的。再说批文只说原则，没提细节。为了不出差错，杨瑶仍然坚持请校友帮忙到底，与出版署相关人士讲明了实情，最终她是得到允许后才凯旋的。

正因为在收到书稿同时也得到了电子版，因此杨瑶这次编稿的速度非常惊人。图书赶在春季订货会之前出版上市了，在北京新一届订货会上也得到了理想的订数。同时因为《古城斗枭雄》是作者继成名作《盛京春秋》后再次推出的同类力作，京城的舆论界也格外重视。几份有影响的首都报纸都纷纷发表评论此书的大块文章，一度在文坛销声匿迹的茅剑秋再次成为传媒记者追踪采访的热点人物。如今，茅剑秋专程从辽县赶到 C 城。这是责编杨瑶刻意为他安排的又一场节目：与省电视剧制作中心编导人员进行拍摄前的接触。这对于此前和电视剧不搭界的茅剑秋而言，无疑又进入一个陌生的领域。他来 C 城后始终感到紧张，自问："我写的书真能拍成电视剧吗？"

"茅老师，你大可不必有任何顾虑。我看如果把《古城斗枭雄》改编成长篇电视连续剧，一点问题也没有，如果拍得好，很可能引起影视界的注意。"暮色初临 C 城，偌大的江边园林镀上一抹淡淡的金辉。宾馆小餐厅亮起了一盏盏灯火。杨瑶在客人来餐厅之前，和茅剑秋双双迎候在餐厅门前。她见茅剑秋对即将见面的电视编导有些不摸底，便在一旁开导说，"其实电视剧和文学作品本来就是姐妹艺术，许多优秀电视剧大多都是从小说移植而来的。你的这本书有很强的故事性，人物性格也鲜明生动，所以很得电视剧制作中心几位导演的好评。这次马上就要开始的合作，又是他们首先提出来的。因此，您只要放心谈你的条件就行了，至于其他问题，我可以代替你出面和他们谈。我只是不清楚，茅老师对和电视剧制作中心的合作，有没有特殊的要求？”

“没有。”茅剑秋忠厚而朴实的天性，往往在这些涉及经济利益的敏感问题面前迟疑踌躇。因此杨瑶在涉及改编权转让的问题时，特别提醒茅剑秋注意。不料他却连连摇手说，“我没有什么特殊要求，我想，只要他们看中我的书稿，又同意把它改编成电视连续剧，就是一件好事。至于金钱，并不是主要的。我只希望电视剧如果成功就可以让你们出版社在发行方面有些益处。书发得多些，对我就是最大的满足了。”

杨瑶却不以为然，说：“茅老师，你这种态度可是要受欺负的。现在是商品经济大潮泛滥的时代，文学作品的转让也变成了商品。因此它必然要和作者的经济利益挂钩。电视剧的制作人员首先要和你谈转让的费用，如果你真拿对我这种态度去和他们谈稿酬，你不仅要吃一个大亏，而且还要让他们轻视。再说，你毕竟已经下岗了，除经营那些服装之外，就再没有其他经济来源了。既然如此，你为什么要这样轻视自己的劳动成果呢？所以，他们来了以后，你一定不要客气，该怎么谈就怎么谈，不要有知识分子的清高，须知那样一来，你就死要面子活受罪了。我主张在经济利益面前人人平等。说到底文化产业的本质问题就是一个竞争！”茅剑秋在门前灯影里悄悄打量着杨瑶，他没有想到平时文静矜持、清高优雅的女编辑室主任，到了关键时刻会旗帜鲜明地站在他一方，而且还直言他的切身利益。想到《古城斗枭雄》三年时间紧张而曲折的出书经历，想到杨瑶作为该书责编所付出的种种心血，茅剑秋心里很不是滋味。他没有想到一本书的出版，居然好事多磨，坎坷重重。从现实的角度去审视自己的责任编辑杨瑶，在《古城斗枭雄》中付出的代价不逊于他这执笔的作者。如今作品经历九九八十一难，终于出版发行了，可杨瑶仍然没有放手，还把书稿的版权转让看成她自己的分内工作，甚至在与拍摄方谈判之前，她还细致到关心茅剑秋如何通过洽谈得到较多的实际利益。茅剑秋眼睛又湿润了，就像前次他在辽县收到杨瑶寄来的电脑一样，眼泪就好像不受控制的断线珍珠，悄悄沿着他鼻翼旁流淌下来。这时，杨瑶向灯光幽暗的甬路一端指去，说："你看，他们来了！茅老师，你可千万记住，在谈判中不要有任何怯意。在谈条件的时候也像你写作一样，稍稍底气不足就会出现败笔。你可听懂了我的意思，我们今天，不允许有任何败笔！”

“我懂了，杨瑶，谢谢你。请放心，我会照你说的去做。”茅剑秋连连应诺点头，这时他发现一辆豪华型轿车已沿着松林夹道间的小路，沙沙沙驶了过来。停稳以后，从车上走下制作中心的杨副主任、马导演和两位风姿绰约的女人。茅剑秋恍如梦中，经过杨瑶的介绍，他才知道两位风流标致的女人，就是未来电视剧的两位女配角。尽管配角在剧中的戏份不多，却能起到画龙点睛和烘托气氛的作用，因此他从杨副主任和马导演的眼神中，已开始感受“触电”面临的新难题。

餐厅灯光明亮。大家分宾主落座以后，酒菜鱼贯而上，这是杨瑶为促成《古城斗枭雄》版权转让而别出心裁设下的一场便宴。不过茅剑秋面对美味佳肴，还是感到杨瑶过于破费了，一个编辑在为作者书稿出版付出心血和劳动之后，还要如此不辞劳苦地为促成作品与电视——这当今最为时髦的媒体联姻在煞费苦心，这是茅剑秋事前连想也不敢想的。他看见席面上还出现他在辽县从没见过的鲍鱼和龙虾。这样丰盛如何得了？茅剑秋明白杨瑶如此大事铺张的良苦用心，全在于让电视剧制作中心人员不敢轻视茅剑秋这来自辽县的作者。他越想越觉得不安起来。

“是这样，我们现在能到位的资金还非常有限，而且到目前为止签署赞助合同的投资商还不多。”就在茅剑秋准备按照杨瑶事前的提醒进入谈判程序的时候，对方似已看透茅剑秋的底细。发现他不仅不善于交际场合的左右逢迎，也不会虚与委蛇的推杯换盏。他是一个地道的“土老帽儿”，面对电视拍摄方的威严阵势，茅剑秋根本不敢亮他可进可退的应战招数，只坐在席间观望杨副主任和马导演虚张声势的胡诌乱侃。杨瑶面对这无法势均力敌的阵势，不禁有些紧张了。她开始不断向对面的茅剑秋递送鼓励的眼神，而他虽然领会她的好意，却始终拿不出足以让对方妥协的招数。这让杨副主任等人无形中占了谈话的上风。他振振有词地说：“茅先生也许不了解现在电视剧有多么难拍，各方面都需要花钱，哪一方摆不平也休想把剧拍下来。因此我要明确告诉你，转让的费用肯定不会很高。因为我们这部戏如果一定要拍，资金也不会十分充足。为千方百计把你的作品拍好，我们从一开始就考虑压缩开支，许多演职人员的报酬都要一压再压，就连我们的权威导演老马，也表示少要报酬。你再看这两位著名演员，她们为了拍好你的作品，甚至声明不要任何出场费了。你要知道，我们这样做到底为了什么？只有一个目的，就是把茅先生的《古城斗枭雄》拍成一部精品！争取在国内拿来大奖再说！”

马导演见了，也立刻举杯劝酒，当场对茅剑秋拍胸说：“茅先生，其实制作中心是不是一定要开拍《古城斗枭雄》，到目前还没有最后定局，也还没有立项，拍与不拍也说不准呢。都是因为我看中了你的小说，经我百般忽悠才弄到现在的局面。所以，我主张咱们大家多为电视剧的质量着想，少考虑一些个人利益。不然，咱们大家如果都为自己争什么，那么很可能弄得不好，一场好戏尚未开锣就不了了之了！”

茅剑秋一声不吭。他感到酒席宴上的气氛压得他喘不上气来，刚才杨瑶为他不临场怯阵，已经为他再三鼓气。但是临阵时他才发现自己根本就不是这些久经影视江湖老把式们的对手，一阵开场锣鼓响过不久，两位女演员也随声附和地唱起分文不取的空洞高调。弄得茅剑秋准备好的一番话无法启口了。杨瑶坐在一边，她把席上所有人的表情都看在眼中，她知道自己事前的估计没有错，电视剧策划者们果然如内行人透出来的信息一样：“愈是利益大的地方，争夺起来就愈显得激烈。”她再瞟一眼茅剑秋，才意识到他写作上完全称得上“高手”，但在和这些为利益争红了眼睛的人进行讨价还价的时候，茅剑秋根本就不是对手。关于版权的转让费谈判尚未进入实质内容，杨副主任和马导演的务虚阶段已让杨瑶观之愤慨了。她没想到杨副主任会这样对待她的作者，甚至根本不给茅剑秋开口讲话的机会，就把一顶顶不许多谈报酬的帽子狠狠压到作者的头上。

“杨副主任，能不能说一说《古城斗枭雄》这部戏资金到位的大概情况？这样，我的作者才好和你们进入实质性的对话。”杨瑶如鲠在喉，不吐不快。她知道必须亲自出马了，否则这场不公平的谈判很可能让电视剧的转让最后因不公平而夭折流产。杨副主任有些意外，没想到作为中介人的出版社编辑却成了茅剑秋的代言人，便打断她说：“杨主任，你我一笔写不出两个杨字，本来就是一家子嘛。真没想到你竟然问起资金的问题了。其实我刚才已经说过，现在只有极少数资金到账，咱们一家人不说两家话，赞助的厂家实在太少了，现在还没有什么资金。”

杨瑶冷笑：“不对吧，杨副主任既然说是一家子，就不该遮遮掩掩了。我虽然还不十分清楚资金到位的准确数字，不过已经有了一个初步的信息。省外的赞助现在就有 18 家之多了，而且据说中国电视剧制作中心也一次投下可观的数目。这大概都是真的吧？”

杨副主任没想到杨瑶当着茅剑秋的面就揭了他的底，顿时变得尴尬万分，一时张口结舌无言以对。马导演起身替杨副主任解围，不料杨瑶也不失时机地给他一记闷棍，说：“马导刚才说这部电视剧是否立项还没有确定，这也是真的？”马导一怔，只好点头称是："那是当然。"杨瑶也不客气，随口就给他一个措手不及，把几封电报在酒桌上一摊，说："如果真没有立项，那么我们也好马上回复这些情愿出高价转让费的外省电视台了，因为他们已经多次来电请我们出版社代他们联系作者，现在想购买《古城斗枭雄》电视剧转让权的电视台多了。如今时间不等人，茅老师今晚就要听个准信，如果你们今晚谈不拢，明天我就和茅老师乘飞机去南方几家电视剧制作机构转一转，他们不仅马上就可以签约，同时也表示当即兑现作者的全部版权转让报酬！"

杨副主任和马导演见杨瑶手里果真拿出几封刚刚收到的催问电报。情知如果继续这样压茅剑秋的应得报酬不仅不会得逞，还有可能丢了最好的签约机会。杨副主任的额头已经沁出冷汗，忽然，他一把紧紧握住茅剑秋的手，信誓旦旦地保证："茅先生，您千万不要误会，我们可没有别的意思，就是酒桌上的闲聊。至于您应得的版权转让费用，我们肯定要按最高的标准来和您签约。因为出版社的杨瑶主任是我们的多年好友，有她在这里，所有的事情都好谈，都好谈嘛！"

作家的华丽转身：服装设计师

春节前的最后几天，C 城多风少雪，天气干冷干冷的。

茅剑秋为了和省电视剧制作中心签订合约，一直住在杨瑶为他安排的宾馆里，等候这件好事的最后落实。茅剑秋十分感动，杨瑶在把小说改编成电视剧这件事上，跑前跑后，左右周旋，她当初为了促成此事，甚至不惜动用了在省城多年的朋友亲属关系。杨瑶让他感动的是为人做事的真诚，对他这个在县城下了岗的作者，杨瑶能够如此尽职尽责，完全出乎茅剑秋的意料。多年前他开始从事业余写作的时候，出版社的编辑在他眼中就是高不可攀的上帝。后来通过学友陈泓结识了松江出版社的沈跃龙，有限的接触中印证了编辑与作者之间的关系，很难永远保持互信与和谐。尽管沈跃龙表面热情，但行事却高深莫测，虚与委蛇，彼此之间好像横着一条永远无法平等沟通的鸿沟。然而在他和女编辑杨瑶的接触中，茅剑秋有了新的体会。和杨瑶在一起他有平等的同志似的感觉。《古城斗枭雄》的合作中他和她甚至成了无话不说的朋友。这次《古城斗枭雄》出版后与省电视剧制作中心的合作，如果没有杨瑶的鼎力支持，若想成功是根本不可能的。杨瑶在他看来就是一种力量，就是困境中的救星。

“晓月，你怎么也忽然来到了省城？”就在茅剑秋和电视剧制作方签了约，等候参加电视剧组关于《古城斗枭雄》剧本讨论会的时候，忽然有一天接到了妻子的电话。梁晓月说她也来到了C城。这让茅剑秋有些意外，他不知道妻子因何事而来，也不知她离开辽县后几个服装摊床委托何人代为打理？梁晓月忽然来省城究竟为了什么，难道辽县又有什么人在制造麻烦，还是她听到了什么风声？他想起辽县就对县文联黄主席和孙中飞满腔愤懑。他接连出版两本书，这在偏僻的辽县当然不是小事，县里主要领导也认为他给辽县争了光，添了彩，甚至还听说县委要黄文远尽快把茅剑秋当成特殊人才进行引进，办手续调进机关。也许正因为如此，才平添了黄文远和孙中飞对他的妒忌。但是，茅剑秋对去县文联做专职创作员的愿望并不强烈。主要原因是看不惯黄文远为人和孙中飞的地痞文霸作风。县人事局曾经找在商场摆摊招揽生意的茅剑秋谈过话，不过茅剑秋当即就谢绝了县领导好意，他表示无意进县文联供职，理由是他喜欢做闲云野鹤式的自由撰稿人，他这样做也可以协助妻子经营服装生意。下岗后一度陷入困境的茅剑秋经过夫妻俩的日夜操劳，现已初步走出了生活的低谷。梁晓月也支持他的主张，认为茅剑秋这样活得有骨气，宁愿每天与普通平民为伍，也不和孙中飞之类文坛混混们一起尔虞我诈。杨瑶来辽县的消息传开后，孙中飞又在县城的小小文化圈散布了一些望风扑影的流言蜚语，借此中伤茅剑秋。孙中飞和他的小混混们，甚至还跑到梁晓月的摊床前公开告诉她："小心你家的茅剑秋，听说他在宾馆和省城来的小妖精睡过觉，你怎么还有心思卖服装呀？"梁晓月知道是孙中飞这无赖有意加害丈夫，她非但不信，反而当众嘲笑几个混混说："我老公是什么人，我比你们清楚！你们再这样胡说八道，小心我抽你们的嘴巴！"

茅剑秋敬重妻子。梁晓月也深信写作刚有成果的丈夫绝不是孙中飞之流所说的那种人。对于怀才不遇的茅剑秋，只这一句话就足够了。梁晓月文化不高，但忠诚勤劳，他认为这就是女人的本分和美德。当初他从部队回到辽县，和梁晓月是生活最困难的时候结识的，茅剑秋当时所以一眼就看中她，并不是因为介绍人——抄纸车间老大姐的极力撮合，也不是看中在纸厂当后勤工的梁晓月生得俊美妩媚，而是他发现梁晓月待人处事的老实诚恳。出身农村的姑娘梁晓月既不风流也没有文人的诗情画意，茅剑秋同意娶她为妻的主要原因，正应了当地一句俗语："丑妻近地家中宝！"婚后的梁晓月也果真没让茅剑秋失望，他在工厂的紧张忙碌中从事多年业余写作，如果身边没有这朴实女人的支持，他就很难坚持到今天。因此茅剑秋常常从心里感激她，在茅剑秋看来，他今天能有《盛京春秋》和《古城斗枭雄》的出版，梁晓月的功劳也在其中！

"晓月，有人说省城的女编辑那么多闲话，莫非你当真不相信吗？"一次，他曾这样试探妻子。梁晓月沉默半晌，很快就否定地摇了摇头。他继续追问她："你是说，省城女编辑是大学生，是硕士，而我茅剑秋只是个有初中文化的下岗职工，两人地位相差悬殊，因此传出什么绯闻都是孙中飞这些混混们的胡乱编造，是吧？"她仍然摇头："有些道理，但又不全对。"他见她虽然吐语不多，却总能一语说中要害，因此茅剑秋更感知梁晓月想事处事的深沉。于是他询问下去："那么，你究竟为什么不相信别人的话，还像从前那样相信我的清白呢？"梁晓月终于忍不住笑了，点着他的鼻子说："我什么也不为，就因为我了解你，了解你茅剑秋的性格和一贯为人！你决不是见异思迁的人，如果你见异思迁，这么多年你就不会死啃书本，黑灯瞎火地写作了。你说我的判断没有道理吗？"茅剑秋怔在那里，定定地用眼睛凝视这有内秀的聪明妻子，忽然把她紧紧搂进怀里，在她白皙的脸上狠命狂吻起来，直到她没好声地尖叫起来，茅剑秋才放开了她。

"剑秋，你出来吧，我现在就在你住的宾馆门前，我有非常紧要的事要和你商量！”妻子在电话中声音有些急切，茅剑秋急忙来到楼下前厅，见梁晓月果然等在那里。他把晓月引到一排大小沙发前，拣一张坐定，他知道如果不是生意上的事，妻子是绝不会在这时候赶来的。梁晓月的脸上溢着笑容，她急不可待地问：“剑秋，你还记得跟我们做生意的穆老板吗？他昨天从省城给我打了电话，他想和你见一面。”茅剑秋一怔：“穆老板，就是你从前说过的恩人穆东方吧？”原来，梁晓月最初来省城进货，曾经遇上一个骗子，骗去她的全部进货款之后逃之夭夭。当时梁晓月连回辽县的车票钱都没了，正是这个名叫穆东方的生意人，替她支付了全部货款，又帮她解决了回程的路费。当时穆东方正在怀县经营服装，和梁晓月刚好是临县。茅剑秋也始终想见见这位仗义疏财的服装个体户，可他不知穆东方为什么忽然来到了省城，又为何想和他见面？茅剑秋有些意外，问：“晓月，我记得你从前说穆东方是在怀县经营服装，怎么忽然也来到了省城？”

“穆东方如今早不经营服装了，人家如今在省城里开了一家服装厂呢！”梁晓月见丈夫茫然地望着她，便笑了，“你还记得去年秋天，你替我修改过的那套女式风衣吗？”茅剑秋懵懂地点了点头，他想起去年秋天妻子的摊位上来了个购买风衣的女子，次日竟然来摊床前和妻子纠缠，非要她换掉不行。理由是面料虽然上乘，但样式过于老旧，她无法穿上身。妻子却执意不肯退货，于是两人便发生了争吵。刚好茅剑秋来妻子这里办事，在旁听清女顾客的意思，便息事宁人地劝解一番，最后他见女顾客执意不肯，索性就让妻子为她退了货。然后他把那件风衣拿回家，发现样式确也有些老旧了。茅剑秋夜里在灯下仔细研究了那质地优良但样式老旧的女式风衣，思考了多时，他终于在旧风衣的基础上，重新画了张修改的图纸。经过茅剑秋修改过的风衣图纸，不久便被梁晓月连同那件退货一并拿到了省城，经过服装厂的修改以后，那件风衣再拿到辽县梁晓月的摊床上，居然很快就被卖掉了。如今他不明白妻子因何又提起此事。梁晓月兴冲冲地告诉他："是这样，那件退还的风衣，我拿回省城后就交给了穆东方，他重新按你绘制的草图作了一点改动，因此我拿回来马上就卖掉了。穆厂长现在就根据你绘制的那个图纸，一下子就生产了几百件，在省城和其他销售网点都成了畅销货。因此，穆厂长说他要和你见见面，他还想聘请你当他们服装厂的服饰设计师呢！"

"他请我当服装厂的设计师？"茅剑秋有些意外，也有些好笑。他没想到自己在工厂里当过工人，业余还从事过写作，已是在多种不同职业中左奔右突的多面手了。他没想到如今居然又有人聘请他当什么服装设计师，更没想到去年秋天为把那件女风衣尽快卖出去，信手绘了一张修改的草图，竟得到了穆厂长的嘉许。便对妻子感叹说，"真是人生无常！晓月，你是知道的，我这一辈子，真想从事的职业只有一个，就是当个作家。可没有想到，我的作家梦直到现在也没有实现，却在不断为温饱变换各种自己并不喜爱的职业。你说，我怎么能当服装设计师呢？"

"你怎么就不能，你说了，你是个多面手，想干什么就一定能干好。我想你倒可以试试，只要穆厂长给你的聘金合理，你就留在省城给他搞服装设计吧，怎么也比在辽县经营摊床好吧。"

梁晓月控制不住对新生活的希冀与追求。她急切地把丈夫拽到厅外，喊一辆出租车，就风风火火拉他坐进去，一路上她不断鼓励茅剑秋一定要接受穆厂长的盛情邀请。梁晓月说：“我早就有改变现状的想法，做生意不能一成不变。再说辽县毕竟太封闭了，赚不到大钱。记得有一次你也说过，咱不能总是经营服装，因为这种行当收益不大，许多资金又都压在货上。一年到头也见不到多少现钱，你还说过，有一天你也想办个企业，现在正是好机会，政策又允许咱来省城经商，你怎么忽然又保守起来了？”

妻子一番话茅剑秋听在耳里，但他迟疑着不敢表态。在他的内心深处，真正痴情的还是有一天做成自己的作家梦。至于经商不过是为生计和糊口的需要。多年的坎坷遭遇，在茅剑秋这性格内向的才子心中，已经积累下许多无法写尽的真实生活。而此前他对历史知识所进行的文学再创作，对茅剑秋也是有益的尝试，历史毕竟是一个取之不尽的写作资源。当然，生活在社会底层的茅剑秋，多年的生活实践，让他更加熟悉那些社会小人物们的喜怒哀乐。那些小人物们的一颦一笑，始终在他胸间蠢蠢欲动并不断产生创作的灵感，有时甚至到了呼之欲出的地步。然而，茅剑秋感到无奈的是，下岗后的生活窘况一直得不到彻底的改善，他纵然可以妙笔生花，但目前仍然无法让头脑中积累的形象思维如愿地化作纸上的生动文字。他做梦也没有想到，当初他替妻子前往省城进货，中午休息时守在服装厂设计室窗外观望那些女孩子们的服装设计，竟在自己实际生活中无意中派上了用场。难得穆厂长看中他茅剑秋有设计新式服装的本事！他自己心里也没底，就自问：我能行吗？

“茅老师，没想到你有设计时装的精熟本事！”一刻钟后，妻子把他带进一家刚建成不久的民营服装厂。茅剑秋发现穆东方确有一套易地生财的本事，他的服装厂尽管尚属初创时期，厂房也显得有些简陋。不过，两个生产车间在省城一条僻静的小街内机声隆隆，女工们用的是新式缝纫机，正在紧张忙碌地加工各式服装。他发现这家工厂的加工项目多以女性风衣和春装为主。茅剑秋这才意识到，如今虽是冰雪覆盖的隆冬时节，而目光高远的穆东方则已在考虑即将到来的春装上市问题了。他不得不佩服精明老到的穆厂长为什么忽然想请他进厂担任设计师了。穆东方带着茅剑秋夫妇参观他的服装厂以后，请他们到办公室里喝茶，穆东方说：“去年秋天，我就是照你绘制的女式风衣草图，加工了几百件风衣，没想到上市以后，都反映你的设计别出心裁。这种女式风衣不仅时髦，而且实用。很受一些中青年女性的欢迎。现在这种风衣销得很快很广，不仅东三省的市场供不应求，就是河南河北一带也有电话购货呢。茅老师，听你媳妇说，你是个有文才内秀的作家，没想到你经营起服装来也有一套呢。我看这样吧，如果你不嫌我的厂子规模小，就到我这儿来当服装设计师吧。薪水嘛，不能太高，可也不算太低，我保证不少于你在辽县经营个体服装销售的收入。还有，你如果肯来的话，我这里还管食宿，这样，我和厂子就不愁发展了！”

茅剑秋坐在沙发里半晌无言。他当然也想从事这一全新的职业。至少比每天蹲守在辽县商场的服装摊前招呼生意及与客户讨价还价好得多。坐在办公室里绘制新式服装的图纸，说到底也是一种创作，不过这服饰设计的职业他是刚刚入门，如果把它当作一种谋生的手段，仍然需要不断研究和学习。可他又担心如果在穆厂长的厂里担当设计，那么他今后又如何继续从事他的业余写作呢？就在茅剑秋举棋不定的时候，妻子在旁替他向穆厂长表了态，梁晓月说："剑秋是干一行爱一行的人，他虽然没做过专职的服装设计，可我保证他有设计时装的潜能。这样吧，薪水你穆厂长再给提一提，我回辽县也就放心了。"穆东方却笑着说："如果茅老师给我厂子当设计师，你梁晓月为什么还回辽县呀！我看这样吧，你把孩子也带过来，索性就在省城安个家，孩子也可以就近上学，你梁晓月就在我厂子里当个帮手。当然我不指望你上机器当缝纫工，你平时就是卖服装的，不如就在我的厂子里搞供销，如何？"

"孩子？我们的孩子当兵去了，只有我们两个人，搬家其实也不难呢！"茅剑秋听了，也感到生活新出路已经摆在他们夫妻面前，他左思右想，觉得留在省城发展肯定比在辽县小天地好些，于是他就默许了。梁晓月更是大喜过望，连连向穆东方千恩万谢，说："既然这样，我们将来可就靠你穆厂长了！"

在返回宾馆的路上，茅剑秋仍对将来留在省城生活的前景顾虑重重，毕竟从没想过有一天到省城谋生。对穆厂长的许诺也将信将疑。倒是梁晓月显得非常高兴，她不断怂恿丈夫说："穆厂长可是个爱才的人，只要你为他多设计几种女装的新款式，他就会更加看重你。我了解他是个讲义气的好人，他不会埋没人才的。”茅剑秋没有想到，他这次到省城和电视剧制作中心谈版权的转让，竟然从此改变了生活的轨迹。他见妻子如此强烈地渴望脱离辽县的生活环境，心中也颇有同感。自从退伍进工厂以来，在辽县的日子过得既窘迫又压抑。如今能有全新的生活空间，他当然有一种发自内心的解脱之感。不过茅剑秋和梁晓月毕竟不同，他所希望的不仅是永远不再受制于人，而是有朝一日也像穆东方那样，真正当一回老板。就在他回到宾馆不久，就接到了杨瑶的电话，她说：剧本讨论会就定在明天下午。今天晚上杨副主任要举办一次答谢宴会，届时请他一定到场。但茅剑秋却想明天上午就赶回辽县，因为他必须马上回去办好来省打工前的一切善后工作。可他不知为什么，并没有把想来省城当服饰设计师的事告诉杨瑶。这是因为他有些担心，不知杨瑶如何看待自己的匆忙“改行”。茅剑秋只对她说：“见面的时候，我要告诉你一件事，杨瑶，也许，我将来也要到省城久住了。”杨瑶有些不解：“这么说，你是想来省城寻求发展？”茅剑秋说：“可以这样说吧，只是我对到一家私企打工，没有思想准备。”杨瑶听了十分高兴，便说：“茅老师，其实现在讲的就是摸着石头过河，凡事都要有信心才行。如果将来你到省城工作，咱们的联系就更加方便了！只是，明天有关剧本改编的座谈会，你一定要参加。因为这是一次特殊的亮相。茅老师，你要知道明天的会不仅我们参加，我们出版社还有一些特殊的人物也应邀出席，这其中有支持我们的，也有反对过我们的。那个当初和手稿丢失相关的人，他也要出席呢。因此，我希望你要在这次座谈会上好好地谈一谈，不仅要谈出小说与剧本的优缺点，还要谈出让他们刮目相看的独特见解。要知道现在出版社有多少人在注意你呢！所以，你明天不仅非出席不行，而且一定要讲出你的水平来，也让我这责任编辑扬眉吐气！你明白我的意思吗？”茅剑秋听到这里，平静的心忽然泛起了冲动的浪花，连忙表示说：“放心，我一定参加，只是我不敢保证能不能谈出你希望的水平来！不过，《古城斗枭雄》能出版，能拍电视已经说明了一切！”

第七章

剧本改编座谈会

杨瑶得知茅剑秋将来省城打工的消息以后，心情久久不能平静。尽管她没有进一步问清他究竟去什么私企工作，不过，她在心里仍然祝福他从此能交上好运。偏僻的辽县毕竟太遥远也太闭塞了，她去过一次后就不想再去。像茅剑秋这样有文学修养和创作基础的作家，如果将来能在省城生活，肯定会扩展他的生活视野。这种希望茅剑秋尽快改变生活环境的想法，早在她去辽县拜访作者的时候就有了。只是她毕竟是一家出版社的编辑，她和茅剑秋之间毕竟是编辑和作者的关系。杨瑶无法过问他写作以外的生活，因为她还不了解茅剑秋的家庭情况，比如他妻子究竟会不会同意他来省城，杨瑶当然不好涉及这些敏感的话题。如今茅剑秋自己提出并解决了这个问题，其实也正是她杨瑶所期望的！

杨瑶和茅剑秋通过电话以后，走下她的白色小轿车，步履匆忙地上了电梯，然后进入她的文史编辑室。就在她经过总编办公室门前时，忽然发现房门侧开一条缝儿，老总编花白的脑袋一闪，她马上就意识到有事情，于是就悄悄走了进去。果然陆炎正在里面等着她，见她进了门，含笑示意她坐在对面的沙发上，然后闭了房门，忍不住内心兴奋地说："杨瑶，这次你干得相当漂亮，也让我解气呀。省电视剧制作中心那边是否能够落实下来？"

"电视剧已经没问题了。"杨瑶理解老总编此时的心情。两年多时间，她在为茅剑秋的书稿上下奔跑送审，陆炎也一直在社委会内部顶着来自各方的压力，自始至终支持她坚决扶持茅剑秋的《古城斗枭雄》早日出版。杨瑶十分清楚，再过一两年时间，陆炎就到了退休的年龄，而老总编晚年一个最大的想法，就是在总编生涯中精心扶持几部在省内甚至国内有影响的作品面世。其中她担任责编的《盛京春秋》和《古城斗枭雄》就是陆炎颇为看重的重点书稿。杨瑶了解事业心极强的陆炎，当初支持她一定要让茅剑秋把丢失的作品凭记忆复苏再现的计划时，老总编是怎样忧心忡忡。那时也是在这间办公室里，陆炎认真听取她前往辽县冒雪寻找作者茅剑秋的经过，当杨瑶把茅剑秋有重写《古城斗枭雄》的想法报告给陆炎的时候，老总编高兴得落了泪，他连连抚掌称许说："真是个难得的作者啊，我一辈子在编辑的岗位上，从没见过如此有志气有毅力的作者！那可是三十多万字的长篇呀！”杨瑶还记得，后来当她把茅剑秋的写作进度不断报告给陆炎，在他认定茅剑秋不久即可拿出一部《古城斗枭雄》的书稿，而且还是他亲手打字的电子版时，老总编这才在社务会议上，当着沈跃龙的面郑重公开了这一封锁了一年之久的写作秘密！当时，不仅沈跃龙闻言大为震惊，就连对此事始终态度不很明朗的社长康平，听到这一喜讯也情不自禁地拍案叫绝：“杨瑶，想不到你是个有心人啊！”沈跃龙始终不发一言，只怔怔地坐在桌边狠狠地吸烟。烟雾在他低锁双眉的眼前缭绕着。杨瑶看不清他的表情。前次手稿在松花江大桥上遗失，就像一个不可破解的噩梦，始终让杨瑶看不透其中的内幕隐情。沈跃龙和丢失书稿的当事人周慧，两人的关系变得更加神秘，他们与杨瑶及老总编的关系也彼此心照不宣。杨瑶发现就在这个会场上，周慧显得有些局促，她不知为什么总是怯怯地眼瞟着沈跃龙，沈跃龙的微妙举止，似乎时时在影响着周慧。

听到了杨瑶暗中扶持作者茅剑秋重新撰写《古城斗枭雄》的消息，在场所有编辑和发行人员都大为振奋。前次陪同杨瑶几次前往松花江大桥寻觅书稿的女编辑高楠楠，情不自禁地拍手叫好说：“这个作者真不简单！没想到一部死稿也能复活？”沈跃龙在与会者的叫好声中，很快就平和了紧张的心绪，他以业务主管的口气望着不露声色的杨瑶，称赞地说道：“杨主任，你为咱们出版社做了一件大好事，我作为领导要对你说一声祝贺！”杨瑶却冷冷地回应说：“这可不是我做了什么好事，而是作者茅剑秋靠他的智慧和汗水，又进行了一次额外的劳动。如果需要祝贺，我们大家都应该向这位对文学创作赤诚无二的好作者表示敬意！至于我嘛，扶持作者作品是我的职责，不值得领导大加褒奖！”

沈跃龙对杨瑶不冷不热的态度不作计较，反而即席发表了自稿件丢失以来首次充满歉意的发言。沈跃龙的脸色显得异常沉重，他说：“今天我愿意借此机会，郑重地向全社同志说一声对不起，也要对该书的责任编辑杨瑶说一声对不起！茅剑秋的书稿，虽然当初我是因为重视才把它拿到家里修改的，可是，书稿最后的丢失我有不可推卸的责任。尽管书稿并不是从我手中丢失的。不过我不能因此而免责，如果我当时能多考虑考虑社里的整体利益，如果我能多考虑编辑在书稿送审过程中耗费的精力，如果我能再考虑作者茅剑秋为书稿所付出的艰苦劳动，我也许会采取其他更有效的办法，把这部书稿在第一时间交给责任编辑。可惜我当时并没有这样做，现在回想起来，就感到我的严重失职……”

杨瑶没想到沈跃龙能在全社会议上说这番话，无论他是出于何种用心，敢讲这种话总是需要勇气的。而且她清楚地见到，沈跃龙并非虚情假意，而是讲得泪水横流，痛心疾首。正因为他以诚恳的态度面对书稿《古城斗枭雄》的失而复得，杨瑶心底积郁多时的不满和怨恨，忽然被沈跃龙的自我忏悔悄悄打动了。那一时，她甚至感到沈跃龙有些可怜了，因为直到目前为止，她对书稿当年的遗失虽然有种种猜测与怀疑，但杨瑶深知她毕竟没有确切证据认定沈跃龙就是躲在幕后故意弄丢书稿的主使者。书稿丢失以后，杨瑶曾经多次找周慧谈心，也曾一度寄希望通过彼此的交流，从侧面发现某些和书稿遗失相关的可疑线索。然而周慧除自责之外，始终不愿透露与沈副总编可能担责的任何内情。

沈跃龙继续痛哭流涕地说道："我今天有感而发的谈话，决不是逢场作戏，也不是无病呻吟。我真是为作者茅剑秋重写书稿的行为所感动，他一个生活在小县城的工人作者，在我们弄丢了他的稿件以后，非但没有提出理应提出的经济赔偿要求，反而任劳任怨地主动要求重新动笔，这很了不起啊！我还听说他现在已经下了岗，是利用打工的休息时间重写这部书稿的。老实讲，我听了以后，心里一直有一种无法推卸的负疚之感。如果我的工作尽了职，他也许就不会再做这种重复性的劳动了，而因为我的疏忽才造成了茅剑秋的沉重负担，对此我痛心疾首，我真想找到这位可敬的作者，向他道一声对不起！"

会场上静悄悄的，似乎听不到任何声响。这种严肃悲壮的气氛感染和打动着耿耿于怀的杨瑶，同时她也看到，许多对沈跃龙敢怒不敢言的编辑和发行人员，似乎也在这真诚忏悔面前消融着胸间曾经有过的愤懑与抵触情绪，就连对此事最感义愤的高楠楠也眼睛潮湿了。杨瑶理解人们都有良善宽厚之心，尤其是对待像沈跃龙这种平时自视清高、从不检讨自身失误的副总编来说，他今天能郑重面对作家茅剑秋重写书稿的罕见之举而表露的忏悔，更容易让人们动情动心。杨瑶发现一些女编辑都在拭泪，而男性工作人员大多异常动容。周慧有些无地自容了，她把一张惨白的脸偏转过去。老总编更是十分动情，坐在椅子上连声发出同情的感叹。只有社长康平埋头吸烟，不肯让他的内心变化暴露于人。

沈跃龙越说越激动，好像他忽然省悟了曾经有的过错，以洗心革面的姿态面对众人："在这里，我还要对杨瑶主任郑重表示歉意！在《古城斗枭雄》这部书稿上我存有严重的过失，而杨瑶在这两三年的时间里，本来理应放弃这一多灾多难的编辑工作。因为她手边本来就不缺少更具市场操作价值的书稿，可让我佩服的是，杨瑶并没有知难而退，在困难和挫折面前她选择了艰难。据说她为此稿的顺利送审，还亲自去过北京。书稿丢失以后，她曾经冒雪去过一个小县城寻找作者，大家都可以设想，如果没有杨瑶的努力，茅剑秋可能同意再次执笔为我们出版社撰稿吗？不能，肯定是不能的。而杨瑶才是这种奇迹的真正创造者！因此，我要向杨瑶同志致谢！我相信经她百折不回扶持起来的《古城斗枭雄》，出版后一定会大获成功！……"

时至今日，杨瑶仍然清醒地记得，沈跃龙的即席发言当时博得了多少人的热烈掌声。在掌声中她也流了泪，那一刻她真从心里原谅了沈跃龙在对待茅剑秋及其书稿中所存在的失职与责任。然而，让她事后想起来仍然感到错愕的是，沈跃龙在会上与会下的态度很快就发生了截然不同的细微变化。

"杨瑶，再过一年，我就要到岸了。"现在，陆炎悄悄地闭了房门，把很久以来想对杨瑶说的话终于吐出口来。作为一个毕生敬业、在出版界奋斗三四十年的老编辑，陆炎对出版社仍然寄予厚望，而杨瑶则是他早就看好的接班人。几年前杨瑶就是陆炎极力向上级推荐的最佳人选，他准备在离休之前让她进入社委会的班子。但沈跃龙却以与省委宣传部李征夫特殊的私人关系捷足先登了。康平在谁来继任总编一事上和陆炎本来就有共识，可是，康平不可能无视李征夫的点将安排而选择对出版社发展更为有益的杨瑶。如今，杨瑶在陆炎的多次力争之下，社里已经把她作为副总编人选上报到省委组织部和宣传部，用康平的话说："如果这次杨瑶再提不起来，我们真就问心有愧了。"陆炎正因为他退休的日期逐步临近，所以对如何选择自己接班人就显得尤为急迫。陆炎把谈话从《古城斗枭雄》引向正题，他叹息着说："本来社里对谁来接班早有安排，可现在又有人在暗中做手脚了。他又一次跟我们唱对台戏，非要把那个人强拉上来不行，你说，这不是不计后果吗？"

"您是说，他现在还想在周慧身上做文章？"杨瑶由于全部心思都投入到协助茅剑秋联系电视剧这件事上，因此对于出版社内部的人事动向历来不闻不问。杨瑶并非那种善于钻营的人，尤其和上层拉关系她更是厌恶反感。不然，凭她的能力沈跃龙也许不是她的对手。关于沈跃龙和周慧之间的特殊关系，杨瑶从来睁一只眼闭一只眼，她对出版社内的绯闻从来不感兴趣。但有一件事不久前传得沸沸扬扬，高楠楠说得绘声绘色，她悄悄地告诉杨瑶说："不得了，周慧这次丑出得大了，她和姓沈的居然在办公室里拥抱接吻，让人给撞上了呀！"杨瑶不肯相信。从前有人看见周慧和沈跃龙一起跳迪斯科，还有人见他俩在松花江大桥上散步和进酒店，但她做梦也没想到有一天他俩竟会把这种丑事做到办公室里来，便惊愕地瞪大眼睛："有这样的事？该不是有人把猜测当成事实了吧？"高楠楠却信誓旦旦地说："哪里是猜测呀，是卓越亲眼见到的，他到总编办公室去请示工作，没想到竟然当场撞见两人抱着亲嘴呢！”杨瑶听了，一时怔在那里，想象中的情景令她瞠目结舌，但她相信管发行工作的卓越是个老成持重的人，从他嘴里不可能有虚言轻吐。这件事传开以后，杨瑶发现周慧在楼里见了她，脸儿就腾地红了，然后她就低头回避，从她身边匆匆而去，也不敢正视出版社所有的女编辑。看周慧那不好意思的尴尬模样，在办公室和沈跃龙拥吻是确有其事了。如今忽听老总编又在抱怨沈跃龙趁机提拔周慧，心中便泛起了深深的忧虑。一年前，也就是周慧在大桥上丢失茅剑秋手稿不久，社里正要求她作深刻检查的时候，沈跃龙却在为周慧就任文艺编辑室主任一职在上下奔忙了。在社领导班子讨论时，陆炎不客气地反对：“先不要说周慧丢失作者稿件这件事，就说她的业务水平也不可能胜任编辑室主任。要知道文艺编辑室可是咱社的重要岗位，社里几十号人就靠文艺书籍吃饭呢，周慧连汉字都搞不太准，她哪里能承担起这个重任呢！”

沈跃龙坚持着他的意见：“周慧对文艺稿子没有兴趣，不等于她组不来优秀的稿子。再说，她丢了作者的书稿，责任也不在她，我已经都统统承担过来了。这件小事不应该影响到一个年轻编辑的提拔重用。”其他编委都惧怕沈跃龙和上面的关系，大多采取得过且过的态度。因此陆炎的坚持最后形成了孤军作战的僵局。康平面对沈跃龙咄咄逼人的进攻和李征夫的暗中吹风，最后也不得不妥协。康平也清楚周慧实在支撑不起一个文艺编辑室。但当时正缺人手，不得不给周慧一个临时负责人的头衔，让她暂且主持工作。而今，沈跃龙再次在班子里提出要给周慧以正经的“名分”，并且多次替这个扶不起来的阿斗大造舆论，说：“谁说周慧能力不行，这一年来文艺编辑室在码洋上不是又创历史新高了吗？”杨瑶想起这些不愉快的往事，心中就恨得不行。文史编辑室去年创下的码洋在全社最高，但在年终考核时社里居然把先进编辑室的荣誉评给了业绩平平的周慧。这是什么道理？她始终不明白，像康平和陆炎这样软弱的领导，为什么在关键问题上每每要迁就一个副总编沈跃龙。想到这里，杨瑶不以为然地摇了摇手说：“老总编，您的好意我心领了。但请不要为我争什么，您也知道，我根本就不稀罕什么副总编的头衔！我能做好编辑的工作就很不错了。”

“看看，杨瑶，你又来了！”陆炎皱皱眉头，置身其中却又欲罢不能地说，“这件事又不是我对你个人有什么许愿，我确实是考虑社里将来的前途！我虽然退休在即，可我将来还要在社里领养老金的呀！你能不能上去，也不只关系你个人的得失，而是我在考虑全社的利益才力排众议地坚持要你上来主事。杨瑶，出版社早就不是国家必保的事业单位，将来再吃大锅饭肯定不行了。这就需要一个懂业务、有事业心的人来替我操心书稿的优劣！你说，像沈跃龙这种眼睛盯着上面的人能行吗？现在回想起来，我就感到老康和我都严重失职啊！如果我俩当初不顾一切地顶住，宣传部就不可能任命他当副总编。”

“哼！”杨瑶听了，嘴上不说什么，心里却感到几分解气。陆炎讲的确是实言，可当年沈跃龙和她竞争副总编的时候，陆炎却没有真正认识这事关出版社前途人事安排的重要性。当年在康平决定向李征夫屈从以后，老总编的过错在于，他也采取了听之任之的态度。眨眼几年时间过去了，沈跃龙再不是当年的文艺编辑室主任了，再也不会笑脸逢迎地面对陆炎这快要退休的人了，而是采取挟天子以令诸侯的手段，在社领导班子里说一不二，有时甚至因有李征夫作后台把康平也不放在眼里。也许这就是康平和陆炎共同联手准备利用增配一名副总编的机会，千方百计想把杨瑶扶上台的原因吧！

“杨瑶，你不该这样淡然处之。”陆炎已经窥透到她复杂的心境，也清楚杨瑶在沈跃龙提职一事上对他们的耿耿于怀。他不计较杨瑶的冷淡和漠然，而是发自内心地进言相劝：“在重用沈跃龙的问题上，我和老康都有一定的教训。因此，我们才有一种危机感。杨瑶，我现在对你说的这些话，也不是我个人的意思，老康不方便对你讲什么。但他希望你拿出编书的劲头来，也到上面去活动活动。我们都希望明年班子变动的时候，最好由你来接我总编辑的班，而不是其他人！”

“哼，谢谢你们的好意吧。可惜我不能到上面去活动！”杨瑶冷笑一声，不客气地说：“并不是我没有这个能力，我也可以找一些老关系，如果需要花钱，我也是掏得起的。只是让我伸手向上面要官儿，我可从来就没有这个兴趣。这是其一。其二是即便我能够按照两位领导的意见办，也怕让你们失望了，因为有人现在已经坐在了副总编辑的椅子上面，我即便再有神通，最后也只能屈居其次，又怎么能在明年班子变动时一步登天地当上什么总编辑，这不是一个笑谈吗？”

“这不是笑话，”不料陆炎更加急迫地说，“杨瑶，请你不要这样看我们。我和老康所以这样焦急，就是想把你马上提起来，你要知道现在距我退下来至少也有一年半时间。如果你现在就能就任副总编的话，那么到了我退的时候，你和沈跃龙都是副总，这样，你就和他同样具有竞争总编辑的条件。到了那个时候，我和老康都会不惜一切代价把那个中山狼卡住的。我和老康都想好了，必要时我们一齐去见宣传部的第一把手，如果仍然解决不了问题，我们就豁出去了，索性直接向更高的领导汇报真实情况。杨瑶，我们再也不能继续看着社里一天不如一天了啊……”

杨瑶不再说话，她已从陆炎这番话中听出出版社当前所面临的江河日下的窘况。而沈跃龙的真实嘴脸正随着时间的推移，让杨瑶之外的所有人都看得越发真切。她也并不是没有东山再起的信心，只是杨瑶想起从前许多让她伤心的往事，就难免感到愤慨和失望。她对老总编的真诚恳求，最后也没有作出良好的回应，杨瑶那时的心思并不在和沈跃龙争权斗势上面，而是一门心思想扶持茅剑秋的作品顺利进入电视剧的领域。在一个女编辑的内心深处，与其说渴望获得权力，不如说更渴望她苦心呵护的作品，能在更加广泛的领域获得读者与观众的广泛承认。如果有了这一切，她杨瑶就会从心底产生一种成就感。对她来说这已经足够了！

夫妻成了两股道上跑的车

杨瑶回到家里，已是晚上七点钟了。

推开房门之后，她就已经感到了内厅的异样。她知道丈夫姜有松很可能从冰城回来了。“妈妈！”就在杨瑶在门边换鞋的时候，她脑际忽然产生了幻觉。一个欢天喜地的小女孩，张着一双手乐颠颠地向她跑来，不等杨瑶去抱，她已经一头扎进她的怀中。“贝贝！”杨瑶亲昵地把女儿抱起，走进了亮起灯盏的客厅。发现她丈夫姜有松正满脸堆笑地站在灯下，正向她微笑着走过来。那时候，她下班常常遇上这种亲昵温馨的场面，每当女儿叫她妈妈并跑来的时候，肯定就是丈夫从冰城归来了，是他提前到幼儿园接回了女儿。这不过是昔日家居生活的一个镜头。而如今它早就成了家庭和睦历史的画面，渐渐地淡出这个曾经温馨的家庭了。姜贝贝已经不在这个家中，小学和中学她一直在这里与妈妈生活，而今贝贝去了北京读大学。丈夫和女儿常年不在家里，杨瑶就感到万分空寂。这时她从幻觉中回到了现实，再向客厅里一瞧，果然看见一个魁梧的汉子正背对着她，坐在沙发里细心地调着电视的频道。杨瑶感觉姜有松心里有事，不然他听到她的脚步声，就不会连头也不回。丈夫的突然归来，在杨瑶心中并没有平添多少喜悦。这是由于她和姜有松之间，早在他前往冰城做生意初期，就已经产生了若明若暗的隔阂。

姜有松是杨瑶大学时的同班学友。那时的姜有松是一个开朗豪放、乐观向上的有为青年。他的家不在C城，而是出生在黑龙江省一个叫冰城的地级市。姜有松在C城大学读书期间，之所以和内秀睿智的杨瑶能擦出爱情的火花，多半缘于他和她在历史课之外的许多兴趣和爱好。姜有松从小喜欢文学，他与杨瑶的不同之处在于，杨瑶对小说情有独钟，而姜有松则把全部才气都倾注在对西方诗歌的追求之上。尽管杨、姜两人在小说和诗歌方面的爱好有所不同，但诗歌和小说毕竟同属于文学的范畴。正因为这一共同的基础，姜有松和杨瑶在别人跳舞、看电影和逛街的时间里，他们往往会不时相遇在学校图书馆。星期天她与他会从清晨一直读到下午开饭的时候，然后又不约而同进入了学校的饭厅。正由于这已成惯例的假日相遇机会多了，久而久之，两人便在这恬静的环境中有了一些超越男女同学范畴的思想交流。那时杨瑶对姜有松的所有好感，就是他那持之以恒的治学精神。她看一个人的本质，往往不在学校的课堂，而注意他课外时间究竟如何打发。在杨瑶看来课堂里的功课充其量只能说明他的钻研精神，而课余活动常常会暴露一个人的性格本质。杨瑶不屑与为伍的就是那些功课本来就不优秀，却仍然渴望获得更多物质享受的男生。有些人尽管他们的家境并不富裕，可仍然千方百计利用父母从牙缝中节省出来的钱，或花天酒地地进酒楼下餐馆，或者出入于舞厅及各类满足感官刺激的娱乐场所，拼命追求声色犬马的刺激。她发现姜有松与那些浑浑噩噩的学生有本质上的不同，他始终勤奋好学，不甘沉沦。据说他的家庭并不贫穷，其父好像还是黑龙江某地一个副局级官员，姜有松完全可以在紧张的学业之外过陶然自乐的生活，可他却自强不息。杨瑶发现姜有松可敬的是，他竟对外国诗歌有那么大的兴趣。她悄悄地观察着他的行迹，大学整整四年的时间里，姜有松在图书馆里几乎翻遍了所有欧美著名诗人的集子。比如英国的济慈、德国的席勒、海涅、维特尔和法国的浪漫派大诗人雨果的作品，有些诗句，姜有松还一行行抄记在本子上。那时图书馆已经开办了复印业务，可家境并不贫困的姜有松，偏偏不去复印而在星期天埋头抄写那些西方诗人的名句。以此为乐的人确实不多了，姜有松这样的潜心研究外国诗人的作品，并不是什么人都可以做到的。

杨瑶初时无法理解姜有松此举的真正含义。有时她甚至在想，他会不会是故意在做这些无用之功，做样子给同在图书馆里读书刊的她瞧呢。如果姜有松是这样一个人，那么他的治学精神就大大打了折扣。可是后来一位同学告诉她，姜有松这样孜孜不倦地抄录外国诗人名句，就是为着更加扎实地学习与牢记这些诗句。如果花钱复印，他充其量只能保存而得不到进一步的深化理解。也许杨瑶就是在得知姜有松学诗的坚韧品格以后，才从心底渐渐对姜有松产生了好感。当然，好感还没有升华到让少女心动的爱情。为进一步加强和丰富课外知识，杨瑶在大学四年里，主要精力都放在研究与历史课相关的中国文学作品。例如她利用假日时间反复阅读《红楼梦》和《金瓶梅》。她认为这两部作品很可能是曹雪芹与兰陵笑笑生两位文坛巨匠相互借鉴才写成的。今人一般都在推崇曹氏的《红楼梦》，而兰陵笑笑生的《金瓶梅》则一度被人打入冷宫，又被冠以“淫书”成为另类。经过几年的反复苦读，杨瑶最后认定曹雪芹那部传至今天仍然为人所称道的

《红楼梦》，其实就是作者当年在阅读《金瓶梅》之后的精心仿作。而《红楼梦》所以比先它传世的《金瓶梅》更有影响，一个重要的原因是曹雪芹的作品中不含露骨的色情。人物刻画得细腻入微也是曹翁名传千古的重要原因。杨瑶为此撰写了她的毕业论文《以历史眼光品评〈红楼梦〉与〈金瓶梅〉的艺术性》。而姜有松则在大学图书馆里苦苦读阅着浩如烟海的西方诗词，他虽不能以此作为毕业论文——这诗歌显然与他主修的历史专业毫无关联，文学门类尽管不能作为姜有松毕业论文的内容，可他还是把才气发挥在让人有目共睹的报刊上。姜有松在毕业前夕，接连在C省报刊上发表了几篇评论欧美抒情诗的文章，还有几首他效仿英国诗人雪莱诗韵写就的抒情诗。其中让杨瑶读后大为动情的是《东风吟》，格律上显然颇有雪莱《西风颂》的遗风。例如他这样写道："我愿为爱化作流星，我愿为友情变成利剑，驰骋在广袤的关东大地上……"经她仔细回忆，原来竟和雪莱的"成为雨和电的使者，它们飘落在你的磅礴之气的蔚蓝的波面……"也有异曲同工之妙！

杨瑶赞叹姜有松的多才。佩服他在研读外国诗人及作品的同时，也在潜移默化调动自身的诗趣潜质，从而挥笔著成属于自己的诗作。这在当时的C城大学历史系学生中堪称凤毛麟角。杨瑶刻意找寻的心上人，不就是像姜有松这样游离于尘世浮华、不为声色所惑的有志青年吗？在大学即将毕业的前一年，她和姜有松决定恋爱了。杨瑶和普通女孩不同的是，她不喜欢花前月下的卿卿我我，是想把她对爱的追求悄然融进彼此对事业的追求之中。不过，他们也不全然脱离青年男女陷入爱河的固有轨道，杨瑶和姜有松的身影有时也会出现在校园绿树葱茏的小径上。只是她和姜有松交谈的内容仍然没有离开彼此相互倾慕的话题。姜有松总是对她谈诗，不是外国诗歌就是中国诗歌。譬如他对她谈郭沫若的《女神》和屈原的《楚辞》、白居易的《长恨歌》及古今诗人的逸闻趣事；而杨瑶开口就谈她对巴金《激流三部曲》和一些外国引进中国的名著的读后感。什么司汤达的《红与黑》、什么大仲马的《基度山伯爵》，等等。总之，共陷爱河时期的杨瑶和姜有松有说不完的情话，她和他真正进入如胶似漆的热恋，正是她毕业后到煤矿见习那段时间。杨瑶记得她从煤矿回到C城并去松江出版社报到时，姜有松也同时进入省内一家有名的文艺杂志社当编辑。而且让她高兴的是，姜有松终于如愿以偿地当上了诗歌编辑。本来杨瑶渴望两人的生活在新婚过后会出现盼望多时的稳定期，可她根本就没有想到，就在她刚把《煤城血祭》写成并出版不久，姜有松的工作就开始发生意想不到的变化。

“我要跳槽！杨瑶，真他妈的没意思，我后悔当初不该进《白山天池》这家杂志，我说什么也要离开不可！”就在姜有松渐渐意识到杂志社诗歌编辑原是个枯燥无味的职业时，杨瑶这时已经怀有几个月的身孕了。在妻子眼里姜有松尽管还像读大学时一样才华横溢，一样有毅力和百折不回的勇气，但她又发现姜有松原来并不像她从前想的那么好，他也不是在大学图书馆里被她误认为痴爱某种事业就终身不悔的人。姜有松在杂志社里混日子并不愉快，喜欢诗歌并不等于就能从诗中获得他渴望的物质享受。“杨瑶，现在我才发现自己当年有多么幼稚！”有时姜有松从杂志社回到他们租住的蜗居，就忍不住对妻子大发牢骚：“那时我以为当了诗歌编辑，就可以实现我少年时萌发的文学梦了。其实现实生活是十分残酷的，写诗歌的作者，每一行诗都费尽了心思。可千修百改而成的诗句，到头来也不过只换几毛钱的稿酬。至于我们当编辑的，忙来忙去也就是有限的微薄工资。如果继续这样下去，我这辈子岂不是白来世上空走一回吗？”

杨瑶理解她的丈夫，也知道姜有松从前有过恢宏的理想。可是这些理想和追求，都在严峻的就业现实中顷刻化为乌有了。随着他诗人梦的灰飞烟灭，姜有松忽然从理想回到让他颇为失望的现实中来，因此他就有种愤世嫉俗的失落。杨瑶曾经苦口相劝，要他正确面对现实的困难，说：“有松，如今是商品大潮泛滥，这种复杂的社会环境肯定充满了诱惑。我最担心的就是你经不住诱惑，耐不住寂寞！也许你从前过于乐观了，把搞历史文化工作的人都过分理想化了，其实从你考进大学历史系那天开始，寂寞的生活就已经拉开了序幕。然而你从前始终没有意识到，文学和诗歌里营造的乌托邦，那都是文人墨客们理想化的产物。现在你有了诗歌编辑的职业，其实已经很不错了。可不知为什么，你仍然不能满足。我不明白，现在这种生活有什么不好呢？”

姜有松再不是读大学时那么冷静，那么温文尔雅地面对眼前一切了。因工作不爽而烦恼的日子里，他开始不断地酗酒，有时回到家里还借酒醉而向妻子大发牢骚。他把长长的秀发往脑后一甩，暴怒地拍着桌子说：“杨瑶，现在我才知道，原来我从前一直生活在诗的梦想之中。你问我对现状为什么不能满足？我告诉你，并不是我好高骛远，也不是我见异思迁，而是生活狠狠地教训了我！文化人愚蠢，没有谁比咱们文化人更蠢的了！”

坐在灯影下改稿子的杨瑶，被丈夫的酒后真言一下子惊呆了。她想劝，可又知道劝不得，只好由着他尽情发泄了：“现在咱们的孩子马上就要出世了，可我们连一间属于自己的房子也买不起。有再好的文人素质又何用之有？难道我们能永远困居在别人的房子里梦想文学的乌托邦吗？不能，我不能永远租别人的房子住啊！……”

此后，姜有松果真离开那家杂志社，他先是通过一些路子（主要是他父亲的旧关系）进入政府机关。梦想有一天通过仕途这条捷径获得某种特权，然后再彻底改变现有的生活现状。然而三年光阴眨眼过去了，姜有松在机关里连个科长也没混上，更谈不上靠特权获得房子和票子了。于是，姜有松决定再次跳槽，成了当时C城某区委机关第一个下海的先锋！杨瑶对他弃公职而下海经商的做法自然无法接受，可她的苦苦劝阻并没有让姜有松有丝毫悔意，反而让他在经商过程中变得愈加义无反顾。大学毕业转瞬已经七八年了，没想到姜有松连铁饭碗也丢了。他被逼到再无退路的尴尬境地之后，也只能在波谲云诡的商海中背水一战了。姜有松再不去做那些可望而不可即的文学诗歌美梦了，他如今追求的就是金钱。他认为只有有了钱这个硬通货，才可能让妻子杨瑶有一个理想的安身之所，也可让宝贝女儿贝贝有一个温馨理想的生活求学空间。

经商又谈何容易？姜有松发现仅凭他在C城的打拼，短时间肯定无法实现成为富翁老板的伟宏计划。于是他决定杀回出生地冰城。冰城不仅有父亲为官时丰沛的人脉基础，而且又可获得充足贷款让他在房地产业大展身手。这招棋总算走对路了，又经过八九年时间的打拼，当初从C城下海的姜有松，已经变成冰城小有名气的房地产企业家了。尽管他还不能算作大富豪，可他毕竟实现了下海之初向杨瑶许诺的宏愿：我要让你有车有房。不然，我就不算个男子汉大丈夫！如今的姜有松确实成功了，他的公司资产已进入冰城的前十名！是大房地产家了！

"有松，这次你回来有点反常！"杨瑶换了身家居便服，然后望着坐在沙发上看电视的丈夫说，"莫非有什么事吗？"姜有松显然在生谁的气，他梗着脖子用鼻子"哼"她一声，瓮声瓮气说："什么事都没有，我就不能回家吗！"杨瑶不响，每当他发火时她就竭力避免争吵。这几年姜有松只身在外，在搞地产的同时，也染上许多让她心烦的毛病。抽烟喝酒都是小事，让她无法容忍的，是有人说姜有松独自在冰城生活，不仅经常进舞厅洗桑拿，又染上了赌博恶习。为此他每次回C城，杨瑶都要对他兴师问罪。姜有松对杨瑶也有几分惧意，只要杨瑶发怒，他能躲就躲，能赖就赖。两人之间虽然都在竭力回避矛盾，可是这种夫妻间的冷战状态发展下去就渐渐失去了家庭的温馨。当年在大学校园里倾心相爱的一对学友，彼此忽然变成了陌生人。这是杨瑶想起来就万分痛心的。这天晚上，杨瑶见忽然从冰城回家的姜有松气色不好，说话满口火药味，不知他有什么不快之事，索性不和他计较，先下厨房烧晚饭去了。

烛光灯影下的两人世界，晚餐的氛围难免显出几分清冷。自他们女儿姜贝贝从C城高中毕业，考上北京一所名牌大学以后，一度温馨的三口之家，从此变得格外萧条冷清。姜有松从C城去冰城发展以来，尽管为杨瑶购买了这幢豪华的大宅，可是在杨瑶看来这略有几分空寂的宅子，似乎比不上当年他们刚结婚时租住的平房。那时他们的生活虽然窘迫，但夫妻俩和睦幸福，女儿降生后他们越加感到平民式的生活充满了乐趣。杨瑶无法忍受的就是屋宅尽管豪华，外出又有车，可是夫妻俩的长久分居，造成了她独守空房的局面。姜有松去冰城搞房地产这几年，每到晚上只有杨瑶独自出入，她的生活变得单调而寂寞，幸好杨瑶回家还有改不完的书稿，不然，她真就无法打发这孤寂的生活了。有时，杨瑶在空宅里烦躁不安，只能给在京读书的女儿打打电话，或者通过上网聊天的方式向贝贝倾吐不快。这是杨瑶排遣寂寞的唯一途径。至于和冰城的丈夫，除非到了有事非说不可的时候才通电话，如此一来，夫妻两地的沟通也像他们的感情一样进入了可怕的冰冻期。杨瑶深深感到姜有松在经商之后发生的变化，他的性格变得越加暴躁了。经商虽然彻底改变了他们家庭的经济状况，要车有车，要房有房，可夫妻的感情生活却因长期两地分居变得有些陌生了。姜有松平时很少回C城，杨瑶更是极少去冰城。不过即便俩人在一起的时间愈来愈少，可是杨瑶还是发现丈夫变了。姜有松不再温文尔雅，不再吟诗作赋。而且性格越来越粗俗，甚至把他在冰城工地对工人呵斥命令的霸道作风也自觉或不自觉地带进家门。让杨瑶见了胸闷气短，时时都想大哭一场。

餐桌上气氛压抑。杨瑶见埋头吃饭的丈夫面庞一派冷峻，往日归家时的谈笑声不见了。每当这时杨瑶都会想起从前，姜贝贝小时候，每当他们因琐事不快，贝贝就是夫妻之间紧张关系的调和剂。从小懂事的女儿在烛光晚餐中会故作放肆地高声说笑，正因为贝贝的善解人意，杨瑶和姜有松总是想吵也吵不起来。贝贝读中学以后，她开始渐渐发现家庭正在发生微妙的变化。聪明的贝贝已经察觉父母之间正在发生微妙的冷战，尽管她始终不明白母亲为什么总是处于精神的抑郁之中，而不经常回家的父亲，往往也是一副冷面孔。在愤怒的杨瑶面前，姜有松总是敛声静气，噤若寒蝉。后来贝贝考上北京的大学，离开这个家以后，她分别与在C城的母亲和在冰城的父亲通电话，她也想借此机会疏通父母多年的感情障碍，贝贝甚至想劝父亲早一天回到C城，因为她一直认为父母进入中年以后的感情疏远，与两人长期分居有着一定的关系。可姜有松每次都在电话里说："贝贝你不懂，我的事业在冰城啊，我怎么能回C城呢？如果我回到那里去，家庭是团聚了，可是钱却没有了！"贝贝见劝不动父亲，只好再劝母亲，但杨瑶却更加固执，她对女儿说："贝贝，我的职业是编辑呀，我怎么可能去冰城呢。"贝贝说："你当编辑有多么苦啊！总是编呀编的，那么多书稿你编到何时才是头呢？妈，我爸爸已经说了，只要你肯去冰城，就是从此丢了编辑的工作，他也可以养你。让你在家里当全职太太，这难道不好吗？"不想杨瑶听了，反而恼了，对女儿说："贝贝，看来你还是不了解我，你以为我是当什么全职太太那种人吗？大人的事，你还是少管吧！”杨瑶和姜有松在一起的时候很少，彼此的共同语言就变得更少，原因究竟在哪里？就连杨瑶一时也想不明白！

“杨瑶，我从前每次从冰城回来，你都和我过不去。每次你都拿一些望风扑影的传闻和我过不去，对于你的怀疑，我每次都忍了！今天我可要反击了，因为我发现了一个秘密！原来破坏夫妻感情的，并不是我姜有松，而是你杨瑶啊！”果然不出杨瑶所料，饭后，姜有松刚放下筷子就冷着脸向她发出了严厉的质问。家里笼罩的紧张空气非但没有消失，反而有一触即发的紧张。她对丈夫的态度早就有精神准备，贝贝去北京读书后，她独自生活在C城，每天就是两点一线，奔波在从家里到出版社的路途中。她的社交活动也极为简单，尽管杨瑶在省城各层面都有同学和朋友，但她几乎没时间应酬。编辑室工作千头万绪，晚上还要改稿，如果说休息就是上网查找资料了。杨瑶连网聊都不懂，更不要说像高楠楠那样利用电脑玩游戏了。如果说有应酬，就是和作者进行必要的交往。因此，杨瑶胸襟坦荡，没有什么事不可对人言。姜有松一度百般要她也去冰城，杨瑶坚决不妥协。如今家里经济条件虽好，也不再需要她去为生计奔波，姜有松甚至说，只要她同意去冰城安家，就可以在家中做全职太太。依他目前在冰城的经商实力，完全不需要杨瑶去做编辑这费力不讨好的职业。杨瑶说：“不行，我这辈子不能靠别人生活，我要靠自己的能力活着。当然，你不要说当编辑费力不讨好，在我看来编稿就是一种享受啊！”

“胡说，你编的可都是别人的稿子！”姜有松对杨瑶的固执积成了强烈的不满情绪。他就是从文化圈跳槽出来的人，因此姜有松对文化人持有本能的反感与不屑。随着他在冰城经商生涯进入了顺风路，他开始厌恶C城而把冰城视若再生之地。妻子不愿随行始终是他心中解不开的疙瘩。如今，当两人独处一室，夫妻俩的磨擦冷战又开始了。姜有松今日是有备而来，他冷冷凝视妻子那双明澈的眼睛，似想从中窥探出她隐藏心底的秘密。姜有松说：“这几年我为了这个家，在冰城吃尽了苦头。让我痛心的是，即便我这么卖力，可你仍然不相信我，有时甚至还担心我在冰城有不轨之事。杨瑶，现在可以告诉你，我姜有松走得正，行得直，从没做过愧对他人的丑事。可你呢？现在该轮到我问你一声为什么了！”

杨瑶默然。面对丈夫气咻咻的责问她心地坦然。她已意识到有人暗中向她射了冷箭。不然，姜有松就不会恼怒地瞪着两只眼睛。他说：“从前我总以为你正派，尤其在男女关系问题上你是清白人。现在我才明白我其实是个傻子啊！”他忍无可忍地翻出个牛皮纸口袋，啪一声拍在床上。在难堪沉默中他终于爆发了，指着杨瑶鼻子骂道：“原来我被你蒙在鼓里，杨瑶，你这不守规矩的女人，为什么在指责我不拘小节的时候，你却背地和一个县城男人勾勾搭搭。说，你和那人到底是什么关系？！”

杨瑶没想到姜有松会把她和茅剑秋扯在一起。就在她困惑面对震怒的丈夫时，没想到姜有松突然把牛皮纸口袋高举一抖，哗啦一声，几张彩色照片五彩缤纷地飞落在她面前的床铺上了。杨瑶的头轰然一响，仿佛一颗炮弹突然在她面前爆炸了。她从这些花花绿绿照片上，联想起不久前茅剑秋对她说起的往事：当年他刚从省城回到辽县不久，就有人给他妻子梁晓月寄过一包偷拍的照片。都是茅剑秋初到C城她负责接待作者时的不同现场。本来都没有任何私密，但如果成为偷拍的照片，无形中就平添了神秘的色彩！茅剑秋前次提供的情况，已让杨瑶大为震惊，一直以来她就在想这些照片是何人偷拍，为什么要匿名邮寄到辽县？如果不是梁晓月对她丈夫素有的信赖，这种足可毁灭一个幸福家庭的匿名信及照片，它造成的后果将是不堪设想的。而今没想到也有人对冰城的丈夫故伎重施，这显然已经点燃姜有松积郁多年的仇火，如今他就以这些莫须有的东西企图压服她，甚至逼迫杨瑶向他妥协。

“杨瑶，你来看这些不堪入目的丑态，你要给我一个明确的解释！你要给我说清楚，你和这照片上这个男人，到底是什么关系？”姜有松几年来在冰城绯闻不断，可杨瑶听在耳里，从来不肯深信。她毕竟了解姜有松人品，大学四年同窗的情谊，让杨瑶从不相信因两地阻隔而发生的移情别恋。因此。每当她听到一些与丈夫相关的传闻时，都能以极其冷静的态度，和颜悦色地和姜有松交换意见，搞清是非。每次经过姜有松的解释，她都不肯相信传言。然而今晚姜有松失去了冷静，居然拿着那些并不能证明什么的偷拍照片向她兴师问罪了。这让杨瑶百般委屈，泪水顿时盈满了双眼。她悄悄把照片捡起来，一张张看过了，发现偷拍者是从不同角度拍下她和茅剑秋一起吃饭、散步等镜头。在这些从不同角度偷拍的照片中，既有两年前茅剑秋首次来C城时她在宾馆接待的照片，也有最近茅剑秋应邀赴省城和电视剧制作中心洽谈合作期间两人的接触。杨瑶感到万分震怒的是，有些不堪入目的镜头竟是有人利用电脑合成加工的。其中有一幅照片她与茅剑秋伫立在宾馆人工湖边，本是他们在一起谈合作的事，却被人嫁接成两人拥抱亲吻。偷拍者是采取了移花接木的卑劣手段，恶意把他人相抱亲吻的头部移植到他们身上。看得杨瑶怒从心起，她没想到身边竟会隐藏着如此憎恨他们的人。如果说从前茅剑秋提起有人把照片寄给梁晓月一事，她还感到几分可笑，那么如今当这些经过嫁接移植的照片摆在面前时，她的感受就非笔墨所能表达了。

“有松，我早就对你说过，出版社也不是太平世界。我编一部书稿本来是分内职责，可没想到有人就是千方百计找麻烦，别人不理解我的处境，难道你也不理解吗？”杨瑶忍住泪水，她不想在他面前哭诉。她只想告诉姜有松，这些照片的偷拍者完全出于妒忌或其他不可告人的用心，才出此下策的。不料姜有松不肯相信，固执地说：“出版社的情况我不清楚，我现在无法理解的是，你如果不做不道德之事，别人怎么可能拍出这不堪入目的照片。有一个事实你不能否认，你和这个男作者的来往肯定已经超出了编辑和作者的关系！不然，你为什么和一个作者这样频繁地接触，而且还在湖边亲吻？”

“这、这照片是有人做过手脚的呀，莫非这明显留有嫁接痕迹的照片你也相信吗！”杨瑶终于流泪了。她委屈的是出版社里有人排挤她，而到家中丈夫也欺负她。杨瑶指着那张被姜有松视为重要证据的拥吻照片，哭着辩解说，“先不说照片，姜有松，就说我这个人，你到底了解不了解？难道你真相信我和一个作者会有什么见不得人的关系吗？”

“我当然不是那么轻信的人，也知道你从前不是这种水性扬花的女人！”姜有松见妻子声泪俱下，似有万分苦楚要向他诉说，便翻出一张打字纸来，举到妻子面前说，“照片你可以说成是偷拍和嫁接的。杨瑶，你再读这封信，你看你做了些什么！如果你和姓茅的作者一清二白，没有见不得人的关系，你为什么去年冬天要冒着大雪到辽县去。还有人发现，当天夜里你和姓茅的就同宿在一家旅店。这也是有人陷害吗？”

杨瑶哭道：“这确是陷害！有松，不错，我确实在一个雪天里去过辽县，不过我绝对没有和茅剑秋同在旅店住宿。茅剑秋是一个下岗工人，我尊敬同情他，也支持他的写作，尤其是有人弄丢他用多年心血写成的书稿。我作为他的责编，难道不应该亲自向他作解释和道歉吗？我想，这件事如果放在你身上，你也会这样做的。对一个苦苦笔耕的作者来说，书稿就是他的生命！我们得到他的书稿以后，不仅没有按时出版，反而弄丢他没有留底稿的作品。你说，我不该亲自去解释一下吗？可就是对作者这么一点点安慰补偿，有人也容不得，甚至还无中生有给作者泼污，天理何在呀？他们污蔑我可以，我不怕这种望风扑影的栽赃！可我不能容忍那些对作者暗下刀子的人！他们弄丢了作者手稿已经够残忍的了，怎么还要污蔑茅剑秋人品？他可不是那种不三不四的人啊！”

姜有松见妻子哭得泪人一般，也觉得这次从冰城回家有些入局者迷。杨瑶一番话也许是可信的，他毕竟了解妻子清高自重的性格，她不是见异思迁、水性杨花的女人。况且对方只是个居住在县城的下岗职工，杨瑶即便有移情别恋的念头，也不会远路前往辽县幽会生计无着的茅剑秋！想到这里，姜有松在冰城接到照片和匿名信时的愤懑，渐渐地在理智面前变得清醒了。尽管他对杨瑶仍有猜疑和不满，仅凭这匿名邮寄的所谓出轨证据，也难以证明妻子与茅剑秋有染！因此，姜有松不再与妻子纠缠，索性和衣往床上一倒，就鼾声大作地睡起觉来。把个杨瑶孤零零丢在一边。在这寒冷的冬夜里，杨瑶抽泣的身影被幽暗灯光投映在粉壁上，她忽然感到从没有过的迷惘。

杨瑶次日一早，仍像无事人一样上班了。这些年她就这样逆来顺受，尽管在家庭和婚姻上，她频受打击和挫折。姜有松到冰城以后尽管在物质生活方面可以充分地满足她。然而彼此的感情变得愈来愈冷冰。姜有松虽然如此在乎她是否出轨，但是杨瑶心里明白，其实他并不是真正关心她，而是有一种拿这些照片匿名信作为口实之意，似乎他想利用这些望风扑影的绯闻，来达到他自己的什么目的。杨瑶已经看到她与他之间正在消亡的感情基础，随着姜有松在冰城房地产业愈来愈发达，手中可供挥霍的金钱愈来愈多，她对姜有松长年在外是否移情别恋已经有所察觉。只是心里装满社里烦心事的杨瑶不想深究其因，更不想找到证据结束和姜有松这种名存实亡的夫妻关系。正因为如此，杨瑶也从来不肯在外流露对家庭的悲观情绪。不要说在和茅剑秋交谈时她从不谈及丈夫，即便与感情相投的女编辑高楠楠，杨瑶也从不流露对丈夫的任何怀疑与不满。她这样做也许是出于知识分子的爱面子，也许是考虑到张扬出来后非但不能解决家庭与婚姻中存在的隐疾，反而还要给妒忌自己的人平添了笑料口实。总之，杨瑶在外边尽量给周围人一种印象：她和在冰城经商的姜有松仍然还像从前那样亲昵无间，她的家庭永远都是和美与幸福的。可杨瑶不知道，正是她这样没有勇气面对现实的怯懦，最后害苦了她自己！

第八章

打工仔“跳槽”

时光不知不觉又过了四年。

2009 年 3 月，又一个充满生机的早春来到了松花江畔。茅剑秋来到省城谋生，眨眼已经三个春秋，他已经很久不与松江出版社的女编辑杨瑶来往了。当然，并非因为在穆东方的服装厂设计图纸的任务过于繁杂，也不是他淡忘了曾经有过几年合作情谊的杨瑶，而是茅剑秋自从改行当上服装设计师以后，很长时间没有再从事历史题材作品的创作了。东北近代史对他而言，是一辈子的钟爱与追求。但由于茅剑秋的创作理念在不断更新和改变，因此他到省城工作以来，在为穆东方服装厂设计时髦新装的同时，也在悄悄进行着创作思路的改换，在省城他开始写一些纯文学作品。小说和散文，一度都曾经是茅剑秋追求的目标。只是在茅剑秋进入文坛的初期，纯文学忽然面临着全国性的低迷状态，各省的纯文学杂志因为应对这种新形势而不得不纷纷改版，许多正规出版社也开始以纪实文学和通俗文学作品作为选题的主体。这类作品尽管有人称它是“文化快餐”，可茅剑秋心里十分清楚，文学作品也像各类跟进时代步伐的物质产品那样，它们都要灵活地适应市场需求。快餐性的通俗小说一度统治着中国神圣的文坛，地摊文化有时甚至甚嚣尘上，色情、凶杀、暴力等内容一度成为读者青睐的内容。纯文学再不能像建国初期那样风靡城乡了。他当时就是在这文坛大背景之下，才转型搞起了历史题材的文学创作。茅剑秋在先后出版两部颇有影响的历史长篇以后，他并没有像某些朋友担心的那样，因为受到纪实作品的恩惠而继续盲目永远沿着一条小路继续攀爬下去。到省城当服装设计师以后，茅剑秋开始复萌旧趣，重新捡起小学时就喜爱的纯文学作品，只是他并没有马上进入纯文学长篇的写作，而是先以短篇、中篇这类“短平快”的写作类型，不时在省内和北京、上海、南京等有影响的纯文学杂志上试发他忙里偷闲写出的作品。茅剑秋意在练笔，他如今不必像在辽县那样以写作作为稻粱之谋，在穆东方的私家企业里，茅剑秋经过两三年的打拼，已经靠自己触类旁通的智慧，很快精熟了时装设计这门特殊的技术。他不时按照穆东方提出的要求，在调查市场需求的前提下，不断变换手法，为工厂设计出种类繁多、花色各异的时装图纸。在这些图纸中，有一些新式春秋时装几乎可与国内某些名牌相媲美。为让自己设计的图纸能赶超国内国际先进水平，茅剑秋还不断研究国外名牌时装的特点，他尤其崇拜国外和国内名牌服饰的设计风格。茅剑秋在省城打工，虽然是一家私企的服装设计师，但他在做这项工作时，也和他从前在辽县潜心写作一样，都是以严肃心态进入角色的。他是一个不鸣则已、一鸣则要惊人的北方汉子。即便在辽县纸厂当工人时，茅剑秋也在精通抄纸的前提下，还不断研究打浆、蒸球漂洗等工序和工艺，有时他甚至还参与到机修钳工的工作，他主张做一行、爱一行、通一行。因此，茅剑秋来到C城的服装厂，当然不负穆东方的重托，一头钻进服装设计的神奇世界中。茅剑秋进入角色以后这才发现，隔行不隔理，即便他从前对时装设计一窍不通，但只要认真就没有他学不会的东西。

茅剑秋钻研时装后渐渐进入佳境，他发现所谓时装，其实多半就是为女性服务的。男性只有少数人对时装有刻意的要求；而女性则宛若五彩缤纷的烂漫山花，她们的唯美原则决定了所有时髦的新式服饰，一切都必须要围着漂亮的女人们转。茅剑秋很快就意识到一个道理，如果你想研究时装就必须首先要研究女人的特点，而女人的时装又绝非男人喜欢的清一色，她们不仅追求面料、剪裁和各种不能雷同的艺术风格，而且还看重春夏秋冬四季迥异不同的各色套装。茅剑秋在设计各类春秋服饰的时候，既力主女式服装外观的推陈出新，而且也在设计图纸的过程中学会了服装的剪裁。因为穆厂长的车间里有许多裁缝师，他只要有时间就和裁缝们待在一起，通过不断的观察和闲聊，茅剑秋学会了女式服装的裁剪技术。他恍然大悟地意识到掌握女性时装的要领非常关键，千条万条，衣领才是设计服装和剪裁服装的重要环节。也就是说，只要把一件新式时装的衣领设计得新颖大方，那么其他部位的裁剪就可因衣领的精彩而先声夺人！

茅剑秋很快就掌握了女装高领的设计之术。它需要设计者有高超的手工艺和剪裁技巧。这其中不仅要懂女装的肩、门襟、腰肥、袖口和如何搭配得体，然后还要进一步学会设计款式各自不同的领口，来让你的服装设计与众不同。在茅剑秋看来高领与花结领，则是他必须攻克的两个方向性环节。经过几昼夜的不断琢磨，最后在茅剑秋设计的图纸中果然出现了许多可与当时服装市场一比高低的女式衣领，什么便服领、小翻领、套领、斜角领、铜盆领、八字领、尖角领、一字领等，真可谓五花八门，花色喜人。

茅剑秋是一个凡事必要钻研的人，早年他在纸厂当工人时，就喜欢钻研造纸技术。如今他来到省城的时装工厂，为了让穆厂长的时装有一个崭新的变化，茅剑秋并不满足于现有的几种女式时装。为了成为一个地道的时装设计师，他几乎每个星期天都到省图书馆去，专门查阅欧美等国的时装资料。他苦于不懂外语，就向图书馆里的大学生们求教。渐渐读懂了英文资料，对于皮尔·卡丹，他从前只闻其如雷大名，但他的时装特点究竟在哪里，茅剑秋却一知半解。如今他终于弄清楚皮尔·卡丹这意大利威尼斯的早期成衣匠，其实他设计的服装并非如他名气那么响亮。他的特色服装无非就是男性时装、水手服和各种英国式的男性套装而已。而皮尔·卡丹的设计风格茅剑秋也并不钟情。于是他开始关注欧洲其他优秀的时装大师作品。其中他喜爱的是亚曼尼。这位同样出生在意大利的自由服装设计师，设计的服饰中较为优秀的就是女性的内衣内裤和各种装饰秀美的晚礼服。亚曼尼女式服装的特点几乎代表着欧洲新贵族的独特风格，样式既时髦又古典。茅剑秋那一段时间主要研究亚曼尼女式服装的用料和服装面料的局部搭配。他的特点就是面料必须精良，肩部和襟部的设计都要有女性的特点。例如女人的晚礼服和内衬衫，领子一定要每件都有特色，腰部最能显示女性的曼妙身材。茅剑秋还喜欢亚曼尼设计的休闲女衫，他的休闲女装件件都体现不同的风格和样式，而女性的牛仔服系列更能体现这位欧洲女装设计师独出心裁的匠心。茅剑秋在那一时期，为穆厂长设计的一系列牛仔女式套装，刚刚投放东北市场，马上就被人抢购一空。穆东方为此大为振奋，他认为当初请来茅剑秋作为工厂的设计师，是他服装经销生涯中最为得意的一页。

穆东方见了梁晓月就夸："你家老茅真是一个全才，不仅能写文章，他设计的女装现在甚至可以包揽C城的大小市场了。沈阳、哈尔滨、大连这些引领东北新潮的城市，如今也打开了局面。不瞒你说，如今比较开放的南方各省，也听说咱们C城有一家时髦女装的加工厂了，他们每天都有电话和电报打过来，南方向北方要时装，真是开天辟地的新鲜事！我要重重地感谢老茅才是呢！"

为把茅剑秋牢牢抓在他手里，穆东方不断给他增加薪水和其他福利待遇。穆东方发现茅剑秋的潜力愈来愈大，有时他担心茅剑秋羽翼丰满后会不会跳槽，因此他还把梁晓月提拔为服装厂的销售部经理，给她一定的对外销售权，还破例允许梁晓月有一些额外的提成。茅剑秋也清楚老穆对他们夫妻如此厚待的原因，是他和梁晓月分别控制着穆东方的设计和销售两大环节。这也是穆东方服装厂的命脉所在。

“剑秋，穆厂长对咱们这样好，你为什么还要三心二意呢？”就在2010年春夏之交，茅剑秋和妻子梁晓月在C城“柳河春晓”购买了属于自己的第一幢商品房时，梁晓月才感到他们真正在省城站稳了脚。“柳河春晓”地处C城开发区，属于闹中取静、优雅环境中的高档小区。他们的楼房在三层，三室二厅二卫，豪华装修，富丽堂皇，是2010年C城最为优秀的居住环境之一。茅剑秋敢在省城高档小区购买私宅，除他和梁晓月几年来在穆东方服装厂里打工所赚的薪水奖金之外，还有杨瑶代为联系并已经开拍的电视连续剧《古城斗枭雄》所得的不菲转让费，这两笔重要的收入，对于茅剑秋立足于C城的长期发展，无疑起着至关重要的作用。他再不是几年前在辽县倒腾服装聊以糊口的小商贩了，茅剑秋的时装设计所得高薪和妻子到处联系业务获取的津贴费，让他们一家早早进入了小康。当他和妻子住进这采光明亮、宽敞恬静的湖边大宅时，正在黑龙江边防军队里服兵役的儿子也复员回来了。一家三口在C城安营扎寨，确实不是一件小事，茅剑秋每当住进湖边豪宅，就会想起几年前扶持他进入文坛的杨瑶。

他从心里感激杨瑶。也很想和她再次见面，但茅剑秋又发现他和杨瑶尽管都住在C城，彼此相距只有几站之遥，茅剑秋却始终觉得自己不该无故打破杨瑶平静的生活。他没有合适的理由和机会与女编辑杨瑶见面。这时他才意识到，此前他和杨瑶的所有接触，都是因有书稿作为彼此联系的纽带；而今两人一旦失去了书稿合作这个重要的桥梁，茅剑秋才感到他和杨瑶其实相隔得很远。有时他想拨通她的电话，茅剑秋想和杨瑶还像从前那样谈心，甚至在电话中谈创作、谈文学当今的现状，还想就纯文学写作方面存在的问题也和杨瑶进行对话和沟通，以期让撰写过《煤城血祭》这样有影响作品的女编辑进一步指导自己的写作。然而，在拨通电话的一刹那，茅剑秋竟放弃了。

“不能随便打扰她，她很忙啊！”茅剑秋觉得在失去合作的基础之后，他和杨瑶再也不便于进一步做思想上的沟通了。因为摆在他面前的友情发展空间其实并不宽广，他知道杨瑶有一个经商多年、身家过亿的老公。而他和梁晓月也称得上患难与共的贫贱夫妻。因为发表作品和省城出版社编辑之间产生的友谊，说到底还仅仅是在工作的层面上。创作和发表小说，对他来说当然是个体劳动，而对杨瑶来说就是她编辑的本职工作。今天你有稿子寄来，她就是帮助你出版的有力支持者。在某些人眼中，杨瑶从事的职业要比他埋头写作还要辛苦。用他在服装厂当服饰设计师这门学问来作比喻，杨瑶就像一个专为他人缝制衣服的裁缝。书稿同样也要留有她的手迹，有时她甚至涂涂抹抹把书稿弄得一片红色。编辑在书稿中付出的劳动和作者同样需要智慧和汗水，然而，当散发油墨香的新书上市发行以后，读者们注意的往往是封面上的作者，很少有人再去关注出版图书背后付出汗水的编辑。茅剑秋始终认为有些不公平，甚至庆幸他当初在无人知晓时付出的耕耘是值得的。因为在他和杨瑶合作两本书的过程中，已经深切体会到一位女编辑有多么不易！

“莫非你真想跳槽吗？”那天夜里，C城刮起入春以来的第一次北风。茅剑秋住在温暖如春的湖边新宅里，耳听窗外那呼啸不止的凄厉风声，切身感受“倒春寒”带给人们的不仅是寒意，还有早春乍暖还寒的心灵诱惑。茅剑秋也知道穆东方待他们夫妻俩甚好，待遇也出乎他想象。只是他在内心深处仍然有与生俱来的逆反心理，就是他不喜欢受制于人。也许这和他当年在辽县纸厂受到的压制排挤不无关系，几年间他经过了下岗失业、在商场当摊贩和前来陌生省城打工的复杂人生。当然，茅剑秋和在改革开放年代的其他进城经商的普通打工者有所不同。他是一面打工经商，一面利用业余时间另搞副业的人。虽然他的副业是在搞上层建筑，而他从事的主业却是在为自家的经济基础日渐牢固而奋斗不息。可现在他终于变得清醒了，他发觉自己的奋斗，现已到了一个可以暂且松口气的时候了。茅剑秋不时在想，是否还要和妻子继续在穆东方服装厂里打工，这是茅剑秋在小有成就时必须要认真考虑的大事。

“对，我是想要跳槽。不瞒你说，晓月，为这件事我已经考虑很久很久了！”茅剑秋现在决计和妻子摊牌了。然后他还要和对他们仍然寄予厚望的厂长穆东方摊牌！在这决定着他们人生成功与否的关键时刻，茅剑秋往往不计较从前在辽县的得失，也不会考虑和留恋穆厂长曾经给予的诸多好处——从感情到物质的有益支持。茅剑秋正色地告诉妻子，“如果我们仅仅要求平稳和安逸，当然还是继续留在穆厂长的厂里为好。因为在这里我俩付出了智慧和劳动，使我们生活没有任何压力和风险。在衣食不愁的今天，我俩完全可以躺在功劳簿上等吃等喝。凭着我们在穆家工厂打下的基础，我们就不必再亲自付出什么劳动，也可以在这里指手画脚了，有人为我们做事就行了。不过，晓月你要知道，混日子可从来不是我茅剑秋的性格啊！”

梁晓月愤然地凝望着他说：“你呀，茅剑秋，你就是这山望着那山高！你是人在福中不知福！我就不明白，你跳槽究竟能跳到哪儿去。如果当初没有穆东方，你我现在就还在辽县。没有穆东方，你还是个朝不保夕的小服装贩子。难道你想跳槽，还是为你那个总不清醒的文学梦想吗？”

“是，也不全是！”茅剑秋坦荡地说，“说它是，是我现在虽然出了两本书，在省内文学圈里也有了点名气。我如果还想继续写出更有影响的作品，当然还要有更加牢固的经济基础才行。如果说不是，是我看到从事业余创作的时候，还有些精力能做一些其他的事！比如说我能为别人设计服装，为什么就不能为咱们自己设计服装？”梁晓月听到这里才恍然大悟地“哦”了一声：“原来你茅剑秋的野心蛮大呢，听你这话，是想自己开一家服装厂吧？茅剑秋，看花儿容易绣花儿难呀，你这不是在开玩笑吧？”茅剑秋郑重地点点头：“我的话掷地有声，而且我这个人历来说到做到！你是知道我的。”

茅剑秋是一个说干就干的人。梁晓月尽管从心里反对他这样做，可是夫妻俩僵持了一阵，最后她还是没有说服他，而是听信了丈夫的话。夫妻俩一前一后都离开了穆东方的服装厂。分手的时候，穆东方为茅剑秋结清了所有账目，又请他在附近酒馆吃了顿饭。穆东方在席间举起酒杯，心绪复杂地说：“老茅，你想走就走吧，我也不恨你，我早就知道像你这种人，是不能久居人下的。再说我的庙小，终究养不下你这真佛。不过我还是要谢谢你。你不仅在关键时候帮了我，你临走之前还给我培养了几个设计师。现在你想单干了，我不能拦你！干吧，老茅，你将来肯定要比我强！”茅剑秋眼里含着泪说：“厂长，我不敢说一定比你强，不过我如今已经五十出头的人了，如果我再不干一把，这辈子可就没有机会了。我一直都想我什么时候能自己说了算。我的前半辈子，总是听别人的，后半辈子我定要自己单独干点事儿。当然，究竟我能不能成功，现在还说不准。不过，人生一世，我不能总像从前那样活着啊！”穆东方同情地望着他说：“有骨气！不过干什么事都不能三心二意。我担心的就是你那支笔呀，既然你想在时装产业上成就大事，就不能再像从前那样一边搞设计一边写作了。”

不想茅剑秋却不以为然地摇了摇头：“厂长，这你就不懂了。这些年我所以有钱购买房子，写作也是一种人生的出路。当然，我要有主有次。尤其是现在我想创业，写作很可能要暂时放一放了。不过你要记住，只要我把自己的服装厂办起来，我还要搞一点东西的。只是我不想重复自己，在文学方面一定要有新的突破才行。不然总写些别人写过的东西，还有什么意思。现在我已经解决了温饱，再不想像从前那样把写作当成为稻粱之谋的手段了。我想在厂子办出规模以后，再修改我那部写了多年的长篇。我想要这部作品最好超过前两部，而且还想让它们的影响更大一点，因为，只有这样我才好去见我的好编辑杨瑶啊！”

就在茅剑秋和梁晓月双双离开穆东方工厂的当年秋天，他们的“剑月时装公司”就在C城一条僻街的深处开张了。营业的时候，茅剑秋采取低调处理，一没放鞭炮，二没有请嘉宾，三不接受花篮，他就喜欢踏踏实实地做事。因为茅剑秋和梁晓月资金有限，这家服装公司是小规模起家。租用的院落里只有一栋厂房，工人也都是临时招来的熟练工。许多工人还是从穆东方厂跳槽而来的。这些女工都看好了这家“剑月新厂”的发展前景，理由是茅剑秋设计的服装永远具有独特性与前瞻性。她们深知女性时装如果占领东三省市场，没有像茅剑秋这样聪明的头脑是不行的，因此她们放弃穆东方给予的优厚待遇，毅然投奔茅剑秋的新厂。这些职工还认为，梁晓月多年前就在穆东方厂里跑供销，已经结下了雄厚的人脉基础。只要有了这两个优势，将来茅剑秋公司一旦进入正轨，肯定要超过穆东方的老厂子。茅剑秋初办时装公司，当时正是秋冬之交，他认为自己必须要有一套全新的时装设计图纸，才有可能打个开门红。这时，他在一次去广州考察过程中，意外发现并看好了一种名叫“罗丽塔”的青春式女子时装系列，它们的特点是具有港台特色，而这套时装又是从欧洲和北美流进中国的。他认为北方的青春少女们，如果接触到这“罗丽塔”系列女装，肯定会趋之若鹜地争相购买。他从南方回到C城以后，只用两个夜晚的时间，就在灯下设计了一套颇有东北特色的“罗丽塔”系列女装。他以女性的性感为主题，少女的青春时装作为主要的生产项目。梁晓月为之茫然：“剑秋，现在我们应该生产些女式冬装，你怎么搞起春装和夏装来了？”茅剑秋说：“你那是穆厂长生产的老套子，头疼医头，脚疼医脚。可我们是为着闯一条新路才出来的。因此我们必须要有超前的思想。不然，将来穆厂长就会说：茅剑秋是瞎胡闹。”果然，茅剑秋设计的青春女装投产不久，另一套新夏装方案出炉了，这是一系列迷你裙、超短裙、短裤、迷你洋装、短上衣、短运动裤、运动衫，都具有意大利风格，可以预见将来上市以后东北的少女们必定格外青睐。

茅剑秋也真算个实干家。独立兴建的“剑月时装公司”尽管一切简陋，但他想的是先打出一两种时装的品牌再说。2010年夏天，这些新式女装开始走俏东三省。茅剑秋回想这一年秋冬两季，他和妻子是在资金异常困难的情况下，大胆设计了三种款式独特的中年女性秋季休闲衫开张的，上市以后很快就打开销路。穆东方当然没有茅剑秋的远见和优势，还仍然守着从前茅剑秋为他设计的几款春秋衫，因此，茅剑秋旗开得胜。梁晓月也充分发挥她在外销产品上的优势，单干后几乎调动了所有业务关系，她仅用五天时间，就把茅剑秋设计并投入生产的数万件女子秋衫从东北推向了南方市场。茅剑秋有时还亲自上阵，他要在时装产品外销的同时，也要倾听销售人员对他设计的时装有何意见，以便不断加工修改，同时也可在大江南北的推销过程中，调查研究时装市场的走势。就在2011年春天，茅剑秋从南方归来时经过北京，他在这里要和一位香港著名服装商人进行外销洽谈。可他没有想到的是，居然在下榻的海淀某酒店的大厅里，意外与C城的女编辑高楠楠邂逅了。

高楠楠是杨瑶文史编辑室的编辑、副主任。当年他第一本书《盛京春秋》出版的时候，就和高楠楠有过接触，那次是杨瑶组织的签名售书，高楠楠作为杨瑶的得力助手每天负责安排茅剑秋的签售接送任务。因此两人很熟。她也出差来到北京，而且他们住在同一家酒店，这真是缘分。原来高楠楠是来北京参加2011年春季图书订货会的。茅剑秋把高楠楠请进一间恬静的雅座，叫来两杯咖啡。两人在闲聊中才发现彼此都在发生意想不到的变化，让高楠楠吃惊的是这几年光景，从前在辽县埋头写作的下岗工人茅剑秋，如今已成为名噪C城的民营企业老板，而且她早就在省报上看到介绍茅剑秋艰苦创业的事迹。让茅剑秋有些意外的是，这次松江社进京参加春季订货会，负责文史编辑室的杨瑶居然没有前来，她把介绍文史图书的任务交给了高楠楠。

"杨瑶究竟怎么了？我已经三四年时间没和她联系了，说真的，她的情况我几乎一无所知！"茅剑秋坐在一丛碧绿的翠竹旁，忽见高楠楠的神色有些异常。他心也蓦然一沉，顿时意识到当年拼命提携他和支持他的女编辑杨瑶，很可能遇上意想不到的麻烦了。不然，她不会不来参加订货会的。

女编辑“走麦城”

“唉，杨瑶如今已经不在我们编辑室了。我们编辑室现在的主任是周慧！”高楠楠谈起了杨瑶，神色不觉变得黯然无语。半晌，高楠楠还是不情愿地吐出一句话来，“杨瑶正是走麦城的时候，人如果运气不好，就是喝口水也是要塞牙的！……”

“走麦城？”茅剑秋和杨瑶尽管共同生活在C城，但由于他近年埋头忙于自己和妻子梁晓月注册的公司及时装产品的南销，因此他几乎听不到与杨瑶相关的任何信息。他是想在“剑月时装公司”真正走上正轨以后，再去找杨瑶谈他的写作计划。这么多年来他敬重杨瑶的人品，也崇拜她对文艺作品高屋建瓴般的见解。她虽是一家出版社的编辑室主任，但同时也是有着深厚底蕴的女作家。她自《煤城血祭》一举成功以后，前几年始终在利用业余时间从事文学创作。在这方面杨瑶和茅剑秋异曲同工，他们多年走的是同一条路。所不同的是，茅剑秋是在艰苦劳动的间歇忙里偷闲地奋笔，而杨瑶则是在出版社与家庭的双重压力下，断断续续地写些东西。杨瑶不再从事长篇的写作，她不可能再像结婚前在煤矿实习时有大块的时间，她必须首先完成文字数量可观的编稿任务之后，才可以有感而发地写些短篇作品，如小说和散文等等。茅剑秋也注意到她发表的文章，大多发在省内外的报纸和刊物上。各方对杨瑶的才华也格外重视，她毕竟早在踏进出版社门槛之前就有《煤城血祭》为她奠定了写作的基础。因此杨瑶有些稿子一般都刊登在杂志的头条，这让茅剑秋在羡慕之余也心生敬佩。而今天高楠楠的话很让他吃惊，他不明白像杨瑶那么敬业、认真、勤勤恳恳的编辑室主任，会有什么不愉快的麦城可走。

“杨瑶正在生病住院呢！”高楠楠原本不想把和杨瑶相关的事情统统告诉在京城意外相遇的茅剑秋。他毕竟只是出版社从前联系过的作者。有关杨瑶正在经历的“麦城”，当然是指她在出版社内部遭受的种种挫折和打击。高楠楠轻描淡写地说，“是这样，杨瑶自从编了《盛京春秋》以后，有人就恨死了她。当然，茅老师，社里的事与你也没有任何关系。你只是杨姐联系的作者，根本不必介入我们社的内部矛盾。我要对你说的是，杨姐现在的处境确实不很好，她生了病，而且将近一年时间不能上班了。她住在省城的医院里，情绪还不十分稳定。所以，我很替她抱不平，就是嘛，为什么像她这样敬业的好人，竟然招来这么多无情的打击呢？”

茅剑秋听了，心不禁难过地往下沉去。高楠楠提到的杨瑶处境，显然与她编发自己的两部作品有着必然的关联。对松江出版社内部的人事关系，茅剑秋作为业余从事写作的人，他当然不十分清楚。即便当年杨瑶为他一部手稿的丢失亲自前去风雪弥漫的辽县寻访他，杨瑶在他面前也很少提及出版社的内部纷争。不过尽管杨瑶不愿提及，他仍然从手稿经沈跃龙之手丢失这件事上，能够观察到这桩怪事的来龙去脉。想到因自己出书而给编辑杨瑶带来种种不利后果，茅剑秋就万分难过。茅剑秋用手指在桌上重重地一弹，愤然说：“这不公平。你们副总编沈跃龙我有一面之缘，事情既然是这样，我也不能袖手旁观。回到省城以后，我想亲自去见见沈跃龙。我想对他说一句话：我茅剑秋也不是好惹的！我在你们出版社出了两本书，是因为作品的质量达到了你们社的要求，而不是靠什么关系促成的。既然如此，杨瑶她有什么值得非议的呢？”

“茅老师，你千万不要这样不冷静，因为社里的许多事情，你其实根本就不了解。”高楠楠喝口咖啡，慢慢地品着其中的苦味，急忙劝阻说：“杨瑶编你的稿子当然是某些人不想见到的，但这只能算两人矛盾紧张的导火索，而不是沈副总对杨瑶实施打击排挤的全部原因。”高楠楠也许正因为见到茅剑秋的愤懑，心底泛起强烈共鸣，才让她道出许多有关杨瑶的秘密。

原来，杨瑶在把茅剑秋两部作品出版以后，又帮助茅剑秋把《古城斗枭雄》搬上了电视屏幕。电视剧的成功拍摄和全国范围内的公开播映，不仅进一步提高了茅剑秋的知名度，也让此前在国内默默无闻的松江出版社名声大噪。电视剧的播出又给同名纪实文学带来了热销的势头，图书多次加印也增加了出版社的收益。与此同时沈跃龙就大为眼红。就在这时候，老总编陆炎就要退休了，他在任时和社长康平共同拟订的交班计划，让群众呼声很高的杨瑶，再次成为沈跃龙的对手。沈跃龙在松江社内部虽历来就是被孤立的少数派，但他背后有着手握重权的宣传部副部长李征夫。沈跃龙为把杨瑶的上升势头压下去，运用了所有可能利用的关系，就在省委组织部来社考察杨瑶的前一天，一封匿名信就不早不迟地寄到了省委组织部，举报的正是将要作为松江出版社重点培养对象的杨瑶。匿名信称她和业余作者茅剑秋有不正当的男女关系。作为举报事实的重要证据，当然还是五张偷拍的照片。不过这五张照片要比前两次分别寄给茅剑秋妻子梁晓月、杨瑶丈夫姜有松的照片更具杀伤力，都是在湖边散步或拥抱或亲吻的场景，当然是经电脑进行加工过的。由于匿名举报者暗中所下的功夫，这些照片全部精巧到可以乱真的地步！

然而，这一阴招并没有阻止省委组织部按既定原则派人来松江出版社对杨瑶进行考察。谁也没有想到，就在组织部人员来到的当天上午，第一个向组织部介绍杨瑶情况的人，竟是同样竞争副总编人选之一的周慧。这个女人居然向考察人员提出另一个足以让杨瑶彻底败下阵来的男女关系新证：杨瑶为和茅剑秋发展婚外私情，曾通过邮局给辽县寄过一台电脑，意在专供茅剑秋写作。这是一颗足以让考察人员不得不相信的重磅炮弹，因为周慧是实名举报，而且她还当着组织部人员提供这一说法的确切根据，就是杨瑶在给茅剑秋邮寄电脑的时候，是她要求同事高楠楠一起前去邮局的。周慧得知这一消息的来源，正是高楠楠本人。如此一来，上级便把对杨瑶的考察变成了对举报证据的核实取证上了。他们找来了高楠楠，让她证实是否有杨瑶给辽县茅剑秋寄电脑的事实。高楠楠成了当事人，她当然要实事求是，毫不掺假地说明杨瑶给茅剑秋邮寄电脑确有其事。但是，高楠楠也向工作组成员申明她所了解的事实真相：杨瑶是在沈跃龙和周慧遗失了作者茅剑秋的书稿以后，出于对作者蒙受损失的极大歉意，先是自己给辽县作者茅剑秋送钱企图加以弥补损失。茅剑秋却坚决拒收这笔损失费。杨瑶心中仍然过不去，于是她决定用购买电脑的方式相赠进行间接赔偿，绝对没有任何见不得人的用意。高楠楠据理为杨瑶洗冤，她认为：杨瑶给业余作者茅剑秋花钱购买一台电脑，并非有人所说是为儿女私情所致，这件事恰好证明杨瑶的敬业精神。高楠楠又说："如果杨瑶和茅剑秋真有什么不可告人的男女关系，她给他寄电脑时根本就不该让别人知道。杨瑶事前跟我还商量过，她在自费购买电脑时又要我陪她去挑选，邮寄时我也在场。这一切都证明她的行为是光明正大的，根本和什么男女关系扯不上边！"

陆炎听说杨瑶的提拔有可能因匿名举报信胎死腹中，也抱病从医院赶到社里，主动要求和工作组谈话。他表示："杨瑶是一个作风正派、工作敬业的女同志。我敢以人格和党性担保，她和作者茅剑秋之间并没有任何见不得人的事。当初她两次接待从辽县来省城的作者，是我们领导班子一致同意的，她是一个执行者，这有什么大惊小怪。一个编辑接待她的作者，吃个饭，聊个天，本来都是很平常的事。如果有人想把这些本属正常的工作交往也扯到什么男女关系上去，那就是借机造谣了。借机落井下石是可耻的，请组织部一定要明察。千万不能让一些别有用心的人得逞！"

出版社一些编辑、校对、发行、宣传人员，也纷纷主动找工作组反映问题的真相。这些人大多都有正义感，也都是和杨瑶一起工作多年的老同事。他们在工作组成员面前慷慨陈词，在为其辩驳的同时也一一列举杨瑶多年的工作情况。本来，出版社绝大多数的正确意见正在起着扭转局面的作用，然而，陆炎做梦也没有想到，本来也一直为杨瑶打抱不平的社长康平，偏偏在这最关键的时候发生了质的改变。他最后向工作组表态的时候，居然避开杨瑶是否和沈跃龙早有矛盾的敏感话题，而是旗帜鲜明地支持由沈跃龙出任总编辑一职！康平的意见至关重要，原因在于他的谈话不是个人意见，而是代表出版社这一级组织在向上级做表态！

因此，工作组对杨瑶是否提职一事的态度也随之发生了改变。

不久，出版社领导班子的调整方案如期出炉。省委组织部正式下文任命沈跃龙为总编辑，杨瑶不仅没有实现老总编陆炎退休前的期许，甚至连副总编也没有批下来。据说先在那里悬着，等相关举报问题查出眉目以后再作定论。杨瑶受此意想不到的打击，她的精神变得格外消沉。尽管社里所有人都十分清楚，杨瑶与作者茅剑秋之间从来就是一清二白的工作关系，尽管大家也都知道杨瑶没有权力欲，也不曾为谋得一官半职而费尽脑汁。可是，她毕竟是有很强自尊心的女同志，如何经受起这搅得她不得安宁的“考察”？

杨瑶病倒了。而且她还病得不轻。高楠楠愤愤不平地告诉茅剑秋：杨瑶是个有着近二十年编辑经验的编辑室主任，即便她不争也不抢，至少在班子调整时她也应该以不容置疑的实力成为副总编辑。可哪里知道，杨瑶的任命不仅迟迟得不到批复，在此期间又发生了让她更加难以接受的人事变动。康平居然同意沈跃龙的建议，在周慧提拔副总编的计划流产后，居然任命根本不懂业务的周慧担任文史编辑室主任一职，而把历史学硕士出身的杨瑶，一纸调令派往文艺编辑室当主任！

“我可以断定，这就是沈跃龙在暗中捣鬼，他是故意要给杨瑶难堪啊。”高楠楠说到这里，把手中咖啡杯子重重一放，对茅剑秋发泄心中积郁的愤懑：“杨瑶来松江出版社就一直负责文史编辑室的工作，近二十年来她积累下丰富的经验。凡是从工作出发的领导，即便不提拔她，至少也要让她继续发挥作用啊。可是，如今有人竟要杨瑶去主持她根本不熟悉的文艺图书编辑工作。茅老师你给评评理，这不是有人在整杨瑶，又是什么呢？”

茅剑秋脸色铁青。他气得无言以对了。作为局外人，他无法像高楠楠那样评论出版社的内部人事变动，但他还是忍不住说出对此事的看法：“沈跃龙在其中捣什么鬼，已经一目了然了。我想不通的是，康社长为什么在意识到他引狼入室之后，仍然一误再误，重用沈跃龙并按照他的指挥棒转。他究竟为什么在关键时刻舍杨瑶而死保沈跃龙呢？”

“还不是部里那个副部长在起作用？”高楠楠作为文史编辑室的副主任，本来她在杨瑶的多年扶持下，已经能够胜任主任一职。可她哪里知道杨瑶的中箭落马，非但她没有得到主持工作的机会，反而在她头上又压上一个对业务一窍不通的周慧。因有如此沉痛的经历，高楠楠的不满情绪当然溢于言表。

“杨瑶的身体状况怎么样？她后来受到的所有不公平待遇，其实都和我有极大的关系啊！”茅剑秋听到这里，心里充满了对杨瑶的同情。他忽然感到愧对一个有恩于己的女编辑。如果说杨瑶和沈跃龙的冲突是因为一部退稿引起，那么他就是这场灾难的唯一受益人。至于千方百计推这部作品的责编杨瑶，不仅没有得到应有的利益与荣誉，反而遭受不断的磨难和精神打压。茅剑秋越想越难过，越想越觉得对不起正在生病的杨瑶。他甚至察觉到自己的无情。两本书和一部电视剧彻底改变了他的命运以后，他居然只顾忙于事业上的发展，唯独忘却了曾经扶持过他，把他一步步从社会底层拉扯到作家兼企业家地位的杨瑶。现在已经是 2011 年，十多年光阴转瞬即逝，茅剑秋如今在省城商界已经是小有名气的人物了，即便从此他再不动笔写作，也可以衣食无忧了。他在这时候竟然疏远了从前支持自己的友人。他觉得这就是忘本！让茅剑秋痛彻肺腑的还有，一个冰清玉洁的女编辑，为扶持他的作品受到了连累，最后还背了个生活作风不端的恶名在身！而他对此竟浑然不觉，继续陶醉在事业成功的喜悦之中。茅剑秋再也不敢和高楠楠交谈下去，他有种无地自容的愧疚和不安。

春风里的她，人比黄花瘦

2012 年春天来了。又是北国三月天。

茅剑秋回到 C 城以后，松花江正是冰排潺潺，春寒料峭。他不顾催货的电报如雪片飞来，第一件想马上就做的事，是驱车前往疗养院探望从前的责任编辑杨瑶。杨瑶住在城郊的松江疗养院，此地临靠波光潋滟的松花江，环境优雅，景色宜人。虽然冬雪未融，在尚未吐出新绿的草坪间还积存着片片残雪，可最先报春的柳枝已露出了嫩嫩的翠芽。当高楠楠陪着茅剑秋驱车走进疗养院，在后楼病房见到杨瑶的时候，茅剑秋顿时怔住了。三年多光景他和杨瑶不曾见面了，没想到她竟然瘦了一圈。当年在C城火车站初次见面的杨瑶，还是一位风姿绰约、高挑身材的清丽女子，而今她竟显出了中年女性常见的憔悴和苍老。从前的杨瑶是属于那种瘦削中略显丰满的女性，有种富丽与苗条交织的美丽。如今他再打量杨瑶，她当年的丰满早已不再，不仅清瘦孱弱，且有一点古典式的弱不禁风味道。如今在茅剑秋眼里她几乎与曹雪芹笔下的林黛玉十分相似了。尤其让他颇感意外的是，杨瑶的额头眼角现已过早出现了细密的皱纹，而且两鬓也露出了星星点点的华发。

茅剑秋也许是事前从高楠楠口中已获悉一些她在出版社遭到排挤的概况，因此对杨瑶过早出现与她年龄不相称的老态时，他并不感到十分意外。茅剑秋觉得杨瑶并不陌生，尽管她在病中，但神态举止，谈吐说话依然如昨。他感到杨瑶还像从前那样可亲可敬，所以他进门后就向她抱歉做检讨："杨瑶，说起来我真让生意给磨昏了。从前你也知道我是个自视清高的人，从不把赚钱当一回事，可如今不知为什么，我头脑中的价值观发生的改变，就连我自己也为之吃惊。当初我在辽县卖服装的时候，小打小闹，只有一个朴素的念头，就是解决衣食温饱问题，然后最大的兴趣就在写作上。可如今我发现自己真的变了，变得非常市侩，在和那么多国内外服装商打交道的时候，我忽然认识到这世上好像什么也没有金钱重要了。至于我那与生俱来的善良天性，也都在渴望不断得到更大经济利益的角逐中变得越来越少了。我没有时间来看你，这就是商人心态的真实表现啊。因此我对自己如此忘情、如此重利忘义不想做任何辩解。只请求你原谅我，也要相信我会逐步改进的！”

“瞧你说的，什么见利忘义呀！”杨瑶还像从前那样处事大度，宽以待人。她笑得很灿然，也笑出几分感激与谅解。她亲自为茅剑秋和高楠楠倒茶，说，“其实作者和编辑的关系就是这样，有书稿进行合作的时候，彼此来往就多一点；反之如果没有书稿的合作，也就要各忙各的去了。根本谈不上重利忘义，也不需要什么原谅。茅老师，这两年我是从省报上不断发现你的踪迹，这说明你再不是小县城的业余写作者了，你进入商圈以后，确实取得了一些相当不错的成果。不然，你的名字是上不了省报的。”

茅剑秋笑着点了点头。身边的高楠楠也补充说：“杨姐，你说的也不尽然，其实在省报和杂志上，也还可以见到茅老师的其他成果呢。前次我来时不是把刊登茅老师文章的杂志给您送来了吗？”杨瑶意味深长地叹息一声：“是啊，从前我和茅老师合作的时候，只注意到他在东北近代史方面的研究成果，却没有想到他也喜欢纯文学。尤其是他在省城办起时装公司以后，我见到的都是他对纯文学作品的不断探索。虽然都是些零星散发的诗歌、短篇小说和散文，但这些东西也可以说明你的文学功底不浅哦。我想，也许你早在从事纪实作品写作的同时，就开始向纯文学方面努力了吧？不然你是不会有这么多成果的。”

茅剑秋没想到杨瑶仍旧还像从前那样尊重他。称他为“老师”是他在辽县摆服装小摊的时候。他明白依杨瑶的学历与身份，让她称一个在县城靠摆地摊谋求生存的业余作者为老师，确实有些让他心神不安。他也曾试图纠正过杨瑶的称谓，但杨瑶却固执地说：“在学历方面我可能比你高些，不过术业有专攻，你在历史题材写作方面有独特的长处，因此我称你为老师也是应该的。这也不是客套，是我发自内心的，你别见怪就是。”茅剑秋听了，眼里漾出了泪花。那个时候他是“走麦城”的倒运年月，别说像杨瑶这样从省城来的编辑室主任，即便县城里的工人都可以对落魄的他嗤之以鼻。然而杨瑶不仅亲自远路而来，还当面称他为老师。这对穷困潦倒的茅剑秋不仅是一种称呼，重要的是对他人格的承认和尊重。茅剑秋听杨瑶也读到他在省内报刊发表的短稿，就谦逊地摇手说：“可别这么说呀，谈不上什么成果的。我在纯文学方面虽然早就下了功夫，不过成果实在太少了。如果说我把纪实文学当成一种为谋生临时写作的精神快餐，那么纯文学这寓意深刻的写作方式，才是我想用毕生精力去追求的方向。”杨瑶颇有同感地说：“你这样看待纯文学和纪实文学是有你自己的考虑。不过，我仍然不否认纪实文学，特别是历史性纪实作品的时代感和它的历史作用。有人把文学简单地划分为雅文学和俗文学两部分，而且许多人对俗文学大多采取鄙视的态度，这是不正确的，也是不科学的。茅老师，你可以搞纯文学，但一定不要因此丢掉你自成风格的俗文学，要知道传记作品随着商品社会的不断发展，仍然在文学领域占据着主导的地位。你说是吗？”

茅剑秋听了，感到杨瑶对任何事情的态度始终旗帜鲜明，决不因时间与环境的改变而发生改变。也许这就是杨瑶让他愈来愈敬重的原因。而杨瑶这些明显带有批评意味的表白，正是对他在文学表达方式忽左忽右做法所持的不同意见。他的脸膛有些微微泛红了，他不该在她面前这样否定自己已经取得的纪实文学成果，同样他对自己从事纪实文学的否定，也就是对杨瑶的间接否定。茅剑秋有些自惭形秽，他意识到自己的失误以后，就急忙转了话题，说：“杨瑶，我记得前一次你去辽县看我的时候，还提到您当时正在搜集和整理抗联的逸闻，准备在将来要写一部比较厚重的作品，不知现在进展得如何了？”

“哦？没想到你到现在还记着那件事。”杨瑶听了这话，稍稍有些暖意涌上了心头。她又想起那个难忘的雪夜，当时她很想利用去辽县看望作者的机会，就近前往当年杨靖宇、赵尚志等抗联名将活动的地区进行一次实地踏查走访。可她纵有此念，却没有充裕的时间去实现理想。她当时去看望茅剑秋还是利用了礼拜天，因她担心外出的日子久了，沈跃龙发现她在为自己将来写作搜集素材，肯定又要在会上就此大做文章。她记得想写抗联传记的念头刚刚萌发的时候，曾经和老总编陆炎认真地讨论过这一选题，陆炎当时大为赞许并不慎在一次有沈跃龙参加的社务会上说起此事，不料沈跃龙得知后就多次在大会小会上敲她的边鼓：“既然你的职业是编辑，就理应本本分分做好这项工作。如果你真有潜力想当一个作家，最好就提出调职申请。我不喜欢那种这山望着那山高的人！”杨瑶虽然清楚地知道沈跃龙是担心她再像当年写《煤城血祭》那样造成舆论界的影响，从而构成对他的直接威胁，但她没有办法站出来反驳他。是的，沈跃龙的话没有什么错误，她也知道编辑的主要任务就是为作者服务，是为那些作者与作家们组稿和编稿，而出版社绝不会提倡编辑自己也撰写稿子并发展成为作家。让杨瑶心中憋着一口气的是，沈跃龙既然反对她这样做，他自己为什么不能以身作则，为什么还要托关系找门子，去乞求省报副刊发表他的评论和杂文呢？莫非一个编辑不可以做的事，他一个总编辑就可以另搞一套行事的标准吗？

“这件事我一直都记在心里，你看，这次我来，还给您带来一些资料呢！”茅剑秋说着，从皮包里取出厚厚一沓复印资料，杨瑶惊喜地接过一看，果真是她梦想多年的抗联资料。其中他所提供的一些第一手资料，都是茅剑秋在辽县时利用下乡卖服装的机会，找那些战争年代与杨靖宇将军有过接触的“堡垒户”及其后人的回忆，在当时是非常珍贵的。看到茅剑秋密密麻麻的记录，杨瑶感激不已地说：“谢谢你，茅老师，没想到你把我的事始终记在心里。其实我确实有再写一本书的愿望，我也做好了写作的准备，只是始终没有整块的时间啊。你是知道的，我如果写东西，绝对不可以占用工作的时间。我的职业道德要求我不做和本职工作相抵触的事情。从这一点上看，我真羡慕你，茅老师，尽管你当年下了岗，可我仍然感到你活得相当充实。困境是困境，可你却拥有我们这些在职人员完全不具备的条件，那就是时间啊！”

“是的，杨瑶，我什么都没有的时候，还有支配自己时间的自由。可您确实不行，每年都有那么多稿子需要你改，需要你来编发。”茅剑秋从杨瑶的感叹中感受到她内心的孤苦与无奈。他早就意识到如果杨瑶不是职业编辑，而是一个有宽裕时间的人，那么凭她的渊博学识和驾驭文字的娴熟能力，完全可以成为一个高产高质的作家。让他万分遗憾的是，编辑的职业不仅没有成就杨瑶毕生酷爱的文学和写作，反而让她因支持他这业余作者而身罹病痛。杨瑶说着又把羡慕的目光移向茅剑秋，赞许说：“茅老师，我说我羡慕你，其道理就在这里！我的时间实在太紧了，不仅要为作者忙稿子，还要做家务，做一个编辑真不容易啊，特别是女编辑就更不容易了。不过，我仍然不想拿这些当作不能写作的借口，我要向你学习，主要是学你的勤奋精神。茅老师你能在那么艰难的困境下写作，有了成果以后又做生意。而且你居然把生意从辽县一直做到省城，让我想不到的是，你还把服装生意做得风生水起，让省城媒体也惊讶你是一个奇迹。如今你本来可以不再爬格子了，光靠你经营的时装就完全能够过安逸的好日子，而你还在利用经商的空闲时间在写东西。听记者介绍，有时你在搭飞机的间歇也在候机厅里写作，真是了不起呀！”

“我这个人就是苦命，而文学是什么呢？说到底也就是苦人的事业！”茅剑秋开朗地笑了起来，“当然，写作对我早就不再是苦差事了，也不是为了糊口才不得不无病呻吟；我如今往往把写作当成一种精神的享受。这种享受与别人在空闲时跳舞、搓麻和看电视一样，只是人的追求不同而已。杨瑶，尽管你的时间有限，可我还是劝你要把那个构思多年的好题材早一天写出来。要知道，头脑中想得再好的人物和题材，只有当你把所有构思都诉诸文字以后，它们才称得上作品。不然，头脑的劳动就永远也得不到实质性的体现，就成了一种白白费精力的无效劳动了。因此我建议你现在就开始动笔，你可以利用在疗养院休养的机会写一些嘛。这样坚持下去，将来才不会让你的精神劳动化为乌有，我的意见有道理吗？”

“有道理，谢谢你的鼓励！”杨瑶高兴地笑了，不过她的笑有些力不从心，因为她必须面对眼前尚未突破的困境。只有她心里清楚，她的病除了身体上的痛苦之外，还有许多无法对人言的精神隐痛在时时困扰她。不过，茅剑秋过于乐观而不惧困难的坚韧意志，仍在她心底产生了强烈的震撼。杨瑶动情地说：“茅老师，我现在更加感到我和你相比，确实需要振奋精神。其实我了解你的过去，你是从社会底层靠毅力一步步上来的，如果我也生活在你当年那种环境里，我究竟能不能挣扎出来呢？就连我自己都没有把握……”

“杨瑶，你不要这样说，你也能够做到的。我比较了解你，你也一直生活在不如意的处境之中。所不同的是，你是生活在知识分子成堆的地方，处境往往和我们这些工人出身的人不尽相同。”茅剑秋来前已从高楠楠口中得知杨瑶这次住院之前，曾经服过一次毒。像杨瑶这样意志坚强的女人，为什么对生活一度丧失信心并寻短见，显然让茅剑秋百思不解。难道一个沈跃龙竟构成摧毁杨瑶生存底线的威胁吗？看来，知识分子成堆的地方，相互的磨擦和矛盾有时甚至比其他层面还要尖锐。茅剑秋对杨瑶曾经对生活丧失信心感到不可思议，女人的生活意志毕竟比男人脆弱！杨瑶在见到从前扶持过的作者时，也不想涉及自杀的话题，看来在杨瑶孱弱多病的单薄体质深处，肯定隐藏着无法对人直言的痛楚与悲伤。

茅剑秋告辞出来的时候，在通往前院的走廊内，忍不住询问身边的高楠楠："杨瑶生的是什么病？从表面上几乎看不出什么，她只是明显的消瘦！"高楠楠说："抑郁症！像她这半宿半夜睡不着觉的慢性病，对她的身体其实伤害是很大的。这次如果省里不调整班子，恐怕她还无法住进这疗养院呢。"

茅剑秋听了，心情越加沉重。他知道杨瑶的病情很可能要进一步发展，如果控制不好，还可能向更为可怕的精神分裂症方向发展。但他不理解高楠楠为何要把杨瑶住院和松江出版社调整领导班子联系起来，便说："像她这么严重的病情，莫非住疗养院还有人反对吗？"高楠楠说："怎么就没人反对呢？杨瑶对我们社有那么大的贡献，可在她是否住院治疗的问题上，班子成员就有不同的意见。有人就片面强调出版社的经济效益不好，无法报销她的医疗费用。别说不同意她住院，就是平时她去医院门诊打针吃药的条子，也迟迟得不到报销。后来如果不是纽丽琴副社长说了公道话，杨瑶如今可能就更惨了呀！"

"纽丽琴？"茅剑秋对此人显然有些陌生，更不知她为什么对与沈跃龙多年势不两立的杨瑶仗义执言。高楠楠随他上了汽车，当茅剑秋把黑色轿车开出医院的铁栅门，驶向通往 C 城城区的柏油路时，才向茅剑秋道出了其中实情：原来，杨瑶因沈跃龙在提职一事上暗做手脚生病在家以后，新上任的副社长纽丽琴曾亲自前去探望。这次省委调整松江出版社的班子，虽然杨瑶因有人举报没能提拔并悬挂起来，可是省委仍然为社领导班子充实了力量。新任副社长纽丽琴和新任副总编辑董琪，原来都是省委宣传部的副处长，也都是李征夫信任的骨干力量。与此同时在康平和陆炎的力荐之下，又把从前主管发行的科长卓越提拔为副社长，继续主管发行工作。如此一来，沈跃龙从前惯用的挟天子以令诸侯的独断手法，就因为这一调整变得有些行不通了。纽丽琴和董琪虽然都是李征夫看好的接班人，但他们来到松江出版社以后，发现沈跃龙的倒行逆施，产生义愤并不能相容。纽丽琴尤其看不惯沈跃龙以自己意志为班子意志的武断作风。因此在班子讨论杨瑶是否可以住院治疗时，沈跃龙就表示财务没有报销的能力。纽丽琴当面就把他顶了回去："谁说财务没有报销医疗费的能力，我是主管财务的副社长，我已经发现咱们领导层里就有人报销药费的数额相当惊人。沈总编我问你，为什么领导能够报销药费，杨瑶的病情那么严重，就不可以住院呢？"董琪副总编也马上响应，说："我来了以后才知道，杨瑶是咱社里的编辑骨干。她一干就是二十来年，据群众反映她工作踏踏实实、任劳任怨，她编的书在全社效益第一。而且我也查过了，凡是杨瑶经手编辑的书稿，都有比较明显的社会效益和经济效益。现在她为编书累病了，而且还那么严重，如果我们再以种种理由卡住不准她去治疗，这不仅不能服众，同时我们的良心也要受到谴责。"此前多年和杨瑶共事的副社长卓越也表示赞同："我们这么个小社，这些年来在同行业竞争中之所以能达到理想的发行码洋，我的体会就是，有像杨瑶这样尽职尽责的编辑在打头阵。我们每年的发行，杨瑶编的书都是畅销书，而且都是效益最好的。现在她生病了，我们如果连这点钱都不肯花在她身上，那我们就会失去群众的信任。因此，我认为即便没钱，也一定要给杨瑶治病。"沈跃龙没想到新班子在研究问题时，他无法再像从前那样一言九鼎了，更不能像陆炎在时那样他可以越俎代庖，凡事都以他的意志为转移。尤其是新来的董琪和纽丽琴，尽管他们也是李征夫看中的人，然而如今纽、董两人来到出版社任职，却处处和他这李征夫的亲信作对。有了纽、董两人，他再也无法独断专行了。因为纽丽琴、董琪在李征夫眼里的分量远远超过他沈跃龙。

"我看马上送杨瑶去疗养院吧。不管她从前有什么过错，治病都是应该的。"这是社长康平的最后表态，如今康平也有所改变，他觉得有纽丽琴和董琪在场，就大可不必再看沈跃龙的眼色行事了。因为康平已经意识到松江出版社领导层的权力结构，正悄悄发生着微妙的变化，沈跃龙今后还想继续左右他已经有些力不从心了。

"原来是这样啊！"茅剑秋了解到杨瑶生病前后的权力角逐之后，从心里更加同情杨瑶。当然，他此时最明显的感觉，是对不起生病的女编辑杨瑶。如果她当初不冒着得罪沈跃龙的风险，千方百计去请他寄回曾被沈跃龙退掉的书稿，杨瑶也许不会就此埋下祸根，更不会接连遭受不公平的待遇。他一个名不见经传的县城作者，后来不仅出书还在杨瑶支持下开拍了在国内颇有影响的电视剧，让他变成了一个有名气的作家。这其中都有杨瑶这孱弱女编辑付出的心力。现在茅剑秋更清醒地意识到，当初如果没有杨瑶的支持，也就不会有他今天事业上的辉煌。茅剑秋甚至还把他愈来愈红火的时装生意也和生病的杨瑶联系起来，他认为如果没有那部电视剧给予的丰厚报酬，他就无法在省城开办时装公司。而在他平步青云的时候，杨瑶则正在生病。这有多么不公平啊。作者现在成功了，然而悄悄在幕后为他铺就坦途的人却因精神压抑住进了疗养院！

他回赠一个笔记本

茅剑秋第二次来松江疗养院探视杨瑶，已是春色渐浓的四月天。

出现在他面前的杨瑶发生了一些微妙的变化。她的面容稍稍泛起一点淡淡的红晕，不像前次那样惨白了。对此茅剑秋心中有几分欣慰和惊喜，他意识到杨瑶自前次得到他的鼓励以后，对生活显然增添了勇气。他发现她床边的柜子上，杂乱堆放着一些格纸和笔墨。还有她把家中的资料也拿到病房里来了。他估计杨瑶也许听信他的劝告，开始珍惜眼前的宝贵时间，利用难得的疗养机会在病中动笔写作了。

“茅老师，你怎么能送我这么贵重的礼物呀！”杨瑶见他进了门，眼里忽然迸放出了欣喜的光彩。这眼神很容易让他回想起杨瑶第一次在火车站接待他时的开朗神韵，那时的杨瑶脸上不见忧伤，乐观向上的性格让他迄今记在心中。可是，当杨瑶见茅剑秋把一台笔记本电脑放在她面前时，惊讶地睁大了漂亮的眼睛。双手情不自禁地向外推拒，坚决不肯接受他的馈赠。她知道笔记本在那年月还是少见之物，便激动地摇手，“不好，你这样做真是不好！我们是多年的朋友了，你应该了解我杨瑶的性格。我是从不收作者礼物的，特别是这类贵重的东西，我怎么可以随便收下呢！”

茅剑秋见她一副拒人千里之外的郑重，忍不住笑了：“杨瑶，没想到你对朋友如此戒备。我当然了解你的性格和为人，但我也知道，我这样做也不是没有道理的，莫非你就忘了当年你从省城给我邮寄的那台586电脑吗？我要说的是，既然你可以送我一台电脑，我为什么就不能回赠呢？古人都说：来而不往，非礼也！”

杨瑶的手仍然在往外推他那台笔记本，似乎心事重重。不过听了他的话，坚决拒绝的语调明显有所改变：“这是不同的两件事。茅老师，当年我送你电脑，是因为我们社弄丢了你的手稿，作为一种赔偿，我送电脑供你写作，这是理所当然的事。可如今你居然来了个来而不往非礼也，我的心就有些不安了。你想，我当编辑为你编书出书，那是职业赋予我的使命啊，不需要作者反过来对我感恩和酬谢！再说了，我编你的书，无论对我本人还是对我们出版社，也都是有好处的。因为你那两本书，也为我们社创造了良好的经济效益。现在你要这样做，我怎么可以接受呢，我是不能收的！君子之交淡如水，我看咱们还是君子之交吧？”

茅剑秋说：“杨瑶，你的话都说在理上了，我也理解你的心情，更知道你有你做人的准则。不过，我的回赠不完全是感激，也有作为朋友的一番心意。你现在住在疗养院里，如果你把写作作为治病时的一种休息，笔记本电脑就显得更加方便了。莫非一定要退还给我你心里才平静吗？杨瑶，我对你性格的理解和要求是：一定要改一改旧有的理念了，朋友之间的关系也要与时俱进嘛。同志式的友谊并不是一点私人的东西也容不下的，要知道，你收下我的笔记本，并不能损坏你多年养成的良好职业道德。其实我没有别的意思，就是想支持你在养病寂寞的时候写点东西！”

杨瑶抬头瞟他一眼，刚好和茅剑秋炯炯的目光相遇。她手托着笔记本电脑在沉思，喃喃地说：“是啊，环境在变，人也在变啊！茅老师，您如今是省城小有名气的民营企业家了！难怪你出手这么大方呢！”

茅剑秋笑了：“您可不要这样说，如果一定要说我是个企业家，那我就更应该这样做了。杨瑶，如果不是我遇上你这样的好编辑，我当年能够出书吗？我出不得书就不能拍电视剧，不拍电视剧，能到省城买房子、买汽车和办公司吗？不能，我肯定到现在还是一事无成！你想，现在我就送这么个笔记本，和您对我这作者付出的心血相比，又算得了什么呢？好了，我们都不要说这些俗人之语了，还是说说你宏大的写作计划吧！”

“宏大的计划？我可不敢那么讲，特别在你这勤奋写作的茅老师面前，我更不敢那么讲。”杨瑶不好继续推托，她已看出茅剑秋送的与其说是笔记本电脑，不如说是送来了真挚的感情。而这发自内心的诚恳是她无法谢绝的。杨瑶索性把笔记本收了，然后从柜上取来一沓写满钢笔字的稿纸，送到茅剑秋面前，说：“你看，我真信了你的话，从那天开始就在构思这部书稿了。这是我根据多年积累的素材写出的提纲，茅老师，请你给我看看，这样的结构是否可以？”

茅剑秋没想到早就因一部《煤城血祭》红透半边天的杨瑶，如今竟以这样口吻说话。他有些不安，接过提纲仔细读下去，这才发现杨瑶动了“真章”，提纲写得详略得体，人物、事件、情节和细节，特别是历史背景和东北民俗特点等等，都在她提纲上各有体现。茅剑秋发觉杨瑶的艺术结构如同她这人一样，细腻中又饱含女性特有的深沉。杨靖宇将军在这部暂名为《雪葬》的长篇提纲之中，是一个主要人物，对次要人物杨瑶则采取了虚构与历史真人相结合的创作手法，力求《雪葬》成为揭示东北抗战时期“抗联”在白山黑水艰苦斗争的生动写照。书中大小人物近百个，从杨瑶的谋篇布局上看，这确是一部气势宏大的历史小说。茅剑秋仅从简要的提纲上就可见杨瑶驾驭长篇小说的功力。茅剑秋说：“并不是有意恭维，而是我确实佩服你的缜密构思。对这个提纲，我提不出其他不同的意见。当然，抗联的作品自建国以来就一直有人在写了，可惜写好的并不多。因此，我希望你多注意揭示历史的角度，也就是说，这个角度一定要新。不然就要费力不讨好。到了二十一世纪的今天，读者对文学作品的审美要求变得更加苛刻挑剔，我想这些问题你已经注意到了，是吧？”

杨瑶听了很高兴，说：“你的意见其实很尖锐，只是你说得有些委婉罢了。茅老师，写杨靖宇和抗联的作品确实已有不少了。不过，我并不想写杨靖宇的传记，而是想写一群抗联战士在密林深处的生活和斗争。杨靖宇仅仅是这部书中的一个人物。我对抗联的感情太深了，因为我祖父当年就给抗联运送过粮食！”

“哦，有这样的事？”茅剑秋听到这里，对她多年积蓄的创作欲望有了进一步理解。那天上午，杨瑶在静悄悄的病房里，对茅剑秋谈起了自己的家庭。她讲了她出生时已经去世的祖父杨广，他是东北三省沦为伪满洲国时期的铁路工人。杨广老人多次冒着生命危险给抗联往深山老林运送粮食和给养，杨广老人当年曾经在密林深处见过杨司令本人。老人在临死以前还把杨靖宇给他的一顶草帽留给了儿子——杨瑶的父亲杨震东。杨广告诉儿子说：“震东，从民国到新中国，咱们在C城先后搬过无数次家了，每次搬家我都要扔掉一些东西，可就是舍不得丢掉这顶破旧的草帽，因为它是杨靖宇杨司令送给我的，就让它留个纪念吧！”杨瑶想写抗联，原来还有这不为人知的亲人背景，因此茅剑秋更觉得这个题材非同寻常，他应该帮助杨瑶尽快写成，他还希望她一定要早写早出版。

也是在这一天，杨瑶又谈起她的少年和青年。父亲杨震东并没有走祖父杨广那铁路工人的老路，而是读书并成了大学教授。到她这一辈上，杨瑶喜欢的竟是史学和文学，她谈到文学时就信口说起大学读书时经常泡图书馆的往事。她对茅剑秋说，有时她因为读书，一整天都泡在图书馆里，有时甚至忘记了吃中午饭。这让茅剑秋忽然想起高楠楠有次对他谈起的杨瑶的校园爱情故事。据高楠楠说，杨瑶当年就因为喜欢泡图书馆才结识了她后来的丈夫姜有松。让茅剑秋有些意外的是，就在杨瑶把话题引向大学生活的时候，不知何故竟戛然而止了。这是茅剑秋几次和杨瑶交谈时惯有的情况，只要她谈到和丈夫相关的事情，一般都情不自禁地收住口。好像她和丈夫之间似有一个微妙的感情禁区，这次交谈更加印证了他从前对杨瑶的判断：她的婚姻并不幸福！

整个四月里，杨瑶的病情随着天气渐渐转暖而大有起色。她的抑郁症与其说被医生的药物治好，倒不如说是因茅剑秋的不断亲往探病发生了潜移默化的好转。见到杨瑶那开始浮现笑容的面庞，看着她每天都在病室里打电脑，茅剑秋就暗暗为她即将痊愈而高兴。他每次来疗养院，都能读到杨瑶新写的文字。几年前那个风雪夜中杨瑶对他偶然谈起的一个艺术构想，没想到竟在她生病的时候悄然变为了现实。随着天气转暖，杨瑶的面庞也开始现出淡淡的红润，瘦弱的身体也开始恢复，每当茅剑秋来到她的病房，都会听得到她那爽朗的谈笑，都会听到杨瑶滔滔不绝地讲述《雪葬》中一些让人感动的人物和细节。

四月下旬的一天，下起了C城入春以来的第一场小雨。在沙沙沙的细雨声中，茅剑秋擎一把雨伞，陪杨瑶来到疗养院的一泓碧绿湖畔。细雨如雾，点点雨丝，如同喷雾一般洒落在碧绿的湖面上，雨丝激起的层层涟漪打乱了平静的湖面。杨瑶就在这细雨朦胧的时刻，告诉茅剑秋一个重要的决定；她很快就要出院了！

“你为什么这么匆忙就出院，杨瑶，你的病可还没有彻底痊愈啊。”茅剑秋因了解她入院治疗所经历的波折，因此他对她的决定百般劝阻。他知道如果杨瑶这时候提前回出版社上班，那么将来如果病情再次出现反复，她再想入院治病就变得越加困难了。茅剑秋为了慎重起见，就杨瑶的病情亲自前往咨询省内一位颇有建树的著名神经内科教授请教，然后他又把这位著名教授的意见，委婉地告诉给杨瑶：“你的病说轻就轻，说重也重。我请教的老教授一生诊治的抑郁症患者可谓无法计数了。他告诉我，抑郁症最好要脱离患者患病时的环境。不然，如果刚有好转就再次回到容易引起患者不快的环境中去，思想意识中许多可以致病的诱因就会再次抬头。如果患者再次受到强刺激，复发的可能不仅很大，而且一次发作比一次严重。因此，我建议你慎重考虑教授的意见，最好推迟一下出院的时间。”

“我知道教授和你都是好意。可我不怕恶劣的环境，我虽然回去了，可我能接受这次生病的教训，我要学会调整自己的心态。尽量不生那些对身体无益的闲气了！”杨瑶听了，自然感同身受。她从心里感激茅剑秋对她的关怀，对煞有介事的茅剑秋嫣然一笑，但不肯改变自己出院的决定，说：“这里的医生也是这种意见，他们都要我晚些出院为好，同时他们也建议我最好换换工作环境。可是，这可能吗？不管有什么人讨厌我的存在，可我始终认为编辑的职业是最适合我的。因为我喜爱文史，也喜爱文学，在这个岗位上我可以经常与一些知识界的精英们进行接触，在为他们编稿子的同时，我也学到了许多课本上没有的东西。再说，我现在已经四十四五的年纪了，如果我想跳槽去做其他工作，我真能够适应吗？还有，我也想过，在出版社虽然有一个姓沈的，他总是有意无意和我作对，给我精神造成伤害，这不是可以轻易消除的。但我也在想，如果我当真改换了工作环境，新单位就能保证不遇上这类人吗？不敢保证的，只要有人的地方，总有好人和坏人，总要有左中右三类人。既然生活就是如此，我为什么要选择逃避呢？再说，我走得正行得直，也不怕什么人对我落井下石！”

“可是……抑郁症是可怕的疾病啊！”茅剑秋察觉到以自己在她心中的地位，至少目前他的意见还无法左右杨瑶的行止进退，因此他不再勉强对方接受他的意见。退而求其次地提醒她说：“你出院也可以，但最好要在家里静养一段时间，等你的病情真正好转以后，再上班也不迟！你要多了解一些现代医学知识，不怕你不高兴，我还是要提醒你注意。据那位神经内科专家对我说，现在的肿瘤疾病有逐年上升的趋势。他说国外已有研究者表明，许多恶性肿瘤的成因之一，就是精神不愉快所致。长久的精神压抑和神志不爽，最后都能导致身体的气血瘀滞，而这种瘀滞的结果往往就是可怕占位性病变的诱因。因此，我希望你一定不可轻视抑郁症！”

“我明白了，谢谢你的提醒，相信我会注意的。不过，班还是一定要上的。”杨瑶一旦做出决定的事情，是任何人也休想劝止或改变的。可茅剑秋仍想尽朋友之责，继续苦口婆心地劝她：

“再说，你那部小说才刚刚开了头，为什么不利用这千载难逢的机会，一口气把初稿写出来呢？”

杨瑶神态坚决地摇头说：“那不行，我已经住院三个多月了，这在我们出版社已是了不起的先例了。现在马上就要进入下半年，而年终还要为明年的春季订货会做准备。你也许不知道，我们出版社一年能不能有个好收成，一般都要靠这个重要的图书订货会呢。而我现在病情好了许多，如果我再不出院，再不上班，我的编辑室明年春天就要出问题了！”可她并没有告诉他一件事：就是两天前，新任副总编辑董琪再次来疗养院探望她时，无意中谈到一句话，董琪说：“我就不明白，沈跃龙既然了解你二十来年都在主持文史编辑室，为什么在我们调来之前，他坚持要康平把你和周慧进行调换，他这不是赶鸭子上架、强人所难吗？再说了，你就是没有生病，回到社里今年也无法完成发稿的任务，因为你手中根本就没有足够的可以联系到的文艺类作品作者！因此我认为他是在拆台，不仅有意为难你，重要的是他想拆社里的台！这个姓沈的真不是个东西！”也许就因董副总编这句话，引起杨瑶心中的强烈共鸣。因此她才突然萌发了回社上班，迎难而上面对沈跃龙挑战的念头！

“莫非你不回文艺编辑室，别人就不能照常出书吗？”茅剑秋想劝她尽量回避社里的矛盾，定要珍惜得来不易的入院治疗机会。他已经听高楠楠说过：“沈跃龙正等着看杨瑶的笑话呢！这就是他当初为什么要让杨瑶和周慧调换的真正原因，用心真是险恶啊！”茅剑秋想到这里，感叹一声：“有人说，文坛就是小官场，看来此言不假啊！”

“你不了解我们社的情况，为明年订货会做准备，必须在下半年头一个月就开始动手。不然，你约不来优秀的稿子，等到年底就是拼命也是枉然！”杨瑶的神情显得焦急而刻不容缓。尽管她生病在很大程度上由于出版社内部的磨擦、排挤和不怀善意的造谣中伤，但杨瑶仍然无时不记挂出版社的工作。茅剑秋百思不解的是，最近一段时间在他和她的频繁接触中，杨瑶很少谈及社里情况，有些话虽然高楠楠已经告诉他，然而杨瑶却依然守口如瓶，对他保持缄默。这让茅剑秋感到杨瑶交友的界限永远是鲜明的。她显然对尽快上班已有慎重的思考，便对茅剑秋说：“如果我现在还在文史编辑室，那我晚一些出院没有关系，因为我有许多从前联系的老作者，我可以随时向他们约稿，总不至于出现什么闪失；可如今我刚到文艺编辑室不久，一切都要从头开始。茅老师，不瞒你说，我这次生病，也和把我调到这个部门主持工作有一定的关系！……”

茅剑秋见她终于吐出了胸中真言。经过彼此的接触和高楠楠提供的信息，他深知杨瑶并非为争权争职而受伤，而是沈跃龙在利用手中职权为她一步步设置难堪的陷阱。想到这一层他就有些气愤，说：“既然你不熟悉文艺编辑室的工作，索性就这样养下去好了。为什么非要做费力不讨好的工作呢？”杨瑶哪里肯依，她是个要强的女人，没什么比让她工作落后于人更不甘心的了。她说：“工作不熟悉也不可怕。我可以慢慢学习，我想文艺和文史是可以触类旁通的。现在我要尽快解决的是，我初到文艺编辑室，到出书的时候却约不到好书稿。茅老师，我气愤的是，这些年我联系的多是文史方面的作者，至于文艺方面的作者，我几乎不掌握。这样，我就必须要抓紧才行。你也知道，像我们这样的小社，如果没有可靠关系，是根本拉不来北京上海那些名家作品的，因此我就必须设法找找关系，我就不信我拉不到北京和上海的稿子！”

茅剑秋情知他无法劝阻成功，索性退而求其次，说：“工作的事要靠大家来搞，我担心的是，如果你上班就要耽搁你现在正在写的《雪葬》……”

“你放心，我不会耽搁的。”杨瑶对此早有考虑说：“我现在准备吃一点苦，就像你当年在辽县一样，白天上班，晚上我要挤出睡觉的时间写作。我想每天晚上坚持两个小时，总是可以的吧？茅老师，我不会辜负你的好意，《雪葬》这部书稿我既然已经动了笔，就一定要写下去，迟早有一天我让你看到一部完整的书稿。”

茅剑秋见她这样坚决，也只好作罢。

春雨淅淅沥沥，疗养院的花畦里幽静无声，只听得细雨落在人工湖里的沙沙轻响。茅剑秋离开疗养院时，已是暮色苍茫时分，下了整整一天的春雨仍无停歇的意思。他来到院落里发动汽车的时候，发现已从抑郁症痛苦中挣扎出来的杨瑶，正在窗口向他招手。茅剑秋看在眼里，对她有些担心，也为杨瑶的毅力和敢于迎接挑战的勇气感到欣慰。

当年的下岗工人成了“剑月集团”董事长

自春天的接触过后，茅剑秋就很少与杨瑶联系了。

一是因为他工作愈来愈忙，从当年5月开始，茅剑秋和妻子梁晓月就在酝酿一个向南方进军的计划。他要把东北特色的现代女性时装，一批批地打进南方的市场。这件事当然具有极大的冒险性和挑战性。因为茅剑秋深知自己的“剑月时装公司”还处于打基础的阶段，尽管他具有不断更新时装特色的优越条件，但让产品进入南方这比较先进的服装市场，肯定不是轻而易举的事情。梁晓月对此一直持怀疑和反对的态度，她在茅剑秋全面开拓时装市场的战略宏图面前，始终保持不进不退的守势。

茅剑秋为此召开了“剑月集团”的董事会议，在会上他谈到了自己向南方进军的战略方案。茅剑秋说：“我们这次如果一旦向南方扩展，就要有属于我们剑月的特色。我的初步想法是仍然以女式时装为主，主要体现三大理念。一是要有女装的时代流动感。也就是春天的时装，一定要有天然的色彩作为我们剑月时装的主线条。我认为女青年是我们的主要商客，而她们喜欢的颜色应该是湖蓝、纯红、嫩绿、桃粉、珊瑚红和蝴蝶兰。而南方一进入盛夏，女孩子们的时装就会马上形成流行色，我新设计的一套时装就是，短裙和长裙。短裙不再是老样式，也并非迷你裙的旧样式。而长裙呢，首先要考虑到齐臀宽肩细腰这三个要点。这就是南方最新式的少女装，至于从前流行的吊带裙，我想我们不再搞了。我们剑月讲究的就是不断地标新立异。二是服装要符合都市审美需要。都市的风情主要体现在潇洒、随意、轻便和自然。都市女性再也不喜欢过于繁琐的装饰了。千万不要以为大都市的女性就一定要搞繁琐哲学。三是在优先考虑少女时装的同时，也要把我们的时装设计重心转向中年女性。现在的大都市，中年女性的时装不可忽视，她们往往就是都市风貌的主体。只是这类服饰一定要注意素色为主的原则，力求做到既美观大方，又有全新的样式风格。我想，只要我们在时装设计方面注意到以上三个方面，我们就有可能进入南方的时装市场。”

董事们就此发表了各自的意见，有人支持，有人担忧，当然也有人持反对态度。不过，茅剑秋是一个兼听则明的董事长，见有些董事对剑月集团产品南进一时还无法达到统一，茅剑秋同意会后认真地倾听职工们的意见，然后再做出是否南进的决策。

梁晓月也是反对剑月时装南进的董事之一。只是她在会议上并没有表态，回到家里以后，她才对丈夫发起了火，她苦苦相劝说：“剑秋，我们最好不要贪大，也不要把南方时装商人都看得过于无能。你可要知道，南方不仅温州有很多时装的先进厂家，而且它们临靠香港这有利的因素也不可忽视。还有，许多在东北畅销的新式女装，绝大多数是南方打进北方的。而我们东北的女性时装一直是比较落后的，我不明白你为什么有这种古怪的想法。难道东北的时装市场还不够你占领吗？”茅剑秋自有他一整套的想法，他认为：“如果凭我们现有的生产能力和品种，再靠我们这几年打开的市场局面，当然让我们公司的产品在短时间内不愁销路，甚至可以说我们从此可以不考虑标新立异，这碗时装饭也会让我们一辈子衣食不愁的。可我就是不甘心守着现有成果不思进取。我为什么要向南方这比较先进的时装市场进军呢，其实这就是我人生本能的挑战！我茅剑秋这个人，必须要每时每刻都有新的思想和理念，然后再把这些理念变成我手中的成果。就像我从前写小说一样，总希望不再重复自己走过的路。如今我搞时装也应该如此。原因是女人喜欢更新，喜欢美，而时装如果是老一套，那女人又如何借助服装来提高她们的生活质量呢？”

刚好不久前他们的儿子茅文学从部队退伍了。

茅文学也来到了C城。梁晓月有些困惑地打量几年不见的儿子，她发现这孩子，简直就跟当年茅剑秋退伍时一模一样。也是高高的个头、魁梧的身材和国字形脸庞。茅剑秋当时正是缺人手的时候，因此他让儿子在公司出任了设计部的总监。听了父亲向南方进军的计划以后，茅文学马上表示支持，他的理念几乎与父亲完全一致。毕竟都是在部队待过的人，茅文学的意见是：“如果我们只求满足眼前的成功，当然可以固守东北的服装市场。可是如果我们的发展是要有计划地向南扩展，那么东北的天地就显得太小了。就时装而论，我们东北的时装永远比不上南方先进、时髦。现在是什么年代了，是二十一世纪的崭新年代，东北的时装必须要有全新的突破，这就要我们必须早一天杀进南方。”

梁晓月对此不以为然：“没想到你回来就和我唱反调。文学，刚才你还承认，咱东北的时装落后于南方，既然明知我们落后，你为什么还要支持你爸爸做这种费力不讨好的赔钱生意呢？”茅文学却对母亲解释说：“妈，其实这并不矛盾。我们自知落后却要进军南方，就是为了一个理念：不断改革进取，只有创新才能生存！当我们把东北先进的时装拿到南方市场上参与竞争的时候，就是一个适应新形势的过程。如果我们的产品到南方遭到了淘汰，我们肯定就会奋起直追！这样一比一追，就注定我们的提高和发展是必然的了！不然，总是墨守成规地在东北固步自封，我们的剑月集团可就要停滞不前了。什么叫停滞不前？不前就是退步呀，就是逆水行舟的意思，不进则退嘛！所以我非常赞成爸爸服装南进的计划！”

当儿子和妻子发生争论的时候，茅剑秋眯着笑眼坐在一旁倾听。后来他无声地笑了，事后他对妻子这样说：“晓月，孩子大了，我发现他很像我。凡事都想标新立异，凡事都想攀登高峰啊！我们茅家的遗传基因，注定会让咱剑月集团永远立于不败之地！”梁晓月拿他们父子没有办法，只好同意把时装市场不断向开放的南方扩展挺进。

茅剑秋一直牵挂着杨瑶。自从听说杨瑶出院马上上班，他对她的担忧忽然加重了。他知道杨瑶重返工作岗位以后，肯定还像从前那样把全部心思都放在工作上。他理解并赞许杨瑶不向困难低头的勇气。因此他不能在杨瑶忙于工作时打扰她。他和她就像两片偶然在江河上随波漂流的树叶一样，偶然在激流中相遇，便又各自漂往该去的地方了。还有，茅剑秋觉得该对她叮嘱的话，在那次雨中闲聊时已基本说清了，如果再谈就显得多余！从此后有关杨瑶的信息，茅剑秋就很少听到了。

一直到当年八月，一个格外炎热的夏日里，一位身穿艳丽连衣裙的青年姑娘的身影忽然出现在茅剑秋面前时，他才再次听说一些杨瑶的情况。这飘然而至的青年女子，就是松江出版社文史编辑室副主任高楠楠。她手擎一把缀有细碎花朵的洋伞，在C城高温难熬的下午来到剑月时装公司的办公室。高楠楠飘然而至，让埋头打电话的茅剑秋有些意外。他没想到高楠楠按照他前次北京偶遇时给的名片地址，直接找上门来。她的到来让茅剑秋非常高兴。他吩咐人取来冷饮，又把她请进有空调的会客室，连说："小高，你来得正是时候，我这里正加工一种新式女装，一会你去看看吧？"

高楠楠虽没有编过他的书，但因有杨瑶这层关系，加之多次见面，倒也并不见外，她说："今天我登门造访，本来就有两层意思。一是要和你签一份合同，再就是我想参观参观你的公司。报上多次说你的公司如何先进，产品如何如何时髦，我倒想见识一下，顺便也开开眼界。"

"不急不急，你千万别听报上那些宣传，我的公司创办几年时间，跟南方那些现代化的中外合资厂家相比，我这里还是个徒有虚名的土工厂呢！正所谓：盛名之下，其实难副，就是这么个道理！"茅剑秋坐下，第一句话就问，"我们早就没有合作关系了，我也没有书稿交你们社出版，还找我签什么合同呢？"

"是这样，我们社准备重印你几年前出版的《盛京春秋》和《古城斗枭雄》。"高楠楠以文史编辑室副主任和两书责编的身份，郑重其事地打开她的精致小挎包，从中取出几份打印好的合同出来，放在他面前，说，"本来，如果按照你和我们社从前已有的合同，我们重印也可以。可是，由于从前这两本书出版的时候，我社还没有实施版税制，因此如果再按从前的合同出版你的书，你就只能得到非常有限的印数稿酬。杨瑶为作者的利益不受损失，坚持在会议上提出要社里和你重签一份版税合同。唉，没有想到，就为这件事，杨瑶和沈跃龙又大吵了一场呢！”

“有这样的事？”本来茅剑秋见了高楠楠十分高兴，忽听杨瑶又参与他再版图书的事，就感到有些不安。他不知杨瑶已经调进文艺编辑室，为什么还要介入文史编辑室的业务。就说：“我看还是算了吧，不就是一点版税嘛，我不计较稿酬的多少，只要能出书，能再版，能给你们带来经济效益，就已经足够了，你是知道的，我如今因为以经商为主，那么一点点稿酬，对我已经不那么重要了。”

“茅老师，你话可不能这么说，你如果是这种态度，那我可就要替杨瑶抱不平了。她可是为替你争这笔版税，和沈跃龙再次开战了呢！”高楠楠见茅剑秋一副大老板的样子，就有些不满，她毕竟了解这新合同争来的不易，更当场看到杨瑶如何为作者的利益在会上和沈跃龙争得面红耳赤。高楠楠说：“你不要以为杨瑶是为还你送笔记本电脑的人情才为你争稿酬的。她这个人有一是一，有二是二，从来不想为社里的利益不顾作者付出的劳动。当然，如果我们不采取版税，也就罢了，可社里如今对畅销书全部改用了版税制，唯独对你一人例外，杨瑶当然感到不公平。可沈副总却说，茅剑秋的两本书已经得了稿酬，没有必要再为他改计版税。杨瑶却说，他这两本书为社里带来的经济收益是最多的，她认为作者得到的报酬是最少的。如果我社继续重印，仍然不按版税进行计酬，那么出版社就赚了昧良心的钱。因此她以此书原编辑的身份，在会议上为你据理力争，最后连周慧也让她给得罪了。周慧毕竟是我们文史室的新主任，她说我们室还要靠茅剑秋的两本书维持奖金呢，你杨瑶不能因为私情就为作者争口袋！杨瑶哪肯听这种混账话，她当场就把周慧给顶了回去！就是嘛，从前的责编为作者的报酬争一争，也在理上，这怎么能叫私情呢？”

“我的天啊！”茅剑秋听了万分感动，他似乎亲眼看到出版社为图书再版而发生的唇枪舌剑。病情刚有好转的杨瑶，虽然身体仍然还那么孱弱，可是她却在原则问题上从不让步。

更重要的是她和沈跃龙的新隙旧怨不仅没有冰释，又因为给茅剑秋版税的事发生了新的争执，这样对杨瑶的处境更为不利。他听罢高楠楠的一番解释，越加对杨瑶生出几分忧虑。他担心地问：“杨瑶的意见是有道理的，不过，她这样做不是伤害你们社的共同利益吗？不仅沈副总和周慧不满意，就是其他人也要对她产生反感，她这可是胳膊肘往外拐呀！杨瑶为我的利益相争，可能为我带来一点利益，可我真替她将来的处境担心了！”

“事情不像你想的那么严重。”不料高楠楠却笑了，说：“你不能这样低估我们社多数人的职业道德和良心。包括康社长在内所有人都认为杨瑶争得有理，董琪副总编在他们争吵时站出来支持杨瑶。董琪说：作者是咱出版社的衣食父母，我们不能因为两本书的小利益，就牺牲作者应得的报酬。新来的纽丽琴副社长也当场表了态，她说：作者和出版者的利益应该是一致的，我们不能因为自私就把作者应得的利益私吞已有。如果一家出版社为了蝇头小利就丧失了职业道德，那么将来哪一个作者还敢把稿子交给我们呢？后来，主管发行的卓副社长也为杨瑶仗义执言，他说得更为坦率：这些年我们社最赚钱的书就是茅剑秋的两部作品，我们理应把他的稿酬适当提高才对，又怎能再版时打他那点版税的歪主意呢？后来，康社长一锤定音，他表态支持了杨瑶的意见。哈，气得沈副总和周慧的脸都白了！”

茅剑秋不再说话。他心中唯有感动，在为杨瑶敢为作者呼吁感动之余，也为那些尚不熟悉的人们理解支持作者感到欣慰。高楠楠见他仍坐在那里不语，便把合同往他面前一推说：“茅老师，这是你应该得到的版税，你为什么还不接受？只要你签下这份合同，今后你那两部书只要我们加印，就要按固定的版税标准支付你的报酬。这样做对我们双方都是合理的，你没什么不好意思的！”

茅剑秋这才在合同上签了名字。他仍然感到有些对不起杨瑶。他完全没想到杨瑶在社里那样一种不利的处境，还能不计后果地为一个作者的利益去据理力争，甚至不惜为此伤众。然而事情既然已是如此结局，他不能在高楠楠面前再说什么了，便主动起身请高楠楠去参观自己公司的车间：“这样吧，楠楠，你来我们公司一次也不容易，请跟我去参观参观吧？”高楠楠也盼望从这有些压抑的氛围中解脱出来，高兴地站起来：“好，茅老师，我倒要见识你一个作家竟然也能开办工厂？！”

茅剑秋先把高楠楠请进时装设计室。里面几张大桌前坐着几位年轻的设计师，有男有女，她一眼就断定都是些大学毕业生。茅剑秋指着悬挂在壁上，刚设计出炉尚未进入制作程序的新式女装图纸，一一向她介绍每种款式的特点。高楠楠见这里是清一色的夏装，有无领连衣裙，有老袖筒裙，有吊带短裙，有现代城市少女喜欢的超短裙和迷你裙，等等。总之，这些即将进入生产程序的女式夏装，大多是市场上少见的新颖款式。看得高楠楠有些眼花缭乱了。她连连赞叹说："真没想到啊，从外表上看你的公司其貌不扬，可到了内部一看，原来你这小药铺里有人参。看得出你这公司藏龙卧虎，有一批出类拔萃的优秀时装设计精英在为你打工呢。"茅剑秋不时把她介绍给那些埋头设计的女孩儿们，而女设计师们也对高楠楠提出的问题不厌其烦地给予解释。这让此前误认为茅剑秋的公司不过是普通服装制作作坊想法的高楠楠，有些自愧不如了。离开设计室的时候，她不得不对不事张扬的茅剑秋说："真了不起，民营小企业能做到你这种水平，也算难能可贵了！"

走进机声隆隆的生产车间，高楠楠越加感到错愕不已。偌大的车间里宽敞明亮，巨大的屋顶穹隆上有几扇巨大的天窗，下面则是一排排整齐划一的缝纫机组成的方阵。机旁都是埋头生产的女工，电动缝纫机和剪裁师的操作台已经连接成一套自动的流水线，各种女式夏装就是通过这些机械组成的条条方阵，从布料剪裁、布料的绱边锁边加工、半成品最后再过渡到女装成品，眨眼之间就被女工们装进了一个个成衣口袋，然后再装进精致的纸盒内。高楠楠随茅剑秋来到车间的隔壁，这里是一个设备先进的包装车间。仍然还是些女工在紧张地操作。她们把大批从生产车间流水线运来的女装，进行质量检查和三级验收。茅剑秋告诉高楠楠："验收是我们公司最重要的一个环节，我安排在这里的都是最可靠的人，因为质量就是我们企业的生存保障。无论哪一件衣服，哪怕出一点点差错，都要在这道工序中挑拣出来。如果一旦有劣质产品上市，就要毁了我的名誉！那样别说我想把产品打进南方去，就是在北方也要无人问津呢。因此，我要求公司的各道工序，都要把质量当成最要紧的一环！你看，到她们装进衣盒时，一件女装已经经过十几道工序了！"

"真是不看不知道，一看吓一跳！"高楠楠在那些设计美观、工艺先进、制作精良的件件美丽衣裙、吊带裙、超短裙和旗袍面前有些心动神摇了，眼前五彩缤纷的女装世界让这位女编辑大开眼界并赞不绝口。她说："茅老师，看了你们公司的女式时装，我才发现件件都有特色，这就像你从前写的小说一样，不同的头脑经营生产出来的产品，就有不同的特色！看来，思想和思路才是决定一切的。"

就在高楠楠拿一件女式连衣裙反复观察的时候，从质检人员中忽然走来一个身材稍稍矮胖的中年女子，她就是茅剑秋的妻子梁晓月。她凑近高楠楠说："这姑娘真漂亮，如果你把它穿在身上，我保证十分合体。要不要进更衣室里试一试呀？"茅剑秋急忙为她介绍说："晓月，她就是我对你多次说起的高楠楠，她现在做了我的责编！对了，你把她带进去，让她试试我们这些新产品，特别是那种女孩们都喜欢的夏季旗袍，她穿上肯定好看！”高楠楠和梁晓月亲昵地拉了拉手，有点不好意思地笑笑：“我怎么好试穿呢？你们这是生产车间，又不是零售商店。”梁晓月爽然一笑：“没关系，我就希望看别人试穿我们的产品，这样也好验证我们的质量！莫非你没见过南方那些模特儿，让她们把时装穿在身上走一走猫步，就能让呆板的时装立刻变得活灵活现！”茅剑秋见妻子带着高楠楠向更衣间走去，又上前叮嘱妻子几句，梁晓月连连点头说：“我懂我懂！”

几分钟后，当梁晓月把女编辑高楠楠领出更衣室时，茅剑秋的眼睛忽然一亮，附近正在查验产品的女工们也齐声赞叹：“真美呀！”原来，高楠楠穿在身上的是件做工考究的夏季旗袍，紧身旗袍穿在她身上，越加平添了几分古典式的东方神韵。她身材虽然不高，但剪裁得体的粉红色旗袍却让她变得窈窕婀娜，仪态万方了。高楠楠被梁晓月带到一面巨大的落地镜前面，镜子里的她面庞顿时飞起一片灿烂的绯红。看出高楠楠喜欢上这件旗袍了，便上前对茅剑秋说：“茅老师，把这件旗袍卖给我吧，我感到穿上它十分合体，不肥也不瘦！就好像师傅们特意为我量体剪裁的呢！”

梁晓月不等茅剑秋开口，就爽快地表示：“看你说的，姑娘，你瞧它好拿走就是了，怎能还说卖给你呢？其实茅老师早就说了，不仅要送你一件旗袍，还要再加几件夏裙呢！”高楠楠听了，急得要脱旗袍：“不不，这怎么行！我来这里是参观的，即便我相中哪一件，也肯定是要付费的。如你们执意要送，我索性就到街上买去好了！”茅剑秋哪里肯依，劝她说：“楠楠，咱可都是老朋友了。如今我也不是从前到省城来没钱吃饭的时候了，别说一件时装，你就是拿上十件八件，对我来说也是小意思。晓月，你还在那里愣着干吗？还不快把给杨瑶的也一并包好，让高楠楠给她带回去！”梁晓月向身边人一招手，马上就有女工把两包衣服送到桌案上，高楠楠仍然不肯收下，茅剑秋故作嗔怪地说：“高楠楠，如你这样推辞，可就待人没诚意了。我这个人，没有别的，为人就是一个真诚。再说了，这也不是送给你一人，杨瑶也有一份嘛。这么多年杨瑶只听说我开了一家厂子，可她从没有来过，也不了解我公司究竟办得如何。楠楠，现在请你试穿一下我们的新夏装，这也是替我们剑月公司在做宣传啊。这种义务的广告，对我们剑月新品牌，就是求之不得的好事呢！”梁晓月已把两包衣服塞进她的包里，真诚地说：“姑娘，你不必介意，其实到我们这里来的客人和朋友，都有这种近水楼台的待遇，你又不是第一人，客气个什么。再说，你们当编辑的也不容易，当年我们家在辽县的时候，杨瑶那么帮助我家茅剑秋，你想如果没有你们这些编辑，哪有我们的今天呢？收下吧，你不收下我可要生气了！”

高楠楠见茅剑秋和妻子都这样真诚，也有些盛情难却了。最后她只好妥协，但又表示：“不过，你们生产的衣服也要有成本，我今天就是拿走，也不能一分不花。这样吧，我出一点成本费，这样总该可以了吧！”梁晓月仍然不肯，说：“这点成本能有多少。我们如今早不是为衣食发愁的年月了，哪个能收你的钱呀！”高楠楠急得脸都涨红了，把一沓钱掏了出来，毫不妥协地说：“如果成本你们也不收，我就真不能收下它们了，拿回去杨姐也不能同意。再说，我们当编辑是有工资的，不可能这样巧取豪夺！”梁晓月笑道：“这怎么是巧取豪夺呢？女孩子嘛，哪一个不喜欢时装呀！”茅剑秋见高楠楠向他投来求助的一瞥，想了想，对妻子吩咐说：“既然楠楠这样坚持，一点费不收她于心不忍。我看这样吧，你就象征性地收下一点，楠楠，这总可以了吧。”他说着，把高楠楠那一厚沓钞票接过来，从中抽两张五十元，然后把那些钱和衣服往高楠楠手里一塞，说：“楠楠，你跟我处事，最好不要客气！客气就说明你还没把我茅剑秋当成朋友！”高楠楠见茅剑秋神色郑重，不容她继续坚持，也只好抱着两包衣服告辞了。

高楠楠走后，梁晓月却对丈夫说：“你这个人，我真有些不能理解了。为什么对编辑这么看重？就是工商局和税务局的人来了，你也从不送产品，可对她们这些文人反倒这样热情大方？”茅剑秋说：“怎么，送一点试穿的样品你心疼了。刚才你对高楠楠不是很真诚的吗！”梁晓月却说：“你给高楠楠样品，我没有任何意见。我是说，杨瑶没有来公司，你为什么也要送呢？看来，你们的关系确实不一般呀！”茅剑秋见妻子又发了醋意，就说：“晓月，你就是这样不好，我和杨瑶有什么不一般。她是我从前出书时的责任编辑，她就是我的恩人。她是我人生最困难时候支持我的人，我们现在发达了，送她什么都是应该的！”梁晓月仍然心有芥蒂，嘟哝着说：“如果杨瑶是个男编辑，你就是把公司的时装送他一火车，我也不会有半句怨言。问题是有人早就在说你们俩的闲话了，你可要考虑自己的名声呢！”茅剑秋听了大怒，指责妻子说：“胡闹！你怎么总不能改掉那臭思想。杨瑶是那种不三不四的人吗？也就是你这种心胸狭隘的女人，才以小女人之心度他人之腹。难道男人和女人交朋友，就一定要把友情与暧昧联系起来？你呀，真该好好检讨一下自己的肮脏思想了！”说罢，他把手里的一把量衣的尺子往梁晓月面前一丢，甩手愤然离开了车间！梁晓月也发现自己有些过分了，想追上前去向他解释，却见茅剑秋已经出了车间大门。

第九章

拈花惹草的荒唐老公

进入 2013 年 9 月，浩渺的松花江烟波千里，在东北嫩江平原的蓝天白云下宛若一条曲曲弯弯的银色白练。茅剑秋来到松花江的发源地冰城，这里与他生活的 C 城一北一南，恰好形成等边三角形的两个端角。如果说 C 城是松花江的边缘，那么冰城则是松花江水流最为湍急的中心。茅剑秋望着那矗立江边高耸的抗洪防波塔和沿江建起的幢幢俄罗斯式小洋楼，仿佛置身在异国境内的江岛上。

他这次来冰城的主要原因，是参加在这里举办的一次秋季时装展销会。雄心勃勃的茅剑秋在拟订逐步向南方扩展经销市场的同时，也没有丢弃东三省的广阔市场。东北毕竟是他的故乡，茅剑秋为自己拟订的不断扩大的“剑月时装公司”五年计划中，一个重要的基点还是立足东北。只有牢牢占据东北几座城市时装的销售市场，才有可能让他独具特色的女装打进南方。因此，这次由东三省几家有影响时装和制衣厂家联袂筹划的“金秋松花江时装展”，作为主要参与者之一，茅剑秋自然当仁不让地来到冰城。他们公司的展台就设在国展中心巨厦的二楼，参观者进门就可见到茅剑秋的“剑月”品牌那异常显著的标志。以他们夫妻名字各取一字命名的女式时装品牌，几年来已经渐渐深得东北众多年轻女性的青睐。茅剑秋不是一个头脑简单的商人，他更是一个有思想和见地的作家。他注重的不仅是经济利益，重要的是产品的品质与品牌。茅剑秋一个与众不同的特点是他更看重时装的知识性和艺术性。茅剑秋一直认为：“时装的高雅与否，关键在于文化品位的高低。”他在冰城接受当地媒体采访时说过：“在国家逐步经济繁荣昌盛的年代，再也不能把服装当成简单的生活用品。尤其是女性的服饰，要求就更高了。因为许多富起来的女性，她们把服饰的新颖与否往往看成是生活品质是否真正得到提高的外在标志。所以我们的剑月品牌就要不断地更新换代，不断在调查市场需求的基础上推陈出新！”

在这次时装展销的开幕会上，茅剑秋作为C城较有影响的著名时装商家和董事长，在一阵热烈的掌声中走上主席台，他激动地讲了他们剑月集团此次参展的系列秋冬季女性时装。这是他利用三个昼夜设计的欧式风格的套装系列，被他命名为“马可波罗”女式系列。这套秋冬装中有女式黑色裘皮大衣、毛呢宽大衣、皮面紧身女式晚装、中式红缎面棉袄以及一些与之配套的女性黑色高腰靴和皮鞋等等。茅剑秋讲得振振有词，而且旁征博引，把古今中外的女式秋冬装特点，有机地结合在中式的设计之中。他不仅展出的女式秋冬装光彩照人，而且让人敬佩的是，还有一套让国际时装友人吃惊的时装设计理论。特别是俄罗斯及东北欧各国的客商，都欣赏剑月系列。茅剑秋的演讲不时被一阵阵热烈掌声和喝彩所打断。他顿时成了冰城时装展销会的重量级人物。他的大幅照片刊载在冰城晚报的第一版，成了冰城的新闻人物。

就在茅剑秋来冰城与会期间，他无意中发现一个大亨模样的男人，十分引人注目。此人五十左右年纪，穿一套米黄色西装，内里只穿一件雪白的衬衫，但不系领带。国字形的一张四方大脸，蒜头鼻子，阔口大眼，浑身还有几分潇洒和威风。茅剑秋见他只要在公众场合出现，身边总不断地更换着浓妆艳抹的年轻少女。这几天在时装展销的过程中，此人一直是场面上最为活跃的人物，开幕会上他在主宾席上还有个显著的席位，吃饭时他会携带至少两三个时髦少女出现在主要的席面上。而且只要他一出现，参加展销会的各地厂家代表，几乎都以羡慕与崇敬的眼神向他致注目礼。茅剑秋始终猜测不出他是何许人？莫非是哪一家大型制衣公司的老总吗？可他问过身边与会的客商，他们对此人的来历也都一无所知。茅剑秋对他趾高气扬的派头颇有些反感，就因他过于喜欢招摇过市或哗众取宠，似乎在冰城举办的这次时装展销活动，他就是权压群商的主角。尤其是每当晚餐的时候，此人往往不断举杯到各桌劝饮。让茅剑秋讨厌的是，不仅他成了会场和饭厅的核心，就连他身边两个女秘书也如影随形，跟着他到处哗众取宠，高声哗笑。

“这家伙到底是哪路神仙呀？”一次午餐，茅剑秋发现那人又醉了酒，在几个女人前呼后拥的搀扶下向厅外踉跄而去，这时他忍不住冲他背影唾了一口，说：“真没想到咱时装的队伍里，也混有这种不可一世的花花公子！你有钱当然可以养小蜜，也可以花天酒地，但不能目中无人，如入无人之境嘛！”桌边马上就有人纠正他说：“茅老板，他可不是咱一路人，据我所知他从不经营服装。人家可是冰城有名的地产大鳄呀！”

就在这时，那由几个如花似玉女人架到餐厅门口的大亨，突然“哇”的一声呕吐出口。顿时，正在吃饭的人们都闻到一股呛人的酒臭。茅剑秋慌忙掩住口鼻，心中顿时恶心反胃。但他没有办法。他探头一看，那几个女孩子已经吓坏了，围着那醉酒作呕的家伙，七手八脚地忙碌起来。有人替他捶背，有人为他找水，还有人爹一声娘一声地嗲叫。好像那大亨的呕吐，就是她们这些身边人的过错。最后，茅剑秋见几个女孩还是把他架出门去了，门前留下了一摊恶臭的秽物，弄得许多人都无法进餐，纷纷掩着口鼻逃也似的离开了本来香气四溢的餐厅。

茅剑秋一边看一边骂，他有些大惑不解地说：“你说他是房地产巨商，他来咱这服装展销会凑什么热闹，咱搞服装节莫非和他房地产商有什么关系吗？”那人说：“这你就不知内幕了，你要知道咱能在冰城开这么大规模的展销会，如果没有他姜有松的赞助，你开得起来吗？”

“姜有松？”茅剑秋对这名字好像有些耳熟，但一时又想不起在哪里听说此人。他仍然不因姜有松的赞助而赞许他的放肆，便愤懑地说：“你钱就是再多，也要有做人的德行。我不明白商人为什么这样无耻，也难怪古往今来，商人都被人称为奸商。看来还是没有钱好，没有钱的人他就会把自己老老实实放在普通人位置上。如果恃财就要傲物的话，还是没有钱的好。看来钱真不是个好东西！它容易让正常人变得忘乎所以，甚至还因为财大气粗不把别人放在眼中。你们说，跟在他后面的女孩子为什么不顾体面，还不是看中了他腰里的票子吗？”

“那当然了，房地产商嘛，可不能跟咱们做服装生意的人相比。”“是啊，如今房价一天比一天见涨，开发商的口袋里可就不同以往了！”“我就看不惯这种人，你可以在家里养女人，却不该把这些幕后见不得人的东西，也摆到光天化日之下，好像身边养上年轻的女孩，就是他身价的象征了！”“他妈的，真不是个玩意儿！”……茅剑秋身边和他有同感的赞成者大有人在。一时议论纷纷，都在指责姓姜的地产商敢在光天化日下放肆地花天酒地。

茅剑秋气得不行，他就看不起这恃财胡闹的人，听了周围的议论，他忽然说：“这姓姜的也太狂妄了，莫非他这样胡来，法纪对他就没有了约束？”

有人叹息：“唉，这年月，这类事多了。再说，你说他养小妞，也是民不举官不究的事，谁喜欢管这类闲事呀？”有人却不平地说：“那不对，他没有家吗？别人对他这种行径可以视而不见，可他老婆呢，他老婆为什么就不管一管？”

那知底细的人叹息说：“他老婆不在冰城，而在C城。你说，看不见也听不到，她怎么管得？”茅剑秋闻言一怔，就问：“她老婆是我们C城人？”

那人说：“那当然了，听说他老婆还是一个什么出版社的主任呢。姜有松和她是大学的同窗，而且他们还都是你茅老板一样的文人，姜有松从前据说也是个秀才，知识分子下海闹腾成他今天这种样子，也真算不容易了！”

“哦，原来……是他呀！”茅剑秋听到这里，不觉暗暗一惊。这让他蓦然想起高楠楠从前跟他提起杨瑶的家庭，高楠楠说：“杨瑶和她老公其实早就分居了，两人即使都在C城，也从不在一处住宿。她老公在C城至少有两所住宅呢！”直到这时，茅剑秋才想起姜有松的名字，原来他就是女编辑杨瑶的丈夫！让他做梦也没有想到的是，这次来冰城参加服装展销，竟在众目睽睽的场合遇上了杨瑶的丈夫。此前他总想像杨瑶这冰清玉洁的女人，她看中的爱人至少也是志同道合者。正所谓“不是一家人，不进一家门”的道理。而今他和姜有松的几次意外的邂逅，让茅剑秋大失所望。姜有松偶然出现在他们眼前的几个镜头，都是让人憎恶作呕的。姜有松和杨瑶根本就不是同一类人。姜有松不仅和杨瑶本质不同，就是他的行事为人、人生观和价值观肯定也南辕北辙，水火不能相容。他不明白像杨瑶那样聪明绝顶的女人，当初怎么一念之差误上了姜有松的贼船！

在参加展销会的几天中，茅剑秋格外注意姜有松的行迹。不知出于何种心理，他居然闲来无事时就跟踪起姜有松来了。他似乎想进一步了解他在冰城的所作所为，茅剑秋发现姜有松在冰城也有几处豪华住宅，而且他每夜都带不同女人分别前往不同的居所过夜。他经常出入的是一家韩国人开的夜总会，这里好像是姜有松的第二个家，只要他的宝马轿车开进夜总会后门的平台下，厅内马上就迎出一群花枝招展的艳丽女人。这些女人各个风流标致，千娇百媚，对挥金如土的姜有松也极尽取悦恭维之能事。茅剑秋悄悄躲在无人处监视着，心想姜有松难怪常年绝少回 C 城，让杨瑶一孤身女人独守空房过日子，原来他在这里另有寄托，而且金屋比比皆是，娇女更是层出不穷。真不是人干的！他还发现姜有松只要进了这家韩国夜总会，就要花天酒地玩一个通宵。这其中不仅有唱歌的包房，卡拉 OK、桑拿浴单间，还有光线暗淡、门禁森严的特殊公寓。姜有松每进一间房，都要不断更换各种艳美清丽的少女，他在这种地方可谓如入无人之境。姜有松挥金如土，在韩国夜总会他可以尽情打麻将、喝酒、掷骰子、唱歌，有时还和一些女人吃摇头丸，然后到舞池里搂着艳女们一阵疯跳。气得茅剑秋怒气冲天。看到姜有松在冰城如此胡作非为，再想一想在 C 城为作者苦苦熬夜编稿子的杨瑶，茅剑秋心里无法平衡，他甚至想马上给杨瑶打电话，请她过来亲眼看看她丈夫在冰城的所作所为。但冷静一想，他又觉得自己是在瞎管闲事，杨瑶仅仅是你的责任编辑，你有什么必要插手她的私人生活？再说，杨瑶又对他又一直避谈她和姜有松的关系。

尽管茅剑秋清楚自己不该多管闲事，可见到姜有松在会议期间的几个丑陋镜头，仍然暗暗替杨瑶不平。他眼前忽然浮现一幅虚构的画面：在C城某一豪华公寓里，夜已深沉。在幽幽灯光之下，仍有一个身体病弱的女子在那里翻书、阅稿或为作者认真改稿。她就是婚姻并不如意的杨瑶！茅剑秋越想越感到杨瑶的不可思议，也就越为她的忍辱负重愤愤不平。可他感到无能为力，因为他无法介入，在他和杨瑶极为有限的接触中，涉及姜有松的一切历来是杨瑶禁谈的话题之一。

坐在返回C城的车上。茅剑秋头脑中仍在想着冰城目击的种种场景，他在考虑回到C城以后，要不要把所见所闻告诉此时仍然蒙在鼓里的杨瑶。尽管她和茅剑秋此前的交往过程中，极力避谈自己的老公，可茅剑秋作为杨瑶的朋友，还是想把姜有松在冰城的情况委婉地告诉给她。他想提醒杨瑶留意丈夫的行为，同时也为她有效保护婚姻的健康存续做一点力所能及的努力。不过，这念头很快就被自己否定了！茅剑秋深知杨瑶是个冰清玉洁、自尊心极强的女人，在和她共事的几年里，他们虽是志同道合的合作伙伴，但在私人交往的层面，杨瑶始终自设一条不可逾越的界线。那就是她和茅剑秋这个作者，从来不涉及创作之外的任何家庭隐私。如果他茅剑秋真把在冰城见到听到的一切都告诉她，后果将是怎么样呢？让茅剑秋必须认真考虑的是，杨瑶是否接受他提供的信息。即便她对他提供的见闻不持异议，那么她又该如何对待此事呢？杨瑶会不会因此对他的思想动机产生误解？

他毕竟是一个男人，而且此前他与杨瑶的私人交往外界已有种种非议和谣传了。他现在想进一步关心杨瑶，显然已经超过了作者与编辑的关系。

茅剑秋想到这里，忽又想起不久前发生的一件小事。女编辑高楠楠来到他公司参观时，他委托高楠楠给杨瑶带去几件女性夏装。这对于茅剑秋来说就只是微不足道的小事，并没有任何深层的用意。可是，几天之后，高楠楠居然再次造访他的剑月公司。这一次，高楠楠是专受杨瑶委托的事情而来。高楠楠从挎包里取出厚厚一沓钞票，说："茅老师，前次您让我给杨姐捎的那几件衣服，她都很喜欢，也收下了。她穿起来也很合身，只是她再三表示，一定要我把衣服钱给送过来。您就收下吧！"

当时，茅剑秋真有些生气了。在他看来，自己和杨瑶自第一本书合作以来，眨眼已有十多年光景。彼此对对方的人品性格基本上都有了解，他当时要高楠楠捎几件衣服，也是出于友善的考虑。在他看来杨瑶也肯定会收下。但他没有想到，杨瑶竟让高楠楠把服装款亲自送了回来。这说明在他和杨瑶之间只能永远保持一清二白的工作关系，根本不可能越过雷池一步。

"茅老师，您不要多想。杨姐这人我最了解。她就是凡事认真的人。"高楠楠见茅剑秋有些不悦，只好苦苦做了解释，说："谁都知道，依您现在的情况，几件时装确实算不了什么大事，可事情如果放在杨瑶身上，那可就是大事了。为什么这样说呢？就因为她这些年一直受别人的猜疑和排挤。这些您也是清楚的，为了不给他人再提供口实，杨姐想避嫌这些小事，也是可以理解的。”

茅剑秋却赌气地说：“编辑和作者之间的关系确实越清白越好，可你高楠楠也是编辑，你为什么就不考虑避什么嫌呢？不就是几件时装吗？又不是送给她多少钱，担心有一天有人因此举报她受贿，这点小事至于这么郑重吗？再说，你当时不是已经替她付了款吗？”

高楠楠说：“我给的只是象征性的成本费，杨瑶说那么点钱是买不来这么多时装的。因此她非要我送钱不可。”

茅剑秋这次真生气了，就说：“她这是为避我的嫌呀！其实我值得她那么戒备吗！”

“我呀，我可不避什么嫌！”高楠楠这个开朗阳光的女孩，有着“80后”凡事无所畏惧的坦荡和乐观，她说，“可我不是杨姐，杨姐的性格和我截然不同，我是个天不怕地不怕的人。而她呢，总是生活在别人为她设计的阴影里，因此就活得过于谨小慎微了。她这样处处谨慎当然是好，可还是得不到别人的理解。其实有什么可怕呀，编辑又怎么了，编辑就不能有私人朋友吗。再说了，接受几件衣服也能扯上什么受贿问题吗？我才不怕呢！”

茅剑秋虽然不很高兴，但他仔细一想，杨瑶的处境毕竟与高楠楠有所不同。出版社复杂的人事关系，迫使她不能像高楠楠那样坦然处理外界的交往。何况沈跃龙始终在暗中寻觅可以彻底击败对手的有效炮弹，杨瑶就不得不小心恪守与作者关系的分寸。想到这一层，茅剑秋就收下高楠楠送来的钱，但他又关切地询问起杨瑶近几个月在社里的情况，以及她病情是否稳定。

高楠楠说："杨姐的病目前还没见复发的迹象。听说她还在不间断地吃药呢！至于您问的工作状况，可以用三个字来概括：乱、忙、急！"

茅剑秋眉头皱了皱："忙，当然可以理解，她有大半年不上班了，编辑室的事情千头万绪，当然要忙一阵子。可是，乱和急是什么意思？"

高楠楠说："沈跃龙在文艺编辑室当主任的时候，虽然他联系了一批写诗、写纯文学、写散文的作者，可是等杨姐接手的时候，摆在她面前的就是一个烂摊子！沈跃龙从前联系的作者，当然也有一些京城的名流，可他不想把这些人的联络方式交给杨瑶，他说这些旧关系早就中断了。还有一些作者，沈跃龙在主持文艺编辑室的时候就已经得罪光了。因为那些作者在和他合作的过程中，发现他人品不端，还有向作者索求财物的情况。因此，他能交给杨瑶的作者联络名单，大多是一些生活在省内的普通作者，他们中能提供有分量稿子的人不多，有些人甚至还是刚学习写作的白帽子。你说，杨姐从沈跃龙那里接到的这个作者'联络图'，究竟有什么实际意义？还有，从沈跃龙当主任起就经常拖欠作者的稿酬，周慧副主任主持工作期间，编辑室的人事关系也搞得非常紧张，彼此明和暗不和。有些编辑因为周慧喜欢拉一伙打一伙，有抱小团体的现象。你说文艺编辑室这烂摊子好收拾吗？"

"唉，怪不得把杨瑶塞到那个编辑室去了，真是用心良苦啊！"茅剑秋听了这些，很能想象身体仍然虚弱的杨瑶，如何挑得起这副沉重的担子。他想了想说：“既然是个烂摊子，能挑就挑，不能挑也不至于为此疲于奔命嘛！我想，杨瑶就是再有敬业心，如果想在这种环境做出什么成绩也是难的。既然如此，她为什么还要急呢？”

“急，这是杨瑶的一贯性格！”高楠楠对杨瑶当前面临的处境也有几分担忧，就说：“现在已经是下半年了，再过几个月，2013 年的春季图书订货会又到了。茅老师，依照我社的惯例，文艺编辑室是要在订货会上挑大梁的。图书的码洋早就有人为他们确定了，而且指标比往年都要高，比周慧负责时期的任务几乎多了一倍。您想，这么高的定额任务，如果在杨姐手上不发一两部有卖点的书稿，她怎么完成任务？所以，她现在真有些发急发狠了呀！”

茅剑秋也为杨瑶肩负的沉重任务感到为难，便说：“你们社领导也有些问题。杨瑶从前没有编过文艺类图书，她还生着病呢，为什么还要给她肩膀上压这么重的担子呢？”高楠楠愤愤说：“还不是那个姓沈的搞的。听说他在班子讨论明年任务的时候，始终坚持要把文艺编辑室的任务加码。当时，董琪就提出过您所想的问题，可沈跃龙却说：‘你们都没有我了解杨瑶的能力，她虽然生病，可她对工作的热情大着呢。这点任务对她来说，就是小菜一碟。’后来由于任务指标平衡不下来，康社长也同意沈跃龙的意见了。就这样，任务硬性地摊派下去，杨姐文艺编辑室的任务比我们多了一半。您说，他这不是有偏向吗？在讨论我们文史编辑室任务指标的时候，沈跃龙第一个站出来替周慧说话。为她摆困难，减任务。同样一件事，就是两种待遇，杨姐活得真窝囊啊！”

茅剑秋一言不发。他心中有一股无法发泄的火气，虽然是出版社的事情，可他仍在为杨瑶暗暗打抱不平。他忽然把手在桌上重重一拍：“如果我是杨瑶，干脆就撂挑子不干了！与其像她这样受人欺负，倒不如来我们剑月公司帮我搞搞服装呢！”

“她呀，才不能跳槽呢！别说这么大的困难，从前就是职务提升时有人那么打击她，杨姐也没有松过口。其实她老公有很强的经济实力，她就是现在提前退休，生活也没有任何问题。只是杨姐这个人，她的心思都在编辑这个职业上。她对我多次说过，这辈子她对编辑的感情是任何职业都替代不了的。”高楠楠爱莫能助地叹息一声，解嘲似的对他笑笑：“刚才我说她急，就因为这些任务逼的呀。为了能完成明年的任务指标，杨姐早在设法联系一些有名望的大作家了。她对我说过，好书不需要太多，只要有名家出面，写一本两本就可以让文艺编辑室转危为安。可惜名家看不中我们这个小社，尽管如此，杨姐现在还在打名家战略呢！”

“哦？”茅剑秋对出版界多年依赖著名作家支撑门面的做法很是不以为然，就说，“没想到杨瑶也这么迷信名家！是的，我知道一些纯文学作品出版以后究竟能不能有可观的印数，一个关键条件就是看作家的名声响不响。可是，我就不信那些名家的作品当真本本都是佳作，杨瑶怎么也会有这种思想呢？”

高楠楠说：“不管他们的书是不是佳作，现在卖的就是名气呀！这也是当前图书市场的规律，不怕你不相信。前些时北京有一个出版人就公开说：只要抓到一本名家的书，无论写得好坏，印他们的书就像印钞票一样。这不就是一种时尚和潮流吗？”茅剑秋却不以为然地摇头：“我就是不相信这靠名人名气出书的日子能过得久。如果名家的新书真好，那么它引起轰动就是可以理解的。问题在于这种靠名气弄出来的书，是不是真好呢？读者上当受骗以后，将来究竟还会不会继续受愚弄？出版社如果只顾名气而不顾读者的利益片面追求所谓的轰动效应，楠楠，说真的，对此我实在不敢恭维！”

高楠楠忍不住笑了：“茅老师原来也是个务实的人呀，怪不得你的书发表几年以后还能再版！不过，这也怪不得杨姐，她现在手边没有可以造成轰动的任何一部作品，就只好到处托人去联系著名的作家。为了联系北京一位有名气的大作家，她已经想尽一切办法，还调动了她在北京所有的关系。包括她的同学和亲属，最后她总算搞到那位作家的地址和电话。可是，沈跃龙知道以后不仅不同意杨姐去北京，还给她泼冷水，要她电话联系就行了，因为社里的经费有困难，不同意她亲自去北京面见那位知名作家！你说她有什么办法？”

“真是混账！”茅剑秋听到这里，脸都气红了。他没想到沈跃龙当年因为一部退稿与杨瑶结怨，几年过后甚至连外出约稿的机会都牢牢地卡住。他愤愤骂道：“他这是想让马儿跑，又让马儿不吃草！杨瑶怎么就这样死心眼。如果是我，索性什么也不干了，就等着完不成任务，看他姓沈的有什么办法！”

高楠楠说："后来杨姐为约稿还是去了北京和上海。不过，旅差费现在还悬在那里，她是经董琪副总编同意才去的。沈跃龙听说以后，要康社长不许为杨瑶这次出差报销票据，您说，这成什么事了！"

如今，茅剑秋又回到C城。一路上始终都在想着杨瑶，想着去冰城和姜有松的几次远距离接触。他虽想应该把姜有松在冰城花天酒地和拈花惹草的荒唐行径告诉杨瑶，但考虑后果又不得不将此事隐瞒起来。可他又有些不甘心，如果长期对杨瑶封锁消息，这种事他无论如何做不到。茅剑秋觉得杨瑶既然是困难时期帮助过他的朋友，他就应该对她以诚相待。不过如果当面说清原委，后果确实堪忧。杨瑶毕竟不想和他涉及与家庭相关的任何事情，他如果直言肯定不妥。能不能把此事告诉女编辑高楠楠呢？可像高楠楠这么聪明的女孩，她能当面对杨瑶去谈这些难以启齿的话吗？高楠楠同样也做不到。那么，我可不可以把这些事写成小品文之类，发表在报上呢？那样，杨瑶就通过报上的文章，对丈夫在冰城所作所为有所警惕了。只是这种办法的效果如何，茅剑秋一时也无法估计！

崇拜名家的杨瑶走了弯路

不久，茅剑秋果真写了一篇千字小稿《十五的月亮》，他根据网上一个小笑话，充分发挥，意在影射，挥笔即成妙文，发表在省城《松江日报》副刊上。这篇文稿茅剑秋写了个远离妻子在外地打拼的企业家，在八月十五中秋节的夜晚，他同时与四个漂亮姑娘分头相聚的故事。偏偏就在美好月光下与第四个少女偷欢享乐的时候，远在外地的妻子忽然打来一个电话，问候她丈夫节日好。而这位同时拥有四个情人的企业家，则在电话中对妻子说："在这月光如水的美好夜晚，我不能和你在家里共度良宵，实在过意不去。亲爱的，请原谅，我没有在节日里沉溺声色，我现正与四位非常重要的商客紧张地洽谈生意。这四位商客一个比一个重要，一个比一个对我有极大的吸引力和诱惑力。因此请你原谅，我必须在十五的月亮底下一个个和他们见面，一个个地解决问题，不然我的生意就要面临危机。"坐在他大腿上曲意缠绵的小情人这时狠狠地亲了他一口，"叭"一声亲嘴声，正在听电话的妻子马上发问："这是什么声音？"企业家说："没什么呀，嘿嘿，刚才我不慎放了一个屁！"不料搂他脖子亲嘴的情人听了，又忍不住"扑哧"一笑。这突然而来的哑然失笑，让远在外地家中的妻子立刻尖叫起来："这次又是哪一个在放屁？听声音好像是个女的吧？"

《十五的月亮》其实是茅剑秋有意胡诌的荒唐小品文。对于一贯严肃为文且又从不写"豆腐块"的茅剑秋来说，这是开天辟地第一次。他想利用这小品文，给仍被姜有松蒙在鼓里的杨瑶做个善意的提醒。可是，这篇只有千字的短文，如果摆在杨瑶桌前那几张大报中间，只占了小报的一角。她肯定不会注意的。于是，茅剑秋便把那张小报装进一只牛皮纸信封里，挂号邮寄给松江出版社的杨瑶。他还特别用红笔在他那篇不引人注目的"豆腐块”周围画上一个偌大的红框，意在让杨瑶注意阅读，并从中受到启发！茅剑秋认为她如见到他寄来的这张小报，见到他这篇特殊的小品文，肯定能引起种种猜测与联想。因为茅剑秋从来就不是一个喜欢张扬的人。一些他发表在北京、上海有影响大报上的文稿，茅剑秋从来都不曾寄给杨瑶以示炫耀，为何此次发表一个不伦不类的小文，竟然要挂号寄给她亲阅呢？以杨瑶的智商和认识事物的能力，她肯定会从他《十五的月亮》中触类旁通，联想到许多与她相关的人与事！这样一来，茅剑秋的用意就已经全然达到了。这样做既不伤害杨瑶的自尊和面子，同时也可以尽他这朋友的提醒之责！

茅剑秋寄出小报以后，整整一星期都在注意手机中有无杨瑶的短信，或者是她突然打进来的电话，询问他寄这类无聊小报的真正用意。如果那样的话，他就可能对真人不说假话了，他甚至会把姜有松在冰城的全部情况如实向她和盘托出，以期让她勇敢走出被姜有松愚弄的不幸困境。然而杨瑶并没有电话打来，也没见她发来任何短信息。好像杨瑶并没有把他寄去的小报当一回事，或者说她阅后一笑了之，信手就把小报揉成一团，丢进桌下的纸篓里去了！茅剑秋为此有点隐隐的失落，但他很快就心境平和，坦然如常了。毕竟朋友一场，他已经用他认为合适的方式，尽到了朋友之责！这样他的心也就安然恬静了！

就在茅剑秋渐渐把这件事淡忘的时候，一天，高楠楠突然打来一个电话，兴冲冲地说：“茅老师，今天你该请我吃饭了吧？”茅剑秋有些意外，想不起他何时对高楠楠有吃请的许诺，高楠楠见他一时没听懂其意，又进一步点明情况："因为今天你有了好事，所以我在向你报喜的同时，一定要吃你一个喜的！"茅剑秋还是不知所云，不过他还是马上同意宴请这位热情的女编辑，说："宴请倒是可以，只是你最好先告诉我有什么喜事？"高楠楠仍在电话里卖关子，说："现在还不能说，到时候你摆上了酒，我才给你一个惊喜！"茅剑秋索性不再猜测，只说："那好吧，晚上六点，鸿宾楼三楼雅座见！"

C 城的 10 月，秋色渐浓，松花江边的行行绿柳多在萧瑟秋风中落叶片片。茅剑秋提前来到鸿宾酒楼，预订了一间临江的雅座。他无法知道高楠楠有何事向他当面报喜，不过他此时急于想了解杨瑶的近况，因此他期盼着和高楠楠的见面。不多时，就见穿着春秋衫的高楠楠飘然而至了！原来，这姑娘为他确实带来了喜讯，她手中捧一包新书。拆开一看，正是他前几年由杨瑶编发的《盛京春秋》和《古城斗枭雄》两本样书。

"茅老师您看，这是我们重新包装的书，封面也是重新请人设计的，如何？"高楠楠把散发着浓烈墨香的样书摆放在茅剑秋面前，以胜利者姿态说："有这么好的两本书同时再版，莫非您就不该请我吃饭吗？"

"应该应该。这两本书再版做得果然面目一新。我冷眼一看，好像香港版的图书，封面设计很有特色！"茅剑秋把两本书捧在手里，就像欣赏自己的孩子一样沾沾自喜！这时，服务员开始鱼贯而入，接连上酒上菜，半晌，他对高楠楠说："可惜我事前不知喜事究竟是什么，不然，我们应该把杨瑶也请来。因为她是这两本书的原责任编辑。她如果来了的话，咱们的酒才喝得更有滋味，楠楠，你说是吧？”

高楠楠开启一听可乐，爽然地喝了一口，然后脸色一沉说：“本来我也想到这一点，也向她说您请我们两任责编共同到鸿宾楼吃饭的。可她就是不肯来。唉，杨姐如今哪还有心思喝酒呀？”

茅剑秋一直在等盼杨瑶的消息。因为他不相信杨瑶看不懂他寄小报的意思，可杨瑶那里居然毫无任何反应，这反而让茅剑秋心神不安。他担心杨瑶和姜有松之间，是不是早在他在冰城发现问题之前，这对名存实亡的夫妻就已经发生过什么尖锐的冲突。现在听高楠楠这样说，急忙追问：“杨瑶为什么没心思喝酒，她遇上什么麻烦了吗？”

“唉，何止是麻烦？简直就是逃不过的火焰山啊！”高楠楠以饮料代酒，和茅剑秋又碰了一杯，然后说，“前次我把杨瑶的情况已经对你说了。茅老师，如今我们全社都把眼睛盯在杨姐身上，可她这次恐怕真要出问题了。为什么这么说呢？就因为她这次跟沈跃龙又较上劲了，非要把文艺编辑室这烂摊子从根本上改变局面，所以她从夏天开始就打起了名家战略。杨姐两次前往北京、上海和西安请几位当红的名家为我们社写稿。当时，她抱的希望确实很大，杨姐是希望请几位国内当红的纯文学大家给我社撰写小说的。当时，北京那位有名的大作家最后总算答应下来了。原因是杨瑶为了我社，不惜一切代价在北京到处托关系，才把那位作家请到饭店里。席间他见杨瑶为我社这么卖力，再加上有中间朋友们替她游说，作家就当场同意在10月份交一部稿子给我们。可杨瑶哪里知道，北京作家寄过来的书稿，根本就不是什么长篇小说新作，而是他从前在刊物上散发过的一些短篇小说。像这种短篇集子，虽然可以出单行本，不过，读者的购买力相对比一部新长篇要少得多。她好不容易用高价弄到手的竟是个大杂烩，沈跃龙第一个站出来吹冷风。他说，如果想出一本他的集子，根本就不必花那么大本钱托关系请客，只要找人把他散发在国内杂志上的短篇搜集搜集，再由编辑们改换一下标题，就可以出版了嘛，又何必大费周章？”

茅剑秋也感到这次杨瑶做了件傻事。看得出她出院以后，所走的编辑之路很受当时风行出版界“名家”思想的影响。因片面追求名家而忽略了文学作品的独创性，同时也犯了读者厌烦反复炒作名家之大忌。他叹了一口气，说：“楠楠，这位北京名家的短篇小说集，卖得究竟好不好呀？”

高楠楠说：“沈跃龙这次对杨姐的批评其实并不过分。这本集子据管发行的卓越副社长估计，最多也只能印三五千册。因为目前还是纪实作品占上风，纯文学作品无论是哪一个大作家写的，仍然超不过万册的发行水平。茅先生，问题的关键还不在这本集子能印多少册，而在于杨姐她不该对北京那位大家抱不切实际的奢望。其实一顿北京饭店的宴请，是根本不能让那个作家同意把新作交给我们松江出版社的。而杨姐为了过分追求名人效应，事前在社里就造成了影响，好像她这次要在文艺编辑室打一个翻身仗似的。因此才让等在那里看笑话的沈跃龙再次找到了攻击嘲笑她的话柄。唉，杨姐这回恐怕很难走出这个麦城了！”

茅剑秋心情顿时低落。为杨瑶面临的窘境充满了发自内心的惋惜和担忧，他沉默有顷，又问：“楠楠，你不是说杨瑶同时也约了上海、西安著名作家的新作吗，中国文坛历来重视陕西作家群，而上海也有一批相当活跃的作家。北京这位老先生既然指不上了，那么东方不亮西方亮嘛，只要有上海和西安的作家推出新作，我看还不会像沈跃龙估计的那么悲观？”

“可也不像你想的那么乐观呀！”高楠楠伶牙俐齿，边吃边摇头叹息，“上海当然有几位作家想和我们合作的，其中有一两位还是在全国性奖项中得过荣誉的人呢。可杨姐和他们一谈，版税的要价就高得惊人。这种要价如果放在一家有实力的大出版社，也许可以承受，但我们社怎么敢接这费力不讨好的稿子呢？不仅沈跃龙百般不肯，就连新来的董琪和纽丽琴听了，也都纷纷摇头。你说，这不是白跑一次上海吗？杨姐这个人，就是好强，如果当初就守着沈跃龙交给她的烂摊子混日子，有什么稿就出什么书的话，最后就是完不成任务，也是责任人人有份。杨瑶毕竟刚刚接手，现在这种局面又不是她造成的！可她呢，非要干出点成绩来不行，你说，现在这局面怎么收拾呀！”

茅剑秋仍在固有的思路上追寻理想的结局，说：“西安不是说很有希望吗？西安的作家这几年可是不断有震撼之作震动全国，如果你们松江出版社能弄到他们当中一位的新作，也同样可以让杨瑶转危为安。你说是不是啊？”

“谁说不是呀？”高楠楠大口吃肉，大口喝酒。她似乎对杨瑶此时的困局已经无能为力了，又见茅剑秋揪住此事不放，就猜出他是担心杨瑶的最后结局过于尴尬，便说：“西安的功夫杨姐同样没有少下。杨姐对我说过她心里憋屈得很，夏天的时候她一个人冒着酷暑来到西安，她的目标当然是那位全国名气很响的作家了。杨姐能够结识他，是因为杨姐一位大学同学当时就在陕西省委任职，而且职务还相当高。她有这么大的面子，才请到那个作家到场吃饭。席间就谈到他马上要杀青的长篇小说，尽管那位作家有些不情愿把稿子交给咱们北方一家没有名的小社出版，可因为杨姐那位老同学的面子大，最后那位作家不仅同意把他的心爱作品交给我们出，而且索要的版税也比较合理。杨瑶当时就有大喜过望的感觉，并马上打回电话来，准备趁热打铁和那个作家签合同再说。可是，哪里知道，接电话的偏偏就是沈跃龙。他说对西部的题材他有点拿不准，还要好好考察一下市场再定。这样一来，杨瑶就只好回到了 C 城。其间她每天都打电话和西安那位作家保持联系，而沈跃龙却故意拖延时间，到了九月初，西安的作家给杨姐发来一份电子邮件，也就是最后的通牒了，说是如果想要他的稿子，必须在三天之内签约，否则他将另选其他出版社了。杨姐又急又气，找沈跃龙把好话说尽了，可他又推给了副总编董琪，董琪这时偏偏又有事公出不在家。杨姐只好去求康平，康社长这个门外汉当然不了解西安那个作家的分量，也推说要等一等董琪和纽丽琴都在时开会确定。如此一拖，谈好的事情就泡汤了呀！”

茅剑秋从心里替杨瑶不平，然而他作为局外人，也只能忍看一场悲剧的悄然落幕。只听高楠楠愤愤不平地说："茅老师，你猜结果怎样？三天过后董琪回来开会研究了这件事，董琪和纽丽琴都积极支持和西安作家签约，可是已经晚了。人家的作品不仅已经和北京一家出版社正式签约了，而且这家出版社在一本综合性文学刊物上已经捷足先登地刊发了西安这位作家书稿的部分章节。唉，一本可以让我们社彻底大翻身的重磅书稿，就这样和我们拜拜了！最近我才听说，这本书马上就要出版了，首印就是80万册！我的天啊！"

茅剑秋这顿饭吃得并不快活。尽管高楠楠仍然局外人似的海吃海喝，可茅剑秋却面对满桌珍馐，无从下咽。杨瑶毕竟是他曾经的责任编辑，而今虽然彼此有一段时间不曾联系了，但他只要听说杨瑶的事业不顺，就无法坦然地吃酒。回到家里以后，茅剑秋还在想高楠楠的一番话，他很想给杨瑶打个电话，对困境中的她做些安慰。可他刚操起电话，又放下了。茅剑秋实在没有什么话可以真正起到安慰对方的作用。杨瑶目前面对的难堪处境，并不是他三言两语就可以解决的。不过，他又有些不甘，想起杨瑶现在的艰难处境，就想起自己从前在辽县下岗时生计无着的窘况，而那个飘着大雪的严寒冬天杨瑶亲自前往探望他的往事，就会像电影画面一样一幕幕浮现在他的眼前。

夜里，他打开书房的柜子，里面有一沓打印清晰的厚厚书稿。灯下，他把厚厚的稿纸捧到桌前披阅，这是一部长篇小说书稿，题目为《野狼湾》。这部书稿的一行行文字，就是茅剑秋早年插队生活的真实写照，也是他走上文学之路的珍贵处女作！早在他执笔撰写《盛京春秋》之前，中学毕业的他就下了乡，插队期间他在内蒙古大沙漠里亲历的艰难生活与险恶的处境，在今天看来似乎早就成为了历史，然而在茅剑秋眼中这就是他曲折人生最初起步的庄严序曲。《野狼湾》记述一批从县城下放到野狼湾的知识青年，在荒无人烟的沙漠深处——一个叫野狼湾的地方，插队落户以及与沙漠深处凶恶狼群进行殊死搏斗的传奇经历。这部作品与一般司空见惯的知青题材的迥异之处，就在于它并没有直接写“文革”期间与阶级斗争相关的内容，而是把这个知青小分队的生活天地，全然局限在一个人称“野狼湾”的沙漠腹地。这里没有一棵柳树，也见不到人称沙漠绿洲的草原，却有着一只只夜间出没的凶恶野狼。知青们的斗争对象不是通常所说的阶级敌人，而是无边瀚海沙漠和那些随时都有袭击村屯羊群可能的危险野狼。

本来，茅剑秋写这部小说的初衷是为给自己的人生起步做个文字的记载，当时他并无拿出来发表的念头。这二十多年来，茅剑秋本来有拿出来寻求发表的机会，但他并没有这样做。他认为《野狼湾》与《盛京春秋》《古城斗枭雄》截然不同。后两部都是历史纪实，只为生存的需要，马上拿出来换得稿酬，作为稻粱之谋，以解他和一家人的生活之急；然而《野狼湾》在茅剑秋心中则是一部尚需不断加工的小说，在千锤百炼之后才能问世的真正艺术作品。他为此已经花费了二十几年时间，其间他几易其稿，不断增删。即便他来到省城创办剑月公司以后，仍然还在加工润饰，极力想把它打造成一部经得起时间考验的精品之作。茅剑秋为此不仅对书中人物颇下功夫，力求人物人人性格鲜明，各个栩栩如生，刻画得格外细腻入微。茅剑秋想把《野狼湾》打造成一部可以传世的作品，当然并不急于求成。他把书稿中的一词一句，都力求精练到最讲究的程度，局部细节要力求符合当年他插队时的生活实际。“语不惊人死不休”，一度就是他修改这部长篇小说的座右铭！

如今，《野狼湾》已经修改不下七八次之多了。茅剑秋现已基本满意，《野狼湾》的思想性、艺术性都是他写作生涯中最为满意的一部书稿。前几天，茅剑秋到北京参加一次商务洽谈活动，其间一位友人从中牵线，与一家国家级重要出版社的总编在长城饭店见面，当他把《野狼湾》的创意刚讲出来，马上就引起了对方的高度重视。他们要求茅剑秋越快越好地把这部以他本人插队生活为背景的长篇作品尽快寄给他们。如果他们一旦出版，就会借助媒体展开大规模炒作宣传，力争让茅剑秋一鸣惊人！而现在，茅剑秋忽然改变了主意，他决定把这部重要的书稿首先交给杨瑶。如果她看好这部稿子，那茅剑秋情愿舍弃北京那家重要出版社。因为他面对的是在困境中无法自拔的杨瑶，明年春季的订货会，如果杨瑶主持的文艺编辑室拿不出一部可在国内有震撼力的长篇新书，那么她必将面临更为严峻的困境。这天夜里，茅剑秋一直在想如何帮助杨瑶，他知道杨瑶现在不缺少安慰，虚情假意的好言劝慰，对杨瑶无济于事。摆在茅剑秋面前该做的事情只有一个，就是用他的行动支持杨瑶。除此之外任何漂亮的语言都显得多余。

茅剑秋开始在灯下写一封短信：

杨瑶：

久疏音讯，非常想念！不知近来身体状况可好？关于你的身体和疾病，我想关键还在于人的精神，只要你的精神状态一天天好起来，疾病是一定可以战胜的！

现将我写了十多年的一部书稿奉上，请你百忙中阅正。

我知道你主持文艺编辑室的工作，最急需的是国内有影响作家的作品，而我只是个普通作者，并不是你希望的全国性名家。因此我给你寄去的作品，是否符合你的要求，尚不能肯定。不过我仍然这样想，出版社追求名家效应的做法，无疑符合当今图书市场的形势。不过从长远发展的眼光来看图书市场，我以为读者的需求才是第一位的。因为读者真正的需求并不是名家和名气，而是渴望不断有高质量的文学作品面世。只要记住了读者的需求，我想有一天你会从被所谓名家统治的图书市场怪圈中走出来。

当然，并非我的拙作比名家的作品还优秀。到现在为止，我仍然不是一个真正意义上的作家。我只是个经商之余喜欢拿文学当作消遣的人。因此，我这次主动向您投稿，并不是要求您一定出版它，只是想听一听您的意见而已！

祝好！

茅剑秋 即日

次日上午，茅剑秋派人亲自把书稿《野狼湾》和他的一封书信，送到松江出版社，亲手交给了杨瑶！自此，茅剑秋悬着的心才稍稍有所平缓。在他看来，无论杨瑶能否看中他的作品（因为这并不重要），重要的是他想在她最困难的时候，最好帮她做一点事！

第十章

《野狼湾》可能是块金子

杨瑶收到茅剑秋寄来的书稿，难免有些意外。

因为她感到有点突然。一、事前茅剑秋从来就没对她谈起在写《野狼湾》这部书；二、她并不知道他早在撰写《盛京春秋》之前，就已经开始动笔写作这部长篇小说了。杨瑶所了解的只是茅剑秋在《盛京春秋》和《古城斗枭雄》发表之后，他散发在国内报刊上的纯文学作品。因此在收到这部厚重的长篇小说时，她的心情是极为复杂的。首先她感动于茅剑秋对自己的雪中送炭：就在杨瑶苦于没有文艺作品可发的时候，茅剑秋竟然不失时机地寄来这样一部经过多年精雕细刻的长篇书稿。此时她尽管为彻底打开局面，解决接手不久的文艺编辑室没有相当分量稿子发表的难题，已经整整折腾了一个夏天，但到了秋天她仍然所获无几。手边除北京那位老作家的短篇集之外，几乎没有什么像样的作品可以推上台面。沈跃龙昨天还在会上点她说："明年春天的图书订货会有没有重头戏，现在就只有看文艺编辑室了！我相信杨瑶到职后决不会空忙一场！"她完全能听得出对方的弦外之音。也看到对自己一度寄予厚望的副社长纽丽琴、副总编辑董琪也向她投来关切的目光。杨瑶自知如果她今年真拿不到一部像样的拳头作品，肯定是无法过关的。然而茅剑秋在这时寄来的长篇小说《野狼湾》，莫非真能成为转败为胜的书稿吗？

杨瑶对茅剑秋的创作水平从不怀疑。不过，她了解的仍然还仅仅是他撰写的历史纪实作品。至于茅剑秋的纯文学作品究竟写得如何，是否可以达到纪实文学《盛京春秋》的轰动效果，杨瑶一时还心中无底。因为中国的文坛历来重视纯文学而轻视俗文学，茅剑秋的两部书稿她编发出版后，虽然受到广大读者的厚爱，然而这并不等于同一作者的纯文学小说也能得到社会和读者的认可。杨瑶深知茅剑秋在纪实文学领域现在可称得上是小有名气的作者了，但他在纯文学领域目前尚无任何影响。同时她也还不了解《野狼湾》这部作品究竟写得如何。因此她在收到茅剑秋书稿以后，并没有寄予太大的厚望。茅剑秋毕竟是省内作者，这显然与杨瑶在接手文艺编辑室时拟定的约稿方针不相符。杨瑶的目光始终向上看，瞄准的也就是在国内有影响的几位纯文学作家。他们都生活在北京、上海和西安等地。而今她经过一番苦苦地求索之后，才忽然意识到自己的能力有限，那些国内名声远扬的作家，作品的产量一直非常有限，而且即便偶有新作，也大多交给北京几大出版社隆重推出。她只要把松江出版社的名片一亮，对方往往就不肯买账了。杨瑶在奔波徘徊一圈后再回到C城，她忽然变得心灰意冷。在困境中杨瑶也曾寄希望在省内作家中寻找出路，然而，她反复考虑过了，都感到达不到她希冀的水平。不是功力有限，就是知名度不足以在全国引起震撼，而如今茅剑秋的书稿不约自来，让杨瑶一时反倒举棋不定了，暗想“他行吗？”

不过，杨瑶仍然还是连夜披阅了这部书稿。开始时她也以为《野狼湾》不过是一部描写知青生活的普通书稿，在知青这一较为陈旧的题材方面，几年前早就有几部作品获得好评了。而今茅剑秋又来重复这别人早已写过并均已获得成就的题材，他又如何能够轻易获得成功呢？不过，随着她阅读书稿的深入，就渐渐被茅剑秋笔下人物和特殊的生活环境悄悄吸引了。当她读到深夜12点时，耳边似乎隐隐听闻那隐藏在瀚海沙漠深处的凄厉狼嚎之声！天啊，她好像在午夜时分忽然步入绝境，眼前现出一片内蒙古荒凉恐怖的原始草原。但茅剑秋笔下的内蒙古草原，又不是她从书本上曾经有过的印象：“天苍苍，野茫茫，风吹草低见牛羊”的碧绿原野，在茅剑秋那支神笔之下，居然变成了一片偌大的裸露着雪白沙海的恐怖旷野。就在作者设计的这一特殊环境中，出没着一伙从东北边城来插队的知识青年身影。杨瑶发现这本小说不再是那种按固定老套子进行虚构的故事，而是作者当年亲自经历的插队生活的真实写照。让她感到更为惊诧的是，茅剑秋写任何东西确实都有他独特的视角，他这次在书稿中并没有那一时期普遍存在的“知青写法”：内蒙古牧区中的“阶级斗争”。而是独辟蹊径地描写了知识青年与大自然——恶劣大沙漠与瀚海中神出鬼没的野狼之间所进行的殊死斗争。杨瑶忽然感到这是国内前所未有的题材和新领域，首先在题材上做到了出人意外的重大突破。沙漠和狼，这在所有知青题材作品中是绝对少见的，仅凭这一点，就可堪称得是一部有价值的作品了。

再往下认真读，杨瑶仿佛身不由己地被作者引入一个她全然陌生的境地。偏僻、荒凉、野狼出没的内蒙古大荒原。萧瑟寒风中几欲倾倒的蒙古包、难得一见的放牧者身影以及在奇寒逼人的三九天冻死在一片冰河中的骆驼。那些成群而至的饿狼们竟在知青们经过的地方突然出现了，而且顿时围成了一个难以突破的包围圈。在进入狼的世界之后，杨瑶才惊讶地发现，那些本属人类死敌的野狼，居然在与知青的殊死搏斗中知难而退了。而知青们在一场与野狼的殊死厮杀中，有两人竟然壮烈牺牲在野狼凶猛的袭击之下……

杨瑶没想到貌似文弱的茅剑秋，怎么可能在自己笔下再现如此让人读之震撼的场景？她凭多年编辑生涯所积累的阅稿经验，一眼便可意识到，茅剑秋在纸上展现的人与野狼斗争的场景是波澜壮阔的，这些让人心底发生震撼的文字，绝非对当地人生活一无所知或者只有理性认识而无亲身体验者所能诉诸笔端的。

小说的主人公是一位和茅剑秋有着相似生活经历的年轻人，他的名字叫王兵。他初涉内蒙古大荒漠的时候，是一个既怕狼也怕风的瘦小男孩儿，可是，他在沙漠瀚海中整整生活了三个春秋后，最终他变成一个敢于和野狼共舞的纯正牧民！野狼湾原来只是一个荒无人烟的沙漠沟壑而已，然而十年过后，王兵和他的知青战友们在这片沙漠上栽种的小树苗，居然齐刷刷长成偌大一片枝繁叶茂的滔滔林莽。毋庸置疑，让杨瑶越读越感觉新奇的，还是以王兵为首的一伙男知青在沙漠中和成群野狼不懈搏斗的传奇故事。尤其是为了保护生产队羊群不受野狼的夜袭，王兵在与野狼鏖战的日日夜夜，终于摸清野狼的行踪规律，并一次次地消灭狼群中的“狼头”。经过九年的荒原生活，王兵成了野狼们望而生畏的“人类朋友”！

杨瑶读至凌晨时分，书稿已经翻阅过半。这时忽然一阵倦意袭来，可她刚刚熄灭了灯，合上眼睛打了个盹儿，脑际蓦然飘来一两声凄厉的狼嚎。于是她倦意顿消，重新开灯，再把那书稿捧起来读，就这样，她几次放下，又几次情不自禁地披衣而起。在幽幽灯光之下，杨瑶全然进入茅剑秋为她用笔墨营造的人与狼共舞相搏的陌生世界！这是一场人与自然艰苦卓绝的斗争画卷，也是当时中国文坛极少有人涉猎的全新领域。这些年来，杨瑶一直在利用有限的工余时间刻苦读书。特别是她被任命为文艺编辑室主任以后，工作的沉重压力迫使她必须不间断地进入纯文学天地。如果说从前她几十年的编辑生涯全部围绕着历史来转，那么她如今就必须改换多年形成的阅读习惯，尽最大努力去研究当代作家们的新作。进入新世纪以来，国内文坛也开始渐趋活跃。许多青年作家的作品在不断开辟全新的文学视野。杨瑶深知如果对当代文学半懂不懂，如果她仍然还吃“老本”，那肯定就无法胜任沈跃龙强压在她身上的担子！而今，她正处于冷手抓热馒头的尴尬时期。她急需一部作者写作视野独特，立意新颖诱人、人物刻画细腻、主题立意大气的作品。而在这初冬将至的寒夜里，她从茅剑秋书稿中确实经历了一次感同身受的艺术体验。她从没有置身在内蒙古的沙漠瀚海之中，更没有见过沙漠之中的野狼。而这个冬夜她好像身临其境了，这就是茅剑秋一系列神来之笔给她营造的艺术氛围啊！此前，杨瑶虽然对茅剑秋有一些了解，也知道他是个具有特殊经历的同龄人。然而，在她阅读《野狼湾》这部书稿之前，却全然不了解这个能把东北近代史有机应用到纪实文学创作中去，并能接连写出《盛京春秋》和《古城斗枭雄》等成功作品的茅剑秋，在他的记忆深井里，竟然隐藏并积累着如此让人惊叹的生活素材。作为编辑也同时是作者的杨瑶，深知创作的艰辛与笔下流淌的一行行文字，如果没有切身的感受，茅剑秋只凭他形象思维和异常活跃的头脑，注定无法虚构出像《野狼湾》这类读来就给人打下鲜明烙印的作品！

当杨瑶把书稿翻到最后一页时，窗外已经透出熹微的晨光。她的倦意在黎明到来之时倏然不见了，脑际始终闪现着茅剑秋在《野狼湾》中塑造的人物、羊群、骆驼、荒漠、冰河、蒙古包和野狼出没的一片片荒草沟壑。显而易见她已被这部尚未出版的书稿深深吸引了，她这才明白茅剑秋在短函中对她交代过的“这是我写了十多年的一部稿子！”杨瑶也才恍然大悟什么是“十年磨一书”！茅剑秋为何不早点披露他“十年磨一书”的信息呢？以至于她在收到这部从天而降的书稿时，简直有些毫无思想准备，甚至她还有点后怕。如果这部书稿不是茅剑秋寄来的，而是一个在省内尚不知名的陌生作者，她真担心自己会不会把它带回家去，在灯下认认真真地阅读它。如果她不曾阅读就闲置在退稿的纸筐里，岂不是天大的罪过吗？想到这里，杨瑶才意识到一个编辑的职责是何等重要！

“沈总，我有一个好消息要向你报告！”杨瑶尽管和沈跃龙在感情上隔阂甚深，但她毕竟是以事业为重的人。次日清晨，杨瑶依照出版社的出版程序，仍然要把收到一部好稿的消息首先向总编辑报告。这天早晨，杨瑶起了个绝早，上班后第一个就来到总编办公室。发现沈跃龙正神色紧张地打电话，她就捧着书稿退到门外。听里面的声音，沈跃龙好像在和李征夫讲话。他说：“这是真的吗？他怎么……可能再回来呢？”片刻，沈跃龙的声音中透出万分的无奈，说：“不过也不要怕他，政治上的事，总是三十年河东，三十年河西。放心吧，李部长，我沈跃龙始终是忠实于您的！即便发生了意想不到的变化，您放心，我将一如既往……”直到杨瑶听到里面放了电话，她才兴冲冲进去。进门后她发现刚才神色有些紧张的沈跃龙，眨眼间又换成一张笑脸，仿佛他刚才在电话中向李征夫流露出的本能恐慌，完全是在逢场作戏。听杨瑶说她得到一部优秀的长篇书稿，沈跃龙马上就煞有介事地凑过来，说：“你说收到省内作者的长篇书稿，你的目标不是一直瞄着北京和上海的作家吗？”

杨瑶沉下脸，说：“是的，沈总。此前我为让文艺类图书能得到全国性的最高卖点，确实一度寄希望在国内卓有影响的著名作家身上。这种思想主要是受图书市场越来越激烈的竞争影响。我以为，如想让咱们社在全国图书订货会上占有一席之地，没有著名作家的龙头作品是不可能标新立异的。后来，经过几番挫折，我忽然认识到我这种思想有些过于理想化了，因为靠拉关系去找著名作家的稿子，毕竟不太现实。还有一点，我早就在想，是否可以在全国性的图书订货会上取得好成绩，重要的还是首先要有好作品。而优秀的作品并不一定出自著名作家之手。现在，我才忽然意识到，从前我那种好高骛远的组稿方式，其实是在走一条追求虚名的弯路。你看，咱省的作家中不也有能人吗？”

“哦？茅——剑——秋？”沈跃龙早就对杨瑶想在北京、上海寻找作家出成果的做法持冷眼观望的态度。如今他终于见到杨瑶说软话了，暗暗笑她也有今日。但见杨瑶在疲于奔命之后又拿到一部书稿，他不禁吓了一跳。急忙接过一看，才发现作者竟又是他心中讨厌的茅剑秋。沈跃龙漫不经心地把《野狼湾》信手翻了几页，偏着脑袋想了想，问杨瑶说：“《野狼湾》？你可要知道，不必看内容，恐怕就有问题呢！杨主任，他这是在写什么呀？”

杨瑶心中有底，说起话来振振有词：“茅老师写的知青生活，这部作品我已经读过了，我感到它很有新意，而且书稿深刻厚重。因此我想请总编先读一读再说，因为文艺作品不同于纪实性文学，这些年沈总应该比我更熟悉这类文学形式！”

“原来是知青的题材呀？”沈跃龙听了，不屑地把书稿再次翻了翻，不以为然地摇摇头说，“我还以为是什么振聋发聩的重大选题呢，原来是重复别人早就写过的老题材。杨主任，你要知道我们现在如果抓一部稿子，首先考虑的就是经济效益。像他这种书稿你说能有市场吗？你说你觉得有新意，我不明白，知青的题材又能有什么新意呢？充其量也不过人云亦云罢了！”

“沈总，你不能这样武断地下结论。”杨瑶原本是以乐观心态来到沈跃龙面前的，在她看来事关全社新一年的订货会，沈跃龙不会再以个人成见面对她得到的一部优秀书稿。没想到他仍然还像从前一样，凡是她的工作他一概采取冷漠的态度。因此便据理力争：“沈总，这部书稿我刚接到的时候，也像你一样认为知青的题材不会再有什么新意了。可我读过以后才发现，茅剑秋的《野狼湾》是所有知青题材作品中最具感召力的作品。他并没有人云亦云，也没有按旧套子写知青和地富反坏的斗争，更不是简单化地写知青下乡如何艰苦。他是写了一群知青和大自然勇敢拼搏的故事。特别是他在这部稿子中写了狼，对了，野狼出没的内蒙古荒原中，有一支与狼共舞的知青队伍。其中尤其感人的是那些来源于真实生活的细节！”

“你不要给我讲这些，好不好？”沈跃龙把书稿往桌上重重一丢，郑重地对她说：“杨瑶，我可要正告你，在文艺编辑室工作，再不能像从前你领导文史编辑室时那样了，不要再把稿子和个人友情联系起来考虑。我认为，任何人的稿子，第一位的都应该考虑书稿的质量。不错，我知道茅剑秋是你联系的老作者，他也写过几部好作品。可那些稿子都是文史类图书，我从来就没听说茅剑秋也能写纯文学小说。”

杨瑶倔强的脾气又来了，针锋相对地说：“你说得也有道理，从前我也像你一样，误认为茅剑秋只能从事一种文体的创作。因此对他主动寄来的这部书稿我没有抱什么太大的希望。可是，对于作者的创作潜力，只能说我们当编辑的了解有限，但不可以说作者就只能永远从事一种文体的写作，如果当作者把新作品交到我们手里的时候，再用老眼光去打量他的作品，这就不公平了。因为我们编辑室衡量书稿的标准，从来不看是谁写的，而是要看他写得好不好。只要是优秀作品，我就应该全力向上推。至于你刚才所说的个人友情，我想你说得有点过分了，我从前采用茅剑秋的书稿也不是靠什么个人友情，而是真正看中了他的作品质量。他已经出版的两本书一版再版，不恰好证明茅剑秋的作品得到读者们的认同了吗？”

沈跃龙对杨瑶的话不予置辩，也不认为茅剑秋的书稿真有什么独特之处，再加上他心里有事，索性不想和她继续争辩下去，就以息事宁人的态度缓解彼此冲突。刚好这时副总编董琪进门，沈跃龙一边夹皮包出门，一边对董琪说：“董副总，既然杨瑶百般认为这是部好作品，就请你先过过目吧！杨主任，请你不要这样激动，我这也是为了工作。只要董副总读后认为是好书，你放心就是了，我这里肯定为你大开绿灯！我要支持你的工作嘛！”他说了这些话，就向董琪苦笑笑，忙不迭地出了房门。

《十五的月亮》让她惊醒

在董琪阅读《野狼湾》那几天，杨瑶心乱如麻。

平心而论，在对待书稿方面，她从来没有考虑过她和作者的私人关系。即便对茅剑秋这部新作，到现在她心中仍无底数。毕竟她是搞历史的出身，对纯文学小说杨瑶尽管也有一定的修养，但她在决定是否把《野狼湾》在春季订货会上推出去时，仍然没有十足的把握。她知道如今出版社出一部长篇作品时的百倍慎重，稍有不慎，书印出以后在市场上却遭到读者的冷遇，那样就会造成图书的大量积压。正因为每本新书都关系到全社上下的经济利益，所以她在夏天才冒险前往北京、上海等地硬着头皮，低三下四去拜求名家赐稿。而今杨瑶尽管已经意识到她一度滋生的“名家名作”念头并不实际，也明白她在短时期内不可能约到更有操作价值的书稿，但她仍然头脑清醒，不希望靠她个人的主观意见，或者考虑和茅剑秋已有的合作关系，就不计后果拼命去推一部吉凶未卜的书稿。因此她在把书稿交给董琪时，十分冷静地表示：“董副总，这部书稿虽是我一个老作者寄来的，可我到目前还没有给他明确的答复。就因为我对文艺类图书没有经验。请您代我好好地把把关吧。它好就是好，不好就是不好。您千万不要在读稿时把我和作者的关系也考虑进去！我希望的是，您读后能给我一个肯定或否定的答复！”

董琪说：“你放心吧，杨瑶，我会以编辑的良心，公正看待和评价作者的劳动成果。它如果对我们社有益，我就坚决支持；

如果它无益我就要求你坚决退稿！如何？”杨瑶说：“这就好，这就好。董副总，坦率地说，对这部书稿我确实有点拿不准呢！”

杨瑶每天夜里都要做梦。不知为什么，自从读了茅剑秋的《野狼湾》后，她每晚在梦境中都与书中人物谋面，都要与那些在荒原沙海中神出鬼没的野狼们意外相遇。在午夜时分醒来时，杨瑶就要反思沈跃龙在听说茅剑秋又有新作时对她发的一番感慨。她越为那部读过一遍的稿子不断产生联想的时候，就越感到茅剑秋的《野狼湾》确实与众不同。书中文字留给她头脑中的印象无疑是鲜明而生动的。不仅人物写得栩栩如生，而且书中语言风格也值得称道。茅剑秋的文字功夫可以同时驾驭不同题材的迥异写法，他写历史性文稿时往往使用严肃冷峻的叙述文字，而在写小说的时候他常常喜欢发挥北方人独有的幽默。尤其是他对野狼的细微刻画，足以说明茅剑秋不仅亲见过野狼在荒原上肆意奔突，而且他肯定多次近距离观察过野狼的饮食起居。还有他对野狼如何嚎叫，何时嚎叫，如何在危险逼近时啸聚并向沙漠中的羊群发起进攻时的一举一动，都有他匠心独运的表达方式。语言功力在这部书稿中得到别出心裁的潇洒发挥，让杨瑶对作者的语言积累不得不产生由衷的感佩。她从内心里承认这样的事实：茅剑秋如今在中国文坛上虽还没有占据非常显赫的地位，也无法与北京、上海和西安那些名气远播的著名作家同日而语，可他在写作技巧与文史、文艺两种文体的娴熟驾驭方面，确实已达到一定的水准。这是杨瑶发自内心的感叹！

“我这样肯定他的作品，莫非真因为我和茅剑秋的私人感情吗？”杨瑶在午夜时，始终在头脑中认真反思着沈跃龙的意见。她承认对茅剑秋心存好感。当年他在辽县当工人的时候，杨瑶就很器重他。她并没有因为他社会地位低下而心生丝毫鄙视，作为一个编辑她必须要以公正心态面对自己的所有作者。在这些作者之中当然不乏社会职务显赫的政界人士，对于他们的稿子，杨瑶也许读得仔细一点，认真一点。尽管她清楚这些衣食无忧、手握重权的人物，他们之所以在工余时间也喜欢舞文弄墨，那完全是为着以此附庸风雅，或者说想以一些变成铅字的作品炫耀于官场。平心而论，她并不欣赏这类无病呻吟之作，也无意利用手中编稿权去迎合或巴结这些官场中人。杨瑶非常清醒地知道，她的职业就是从世间那些林林总总的文稿之中，选出最为优秀、最有读者的作品来，然后再经她的手编发出版。这一职业特性决定了她必须要有基本的职业道德和良心。

而茅剑秋的作品究竟该不该发表呢？答案是肯定的。杨瑶在这几年中不仅熟悉茅剑秋笔下的文字，同时也熟悉他的人品和才华。一个当过知青、当过兵又当过工人的作者，居然能在异常劳累紧张的生存条件下，彻夜笔耕，写出那么多感人的文字来，确让她从心里感动和佩服。更让杨瑶没有想到的是，茅剑秋下岗失业之后，还能靠他的智慧和才能进入省城经商。他在给别人打工的同时也挖到了属于自己的第一桶金，然后又和他的妻子共同建起一家初具规模的时装公司。到现在茅剑秋不仅创作颇有成果，而且他办的公司也在省报上有了名。据报上介绍，茅剑秋的精美时装正在向国内名牌产品靠拢。杨瑶惊讶的是，事业的精进并没有让茅剑秋因此疏淡他和文学与生俱来的亲情。像他目前这样有品牌公司、有车有房、有名气有资产的成功人士，仍然利用别人喝酒跳舞的时间躲进小楼成一统，埋头桌前爬格子打电脑，继续在文学这条坎坷小路上攀爬的人，确实不多见了，就因为这一点也让她为有这样的可敬朋友而自豪！

杨瑶扪心自问，茅剑秋确是她的朋友，而且还是一个值得倚重的好朋友！心性高洁的杨瑶，自然不介意茅剑秋发迹后通过高楠楠转送的那些艳丽时装，也不会把笔记本电脑看得过重。杨瑶真正知道茅剑秋关心自己，却是一件小事。他故意把在某小报上发表的一篇千余字幽默小品文，用挂号的函件寄到她手里。聪明过人的杨瑶把那篇小稿仔细读了几遍，最后她认定这篇稿子就是茅剑秋为提醒她注意在外经商的丈夫才刻意写成的。虽然茅剑秋在小品文中特别注明："此文虽然来源于网传笑话，尽管幽默和充满对腐败花心男人的嘲讽，但我仍然对此种人嫉恶如仇。故而借题发挥，痛而贬之，以泄心头块垒。愿世间善良女性均引以为戒。"杨瑶知道茅剑秋为文的清高，他从来不写这类不伦不类、甚至粗俗不雅的"小豆腐块"。即便早年他的大部头发不出来的倒霉年月，茅剑秋也绝不以此换稿费。杨瑶明白他是为自己写的小稿，意在通报信息。她了解现已在省城经商成功的茅剑秋，完全没有必要向小报投稿，而且发表后担心她读不到，又特意用特快挂号寄给她过目！

事实上，对于姜有松在冰城拈花惹草，肆意玩弄女人，杨瑶早有耳闻。她也深知姜有松在下海之后，因经营房地产业崭露头角，再不是从前为了衣食和居住环境忧虑的穷大学生了。她发现他近几年，从冰城回C城见她和女儿贝贝的次数和时间，忽然变得越来越少了。而她虽在C城却对在冰城经商的丈夫移情别恋也早有预见。她了解他的花心与浪漫，也清楚他是一个离不开女人的花心人物。她面对财大气粗、花钱如流水的姜有松，尽管可以估计他在冰城的行迹，但她毕竟鞭长莫及。进入人生中年的杨瑶，再不像年轻时那么凡事要求尽善尽美了。尤其是对于爱情和婚姻，严酷的现实已经让她变得越加心寒。男人对婚姻的忠诚往往被生意场上眼花缭乱的娇声丽色所左右。杨瑶前次生病的另一个诱因，只有她心里清楚，显然与远在冰城的姜有松不无关系。她读到茅剑秋寄来的《十五的月亮》，真想落泪并在无人处放声大哭一场，以宣泄积郁胸间多时的苦恼与悲愁。可她咬着牙没有哭出来。在杨瑶的生活经历中，她讨厌的就是哭泣。因她始终认为流泪是弱者的无能表现。再者，她也明白即便可以找个无人之处放声大哭，对她面临的家庭与工作岗位存在的苦恼究竟何补之有？人到中年，杨瑶不想再因为婚姻折腾得精疲力竭了，因为编辑工作已经弄得她几乎耗尽所有心力。至于姜有松在冰城的所作所为，杨瑶更是决定采取视而不见的消极做法。“随他折腾，唉，眼不见为净吧！”这就是她读到茅剑秋小文后发出的一声悲凉叹息！

夜深沉。杨瑶熄了灯，一个人静静躺在漆黑中，毫无睡意。她眼前始终闪现茅剑秋乐观豁达的笑脸。杨瑶屈指数来，和这位在社会底层起步的业余作家来往已有十多年光景了，这期间他们的联系时断时续，有书稿合作时便联络多些，没有合作时她和茅剑秋平时都很忙，彼此几乎没有因私事约会的情况。不过，杨瑶仍以女性特殊的敏感，体察到茅剑秋对她不时投来的关切目光。例如前次让高楠楠给她捎来时装，虽是小事也让她记在心间。杨瑶平时很少和他通电话，在一个省城里各自忙碌各自的工作，可她仍然隐隐感受到茅剑秋对自己的那份牵挂。有时高楠楠会把他们见面时谈话的内容转告给她，高楠楠说："茅老师是个重感情的人，他很是为你现在的处境抱不平。他对我说，陈泓现在已有风声要调回省委任职了，如果他仍然回到宣传部，茅剑秋要替你说公道话呢！"杨瑶此前就听说前省委宣传部副部长陈泓，曾经是茅剑秋中学时的同窗挚友，但她从没想过茅剑秋有一天要为她的事去麻烦陈泓。高楠楠还说："茅老师总向我打听你的家庭情况，特别问你的老公，他对他不能在你身边帮你做些力所能及的事情感到不平。他对我说：'一个成功的企业家，不管他创造多么大的业绩，归根结底还是为了妻儿老小。可我发现这么多年来，杨瑶总是一个人支撑他们的家！这女人也真够坚韧的了！'"杨瑶从高楠楠间或捎来的信息中，就能感受茅剑秋关心她的这种情感，事实上已经超过了普通作者与编辑的友情。她心里对茅剑秋也有着无法言喻的好感，尤其是她亲眼看到茅剑秋如何从一个下岗工人成为省城的民营企业家、政协委员，这种奋斗的结果并不是随便某个人都能轻易达到的。如果说茅剑秋仅仅是一个创办时装公司的企业家，也就不足让她为之惊奇了；杨瑶对茅剑秋具有多方面才华并在困境中表现出的坚韧意志，又能不断写出角度新颖的作品，才是她敬佩得五体投地的关键。杨瑶眼中的他就是一个奇人！但她毕竟是个冷静的女人，她明白对方对她投来的关切目光，主要源于她从前帮助过困境中的他。她也明知茅剑秋是值得自己爱的人，然而杨瑶不可能任其感情信马由缰地自由发展。有时她甚至暗暗告诫自己："远离他，尽量地远离他吧！"因为她非常清楚，她和他至少在今生没有想象中的前景！既然如此，为什么还要折磨自己呢？

这一次茅剑秋突然把新作《野狼湾》寄给她，也说明一个重要的事实。那就是他想帮助她摆脱目前的困境，不然依茅剑秋目前的社会地位和周旋能力，他的书稿完全可以送到北京某一家有影响力的大出版社出版。她通过第一次阅稿，就有种此稿必将引起读者注目的预感。她认为茅剑秋的写作就像他面对人生严峻挑战一样，总是具有相当让人震撼的潜力。她想，也许这与他前半生过于坎坷的遭际不无关系。如今，茅剑秋的书稿是否能在她所在的松江社顺利出版呢？杨瑶感到有些茫然。她当然想为这部书稿的面世竭尽全力，然而沈跃龙的态度已让她备感忧虑。她不明白沈跃龙作为出版社的总编辑，心胸为何总是如此狭隘？为什么总要与她为敌作对？他有时甚至会把感情上的芥蒂也通过手中职权不受限制地延伸到工作中来，以至于让本该出版的好作品胎死腹中。

为书稿进京请名家

事情果然如杨瑶预见的那样，茅剑秋的《野狼湾》在社里讨论时遇上了阻力。

除沈跃龙对此稿不看好之外，新任文史编辑室主任周慧，在讨论时也以她多年在文艺编辑室任职的资历，坚持认为茅剑秋的《野狼湾》不仅没有什么文学价值，而且如果出版就很可能惹来不必要的麻烦。周慧提出的意见是关于书稿中有大段关于狼的描写，她认为："如果作者是站在歌颂野狼的角度出现，肯定就会遭到社会的非议和痛斥。因为狼毕竟是狼，狼的本性历来是险恶的。可据说作者在这部书稿中却给狼也赋予了善良的天性。这怎么可以呢？我倒是担心，像茅剑秋这种作品一旦出版，上级新闻出版主管部门肯定要组织全国性的大批判！"

杨瑶面对周慧充满蛊惑的发言，感到万分愤慨。她气得脸色发白，说："周慧的意见有些危言耸听，现在是什么年月了，讨论一部书稿的市场价值当然要看社会效益，但写狼就要受到全国性的批判，显然是在吓唬人。因为那是'文化大革命'时常有的事，可惜现在是新时期了，读者也不再是可以恫吓的乌合之众了。"高楠楠也为茅剑秋的书稿仗义执言，她说："狼为什么就不可以写？野狼和世界万物生灵一样，既有凶狠的一面，也有善良的一面，也许这就是书稿作者在生活实践中发掘出来的新意。既然是新意，我想就应该允许百家争鸣。现在再不是乱打棍子的年代了，上级主管部门也不会为一本书发动什么全国性的大批判！

大批判这种词儿，早就过时了！我希望在讨论书稿时能实事求是，不要再搞白色恐怖的极左那一套！”

高楠楠的发言顿时引起与会者的一片哄笑。周慧见她的意见无人肯听，还想再说什么。却被沈跃龙以目光制止了，他以息事宁人的口气说：“这部书稿我尚未阅读，因此我暂时就没有发言权。不过，我倒很想听一听董副总的意见，因为据说你一连读了两遍，是吧？”

许久不说话的董琪，这时感到讲话的时机到了，便取出他的阅读笔记，郑重其事地发表他对小说《野狼湾》的看法：“应该说我是小说的门外汉，因此在接到杨瑶提交上来的《野狼湾》以后，我认真地读过了两遍。为什么要读两遍？就因为我怕自己对书稿的判断评价没有根据，所以多读一遍我就对作品多一些理解。坦率地说，《野狼湾》确是一部非常优秀的作品，它的新颖就在于中国的作家第一次在描写知青题材的时候，是以人与自然进行殊死斗争作为故事核心的。它让今天的读者在了解‘文革’后期知青下乡的历史经历时，首次把读者引向一个全然陌生的世界。内蒙古大沙漠深处有一个叫野狼湾的地方，这里解放以来就一直是荒凉无人的大漠。知青来了以后他们在大漠上栽树造林，发展养殖，就在这时候野狼袭来了。于是故事就循序渐进地展开了，当知青们发现生产队的羊群不断遭到野狼袭击的时候，这些热血青年就开始了与野狼的殊死搏斗。这部作品的感人之处在于，作者并没有在野狼的残忍本性上大做文章，而是写出了知青们面对野狼的群袭所采取的勇敢迎击，而野狼则结成强大的团队，它们最后在坚强如铁的知青面前投降败北了。我因此感到，这部作品写的就是人与沙漠、人与自然界野兽进行抗争中的意志和智慧。最终智慧和勇敢终于战胜了自然界的险恶。我想，这样的作品在今天仍然具有强烈的时代感。仍然有唤起人们斗志的感召力！我为杨瑶能在关键时候为我社组到这样一部有分量的作品感到高兴！因此我支持这样的好书出版，而且越早越好地出版！”

董琪一番话有理有据，在杨瑶听来越加坚定她推出茅剑秋新作的信心。主管发行的副社长卓越也很振奋，他说：“这部书稿《野狼湾》三字，就有很高的卖点呀。我保证在发行上打一个漂亮仗。”副社长纽丽琴见大家发言踊跃，暗想她把杨瑶从疗养院搬回来，果然发生了立竿见影的作用。她趁热打铁，想尽快促成此事，便说：“我虽然没有读这部作品，可我仍然希望社里千万不要放过机会，只要是好稿，我们看中了，就要尽早推出去。千万不要让《野狼湾》这样有地方特色的作品和我们社失之交臂！”社长康平每当遇到棘手的问题，往往都采取迟迟不表态的做法。现在，当他发现参加会议的多数中层干部都支持杨瑶组来的《野狼湾》，也有些兴奋了。他毕竟是一社之长，毕竟当年的春季图书订货会召开在即，而他们松江出版社到目前为止尚无一部可称得上“拳头产品”的好书，因此坐在那里摆弄一支红铅笔的康平，决定站出来表态了。可就在他想表示支持的时候，不料沈跃龙偏偏这时又杀上阵来。他显然对多数人支持杨瑶扶持茅剑秋新作心怀反感。原来他以为只要把《野狼湾》这类选题提交会上讨论，肯定要遭到一些人的反对。周慧就是他事前沟通过的，如果多数人对《野狼湾》持有异议，他就可兵不血刃地枪毙这部书稿。可沈跃龙又估计错了，不仅像高楠楠这样的文史室副主任支持茅剑秋的《野狼湾》，就连副总编辑董琪也旗帜鲜明地表示了肯定的态度。而纽丽琴和新提拔的卓越，都异口同声站在杨瑶一方，更让沈跃龙感到压力重重。他知道如果自己继续退让，杨瑶就会再占上风。他感到恼怒的是，自从新班子调整以后，纽丽琴、董琪和卓越三人，好像无形中结成一个联合体，矛头直指沈跃龙。从前的老班子他可以挟天子以令诸侯，迫使左右摇摆的社长康平不得不按照他的主意行事。而今沈跃龙才发现自己在松江社的新班子中，权力日渐式微。凡事没有几个支持者，一个总编辑似乎已经被人架空了。本来他对茅剑秋的一本书，认为大可不必再动干戈，因为他如今面临的前景忽然变得越来越黯淡了。原因在于省委宣传部的靠山李征夫副部长，此时正在受省纪检组的调查。而在省内清江市挂职下派十多年的陈泓，最近不断有他将要重返省委的小道消息。沈跃龙自知如果李征夫根基不牢，那么就可能直接影响他在松江出版社的地位。因此他想把杨瑶推荐茅剑秋新作一事，推给社务会去讨论，寄希望于大家混战一场。最后让《野狼湾》在康平无法定夺的情况下以退稿收场。现在他再看社里中层干部对《野狼湾》寄予的热情和希望，沈跃龙才意识到他这招棋又走错了。如果弄得不好，恐怕还要发生前次他阻碍《古城斗枭雄》的尴尬局面。沈跃龙左右权衡，还是决定站出来说话，他郑重地说："这几年我就一直盼望社里打一场翻身仗。可是，没有优秀书稿我们怎么翻身呢？现在好就好在杨瑶又发掘出一部别具特色的书稿。《野狼湾》如果真像董副总编所说的那样，我想，杨瑶就再为我们社作出了新的贡献！”他把话讲到这里，忽然话锋一转，又以不无担忧的语气说，“可是，《野狼湾》这本书如果真推了出去，会不会像我们考虑的那么前景光明呢？我想，多年的经验值得我们注意。在改革开放的今天，图书市场确实渐呈欣欣向荣的大好形势。不过我们也要看到，上级主管部门对有些敏感的图书仍然采取慎重的态度。有一些出版社由于盲目追求图书发行量，过多考虑追求经济效益，往往发生了严重的问题。有些出版社甚至还发生过因为出版一本书遭到出版署黄牌警告的恶果。因此我想，我们想推《野狼湾》是件好事，我也乐于这样做。只是，写野狼这种东西，会不会引起某些人的非议呢？对此，我还是那句话，这部书稿我实在是拿不准啊！最好请康社长来拍板吧！”

全场寂然无声。刚才在讨论《野狼湾》是否出版时众说纷纭的热烈场面，好像被人陡然泼下一盆冷水，所有人的目光都投向了杨瑶。杨瑶倒也冷静，对于沈跃龙在关键时候作梗她早有思想准备。但她没想到沈跃龙在事过多年以后，还会如此决绝地对她进行封杀。《古城斗枭雄》一书本来不需要拿到北京去申报专审，然而沈跃龙为了刹住她杨瑶的激进之势，竟然不惜牺牲出版社利益而执意绕弯路浪费时间。最后书稿得到上级批复以后，作者茅剑秋的手稿又在沈跃龙的手上丢失，这其中的原因，时至如今仍有许多无法破解的谜团。茅剑秋的手稿到底丢在哪里，是否真发生了丢失？杨瑶一直在暗暗探求着幕后之谜！而今，沈跃龙当然不敢再搞一次“申报专审”了，因为茅剑秋的长篇小说《野狼湾》并不涉及任何敏感的政治问题，沈跃龙在情知无法向上推的情况下，又把球猝然踢给了对出版业务不很熟悉的社长康平。她知道沈跃龙这一招既绝且损，如果康平因此把这皮球再踢出去，那么茅剑秋的书稿很可能再次被打入冷宫！

“沈总编既然对这部书稿拿不准，何不请一些专家对书稿进行论证？”杨瑶心头的积火顷刻迸发，她再不能沉默了。她感到几年来压在心头的一块石头，已让她喘不上气来，如今她不想继续保持沉默。把茅剑秋的新作《野狼湾》推出来，几乎成为她从疗养院提前出院后最大的抱负。因为董琪、纽丽琴、卓越和高楠楠等人发表的意见，更加坚定了她对《野狼湾》出版抱有的信心。

董琪马上支持：“我同意请专家研读茅剑秋这部书稿。好书不怕严格的审评，更不怕行家的认真研究。我对自己的看法持有乐观的态度，我希望尽快让专家们给《野狼湾》一个定评！”康平见事情发生了急转直下的变化，也觉得这是一个办法。既可让专家品评茅剑秋的书稿，也可借用专家的意见回应社内的不同意见。康平把两只手在面前的文件上一压，说：“好吧，我看这个办法很好。可是，在省内交给哪一位专家才好呢？”纽丽琴提议说：“我看，既然大家对《野狼湾》书稿寄予很高热情，要请专家我看还是请北京的专家。因为北京的专家经得多，见得广，《野狼湾》究竟是不是精品之作，出版后有没有负面的影响，省内学者往往不好明说。如果大家同意，我在北京认识一些文学界的权威人士，其中最为著名的人物，就是廖静之先生！”

“廖静之？”杨瑶闻言惊喜。这是一位中国文学界公认的领军式人物，多年前她就景仰这位著名的作家和评论家。董琪也当即表示赞同，说：“如果能请廖老出山为我们审读这部书稿，我想肯定会有益处。因为廖老的文学评论素来公允，而且文学界无人敢于反对。”大家纷纷表示支持，都说：“有廖老亲自审读，肯定会以理服人的！”沈跃龙没想到半路中突然杀出一个纽丽琴，而且她的主意赢得所有人的支持。他想反驳，可一时又找不到合适的理由，只得眼睁睁看着事态向他不愿意看到的方向发展了。周慧坐在那里急得脸上冒汗，可她只能望着束手无策的沈跃龙长叹一口气。

“好，就这样定了！”康平最后一锤定音。就这样，散会以后，纽丽琴亲自给北京的老上级廖静之打了电话。廖老听说有一部写人与狼斗争的作品，也觉得题材新颖，表示愿意先睹为快。隔日，杨瑶便将茅剑秋的书稿《野狼湾》寄往北京的廖静之处，请求这位中国文学评论界的权威代为松江出版社审阅这部有争议的长篇小说。

杨瑶自寄走《野狼湾》以后，就日夜为这部书稿的命运担忧。她多么希望北京的廖老以权威姿态肯定茅剑秋的新作，当然，她考虑最多的还是一旦廖静之也像沈跃龙那样持否定态度，可就彻底断了《野狼湾》的后路。当然，即便如此也不意味着《野狼湾》永远不能出版，充其量在他们松江出版社没有出版的机会，但茅剑秋仍然可以把作品交给其他出版社。如今是各地出版社百花竟放、各显神通的年月，一家出版社绝没有生杀大权。在她的记忆里，一些优秀作品往往是在几家出版社接连碰壁之后，最后仍然有人敢于出版。她认为只要是好书稿，迟早也能得到发表的机会。她相信茅剑秋的《野狼湾》迟早有面世的一天。

转眼又进入冬天。C城只要到了11月下旬，就会不断刮起漫天而起的北风。松花江即便在严寒的时节，也仍然不会结冰。因为江边有几家化工厂，即便在数九寒天的严冬，工厂仍然不间断地向江中排放没有污染杂质的温水，所以江水悠然长流，永不结冻。至于松江两岸的柳树在冬天里结出状如梨花般的银白色树挂，也就是有名的“雾凇”，是因为江中水蒸气在冬雾中升腾，遭遇寒流时就会让岸上的柳枝顿时缀满银白，宛若闪亮晶莹的霜花。杨瑶主持的文艺编辑室与其他编辑室相比，显然有些清静和萧条。而文史编辑室从前在杨瑶主持时期，每年一到冬天，都会出现紧张忙碌的景象，然而自周慧当上主任，今冬上会发行的书稿屈指可数。因而杨瑶发现周慧纵然急得团团乱转，副主任高楠楠却不为所动，无事时还在办公室哼着歌儿，似乎她在一旁观阵，想看周慧的笑话。看到社里越来越不景气的日子，杨瑶非常焦急。如果不是有沈跃龙从中掣肘，至少茅剑秋的长篇小说《野狼湾》现在已在运作之中了。然而如今仍在北京那位老专家那里吉凶未卜地悬着。真让她进不得也退不得。杨瑶发现沈跃龙还像从前那样，每天社里社外到处奔忙，不过她敢断定沈跃龙并非在为春季订货会奔忙，好像有什么让他心神不安的事情，总搅得他坐立不宁。副总编董琪有时当她面发牢骚："他哪是什么总编辑呀，好像变成了社会活动家，不是到这里开会，就是去那里赴宴，可今年我们的订货会到底怎么办？图书的种类如此稀少，到时候我们如何应付局面，明年我们如果继续这样下去，恐怕职工的工资也发不下去了！"纽丽琴有时也愤愤来到杨瑶的办公室，说："我已经把情况向部里反映了，可没想到李部长居然还为姓沈的讲好话。真是怪了，李部长从前可不是这种样子，他好像被人蒙住了眼睛！"主管发行的副社长卓越也对她发出一声叹息："杨瑶，我们是一个战壕里拼争十几年的战友了。你说，社里什么时候像现在这样让人心焦呀？以往这时候我们发行部热火朝天，都在忙着往北京运送样书和赶印海报。可今年呢，唉，却无声无息，真没有想到，有人为什么喜欢这萧条冷落的局面呢？"只有社长康平仍然稳坐泰山一般，面对毫无生气的出版社，处于人心涣散却无动于衷。他好像无事人一般，依旧按时上班，按时下班，他在走廊里经过时步履竟也不慌不乱，似乎社里的一切都与他毫不相干。杨瑶对人事方面的变迁从来没有兴趣，即便董、纽两位领导对原班子的两位主要成员都有满腹的牢骚，她从来不在他们谈话时添油加醋。她无意介入领导之间的矛盾纠葛，全部心思都在焦盼北京迟迟不来的消息。

12 月初，北京的好消息终于盼来了！先是廖静之给纽副社长打来了热情洋溢的电话，廖老在电话里说："纽社长，恭喜你们社将有一部重要著作出版面世！我已经把这部《野狼湾》通读一遍。我的全部印象都写在纸上了，等你们读到我的来信，就可以了解我对这部小说的评价了。”两天后，廖静之的信件及书稿果然以快递方式从北京寄到C城的松江出版社。纽丽琴手举着廖老亲笔书信，高声大嗓地在出版社二楼走廊里跑了过去。她先跑进杨瑶的文艺编辑室，进门就把信交到杨瑶手中，兴冲冲说：“杨瑶，你这次又看准了呀！真了不起，廖老说，这部《野狼湾》是当今中国反映知青题材的扛鼎之作。他还说，他读罢这本书时，真要落泪了呀！”

“是吗？”杨瑶听了这话，恍如梦境之中。她急忙接过那封珍贵的来信，看时，是在竖格信笺上写下的一行行潇洒的蝇头小楷。廖静之这样说：

纽丽琴同志并责任编辑杨瑶：

你们好！

拜读了茅剑秋先生的大作《野狼湾》以后，我落泪了！因为我在阅读此稿时仿佛听到了一首豪放、深沉、激昂而绵长的蒙古族马头琴的动人旋律。“文革”期间，我也曾经插队到茅剑秋小说中展示的内蒙古大草原，因此在若干年后有幸阅读此作，真有重温历史之感。《野狼湾》通过一批知青与天斗与地斗的故事，告诉我们年轻读者一个真实的史实，那就是大自然中的风雨雷霆，毕竟敌不过人的意志和信念。小说通过野狼和羊群的厮杀，野狼与知青牧民们的殊死搏斗，力求展示人——这处于狼与羊之间的精灵，在天灾人祸面前如何战胜险恶、如何战胜狼的凶恶野性的大主题。这本书的深意当然不在于如何渲染野兽之残忍，也不是简单展示沙漠瀚海的苦难，而是力求写出生活在大漠深处的几个年轻人的心灵之美。小说告诉今天的读者一个道理：不要有狼性，也不要有羊性。狼性过于残忍，而羊性过于软弱。一个人最基本的品质，只能一半狼性，一半羊性。这样的人既可战胜天灾人祸，亦可以良善之心面对人间的苦乐！

我认为这是近年少见的长篇佳作。我建议你社要尽快安排《野狼湾》出版。不要有任何顾虑，我敢说《野狼湾》没有你们担心的问题。它是歌颂一批逆境中奋勇前进的中国知青，给读者以信心和力量的好书。《野狼湾》出版以后，我要在北京有影响的报刊上发表文章，郑重向年轻读者们推荐这部气势浑厚、风格壮美、格调健康和寓意深刻的作品。我相信这部书不仅我喜欢，绝大多数年轻读者也都会喜欢它。

预祝你们成功！

廖静之

即日于北京

杨瑶把廖静之的来信又读了一遍。泪水无声地流淌下来。这次她终于放心了，可以马上进入操作程序了，因为廖静之是当代中国最具权威性的著名作家和评论家，有他的这封信，即便沈跃龙有一百个不情愿，他也只能签字出版！

纽丽琴把这封北京来信，又送到社长康平案前，康平见了，也连声叫好："马上开会，马上开个会吧。咱们现在就开始行动起来，全社上下一起忙这本书吧！上北京订货会也许还来得及呢！”董琪听了，自然高兴，他急忙去各室下达了通知。卓越在走廊里见到匆忙奔走的杨瑶，激动地在她肩头拍了一记，说：“杨瑶，真有你的！”高楠楠乐颠颠地和杨瑶撞了个满怀，问她：“杨姐，你到现在还没有通知作者吧？你可要知道，人家茅老师可是这本书的作者呀。如果没有他，我倒要看你今年春季订货会这台戏到底怎么唱？”杨瑶似乎这才蓦然惊醒，望着高楠楠说：“就是啊，咱们都该好好感谢茅老师才是啊！你就替我先打个电话过去，告诉他书稿马上就要发排，等忙过这一阵子，咱们一定要请他吃大餐！”高楠楠却不屑地撇了撇嘴，说：“还大餐呢，这一年来，你连人家茅老师的面都不肯见呢！可人家有了好作品，第一个想到的就是你！”杨瑶也不多说，就急切地下了楼，她要马上联系美编设计《野狼湾》的封面。就在她等电梯的时候，站在那里陷入了沉思。高楠楠的话似乎提醒了她什么，杨瑶在心底暗暗地说：“是啊，这一年来和他的联系确实太少了！”

第十一章

女编辑请作者吃韩国菜

又是一年秋风劲。

松花江水依然像从前那样潺潺地流淌着，然而世间各种新奇之事，却在这江水之滨不断发生着让茅剑秋颇感振奋的嬗变。如今已是2014年9月，他的事业正处在突飞猛进时期，在不经意间已经从几年前只有十几个人的服装小公司，眨眼变成在C城举足轻重的民营制衣重点企业。其剑月集团公司每年给国家上缴的利税，已悄然进入东北C省前20名先进民营企业的排行榜。尽管他目前还算不上利税大户，但茅剑秋一手经营的“剑月时装公司”已变成近千人的“剑月时装制衣集团”了。他不仅在C

城有集团总公司，而且在他出生地辽县和周边各市都设有分公司。茅剑秋不仅在东北各主要城市设有销售网点，他早在几年前就把发展眼光投向了东南沿海地区，这些地区由于贴近港澳，因此时装的种类一般都能冠领国内的新潮。茅剑秋正因为有独特的时装设计头脑，总想把自己的时装设计搞成可让外国时装商望而生畏的全新品牌，所以这几年他已不再满足北方的销售市场，正以百倍热情和时装设计的最新成果向东南沿海挺进——上海、广州、深圳、香港。茅剑秋历来就是个不做则已，只要想做就一鸣惊人的实干家。从前他写纪实文学时不甘人后，而今他在创办和巩固“剑月时装”品牌的时候也同样如此。

“剑秋，我是辽县的孙中飞呀！”茅剑秋每天都在紧张地忙碌，他要实现渐次向南方进军的宏伟计划，他要把独出心裁的女式秋装尽快打到南方去，因为这是他当初办企业的理想之一。一天，茅剑秋正在楼上客厅接待一位东南亚国家的商客，秘书忽然进门通报说，有一个家乡人前来拜访求见。茅剑秋一时想不起辽县会有什么人求见，只好吩咐秘书说：“就让客人在楼下小客厅等一等吧，我马上就过去。”茅剑秋送走最后一批外商，才想起家乡人在等他。于是急忙来到楼下客厅，他顿时怔住了。沙发里坐着一个长发垂肩的男子，唇上还有一撮小胡子，他仔细一看，才认出是当年辽县和他为敌作对的文联干事孙中飞。他的突然造访让茅剑秋非常意外，这几年他在省城打拼，辽县纸厂时期的工友们，只要有人来省城，一般都会受到他的友善招待。一些工友家属生病来省城求医，茅剑秋得知后不仅派车接送，酒席款待，有时他发现工友交不上住院费用，还要慷慨解囊。因此，辽县来的人回去以后，到处宣传茅剑秋在C城的事业如何如何辉煌，名气如何如何远播省内外。一次，从前在辽县纸厂同车间的女工小D，忽然风风火火来到他的公司，求见茅剑秋说："茅师傅，没想到你果真在省城成了气候，如今胡主任派我求助，他老婆生了重病呀，可因为工厂倒闭连住院费也交不上了。"茅剑秋立刻想起，小D从前是他唯物史观的崇拜者，也是喜欢文学的女工。他马上吩咐热情款待。但他对胡主任派小D上门求告，却有些反感，便说："胡主任为什么不亲自来？"小D说："老胡怎么好意思上门求见呀！他从前整过你，还把你除名下岗，因此才求到我的门下。唉，真是三十年河东，三十年河西。老胡他也有今天！"梁晓月在旁听了，想起往日茅剑秋在辽县百般受胡主任压制打击的往事，气咻咻地说："当年就是这姓胡的把我家剑秋赶出了工厂，他今天也有脸来相求？剑秋，咱的钱也不是大风刮来的，资助给谁也不能救他姓胡的。"茅剑秋却大度地说："晓月，话不能这么说，老胡从前虽然排挤过我，可人家如今遇上了麻烦，家属得了癌症，咱们岂能袖手旁观。我看，还是帮他把住院费垫付了再说吧！"梁晓月仍旧不肯，后来茅剑秋情知过不了妻子这关，还是偷偷让小D从公司财务取了一笔钱，解了老胡的燃眉之急。如今茅剑秋做梦也没想到，从前在辽县到处为他设置障碍的孙中飞，竟也会出现在他的公司里。孙中飞见了茅剑秋，慌忙从沙发上恭敬起身，点头哈腰地赔着笑脸，说："没想到我也会求到门下吧？唉唉，我当年真是狗眼看人低，那时我孙中飞怎么也没想到，有一天你剑秋兄能在省城有这么大的威势。辽县的书记和县长都换了新人，当他们听说前届班子不重用你时，都感到过意不去，他们还把我们黄主席叫去，狠狠地批了又批。这不，黄主席无颜前来，又把我派到省城请您来了！”

“黄主席请我？”茅剑秋接过孙中飞呈上的一封信，那是黄文远的亲笔信，他粗略浏览一眼，都是一些道歉恭维的客套话，也就淡淡地笑了：“黄主席客气什么呢？其实，我也不像他信中所说的那样，我不是什么全国知名的大作家，我只是个普通作者罢了。至于出了几本书，那都是编辑帮助的结果。”

孙中飞脸上堆满巴结的笑纹：“别谦逊了，如果您剑秋兄不是全国知名大作家，那省内文学界哪个还敢称老大？如今不仅辽县上下承认你，就是省城文学界人士，也都把剑秋兄视若当今名士啊。因此，黄主席恳请您方便的时候，回辽县走走。给我们县里各界人士，做一次报告或者演讲。这也是县委和县政府的安排，我相信剑秋兄一定会给面子的。”

茅剑秋听到这里，才明白孙中飞的来意。往日在辽县骄奢淫逸的孙中飞求他，必定是受黄文远的指派，才不得不硬着头皮而来。他也清楚从前在辽县排挤他的黄文远，今天低三下四写信邀请他回去演讲，也是受省内大环境影响和县领导的压力，才不得已而为之。茅剑秋深知如今他在C城生意越做越火，很可能就是黄、孙两人屈尊相求的主要原因。可茅剑秋无论如何难以接受黄文远、孙中飞的请求。毕竟从前结怨太深了，因此他委婉推辞说：“请我回县演讲，有些不敢当！其实我现在做生意，也还是刚刚起步，没什么经验可以讲的。”孙中飞见他拒绝，马上吓得脸色大变，只有他清楚黄文远为何逼他来省城相请。原来是县委给黄文远下达了特殊任务，如不把茅剑秋从省城请回做报告，就撤掉黄文远的文联主席职务。县委新领导们听说茅剑秋在省城开办“剑月时装集团”生意日隆，决定把招商引资的硬任务落实到县文联头上。孙中飞见茅剑秋百般推托，不肯回县演讲，只好向茅剑秋哭求，说明县里给黄文远招商引资硬任务的来龙去脉。茅剑秋这才明白黄文远请他回去演讲是假，要他出资是真。茅剑秋本想把孙中飞逐出了事，可他毕竟是从辽县出来的人，左思右想，最后决定不记宿仇，说：“既然黄主席有招商引资的任务，我尽力而为就是了。批一点钱是可以的，不过演讲一事，还是免了吧！”孙中飞没想到茅剑秋不仅不记旧仇，反而如此爽快答应支援辽县一笔经商资金，顿时大喜过望，连声叫道：“剑秋兄真了不起，我现在才知道，我们从前都是鼠目寸光的小人啊！”茅剑秋无意和孙中飞这类人周旋，便向秘书挥了挥手，吩咐说：“快带这位朋友去吃了饭，然后派车把他送回宾馆。”又对哈着腰千恩万谢的孙中飞说：“饭我就不陪了，至于支援辽县的资金嘛，你可让黄主席亲自来省城谈，到时候我派赵副总接待。总之，家乡有困难，我茅剑秋不能袖手旁观！”孙中飞听了，越加感到自己从前的卑劣无耻，一边说着感激不尽的话，一边在秘书催促下出了公司办公楼。茅剑秋望着孙中飞那慌不择路的样子，顿生一种今昔之感。他没想到世事多变，从前在辽县趾高气扬的人，也有求他的一天了。

“剑月集团”的时装产业一日千里。就在茅剑秋筹划当年初冬在深圳举办“剑月秋冬时装最新设计”展销会的时候，一日，他忽然接到杨瑶亲自打来的电话。这电话让他十分激动，因为杨瑶向他报告的是一大喜讯。茅剑秋出版的长篇小说《野狼湾》最近已被北京一家著名影视制作公司看中，决定把《野狼湾》改编成多集电视连续剧，并且资金基本到位，希望与该书的作者在京见面并签署合作协议。杨瑶还特别告诉他说：“茅老师，此前就已有几家电视制作单位看好了我们的《野狼湾》，可每次对方想合作时你总表示需要考虑考虑。我知道你是想选一家有资质的公司来制作拍摄。如今北京这家京城影视公司，就是你理想中的影视公司，因为国内几部有名的大型电视连续剧，都是他们担纲拍摄的。可以说他们完全有实力把您的作品再现在电视屏幕上。哦，对了，这其中还有另一个因素，也要你给予考虑，这家公司的老总，是通过关系找到我们社的高楠楠。有高楠楠从中牵线，我才同意请您到北京和他们接触的！”

茅剑秋这才想起，几天前高楠楠确实给他打过电话。当时她就说到《野狼湾》改编电视剧的事，但因当时茅剑秋正忙于和助手们谈深圳“秋冬时装展销会”的事，就三言两语应付过去了。没想到这次高楠楠居然搬出他的责任编辑杨瑶，而且他从杨瑶的话中已经听出，杨瑶已经看中北京这家有实力的影视公司。因此，茅剑秋就不能不认真对待了。他当即表示：“杨瑶，只要你认为京城影视公司能拍好咱们的《野狼湾》，我就不提任何不同意见了。请你放心，到时候我会准时去北京赴约的！”

如今，茅剑秋果然在一个初秋的上午，登上了从C城飞往北京的航班。他坐在椭圆形机窗前，透过窗口眺望机翼下翻腾的滔滔云海。在云蒸霞蔚的碧空上，茅剑秋脑际又浮现出杨瑶那深沉睿智的眼睛，仿佛听到她在耳边说：“这一次……我们又成功了！……”她的声音依旧温和而柔弱。她好像很累很累，略带沙哑的声音透过手机从遥远的地方飘了过来。每次听到她的声音，总让接电话的他略感几分不安。从杨瑶有限的电话中，他隐隐感到她似乎比那年春天在江边疗养院见面时变得更加劳累了。不然，她就不会在说话间歇也要喘息，这是从前和杨瑶接触时少见的情况。茅剑秋仍然一如从前，虽然他与她都生活在C城，可以说彼此近在咫尺，但却又觉得相隔甚远。别说寻常不得见一面，就是打个电话的时候也非常有限。对于他和她而言，当然都在忙着各自的事情。两人就如同松花江面飘浮的两片小小树叶，只有在风儿吹拂的时候，才有可能偶然碰到一处。在短暂的接触过后，彼此又开始在风儿的吹拂之下随波逐流地飘向远方。尽管茅剑秋对杨瑶始终有着深深的敬意与好感，他也清楚杨瑶对自己同样有着良好的印象。然而，茅剑秋仍然在理智地处理两人的关系。他发现杨瑶也像他一样，只有在工作需要的时候，他们才可能短暂地相聚一处；而当要谈的事情一结束，他们便都理智地控制各自的感情，依恋却又决然地分手告别，再去各忙各的事情。茅剑秋对这种若即若离的关系，总有些遗憾。他也总在心里这样叮嘱自己：“这样不是很好嘛。君子之交淡如水。既然杨瑶希望永远和我保持这样的关系，我就应该尊重她的选择！”

茅剑秋凝视机窗前一朵朵飘逝的白云，感觉自己似在梦境之中。人生若梦，他相信这样的比喻有一定现实性。即便昨天发生的事情，眨眼一瞬，也就只能到记忆中去回味了。今年早春北京图书订货会刚刚结束，杨瑶就曾主动约他去一家韩国料理店品尝风味独特的料理。这对茅剑秋来说，当然是一次难得的机会。自从他来C城经营时装企业以来，杨瑶再没有主动约他见过面，更不要说请他吃饭了。她请他吃饭，大多发生在前几年他在辽县当工人的时候。那时他到C城两眼一抹黑，如果杨瑶不为他安排食宿，茅剑秋真不知该在哪里下榻，哪里吃饭呢！而今则大大不同以往，他在这座松花江边的城市里，不仅有自己的豪华住宅，同时也有他的公司、生产车间和时装门市部及连锁店了。如今当他吃饭再不是难以解决的问题时，杨瑶往往对他敬而远之。而今杨瑶为何要主动相请？那天，杨瑶满面微笑地在料理店门前迎候他，茅剑秋下了车，见杨瑶伫立门前，顿时惊喜地上前紧紧握住她的手，这才发现杨瑶似乎比前次见面变得更加清瘦了。清瘦也有清瘦的美，茅剑秋认为杨瑶的过于消瘦，隐含着一种难以言喻的病态。可他又没有想好这病态之美是否还隐藏着某种隐忧。因为杨瑶是满脸堆笑地迎候他，他只能感受主人的热情，而不宜联想其他。这家韩国料理店装修奢华，但菜系居然是地道的日本料理。在吃饭的间歇中，也不时掺杂一些韩国风味的烧烤。两人在一间雅座内对坐，吃饭的氛围幽雅而宁谧。刚开始时，女侍进门送来精致的菜谱，杨瑶却反主为客，推给茅剑秋点菜，茅剑秋就点了日本锄烧、寿司和石锅拌饭。杨瑶本人也点了韩国烤肉和各种泡菜。

杨瑶在女侍们尚未把菜端上桌前，就已经向他致了开场白。她依然称他为“茅老师”，杨瑶说：“我为什么要请你吃韩国菜？这其中有两个原因。一是，几年前你第一次来省城参加图书签售的时候，我就说过，现在我只请你吃中餐，等将来有一天你成了名作家的时候，再吃中餐就有些过不去了。到那时我请你吃西餐或韩国菜。你还记得我当初的诺言吗？”

茅剑秋笑笑：“记得，不过那时我以为你在开玩笑呢。因为我自认为不可能成为名作家。我的起点相当低，对于像我这样的作者来说，一般很容易满足，写出来的文字有人能给我印成书，就已经是最大的奢求了，哪还敢梦想其他？再说，我即便到了现在，也还称不上名作家，杨瑶，你过奖了吧？”

“不是过奖。一点也不是过奖。我这个人，一辈子说话都不言过其实！”杨瑶见一碟碟日式的韩国菜依次上了桌，泛白的脸上渐渐露出兴奋的红晕。在他们面前很快就摆满了五彩缤纷的韩式餐点和菜肴，她指着一碟韩国泡菜对他说，“在我们这座城市里，韩国的泡菜是非常地道的。茅老师你看，见到这些泡菜，就会想起我国南方那些小菜，这是我在几座城市所见过的同类韩菜中最好的成色。对了，还有马铃薯蓉和葡萄牙鸡，其实这是俄国的美味。来，美味不可不品尝呀！”她见茅剑秋不习惯用起闪亮的刀叉，就在一旁为他小心地纠正姿势，直到看他吃用习惯起来，这才把她的话引向正题，杨瑶说：“去年腊月数九天特别冷，是我进入出版社工作以来最难过的一个冬天。那时我在想，我究竟该如何渡过这个严寒的季节？我会不会因为难过而败下阵来？这是因为我没有一本可以参加订货会的好书啊！你没有当过编辑，你就不会理解我们因为得不到好书稿而产生的焦虑。我应该庆幸的就是，这时候你出现了，你那部厚重的《野狼湾》寄来了，是它救了我啊！茅老师，这就是我要请您吃韩国菜的原因。至于你现在是不是名作家，这个自然不用你自己说，也不需要我来替你吹捧，一些报纸上的文章已经为你在中国现代文学的地位奠定了著名作家的基础！”

茅剑秋见她果真煞有介事地从挎包中取出一厚沓北京发行的报纸。他接过一看，上面几乎都刊登着评论《野狼湾》的文章。其中有书评、有报道、有座谈纪要和专家对重点图书的点评，等等。还有一些报上是以“著名作家茅剑秋新作在京引起轰动”作为大字通栏标题的，显著版面上也有人在介绍他这部描写知青的新作。一位著名文学评论家就此书发文，指出：“《野狼湾》无疑是当今中国知青题材中较为优秀的作品，小说结构朴实，内涵丰富、人物刻画尤见作者功力。茅剑秋笔下展示的‘文革’中内蒙古大草原牧民与知青的生活，具有特别鲜明的时代感和让读者折服的真实感。作者匠心独运地描写一批知青在孤立无援的历史背景下，面对险恶的大自然困扰，从而揭示动荡时期的中国边陲人类与自然、人类与野兽错综复杂的关系和矛盾。从中不难看出著名作家茅剑秋继他《盛京春秋》和《古城斗枭雄》获得成功后的又一次成功尝试，这种新的尝试给读者带来的则是全新的艺术享受。……”茅剑秋在这些洋洋洒洒的文章上轻瞥一眼，不以为意地说：“这些都是对我的谬奖。杨瑶，其实我现在的情况你是清楚的，写作仍然还是我的副业，因此我不敢自称什么著名作家。”

杨瑶见他这样冷静清醒，神态举止和为人处世仍与若干年前在省城车站初识时别无二致，不禁对他越加敬重了几分，便举杯祝酒说：“先不说是不是著名作家，这确实并不重要。重要的还是你的作品，是不是真正受到了读者们的欢迎，是不是为我们文艺编辑室，当然也为我本人救了一次驾！坦率地说，茅老师，你这本小说本来是可以拿到北京或上海一些大出版社去出的，我相信如果他们来出，影响肯定不止目前这种情况。而你主动把自己埋头写了十多年的扛鼎之作，在关键时候寄给了我，就足以说明你是在了解我处境情况下才这样做的。因此，我还不该请您吃顿饭吗？”

茅剑秋不再多言。他认为和杨瑶之间不需要这些无聊的吹捧，如果他们把话题继续囿于《野狼湾》取得的成就，显然冲淡了彼此多年合作中凝结的友情。然而，杨瑶仍有些意犹未尽，她叹息一声，仿佛又回到去年冬天那让人感伤的日子，她说：“你这样有深度的作品，在当时我想全力扶持竟也遇上了那么大的阻力。后来因有北京廖老这著名文学权威的支持，社里才不得不同意出版了。当时我是悬着一颗心来办这件事的。尽管我凭直觉断定这是一部好作品，而且还能判断它出版后会得到什么样的社会反应。可是，社里有人就是以拿不准来加以贬低，甚至到了开机印刷之前，有人还在拼命压低印数。我凭我的单薄之力争取到了最后，才勉勉强强同意第一版印五千册！你说，这么好的作品争到最后才同意印五千本，我心里能不难过吗？可我没有办法，这几年我愈来愈感到在编辑岗位上的力不从心。如果仅仅是工作上的压力，我倒并不介意。许多意想不到的因素，往往在抵消和减弱我的意志。现在我可以自豪地告诉你，你这本《野狼湾》发行非常好。现在已经印了11次，30万册的销量仍然还在看涨呢。这在我们这样的小社里是史无前例的，我本人也因为有你这本小说显得扬眉吐气了！茅老师，请你喝干我敬你的这杯酒吧！……”

“谢谢！”茅剑秋听出她话中的颤音，显然她真是动了感情。而且在傍晚的幽暗灯光下，杨瑶眼中闪动着泪花。他急忙饮干这杯水酒，然后转了话题。他希望谈些有趣的事情，比如她女儿现在北京的情况，她如今是否还在撰写那本抗联题材的《雪葬》，等等。说着说着，不知为什么，茅剑秋竟想起一年前他在报上发表的小文《十五的月亮》。因此便直率地问她：“杨瑶，恕我冒昧问一句话，不知可不可以？”

“有话只管说，我们早就是老朋友了嘛！”杨瑶也看出他正目光定定地凝视她略有苍白的面容，也许他听说她在十分有限的时间里，仍然每天坚持夜晚写几千字，抗联斗争史诗就是她中年最大的写作理想时，忽然关心起她的生活与身体来了？然而茅剑秋却说了一段让她难堪的话，他说：“去年我到冰城参加一次时装展销活动，在那个会议上意外见到一个从咱们C城去那里经商的男子。他在当地做的是房地产生意，摊子铺得相当大。财大气粗，就连时装展销这类和他没有关系的活动，他也要慷慨地投资，借此扩大他的影响。这些本来都让人羡慕和敬重，可惜此人在这次会议上，居然亮出了他私生活的底牌，公然把他的几个情人也带到餐桌前去炫耀，因此为人所不齿。回来以后，我气愤得不行，这才写了报上发的那篇不伦不类的东西，我想……”

“别说了，请你不要再说了！我心里什么都明白……”杨瑶听了这些话，她那本来消瘦的面容顿时变得更加惨白。不知为什么她瘦弱的身子竟情不自禁地颤抖起来，手中的杯盏也在灯光下不停地摇晃。

茅剑秋却不想把话就此打住，他担心地望着她说：“杨瑶，请你相信，我是善意的，并没有任何非分之念。我仅仅是担心你的生活，是不是过得很好？……”

“很好，我很好。谢谢你对我的关心，真的，我生活得很好啊！”杨瑶已经从激愤的情绪中渐渐平静下来，很快恢复她惯有的安恬。她忽然扬起漂亮的脸儿，冲他嫣然一笑。接着，还把手中的杯盏举起来，若无其事地瞟他一眼，然后饮尽了杯中的苦酒。茅剑秋看出她明显在掩饰内心的愁楚，尽量不让他看出内心深处的隐痛。她不想成为他眼中怜悯的弱者，在所有公众面前杨瑶始终都是一个强者。这些年来，即便她已经感受各方对她投来的不信任目光，可她仍然坚守着自己最后的尊严。这就是她生活的底线。茅剑秋正因为理解她神情的变化，所以才进一步询问：“他……你那老公，究竟待你怎么样呀？”

这句话就俨然一把锋利的刀子，直刺杨瑶的心窝。她的脸色顿时白了，惨白得如同一张白纸。此时她在茅剑秋面前，忽然想起一个人来，那就是仍在冰城经商的老公姜有松。有几次他们夫妻俩发生争执的时候，姜有松都要抓住有人给他寄匿名信这件事，作为指责和贬低杨瑶的口实。她对此数次作出解释，可他又数次盯住不放，总是在追问她：“你和那个姓茅的究竟是什么关系？”杨瑶坦荡作答：“我们的关系没有你想得那么卑鄙肮脏，茅剑秋行事坦荡，从不像你这种人貌似伟岸，却总在以小人之心度君子之腹。难道作者和编辑之间就不能有纯洁的友谊吗？”姜有松不屑地呸她一口：“你少跟我说这种骗人的鬼话，男人和女人究竟是什么关系，还有比我更清楚的吗？男人和女人的关系，首先就是性，其次还是一个性。饮食男女，这是从我们老祖宗那里流传下来的基本哲理。难道你杨瑶就能够超脱到不可思议的崇高程度吗？笑谈！”如今，杨瑶没想到茅剑秋居然会这样直接触及她内心的隐秘。不过，这次她并没有在茅剑秋的目光下气馁，而是勇敢地抬起头来，面对他那不容对方掩饰的眼神，居然说：“很好，他待我很好呀！……”

茅剑秋一怔。他有点尴尬，甚至后悔不该这样直露地追问杨瑶的私事。可他无法控制自己的感情，他好像一直都在关心她和爱护她。茅剑秋深知在他和她之间不存在超越编辑与作者关系的任何可能，然而他仍然还是要这样追问她。因为在他心底，杨瑶好像就是他的亲人，就像他的妹妹一样。如今，他已经明确得到这样的判断，杨瑶的回答显然并不是发自内心。只是她为了隐藏某些东西才故意佯装的坚韧。半晌，他不甘心，还在那里询问究竟：“你说的，可都是真话？杨瑶，你应该对我说真话啊！”

“我讲的当然都是真话。你要知道，我这个人，从来是不讲假话的！”杨瑶已经从意外的刺激中平静如初了。她也对如何面对茅剑秋的进攻重新调整心态，开始有了较为充足的心理准备。现在她说话时再不需要掩饰什么了，目光毫不回避地迎向他，然后做了一番强颜欢笑的表白：“茅老师，请你放心，我自己会照顾好我的一切。我和他是从前大学的同窗，也一度是文学这个殿堂的同路人。那时我喜欢读托尔斯泰的作品。而他也每天都到图书馆去，他那时喜欢英国几位现代派诗人的作品。当然，我们最后能走到一起，也不是完全因为文学和诗，人有的时候，其实并不能完全了解对方，也不可能完全了解自己。正像有部电影取名为《初恋时，我们不懂爱情》，说的就是这么个意思。后来，他经不得没有金钱日子的煎熬，索性就下了海。他后来果然实现了辞职时对我做出的许诺：我想下海，就是想得到很多很多的钞票。到了那个时候，我就可以让我的妻子和女儿住上C城最好的房子，坐上最好的车子。他后来有了钱，果真让我接连搬了几次家，搬家后住的房子一次比一次大、好。车子呢，也换过几次。现在我已经坐上奔驰了！所以，茅老师，我并没有欺骗你，我说的都是真话，我现在生活得很好！你千万不要再为我操什么心了！……”杨瑶说到这里，眼里汪着的泪水扑簌簌滚落了下来。

“你说的这些，当然都是真的，我对此从不怀疑。”茅剑秋听到这里，决定控制自己的情绪，并决心不要继续追问下去了。因为他已经明确印证自己对杨瑶一番表白背后所隐藏的复杂情愫。

她是在以表面的乐观继续掩饰自己心底的隐痛与悲伤。茅剑秋觉得既然她已经把心门封死，再想说那些企图帮助她求得解脱的话，就显然毫无意义了。他想马上结束这次晚餐，不过在临近退场前他还是情不自禁吐了一句："可是我不相信，物质生活享受难道就是幸福生活的全部吗？！……"如今，茅剑秋想起前次餐聚时心照不宣的谈话，心头仍笼罩着淡淡的阴影。他不知这次在北京和杨瑶再次相逢，他们之间还会发生什么。不管怎么样，茅剑秋已在来前就想好了一切，从今以后，他不想在杨瑶面前再提及那不愉快的话题。既然杨瑶认可她自己的生活现状，那么作为她的朋友，就不该继续进入这个不允许局外人涉足的私密天地。茅剑秋只在心里悄悄地祝愿着：杨瑶，只要你觉着活得开心，这就行了！

新书走俏京城

波音客机抵达北京机场时正值中午。

茅剑秋对宽敞的 2 号航站楼大厅已经十分稔熟，这几年他为自己的时装销售不断在天南海北奔走，几乎每一次都要在北京中转。因此当他随着熙熙攘攘的旅客人流进入大厅时，忽见从欢迎人群中闪出一个漂亮的女孩子来，冲他叫道："茅老师！可把你给盼来了！"茅剑秋原以为杨瑶会亲自来机场迎接他的到来，没想到却是高楠楠高兴地站在机场划定的区域外向他含笑招手。

"杨瑶说拍电视剧的事已经谈妥了，还是你从中牵的线呢。"

坐在驶往城区的轿车里，茅剑秋仍然感到杨瑶不来机场有点不可思议。因为在他前往北京的前几天，杨瑶就在电话中与他约定："我们先飞北京去做些必要的准备，你到达时我一定亲自去机场迎接，因为这次是我们纽副社长亲自带队，这也是新班子上任后为我们社图书在首都做宣传的最好机会呀！"当时，茅剑秋本想和杨瑶及纽副社长等人一起赴京，但因为他的"剑月集团"正忙于在C城与韩国客商谈一个去韩国展销的项目，所以茅剑秋不得不改期单独来京。如今高楠楠虽然和他海阔天空地谈着《野狼湾》电视剧如何看好，但他的心思仍在杨瑶的食言上。后来，茅剑秋终于开口问了："楠楠，杨瑶为什么不来机场，我们可是有言在先的！她要在进城的车里和我研究好所有与制片方会谈的程序，可她现在却不来机场。莫非她有什么紧要的事吗？"

高楠楠见他这样急切，脸上的笑容忽然不见了，她讷讷地说："杨姐她早就准备来北京的。可是，谁知道她在来京的前一天晚上，忽然又发病了！"茅剑秋一惊："你说什么，杨瑶她根本就没来北京？"高楠楠原本不想把杨瑶发病住院的消息马上告诉他，但见茅剑秋把杨瑶没来机场当成了一回事，情知无法隐瞒，只好如实相告："是的，杨瑶没来北京，只有我们纽副社长和我来的。本来，杨瑶是非常想来的，因为这次电视剧谈判是和她编的这本书在北京扩大发行结合在一起运作的。她是《野狼湾》的责编，不来又怎么行呢？可谁也没有想到，就在行前的当晚她突然发病，而且还晕倒在家里了。幸亏她女儿那晚上回到了C城的家，马上跟我们通了电话。不然，如果杨瑶还是一个人在家的话，那后果可就要严重多了！”

茅剑秋听了，心情顿时变得沉重起来。来时兴冲冲为小说改编一事高兴的他，因为忽闻杨瑶因病不来北京而变得忧虑重重。急忙追问病情说：“莫非她的抑郁症又复发了吗？再说，抑郁症发作也不至于晕倒吧？”

高楠楠说：“这次当然不是抑郁症了，我们连夜把她送进医院抢救，才捡了一条命呢！据医生说，她的病好像不轻呢。其实，她一直都好像在亚健康状态中生活，病态已非一日了。自从去年冬天为您这部小说操作开始，她的情绪就显得很不正常了。我常常见她独自坐在椅子上发呆，有时还见她手捂右腹，眉毛总是痛苦地皱在一起，额头上也冒着冷汗。我问她怎么啦？她总是说没事！其实呢，她对自己的病是非常清楚的，只是不想再住院罢了。一是有忙不完的工作，二是她也担心再弄出个小病大养的恶名。前次她在疗养院治病，社里有人就很有意见！”

“你们这个社呀，真是混乱得不可思议！”茅剑秋想起前次他在江边疗养院和杨瑶在一起的日子，就在为她的处境抱不平。如今他听了高楠楠的话，便再也忍不住发泄怨气：“像杨瑶那么任劳任怨的编辑，你们社为什么总要这样对待她？可以这样说，如果不是因为杨瑶那么敬业，我这部《野狼湾》肯定不会交给你们社出版。我可以在北京随便找一家出版社，就可以出书的。可没想到你们社有些人竟如此妒忌她、排挤她。唉，我就不明白了，杨瑶有病为什么还不允许她治疗？住疗养院期间我是亲自去探视过她的人，我知道她即便在医院里，脑子里想的还是如何出书呢。”

高楠楠却说：“可有人说她在养病时是忙着写自己的书了，还有人说杨瑶想成名，不安心本职工作。其实我们都可以为她做证，杨瑶如果真想当专业作家，她本来是可以跳槽的。”茅剑秋颇有同感地点头：“就是嘛，我就曾经劝她离开出版社，可她总认为自己已经爱上了这一行。在工作和家庭方面，杨瑶都有一种坚韧的信念，她有从一而终的保守思想，这种思想才真是害了她呢！”茅剑秋这番话当然高楠楠听不懂，只有他自己清楚其内涵。前次在吃韩国料理时杨瑶就百般拒绝他谈及自己的家庭，足以证明她明知丈夫在外有众多情人却又不想因此摆脱这痛苦的家庭桎梏。茅剑秋事后暗暗究其原因，完全可以把她的痛苦坚守视为一种不值得提倡的“从一而终”。当然，杨瑶在明知其夫对婚姻不忠情况下的痛苦坚守，也许内中还有其他不可告人的隐衷。不过，正因为这件事，让茅剑秋看穿了杨瑶在坚韧外表掩饰下的脆弱内心。她是考虑名誉和女儿不能没有父亲才忍痛死保这名存实亡的家啊！如今高楠楠又谈到杨瑶工作受挫和明知有病而不肯治疗这两件事，更让茅剑秋感到杨瑶善良天性之外的可憎之处。茅剑秋在问明杨瑶入院时医生尚未最后为她确诊的详情之后，便不再说话了。他只感到内心像有一块石头压着一般，有些喘不上气来。他同情杨瑶，也怜悯杨瑶；同情她的工作境况，也怜悯她那毕生并不如意的婚姻。然而他却无法给她以有力的支持与帮助，有的也仅仅是朋友式的关切而已。他虽然还不十分清楚杨瑶为何晕倒而不能来京，但茅剑秋凭直觉已能断定她此次病情肯定不轻，不然她绝不会不来北京，更不可能在这时候住进医院。让他忧虑的是杨瑶这次不是抑郁症复发，那么，她究竟染上了什么新病呢？

“茅先生，我们能在北京和你会面感到非常荣幸！”副社长纽丽琴在下榻的宾馆大堂里亲切迎候着风尘仆仆的茅剑秋，在她身后则有副总编董琪和主管发行的副社长卓越等人。其中卓越早在几年前图书签售时和茅剑秋就认识了，如今大有他乡遇故知之感。自然万分高兴，紧握他的手摇个不停，并对纽丽琴和董琪等人说，“我们真该好好感谢一下茅先生了，如今人家不仅是一个作者，还是省内商界有名的董事长了。他的时装设计就像他写的书一样，都具有独特的风格。你们从这本《野狼湾》就可以见到茅董事长的艺术魅力，同样是被人写过几百遍的知青题材，可到了他的手上，笔下的人物、事件和情节可就大不相同了呀！”纽丽琴也恭维着说：“就是嘛，当初杨瑶对我说，茅先生写知青，偏重写了人与自然的苦斗，我当时一听，就有耳目一新之感。尽管我对文学还属门外人，不过，起码的艺术敏感力还是有的嘛！可是当时呢，社里就是有人说拿不准，左一个拿不准，右一个拿不准。我就鼓励杨瑶说，别怕，有我呢！有人想用所谓权威压人，我就说，咱们也可以请权威来为这本书定论嘛，最后怎么样？还是我搬出了大名鼎鼎的廖老，人家可是北京文坛上说一不二的人物。你一个C省的评论家又怎么可以匹敌呀！”

卓越也显得扬眉吐气，说：“现在怎么样，纽副社长这招棋下对了嘛，茅董事长的大作一拿到京城就引起了轰动。现在这书已经印到30万册了！我们社的发行一直苦于无法突破，正是你这本书让我们的发行部门跟着露了脸、沾了光呢！”

副总编董琪亲昵地拉住茅剑秋的手：“我们和杨瑶都要感谢您。去年冬天，我们都在为如何占据南方图书市场发愁的时候，是您茅先生雪中送炭，给我们送来一部这么重要的书稿。现在我们社的被动局面就因为有这本书局面大开呀。看起来出版社出书，也像下棋一样，一枚重要的棋子，有时就可能起到扭转全局的作用！”

纽副社长、卓越副社长和董副总编、高楠楠副主任等人前呼后拥着茅剑秋进入电梯，然后再来到那特意为茅剑秋订下的套间客房。彼此略致寒暄以后，又相携进入9楼宴会厅。在这里，主人早就准备好丰盛的午餐，盛情款待着作者茅剑秋。如此热情的场面，让坐在首席的茅剑秋油然联想起许多逝去的往事，让他特别联想到此时不在这热闹场合中的一位主角，本书的责任编辑杨瑶。茅剑秋脑际里仿佛出现一连串难忘的镜头。当年他在辽县第一本书《盛京春秋》出版时，他受杨瑶之邀亲往C城参加图书签售活动，那时欢迎他的只有杨瑶一人。茅剑秋那时还无缘受到松江出版社给予的隆重礼遇。而今他终于可以和出版社的领导们平起平坐了。这当然不仅因为他写了一本有卖点的书，重要的还是他如今已经成为省城商界的知名人士、市政协常委、省政协委员等职务。他目前拥有的所有一切，都和一个当初扶持他的女编辑有关。让茅剑秋面对满桌美酒珍馐，心情仍感沉重的是，杨瑶作为当初成就作者大事的人，竟然不在今日的酒席宴上，而且她还突如其来地生了病。这是茅剑秋喜中添忧的不快之事，以至于他在大家友好热烈的频频祝酒过程中，忽然有些微醉了。

“茅剑秋，你还很年轻嘛！”对茅剑秋这样说话的人，当然只有德高望重的京华名士廖静之了。茅剑秋在纽丽琴、董琪、卓越和高楠楠等人陪同下，走进北京东城一条狭窄的小胡同，在一所幽静小四合院的厢房内，终于见到了白发如雪、精神矍铄的著名学者廖静之。老人的书房四壁书架，他们坐在书海之内顿生渺小之感。只见廖静之指着对面沙发上的茅剑秋振振有词地说道，“我当初读了你的《野狼湾》，就感到作者至少要有六十岁左右的年龄，为什么这样说呢？就因为你的语言功力有比较鲜明的个性。一个作者的功底如何，可从他的叙述性语言中一窥端倪。语言不仅可以看出你对生活是否真有体验，同时也可看到你究竟是在凭空编造故事，还是在书写自己曾经经历过的往事。在这方面你的作品可以打动我，就说明你的语言表达能力至少有二十年以上爬格子的经历，不然，你绝对写不出像《野狼湾》这样厚重的作品。”

“过奖了，廖老，在我很小的时候，就已经听说您的大名了。”茅剑秋为他有幸见到廖静之这样的学界翘楚而感到振奋，他说，“我的作品能得到廖老的亲阅和推崇，是我最大的荣幸。我记得在初中读书的时候，就为读到您评论《红楼梦》和《金瓶梅》的文章而感到惊叹。因为读过这两部书的学者很多，但像廖老写出那么深刻文章的人还是凤毛麟角啊！”

廖静之听了，更加仔细凝视坐在对面沙发中的茅剑秋，说：

“我听纽丽琴介绍说，你从前一直生活在一个县城里，是吗？这就相当难能可贵！就我们中国的现状而言，凡是做学问的人，一般都生活在大中城市，因为这样可以不断接触各类供研究的资料和书刊，而你在县城生活就很难办到；当然，你在县城也不是没有任何益处，主要是便于你近距离接触社会的底层。也许你在《野狼湾》中展示那么多人狼相搏的悲壮场景，就和你从前的生活大有关系？因此，在底层生活也有它特殊的好处，你茅剑秋现在能写出这么深刻感人的稿子，就应该感激生活给你的厚遇啊！”

茅剑秋冷静地坐在那里，静静倾听着老人的旁征博引。他那触类旁通的智者谈吐，显然把他的《野狼湾》升华到艺术精品的境界。如今他获得的意外艺术成果，是茅剑秋当年在辽县最初起草此稿时根本不敢想的。那时他甚至连书稿最终是否能够写成，写竣之后稿子是否能得到发表的机会，都不曾有准确的估计和判断。而今他真正开始步入成功者的行列了，无论他在文学创作上接连面世的三部长篇作品，还是他以出书换得的报酬在省城和妻子梁晓月开办的时装集团公司，都让他从心底暗暗感激当年扶持自己的女编辑杨瑶。让茅剑秋为之遗憾的是，杨瑶不在今天廖老的家中。

在秋菊盛开的京城，茅剑秋每天都生活在读者与各方专家的友善簇拥之中。和京城电视公司改编权转让的谈判也进行得非常顺利。这家电视制作公司果然有着强大的社会背景，为了筹划拍摄《野狼湾》，不仅很快就联络了众多赞助伙伴，而且还得到央视电视剧制作中心的支持。看来这部电视剧很可能在公映之后就如同小说首发时一样，很可能获得好评如潮的最佳结果。松江出版社来京的几位领导，对茅剑秋这次北京之行给他们带来的益处是，由于茅剑秋频繁出席在王府井、西单、海淀等书店举行的读者见面会，现场签名售书又促进了销售量的剧增。卓越副社长感慨地对茅剑秋说："我们回去以后，真该给你茅先生开一个庆功会了，不然，我们心里就不得安宁啊！"茅剑秋却正色地说："如果你们真想开什么庆功会，最好是请杨瑶作为主角。因为如果没有她，也就没有我茅剑秋啊！"人们这才想起此时正在C城医院治病的女编辑室主任杨瑶。董琪说："好，回去以后，我们确实都该去看看杨瑶了。也不知她得的是什么病，感谢茅老师的提醒，我们确实不该忘记杨瑶！"纽丽琴听了，神情有些忧郁地点了点头："昨天我给康社长打过电话了，他答应亲自去医院。茅老师你可以放心，我们不会忽视为杨瑶治病的。"茅剑秋现在只说了一句话，没想到就引起出版社领导层的注意，他觉得现在他该为杨瑶做点什么了。同时他也有这个能力。

一天晚上，纽副社长、卓副社长和董副总编，陪同茅剑秋去长安大戏院观看程派名剧《锁麟囊》。女主角张火丁是东北人，茅剑秋非常熟悉。但他今晚心中有事，好戏也听不进去。在看戏休息时，茅剑秋在剧场外的走廊里和刚从洗手间匆忙出来的高楠楠相遇，他把她带到一排新式红面小沙发前坐定。他又一次询问起杨瑶的病情，高楠楠没想到茅剑秋在京城如此繁忙，仍然几次三番打听有关杨瑶的病况，就说："她究竟生了什么病，我也不十分清楚。那天晚上我和董副总忙了大半夜，把她送进医院以后，我们还要回家准备第二天来北京的事。因此，当时我们只听医生说，杨瑶的肝部好像有些腹水！其他病理数据还要等第二天化验出结果再定。因此，我也说不清楚……”

沈跃龙的热情让人担忧

茅剑秋听到这里，心暗暗紧张起来。

他知道肝腹水是一个什么概念。那是肝部重疾到了晚期才会出现的危状。可是，杨瑶此前根本就没有任何征兆吗？他把自己的疑问提到高楠楠面前，希望她好好回忆杨瑶此前有无可疑的表现。高楠楠摇头：“不可能是你说的那种坏病。我最了解杨瑶了，她一直生活在受压抑的工作环境中，这是事实。可是她乐观啊，只要有了乐观的情绪，相信她不能生那种不好的病。再说，她从前被查出来的，也只是抑郁症而已，难道抑郁症也会影响到她的肝吗？”

“当然有影响！”茅剑秋两条眉毛紧紧蹙在眉心，在听罢高楠楠一番话后心情更加沉重起来。他说：“我早就对她提醒过，人的精神长期处于苦闷和压抑的状态，就会生出意想不到的疾病。医学研究成果有一项就说，癌症患者无论是什么病因，都应该首先考虑精神压抑这个重要的诱因。杨瑶的工作和家庭，就是她无法高兴起来的两大不利因素。因此我很替她担心呢！”

“茅老师，你怎么也知道杨瑶的家庭不幸福呢？”高楠楠此前一直不敢在茅剑秋面前谈及杨瑶的爱情与婚姻，她作为杨瑶最知心的同事和友人，当然对她和姜有松之间若即若离的关系了若指掌。现在听了他这话，才知道茅剑秋对杨瑶的了解似比她更深一些。

“我也是从现象上观察，真实情况我其实并不清楚。”茅剑秋担心高楠楠产生不切实际的联想，急忙打断她的话，只说，“楠楠，你我都是杨瑶多年的朋友，我想知道杨瑶为什么身体愈来愈不好，她和我见面的机会虽然不多，可我每一次见到她，都感到她的精神压力很重，身体也愈来愈消瘦了。和我当初见到的杨瑶，简直有点判若两人了。特别是她得了抑郁症以后，她的精神状态和身体状况都有每况愈下之势，难道她当真承受不住过于沉重的精神压力了吗？”

高楠楠见他如此郑重，索性说出一件事：“茅老师，本来这件不快的事我不想告诉你，因为这是我们社内部的事，告诉你也没有办法。况且杨瑶也关照过我，不让我告诉你的。现在我只好如实说了，命运对杨姐真是太不公平了，我们来北京之前，没想到她的职称又泡了汤呀！”

“职称？”茅剑秋困惑而茫然地望着有些气愤的高楠楠，一时不知杨瑶为什么在职称问题上也遇上麻烦，便问：“你们出版社评职称不是根据学历、工作年限在自然升级吗？杨瑶是正牌大学历史系本科毕业，她的工作年限和成绩在你们社肯定也是突出的，为什么评职称还有问题？是不是那个姓沈的又从中作梗了？”

“这次不是的，至少我观察不是他从中作梗。”高楠楠凝思不语，半晌才说出她对此事的看法，“沈总对杨姐确实有解不开的疙瘩。不过，这一次他在社里研究杨姐再报副高职称的时候，不但没有反对，反而在会上公开为杨瑶鸣不平呢。沈总说本来按杨瑶的学历和工作表现，她应该是社里第一批进入副高职称的人，可不知为什么，前两次社里向省里申报的名单都有杨瑶。她本人也名副其实，应该被评为副编审了，可上面就是卡住不批，这次一定要让杨瑶评上去。如果他们再不批的话，我就亲自去找职称评审委员会，像杨瑶这样的业务骨干，他们如果再不批的话，就有点不合情理了！你说，茅老师，沈总这么积极地支持杨瑶申报，难道不是真实意思的表现吗？”

“……”茅剑秋沉默不语。他在认真分析高楠楠提供的情况，半晌才吐出一句话来，“有一句古语，叫作：大奸似忠！像沈跃龙这种有着相当社会活动能力的人，如果他真想成全杨瑶，或者说他真为工作着想，让一个业务骨干得到应有的职称，我想他的能力理应发挥得游刃有余。甚至还会立竿见影地让杨瑶得到她应该得到的职称。可他为什么偏偏要在会上当着杨瑶和众人之面做此表白呢？我想，这也许就是当今社会上巧伪人惯用的手段吧？”

“你是说，沈总阴一套阳一套？”高楠楠毕竟涉世不深，听了他这一番话顿时吃惊地睁大了眼睛，好像忽然间恍悟出许多隐藏在阳光背后的龌龊。她见茅剑秋眼神里迸射着仇火，就叹息一声，“我也有点奇怪呢！本来嘛，平时就连杨瑶工作上的事他都要从中设卡，为什么这次当关系到杨瑶切身利益的事情时，沈总反而变得异乎寻常的积极了！茅老师，我有些明白了，沈总也许在演戏吧？因为他不这样表面支持杨瑶申报副编审，在我们社里确实也说不过去了。你也许还不知道，就连我这80后的大学毕业生，现在也得到副编审的职称了，可杨瑶是你和沈总的同龄人，她的工作年限是我的两倍，工作业绩就更不要说了，我就是她提拔起来的，我进出版社的时候，她就是中级职称了。我才干了几年，就比主任级的杨瑶又高出了一截。如果公平地说，杨瑶她现在应该和沈总平起平坐了，他们的资历、学历、贡献都不相上下，理应是正编审职称了。可杨瑶偏偏就每一次都不能如愿，有人说沈总始终忌恨杨姐当年抢了他的饭碗。把他退回的稿子又要回来了，而且又成功地发表出来。其实这件事看来不大，可对沈总就不是一件小事了。因此就连周慧也说：'沈总的忌妒心太强了，惹不得他呀！'唉唉，因为一本书得罪人，说起来也不值呢！至于周慧就更不要说了，她比我还晚进社一年，现在也堂而皇之地评上了副编审，可不知为什么，杨瑶一连三次向上申报，可每次都被省高级职称评审委员会和黎教授给挡了回来，气得杨姐那个哭啊！茅老师，你说这公平吗，这不是睁着眼睛欺负人吗！"

茅剑秋问："黎教授是什么人，他为什么从中作梗？这些我都会搞清楚的。现在的问题是，他是以什么理由几次否定杨瑶的职称申报？"

"没什么正经的理由，黎教授在会上就是说她外语不达标！"

高楠楠愤愤地说："其实，我们这些评到职称的人，哪一个在外语上达了标呢？还不都是得过且过，有些人甚至当场抄一些别人的试卷。还有些人，包括我也在内，外语的分数不够，就只好托托关系。黎教授这个人每年都主持职称评定，听说他发了一笔小洋财呢！据我所知，周慧评副高职称的时候，就是通过沈总编给她走的路子。可杨瑶不会这一套，她不是没钱的人，可她就是不干！她宁愿永远当个中级职称的编辑，也不肯向姓黎的屈膝弯腰。这就是我最佩服杨姐的地方。茅老师，不怕你见笑，在这方面，我们这些得了职称的人，都从心里替杨姐委屈！她不仅有成绩，还是有著作的人呢！唉，这上哪儿讲理去呀！？"

"周慧？"茅剑秋想起一件往事，就问她："就是当年在松花江大桥上弄丢我手稿的编辑吗？"

"不是她还有谁？"高楠楠眼前又出现一个鬼鬼祟祟的青年女人，她就是此时仍在担任文史编辑室主任的周慧。自从前几年发生书稿遗失的怪事以后，近几年周慧最怕别人提及的就是此事。有时她发现周慧总在无人时独自陷入沉思。她内心深处似乎隐藏着不可告人的秘密。这次杨瑶申报副编审职称再次落空以后，周慧变得越加心神不安。有时她好像很想接近杨瑶，但不知何故她欲进又止，欲语还休。有一次高楠楠对杨瑶说："我发现周慧现在也开始认清姓沈的了！只是她似乎有短处在沈手里，所以她不敢像别人那样公开反对他。"高楠楠见茅剑秋提起丢失书稿的前情，便说："书稿确实是周慧弄丢的，可她究竟为什么要在那个微妙的时候丢稿子呢？只有鬼才知道。我总这样认为，周慧并不是有心计的人，她如果做坏事也肯定是被人利用。她参与排挤杨姐，我想不是出于她本意。这里面见不得人的东西实在太多了！”

“他妈的，难怪杨瑶得抑郁症啊！”茅剑秋听到这里，气愤至极地骂了句粗话，他说，“你们姓康的社长也不是东西！沈跃龙在光天化日下公开压制排挤杨瑶，难道他眼睛是瞎的？杨瑶就是在这沉重的精神压力之下，还仍然勤勤恳恳地工作，他莫非就没一点良心吗？就说评职称这事，无论是什么因素作祟，他作为一社之长都理应以组织名义到上面伸张正义。可他对此竟视而不见，甚至还不断给杨瑶那单薄的肩膀上再压她无法承担的压力，有一天我有机会，肯定是要说话的！”

“对呀，茅老师，您现在是省政协的委员了，有讲公道话的舞台，为什么不参他康平和沈跃龙一本，我倒真希望这些浑浑噩噩的家伙下台。不然，我们松江社就要败在他们手里了。”高楠楠义愤填膺地说：“茅老师，这次杨姐生病，而且病得突然，我就怀疑可能和这次被退回的职称申报大有关系。我现在已经开始怀疑，沈跃龙是不是暗中和省高职评委会的黎教授有某种特殊关系？不然，姓黎的和杨姐素昧平生，无冤无仇，他为什么每次都在关键时候投反对票呢？”

“黎教授？”茅剑秋更加认真起来，追问：“他一人投一张票，难道就能改变一个申报者的命运吗？”不料高楠楠语气肯定地表示：“那当然了。黎教授可不是普通评委，他是这职称评委会中举足轻重的决策人物。他的职务虽是副主任，但一言九鼎，连主任也都要看他眼神行事，因为评委会的主任曾经是黎教授的学生。因此我想，沈总会不会和黎教授有暗中的勾连？不然，黎教授为什么总是别着杨姐不放呀！”

“有道理。楠楠，请放心，我一定要打这个抱不平的！”茅剑秋坐在那里气得胸口起伏，脸膛也因激愤变得泛红。他想了许久，终于把握紧的拳头在椅子上一捣，发狠说：“我明天就回C城，我就不相信，他们这些人真可以目中无人，利用手里那点可怜的权力，胡作非为了！如果需要的话，我甚至可以亲自找省委领导，直接反映这些见不得阳光的事！”

第十二章

杨瑶职称出了问题

茅剑秋风风火火飞回东北C城。

他要做的第一件事，就是亲往省医院病房探望女编辑杨瑶。四壁雪白的病室内恬静无声，出现在他眼前的杨瑶，简直有点面目全非了。相比几个月前在韩国料理店见面时更加判若两人。杨瑶明显地消瘦了，面皮有些多皱和枯萎。两只从前炯炯有神的大眼不再明亮，略显呆然的目光让前来看望的茅剑秋心中一沉。暗叫：她怎么变成这个样子？再看她的发髻，也不像从前那样梳理齐整，由于终日卧床，她头发在脑后绾着，显得乱蓬蓬的，蓬松的散发映衬着一张失去昔日光采的面庞，容颜惨白且又口唇干裂。她见了茅剑秋，唇边忽然现出一抹淡淡的苦笑，那显然是发自她内心的笑。因她终于又见到自己的作者了。一个在关键时刻主动投稿并成全她事业的茅剑秋！杨瑶说话显得吃力，讷讷地说："茅老师，见到你……真高兴！"茅剑秋取出两筒茶叶，送到杨瑶面前说："杨瑶，这是我从南方给你捎回的两筒茶叶。哦，对了，你知道它就是'大红袍'吗？"

"大红袍？"病床上的杨瑶不无愕然地望着茅剑秋举在手中的两筒茶叶。见他开启铁盖，里面的茶叶果然与从前在北方见惯的茶叶截然不同。茶叶呈暗红色，虽然都是些小颗粒，但气味清冽，醇香诱人。她困惑地摇了摇头，想不到茶叶为什么取了"大红袍"的怪名。

"是这样的，有典故呢。"茅剑秋取来她的杯子，马上泡上一杯。透过玻璃杯子，可见在水中飘浮的叶片渐渐变成淡绿颜色。他小心地捧到杨瑶面前，顿时一股清冽的香气扑鼻而来。茅剑秋娓娓地讲道，"这是福建武夷山的特产，清朝时期据说还是珍贵的贡品。大红袍不仅幽香清冽，回味甘甜，而且让人饮后往往有心情愉悦的感觉。由于此茶产量奇少，所以大红袍出口东南亚和北美，普遍受到各界的好评呢。"杨瑶被他这一盏香茶驱散了眼前愁楚，继续询问说："茅老师，我不明白，茶叶怎么得名'大红袍'呢？"茅剑秋坐在床前看她饮茶，一边说："当初我去福建推广时装的时候，也不明白'大红袍'是何意，只是饮这种茶时就会觉得香味怪异，后来听当地人讲才知其原委。原来此茶只有武夷山的风景区才有，在当地民间传说很多，各种说法都表明大红袍是稀有茶种。相传在明代，有个神仙到了武夷山，他把茶叶的种子巧妙撒在悬崖峭壁上，因此茶树长成以后，后人见了悬崖峭壁上的茶树谁也不敢上去采摘。可又觉得这茶如果烂在崖上，就有些可惜了。因此只好训练一批善于攀爬的猴子，让它们爬上去采茶。有一年，一位进京赶考的秀才路过武夷山，并在山上突然生了病，腹泻如水，体弱又不能下山前往京师赶考。幸好一家寺院的僧人为他沏了一杯茶，这就是后来的大红袍！”

杨瑶仍然苦笑：“我还是听不明白，这和大红袍有什么关系呢？”

“自然是有关系。”茅剑秋谈话时总是不紧不慢，他说：“那秀才只因饮下此茶，不久腹泻顿止，而且两日痊愈，即刻下山，不久即在京师中了头名状元。两年后，此人回家时再次路过武夷山，亲临曾经遇险的寺院，经僧人指点，这状元决定去悬崖上祭拜救他一命的茶树，而且在他焚香跪拜时，还脱下身上的大红袍盖在悬崖间的茶树上。从此武夷山上的茶树便得名为‘大红袍’了！”

“哦，这典故真好，真有趣！”杨瑶听了这美好的传说，惨白的面庞上顿时浮现出久违的嫣然之笑。她一连啜饮几口香茗，口中也似乎有沁人心脾的香味。茅剑秋紧紧握住她的手说：“杨瑶，也许你喝了‘大红袍’以后，病情也会大有好转。这次我去北京之前，根本不知道你生了病。如果我知道，也许我就不会去了。”杨瑶却不以为然地摇头：“你怎么能不去呢？你和我不同，你是需要公开露面的，现在《野狼湾》有这么好的发行量，又有人想把它拍成电视剧，是你创作生涯中不可多得的亮点。因此你是应该去的，至于我，就无所谓了。其实我即便不去北京，心里也仍然是高兴的。因为我们的合作毕竟又……成功了嘛！……”

“杨瑶，你这样说是不对的。至少我接受不了。没有你，《野狼湾》会成功吗？既然你是成功背后的主要支撑者，所以没有你在场，我一个人就高兴不起来！”茅剑秋把一束艳丽的百合花，郑重地放在她床头一侧的小柜上，然后坐在她对面床上，简单地介绍了在北京活动的情况。特别说明在拜见廖静之教授的时候，大家都谈到杨瑶当初扶持这部小说所面临的困境。杨瑶听了，惨白的面颊上露出了淡淡的喜色。她喃喃说出这次合作中的感受：“说真的，茅老师。谈到《野狼湾》的成功，在编辑中不仅提高了我对文学作品的鉴赏能力，同时也让我的思想得到了升华。现在我才明白，以前我的编辑理念是陈旧保守的，比如我在收到你的书稿之前，一度过于迷信名家的轰动效应，误以为只有名家名作，才可以让我的编辑职业更加辉煌。其实名家是什么呢？仅仅是一种名气而已，就像现在我们一听到某某电视机，某某电冰箱，或某某名牌的汽车，就要趋之若鹜一样；我当初接手文艺编辑室时为了打翻身仗，就是为了结识名家，甚至为攀求名家赐稿而不顾个人的尊严。后来我才明白，名家在尚未成名之前，他们也都是普通作者。仅仅因为他们的某一部小说，某一出戏剧大获成功了，所以就有了名气。这样一来，那些成为名家的人就可随便拿出一部作品来，造成皇帝女儿不愁嫁的局面。图书市场这几年崇拜名家的情况竟然变成了一种时髦。其实名家的作品不一定每一部都写得优秀。就像戏剧家曹禺先生以一部《雷雨》成了名，可他后来承认，任何一个作家都不可能保证他的作品一部比一部优秀。他甚至说后来的《日出》就不能和《雷雨》相比。到了曹先生的晚年，他甚至叹息不如普通作者，还为晚年写不出优秀的作品感到自疚！因此，我现在的体会是，不应该走盲目崇拜名人的路子。普通作家的作品，有时也可以创出文学的奇迹！《野狼湾》就是我编辑生涯中永远不能忘却的最大收获。从这一角度来看，你真可称得上我的老师！因为是你教育了我！”

“不敢当！”茅剑秋不想过多打扰杨瑶的休息，再说他来到病房之前，已经和几位主治医生先后有过接触。他们在茅剑秋面前都没有隐瞒真实情况，把杨瑶已经确诊为肝癌晚期这不幸的结论，如实告诉了杨瑶的作者。医生们甚至还要求他探视杨瑶的时间一定要适当控制。因为医生对杨瑶现有的抵抗能力做了慎重的估计。告诉茅剑秋如果在短期患者得不到根本性的医治，她的生命存活期将不会超过半年。茅剑秋在获悉这令人忧愁和震惊的医嘱之后，真想当场放声大哭。但他不可以这样做，一是他的身份不允许他过于直露地表达对患病者的绝望哀愁；二是他直到现在仍然不肯接受医生们过于保守的判断。而如今，茅剑秋必须要利用有限的时间，迫不及待地为杨瑶做一些力所能及的事情。不然，他就无法向自己的良心做出交代。

“杨瑶，关于职称的事，你不必担心，我现在有办法处理好这件事。”茅剑秋竭力控制着内心的同情与愤懑，尽量装成神态平淡的样子，好像漫不经心地在谈论一件普通的生活琐事，说，

“在北京时高楠楠已经给我介绍了大概情况，这次我回来，就是要办这件事的。她说的那个黎教授，可就是这个人吗？”

杨瑶见他忽然从皮包里取出一张名片。那是一张制作精致、烫了金的高档名片，显然它的主人并非普通平民。杨瑶抬眼瞟了一瞟，上有“黎一昙”三字，便不屑地唾了一口，然后烦恼地闭上眼睛，仿佛黎一昙三字看脏了她的眼睛。然后以断然语气对床前的茅剑秋说：“就是他，一个外看道貌岸然而实则并不光明磊落的伪君子。一个所谓的学者，做起事来往往让人鄙视！茅老师，我不想让你插手这种事，关于职称的事，我从前就看得很淡很轻。有职称固然是好，可没有职称也不值得让人悲哀。因为这些年的几次反复折腾，我已经看透许多头衔的虚伪性，职称并不能真正界定和评价一个知识分子对社会贡献的全部。至于我，并不是清高，而是我现在的病情，你已经看到了，我——莫非还需要这种毫无实际意义的称号吗？”

“不，杨瑶，你的观点有些我不能赞同！”茅剑秋心中仍然愤愤不平，他看到杨瑶眼前的病况，更加无法容忍这不公平的怪事存在。他真诚而执着地对病榻上的杨瑶说，“尽管有人利用社会的不正之风破坏了职称评定的良好信誉。可是，绝大多数知识分子毕竟需要在工作实践中有一个客观公正的评价。职称就是社会对一个编辑人员的评价。而你已经具备接受这种社会评价的全部条件，别说一个副编审，就是一个正编审的职称你也当之无愧。既然如此你为什么要把它拒之门外呢？要知道，你是当之无愧的！因此，我要马上去帮助你解决这个问题。”

"别、别别……"杨瑶睁开了眼睛，她有些感动，也有些发急，哆嗦着从被子下伸出一只苍白的小手，试图以手势劝止他："再说，这不关你的事，你也无力解决这种内幕复杂的事情。因为、因为姓黎的教授不是一般人，也根本不会改变他对我这个普通编辑的不良印象。还因为，这后面的事情……唉，算了吧，我已经是这样的情况了，为什么还要去争这些身外的虚名呢？……"

"不行，杨瑶，你这样的态度是不对的。也不符合你从前那种不向任何邪恶低头的思想品质！"茅剑秋显然对此事已经成竹在胸，他临行前俯下身来苦苦劝慰她说："你要坚强。杨瑶，再说你的病也不是什么不可医治的。我已经问过医生，他们对你的病都很有信心。你不要急，省医大的医疗水平我是清楚的，一定要相信他们，也要相信我，一定会把你的病治好的！"

茅剑秋离开省医院，火速驱车回到他在江边新建的"剑月制衣集团公司"。

集团公司内厂房林立，占地面积远远超过茅剑秋刚来C城初建时剑月时装公司的几倍。偌大的厂区内绿树成荫，几条笔直的厂区甬路上不时有各种汽车和装运时装产品的卡车往来奔驰。当茅剑秋的高级轿车从外面驶进厂区大门时，他透过汽车前风挡玻璃，一眼就看见一大群衣饰艳丽、风华绝代的时装女模特儿们，花枝招展地在厂区内进行着各种训练有素的时装表演。他知道这是为实现他向南方进军总战略的一个组成部分。茅剑秋设计精良的北方女装如果向南方进军，作为展示时装的模特儿队伍必不可少，组建中的模特儿队伍此时正在加紧训练之中。一个身材矮矮的胖子，正在那群浓妆的漂亮姑娘群中煞有介事地发号施令。模特儿们一个个听从他的指挥，说东即东，指西即西。摇滚音乐伴随这些俨如花枝般的北方丽女，在集团公司偌大厂区里进行着室外操演。茅剑秋见公司副总赵胖子指挥操演这支模特儿大军很卖力气，便故意让司机把车绕厂一周，意在仔细透过车窗打量那些在浓重秋色中翩翩走猫步的美丽少女们。忽然他发现人群中有一位身材高挑的女模，正步履从容地率众出场，鹤立鸡群般的美妙少女立刻就成为引人注目的目标。他询问身边的司机说：“她就是那个姓黎的姑娘吗？”司机说：“一点不差。黎明，她就是被赵副总称为领头雁的女大学生黎明！”茅剑秋在车里冷冷瞟她一眼，那姑娘见是茅剑秋的专车经过，顿时精神一爽，猫步也走得更加起劲生风了。那些女模特儿的郑重神态简直不逊于正在接受重要人物检阅的仪仗兵。因为她们这些尚未最后确定入选的模特儿后备军，一个个都盼望能成为这家时装公司正式聘用的职业模特儿。因此这些漂亮的女孩们，都不敢小视公司董事长的最后拍板。

“晓月，你把这些姑娘的档案都给我调出来，我要亲自过目审查。”茅剑秋没时间观看女模特儿们的精彩表演，而是急匆匆进了办公主楼。来到总部办公室，他一眼就见妻子梁晓月在给几个即将去南方的供销员开会，于是他便向她打了声招呼，又回到自己的办公室。坐在老板桌后大口喝了几口茶，梁晓月就捧着几本花名册进了门，见他气喘吁吁的急切样子，便问：“是什么事把你急成这样？莫非火上房顶了吗？”他说：“这事要比火上房顶还严重啊！”他于是便把杨瑶如何生病，以及医生所讲的危险如实告诉了妻子。梁晓月听了，也有几分黯然，说：“杨瑶我到现在虽然还没见过，可我知道她肯定是个好人，也是咱家的恩人。剑秋，只是她如今病已这样重，我们能有什么办法救她一命呢？”茅剑秋急切说：“第一，我们要为她考虑肝的移植问题。我已经询问过医生，像杨瑶这种病，其他治疗办法都不能让她起死回生，只有肝移植这一条路了；第二，我们要马上解决杨瑶的职称问题。无论她的病情发展如何，这件事我们都非办不可。假如她的病情经过我们的努力不能如愿，那么这件事就更有必要做了。因为这至少可以让她含笑离开这个世界。晓月，这两件大事，你要配合我做好做成，我相信你理解我此时的心情。”

“我懂我懂。剑秋，杨瑶是我们家的恩人，如果没有她，我们现在也许还在辽县摆小摊卖服装呢！”梁晓月的神情顿时紧张郑重起来。这些年她在心里时时感念杨瑶，如今忽听杨瑶病情危重，女人的同情心顿发。她急切询问说：“可是像她这样肝癌的疾病，可是个绝症啊。我们能有什么办法呢？换肝当然可以，我们可以承担换肝的全部费用。只是，肝源到哪里去解决呢？那是要近亲才可以提供的，因为有国家的法律，怎么能找到可供她移换的肝脏呢？”

“我让你马上进行的，就是寻找肝源的事。”茅剑秋显然对此早有准备，他从衣袋里取出一个小本本，信手翻了许久，终于查到一个地址，他对妻子说：“据我了解，在C城杨瑶现在还有一个母亲。虽然年纪大了些，也只好请她支持了。至于杨瑶是否还有其他亲属，也只能从她母亲那里得到线索了，然后我们再顺藤摸瓜，一直到找到可为她捐肝的人为止。”

梁晓月接过地址，就有些急不可待了。她披上风衣，戴了眼镜就要走：“只是她那职称的问题怎么解决？”茅剑秋胸有成竹地说：“这我有办法，你只管负责寻找杨瑶母亲就是了！”妻子走后，茅剑秋揿动电铃，一位女秘书应声而入，询问何事。茅剑秋吩咐说：“你马上通知赵副总前来见我，我有重要的事情！”

秘书离去后，茅剑秋才有时间翻阅妻子送过来的几本花名册。这里有此次赵副总负责招聘待选的百余名年轻漂亮女青年的详细资料。每一页上都有她们的彩色照片和详细简历，例如年龄、学历、婚否、家庭成员等等，名目繁多，基本能反映应聘者的自然概况。这些人大多都是大学以上学历，有些姑娘甚至还有研究生学历。茅剑秋从这些花名册上一眼就可看出，目前前来他们“剑月集团”应聘者中间的竞争何等激烈。也许和他们在招聘广告上开出的受聘者高薪待遇有一定的关系。忽然，他眼睛一亮，终于在这些烂漫山花般的粉黛群中发现了那个名叫黎明的女孩倩照。平心而论，黎明生得确实光彩照人，仪态万方。不仅她人生得高挑清丽，而且学历还是服装设计专业的硕士研究生。如果没有其他意外因素，黎明进入他们的“剑月集团”出任模特儿队的领队，当然不会有任何问题。她毕竟太出类拔萃了。然而，当他发现这姑娘的简历表上有“父亲：黎一昙”时，茅剑秋就愤恨地咬了咬牙，心中暗暗骂道：“我让你长得风流！”

“茅总，您找我有事？”正在桌前翻阅花名册的茅剑秋抬头一看，见那个矮墩墩的笑面虎走进门来，正是此次负责挑选时装模特儿的赵副总。茅剑秋问：“公开选拔赛在什么时候进行？”赵副总急忙趋前报告说：“五天以后，也就是星期三上午9时在江城会展中心隆重举行。届时我们要为这98名模特儿打分，然后选出30名最优秀的前去深圳和广州，配合我们在南方的时装展销活动。这30名模特正如董事长所说，她们将要成为我们集团长期的签约者，是职业模特儿。她们随时可以把我们设计的最新时装穿出去，让南方和港澳台地区见识见识我们北方时装，是不是有国内的最佳竞争能力？”

茅剑秋打断他说：“我不听这个，我只问你可不可以把选赛提前两至三天？因为我们必须提前的原因是，我要利用这个选赛办一件事，一件重要的事情！不然，恐怕就来不及了！”赵副总吓了一跳，急忙应允：“可以可以，那就提前到后天上午。不知董事长有什么重要的事，我是不是可以代为办理？”茅剑秋不肯马上道出原委，却指着花名册上黎明的照片说：“这姑娘是不是你特殊介绍来的？”赵副总展颜一笑，诺诺称是：“您怎么就忘了？她可是大名鼎鼎黎一昙的宝贝千金！那次是黎一昙亲自把我叫去，让我向董事长多多美言。黎老的女儿，本来可以有许多较好的就业机会，可这姑娘偏偏就看好了模特儿的职业。她羡慕那些在T台上展示青春美的女孩们。同时也看好咱剑月品牌的良好前途。因此就要求她父亲必须不惜一切代价，也要托朋求友，进入咱们剑月集团做长期签约的职业模特儿！前次我已经向董事长介绍了黎明的情况，这姑娘不仅学历高，聪明美丽，而且凡是我们的时装，只要她一上身，马上就有让人惊艳的效果！因此，录取她根本就没有问题！”

“没有问题？你可不能把话说得太满。事情总是要有变化的。”茅剑秋白了他一眼。吓得赵副总马上点头哈腰地赔着小心，说：“那是那是，最后总要董事长一锤定音，我只是参谋参谋。”茅剑秋却说：“我现在想了解的是，这个姓黎的什么教授，是怎么样的一个人？”赵副总听了，马上巧舌如簧地说：“黎一昙嘛，董事长莫非就没听说此人的大名？在C城学术界他可是如雷贯耳啊。此人原在北方大学政教系当教授，可谓桃李满天下；后来他调到省社会科学院，担任社科方面的主任、副院长，如今在省城学界德高望重。一些重要的会议，几乎都可见到黎一昙的身影，可以说是出镜率最高的学术权威呢！前次他要我先替他向董事长致意。黎教授还说，他拜读过董事长大作《盛京春秋》，他说董事长是文武全才，天下少见啊！”

“那好，既然黎教授是学术界大人物，阵阵少不下他。那么我们也不能忽视这位学术界的头面人物。”茅剑秋虽然心里恨死这个利用评审职称大权为所欲为的家伙，但他仍然无事人一样吩咐赵副总说：“据我了解，此人还是省内高级学术职称评审委员的重要角色。我们要选评优秀的模特儿，怎么可以少下他呢？我看，你马上拿上咱公司的正式聘书，登门造访。一定要请出黎教授这块金字招牌，届时让他坐在我们的评委席上。这样对他希望的事情也非常有利，你可懂了我的意思？”

赵副总听了，顿时大喜："懂、懂，我当然懂了。董事长的意思是这样做，更有利于解决黎教授要求我们给他办的事，是吧？他女儿坚决要求进咱们公司的职业模特儿队，有她老爸坐在评委席上，分数肯定打得高嘛！"

茅剑秋点点头，又挥了挥手："好了。这件事你一定要给我办妥。你还要告诉他，一百多人，都是漂亮优秀的女孩子，竞争十分激烈呢！他如果不到场，我们可不能保证黎明是不是真能成为模特儿！"赵副总连声应诺着，说："董事长只管放心好了。咱们这也是抬举他呀，黎教授岂有不来之理！"

模特儿比赛的玄机

两天后，在C城江上俱乐部礼堂果然举办了一场别开生面的模特儿竞选比赛。

"这位就是我省著名学者、教育家和社会活动家黎一昙先生！"当所有受到邀请的嘉宾依次从一辆辆豪华轿车上走下来，步入赛场入口的红地毯时，茅剑秋、梁晓月等一批剑月集团主要领导人齐聚在地毯前方，和那些胸佩满天星绒花，西装革履的重要宾客们礼行如仪，握手寒暄。当赵副总向茅剑秋介绍一位大腹便便、举止矜持的高个子客人时，茅剑秋一眼就盯住对方那张踌躇满志的马形长脸。特别让他扎眼的是一头梳理齐整的银白色短发，光秃的前额也似乎有意在他面前显示著名学者的派头。茅剑秋对此人尽管非常反感，仍然彬彬有礼地握手言欢，口称："久仰久仰。黎教授光临我们的选拔赛场，剑月集团蓬荜生辉。请，快请到主席台上就座！”

黎一昙故作高深地笑道：“茅董事长，尽管我们是属于两个不同领域的人，可我早就听说您才华盖世，横跨商文两界，而且多次以推出新式时装和震撼文坛的力作震撼各方人士。我为有幸结识您这样当代的成功人士而荣幸！”

“过奖！”茅剑秋不屑和黎一昙这类靠歪才弄权的人过多接触，但又必须当众把戏作足，以期让今天的模特儿选拔赛最终达到他预期的效果，抱拳谦逊地说：“其实对时装我是地道的门外汉。当初是为一时之兴才决定操办此事，如今想的也是借助各方力量，把咱北方的女式时装推向南方。因此也才有今天的兴师动众，意在让这么多艳如桃李的女孩子，能把我茅剑秋设计的春秋女装展示得越加诱人；至于文坛，我历来是业余之兴，偶尔兴起，即舞文弄墨，但尽管每每有作品出世，大多是不值一谈的雕虫小技，不值得您黎教授夸奖！”

“茅董事长果然非同一般人物，不卑不亢，出语奇妙，让人佩服佩服！”黎一昙恨不得抓住这一机会，和茅剑秋多聊上几句，以便为女儿黎明进入“剑月集团”后铺路。不料茅剑秋和他浅谈辄止，马上就和身后鱼贯而至的各路宾客拉手寒暄起来。黎一昙回头一看，今天前来参加茅剑秋“剑月集团”模特儿选拔赛的贵宾，简直就是省内外知名人士的群英聚会，不仅有省委、省政府、政协和人大的相关领导出席，而且还有一些工商文体各部门的部局首长、港澳地区的巨商大贾也远路来光临。不仅如此，黎一昙还惊讶地发现，今天到场的还有专程从美国、加拿大、日本、韩国、英国、意大利赶来的外国著名服装设计师，这在东北C城无疑是开天辟地头一次。他混杂在这么多高官名士中间，忽然自感有几分黯然失色了。

“剑月集团举行的剑秋女式秋装品牌展示会暨模特儿选拔赛现在开始！”当梁晓月出现在众目睽睽的主席台面前高声宣布选赛开始后，庄严而热烈的会场上顿时变得鸦雀无声。茅剑秋坐在主席台中央，目光不时投向身边不远处的黎一昙，当摇滚乐曲和架子鼓铿锵而起时，一个个衣饰或艳丽或素雅的姑娘们，开始鱼贯进入平坦而点缀鲜花的T台。顿时猫步婆娑、身形优雅的北方少女的倩影依次款款走来，赢来T台两厢济济一堂中外宾客们热烈的喝彩与掌声。场面的热烈与庄严肃穆恰好形成鲜明的对照。黎一昙的目光开始注意T台的尽头，当他看见身穿艳美华服的女儿黎明那高挑婀娜的身影出现之时，便立刻兴奋起来。茅剑秋也发现所有担任评委的嘉宾们，都同时为黎明光彩照人的体态及优美的步姿吸引打动，就连外国嘉宾们也情不自禁地向黎明发出友善的欢呼。他见黎一昙越加显得趾高气扬，似乎他的到来就是一种荣耀，对他漂亮女儿参赛无疑就是最为有力的支持。

评委们在不时地打分亮分。架子鼓的鼓点与西式乐曲交织在一起，动人的旋律中全场观众不时爆起雷鸣般的掌声。茅剑秋以冷静的眼神观察到现场观众和特约嘉宾对模特儿及他最新设计的时装款式报以不同的笑脸与眼波，一些崭新秋装尽管有些奇特时髦，可他仍然担心北方人极难接受。而如今茅剑秋有了底数，他正是通过这模特儿的比赛，来间接验证台下观众对自己最新设计的时装有何反应。当然，他今天一个更重要的打算，是要在比赛之后和黎一昙有一次面对面的交锋。如今压在他心中的一块石头，还是此时正躺在医院里的杨瑶。她猝然发作的疾病、她生病前所受到的不公正待遇，还有她理当得到的评价——标志社会对她二十多年编辑生涯的承认与定评的职称，都是茅剑秋下决心要为杨瑶力争的。作为杨瑶的一个作者，茅剑秋本来对这些事可以不问不闻，只关心他书稿能否顺利出版就可以了。然而茅剑秋无论如何也咽不下这口气。每当他想起杨瑶的处境，就联想到自己当年在辽县下岗后杨瑶的那次雪天来访。因为杨瑶此举也超越了编辑的职责范围。他和杨瑶之间并无外界一度猜测的儿女私情，有的仅仅是同志式的友情。不过，这友情又有与众不同的内涵，就是杨瑶对一个作者发自内心的扶持爱护，从而加重了这同志式感情的深度。因此，茅剑秋今天有能力、也有义务帮助当年把他从社会底层发现并提携起来的女编辑杨瑶。

架子鼓声忽然停歇下来，场上再度寂静。在女模特儿们先后几轮的服饰更换过后，终于到比赛结果公布的最后时刻了。就在这时，赵副总神色惶恐地拿着一张打字纸来到他身边，气喘吁吁地在他耳边说了些什么。茅剑秋却不为所动，且又神色严峻地给唯唯诺诺的赵副总下达了最后指示。接着，梁晓月在一阵热烈掌声中，在两位身穿红色旗袍的女司仪引领下，大模大样登上了颁奖台，由她宣布比赛的结果。先公布了三名季军，三位穿着秋装的女孩兴高采烈地登台，接着又是两名亚军，也是这场比赛中的佼佼者。这时，茅剑秋发现身旁的黎一昙有些坐不安席了，同时也看出他正期待着最后的好消息。他心里清楚，黎一昙肯定估计这次比赛的最高潮就要到来了，而且凭评委们给所有参赛模特儿的打分情况，他已经成竹在胸地判断自己的漂亮女儿黎明，定然是这次模特儿比赛中的最优秀者，似乎冠军的桂冠已经非她莫属！

然而，戏剧性一幕就在黎一昙和所有参加盛会者的翘首期待中发生了。梁晓月大声宣布的冠军获得者，竟是一个让全场大吃一惊的名字："王雪！"根本就不是黎一昙笃定无疑的黎明。顿时，场上哗然声起。黎一昙有些震怒地站起来，这是他意料之外的突发事件，也是他根本无法接受的不公现实。

"岂有此理！简直岂有此理！"黎一昙梳理齐整的银发因冲动而飞散抖颤，老教授的脸膛忽地变得青紫青紫，他再也顾不得身份地冲向颁奖台，对正在颁发奖品的梁晓月、赵副总等人挥起了愤怒的拳头，吼道："你们凭什么不按评奖的法定规则办事？如果像你们这样凭个人关系胡乱评选冠亚季军，那就不需要这种形同虚设的评选方式了！"

然而，颁奖台上花团锦簇，所有参赛的女孩子们都容光焕发地齐聚台前。无论获奖者还是落选者，都一律兴高采烈，接受着当地政府高官们的颁奖和祝福。没有任何人注意到暴跳如雷的黎一昙。茅剑秋凛然端坐席间，他没有登台讲话，也没有上台颁奖，而是以沉着冷静的姿态观察台上台下发生的这一幕意想之中的悲喜剧。他需要的就是这种让黎一昙意外并当场爆发的结果。

他也要让这一贯视他人工作成绩如儿戏的擅权者品尝一下悲剧的滋味。同时也想目睹惯在知识界弄权为戏的黎一昙当众失控的丑态。直到颁奖仪式如期结束，所有观众依次退场，而受邀嘉宾们开始驱车前往宴会厅时，茅剑秋才来到赛场一隅的休息室。果然不出所料，气得鼻青脸肿的嘉宾黎一昙，正由赵副总陪着，在一张沙发上等候茅剑秋的到来。茅剑秋见黎一昙气喘如牛，心中有些好笑，但他仍佯装不解地上前和他拉着手说："黎教授，清早来时我见您还是春风满面，为何忽然就变了脸色？莫非我们主办方有什么不周的地方吗？如有不当，还望黎教授海涵，也请教授不客气地一一指出，以便我们今后工作中加以改正！"

"哼，这哪是文化人所为之事？你们啊，简直就是一群不懂规矩的商人！"黎一昙见茅剑秋不愠不火，仿佛置身事外的无事人，就越加气愤懊恼。他想当着茅剑秋的面大发雷霆，但又不得不考虑后果。因为这次比赛虽然评出冠亚季军三等奖，并不等于在百余名女孩中进行的模特儿录取工作已经结束。黎一昙深知如在这时彻底搞翻他和剑月集团上层的关系，那么女儿的模特儿梦就要彻底毁灭了。因此他只能把全部心火一股脑向赵副总发泄："赵副总，你给我说说，我女儿现场发挥如何？你说句公道话，黎明是不是最优秀的？她的分数是不是参赛者中最高的一个？她的台步，她的身姿，她的仪表，哪一样不优秀？你们说，你们有什么理由无视评委的评分另搞一套？我家黎明完全可以成为这次大赛的冠军嘛，可惜，她现在连一个季军也没有评上？你们要给我一个让人信服的说法：像黎明这么好的成绩，她为什么评不上冠军？！你们说。”

赵副总进退两难，有口难言。他望了望不动声色的茅剑秋，又瞟一眼气咻咻大发牢骚的黎一昙，一时夹在两人中间，不知如何是好。茅剑秋坐在沙发上，不理睬暴跳如雷的黎一昙，却点燃一支香烟，慢条斯理地吸了起来。好像黎一昙的暴怒和他毫无关系。黎一昙继续指着赵副总的鼻子吼：“你给我说，你们给我说一说嘛！为什么？这究竟为什么？我不明白，一家如此有名的时装集团公司，为什么知识贫乏到如此低下的程度，甚至无知到连评选程序和规矩都不懂的可笑地步。我现在真有些怀疑了，你们的评选背后，究竟隐藏着多少不可告人的猫腻？我可是搞过多年职称评定工作的权威，像你们这种蝇营狗苟的伎俩，我早就司空见惯了。不客气地说，你们搞的这一套，还都是小儿科呀。露骨、卑劣、无耻、肮脏、无能！像你们这种暗箱操作的做法，可是要毁掉一些真正有才华的参赛者啊，我要控告你们。如果你们还想把我黎某人当猴子来耍，你们可真是不知马王爷几只眼了！”

休息室里鸦雀无声。茅剑秋心绪平静地吸烟不语，对黎一昙的大闹他如有所料。只是赵副总如坐针毡，他没想到茅剑秋要他把黎一昙请来当嘉宾，就是想让他目睹爱女遭受淘汰的尴尬结局。

“好了好了，事情既然已经如此，我再说什么也没用了。我女儿那么优秀，居然没有实现她当冠军的理想。我的天，这也太不公平了吧！”黎一昙如丧考妣地坐在沙发上大吐苦水，但见茅剑秋泰然冷对，不言不睬，反让他在发一通牢骚后变得心空无底了。他担心继续这样闹下去，会彻底坏了女儿前途，于是只好打了牙齿往肚里咽，语气也变得和缓下来，“唉，茅董事长，现在我别无他求，只要听你们的回答，我女儿究竟能不能受聘贵公司当模特儿？如能聘用的话，咱们还是朋友。如果不能受聘，我就要去省委讨个说法。到那时，你们可别怪我黎某人不讲情面哦！……”

“黎教授！我请你马上收回去省委讨说法这句话，如果你不收回，我就请你马上出去！”茅剑秋忍无可忍地拍了桌子，声色威严地说：“想不到你也有今天！你可知道，在你担任职称评委的七八年里，有多少人想到省委上告并想和你讨说法的吗？现在你也想以这威胁的口吻对待我们，休想！我告诉你，本集团公司有权对所有参赛者进行合理取舍。也就是说，我可以聘请你的女儿，也可以不聘请她当模特儿！这是我董事长的权力，如果你想和我茅剑秋碰一碰，我倒愿意奉陪到底！到时候，我要以省政协委员的身份，把你这么多年如何利用手中职权，随意在职称评定中营私舞弊的恶行向省委主要领导作个报告！如何？”

“啊……”刚才还吵吵嚷嚷、气壮如牛的黎一昙听了这话，顿时颓然地一屁股跌坐在沙发上。好一阵他才醒悟过来，这才意识到今天他到“剑月集团”充当嘉宾，原是茅剑秋预先为他准备的尴尬陷阱，等着他前来入套。黎一昙从茅剑秋严峻的脸色和不容置辩的口气中，已知事情并非他想象的那么简单。很可能茅剑秋早就掌握他利用省高级职称评委会副主任职权假公济私，受贿舞弊的证据，不然凭茅剑秋在社会上的地位和影响，没有必要与他这年近七旬的教授为敌作对。黎一昙也深知茅剑秋在省城的声望。万一他在省领导面前参奏他一本，不仅要丢那决定职称晋升者命运的副主任，说不定还要他接受审查。黎一昙马上堆起笑脸，改换口气说："董事长，您千万别计较我刚才的态度。我是说，既然比赛有评委们打分，为什么还要另搞一套呢？比如我女儿黎明，她的参赛成绩是有目共睹的呀，为何却……让比她差的人当上了冠亚军？"

"这有什么奇怪？说起来，我们也在效法黎教授从前惯用的做法呢，"茅剑秋正等他这句话，回敬说，"从前黎教授在对待那些本来成绩优秀，完全具备职称晋升条件的编辑、记者、副教授时，不也都是采取看人下菜碟的做法吗？其实今天我们的比赛，基本上都是按照评委们的评分来排名次的。只对一人另做考虑，她就是你黎教授的女儿黎明。本来她是应该当冠军的，只因我也想请黎教授感受一下不公平的待遇，所以才让你女儿把应得的冠军让给了别人。果然不出我所料，黎教授真受不得委屈，而且还当场跳起了老虎神！我要问你的是，别人受到不公平待遇的时候，你考虑过他们的感受吗？"

"这……不可能吧？"黎一昙现已全然看懂茅剑秋安排的一场好戏。只是他心中仍有不平，说："董事长，也许您听到什么望风扑影的非议了。不然，您不会这样对待我这无辜之人。其实我在职称评委会只是个副主任，哪个评得上哪个评不上，我也只有一张票的权力，哪会把符合条件的知识分子排斥在门外呢？不可能，我从来没有打压过够条件的人！”

“事到如今，你还在这里执迷不悟？”气得茅剑秋脸色一黑，把桌子重重一拍，喝道：“黎教授，你可知松江出版社有个女编辑室主任，一连两三次申报副高职称，都被你当众否决了吗？”

黎一昙浑身一颤，才知道茅剑秋有备而来。他显然已经牢牢掌握了他做的亏心事，但他仍然不肯就范：“您说的是杨瑶吧？对，是有这么个编辑，可她几次申报都得不到批准，也不关我黎一昙什么事呀。那是她英语成绩不达标，还有，其他成绩也不显著！”

“胡说！”茅剑秋见黎一昙仍不肯服输，忽然站起身来，声威逼人地说，“好一个成绩不显著！我问你，所有评上职称的人英语成绩都比杨瑶强吗？周慧的英语试卷是临场抄袭他人的，而且还被人当场逮住了。你就是当时的监考，为什么她就可以过关？好吧，既然你现在仍然不肯认错，那你就等着去纪检部门说清楚吧！我要告诉你，如你仍不承认自己做了亏心事，我就彻底取消黎明的受聘资格！”他言罢拂袖而去，把黎一昙吓得六神无主了。这时他再也不顾教授的尊严，一把抱住拂袖而去的茅剑秋大腿，几乎要跪地乞求说：“董事长，请留步，我错了。我现在真正知道我做错了。我不该两三次为杨编辑暗中设置障碍。我该死啊，我当初不该轻信沈跃龙这王八蛋的谗言，其实我连杨瑶是谁都不认识，我为什么要和她过不去呢？……董事长，原谅我吧，千万不要因为我耽搁了孩子黎明的前途！她说如果贵公司不录取她当服装模特儿，她就……唉唉。”

赵副总这时上前劝说："董事长，听黎教授一番话，责任也还不在他身上，都是姓沈的从中加害！您就原谅黎教授吧，黎明确是一个好苗子，把这姑娘淘汰出局，对咱们集团公司也是个损失！"

茅剑秋这才收住脚，但仍然恼恨一头银发的老教授，说："既然你要我原谅，就要说清你和沈跃龙究竟是什么关系？他为什么要你从中为杨编辑的正常申评设置障碍？"黎一昙见事已至此，如继续和茅剑秋虚与委蛇进行纠缠，非但无法解决女儿的工作，还有被他揪住不放，举报到省纪委的危险。于是黎一昙只好向茅剑秋供认全部内幕。原来沈跃龙也是因为前几年申评高级职称才通过关系结识黎一昙的，从此沈跃龙便经常出入黎家之门。小恩小惠自然不可少，因此黎一昙也把沈跃龙视若家门弟子，甚至到了言听计从的地步。因此当杨瑶向省里申报副编审职称时，沈跃龙就给黎一昙送了两瓶茅台、两条中华。再进几句对杨瑶不利的谗言，所以在省高级职称评委会召开例会的时候，黎一昙就不顾多数委员的意见，力排众议地对杨瑶的考评资料横挑鼻子竖挑眼。两次申请，两次驳回。最后一次申报，还没等例会正式召开，就被黎一昙给退了回去。黎一昙做梦也没有想到身家过亿的著名企业家茅剑秋，竟然抓住他苦苦相求其女黎明进入"剑月集团"的机会，当面揭穿他利用手中职权压制女编辑杨瑶的行径。作为受党教育多年的省城著名教授，他深知自己在此事上的错误，一面向茅剑秋诚恳地自我检讨，一面表示日后他要向省委有关部门提出请辞报告。最后黎一昙还对他拍胸表态："我对杨瑶的晋职有不可饶恕的过错，她明年如果再次申报，我肯定痛改前非，实事求是地为她解决职称问题！”

“哼，还要等到明年？”茅剑秋听了这话，非但不解气，反而越加憎恶黎一昙。冷笑一声说，“你以为杨瑶被你们害得还浅吗？就因为多年受到歪风邪气的压制迫害，现在她已经得了不治之症。说得不好听一点，是你们这些人害得她在世上的时间愈来愈少了，你还敢在这时候说风凉话？黎教授，我可以负责任地告诉你，杨瑶的病，病因很多，其中是否也有你和沈跃龙的一份功劳呢？这你心里最清楚了！”

“我的天，我不是人啊，我该死！我不该轻信姓沈的一番谗言啊！”黎一昙得知杨瑶重病在身，不久人世，不禁万分痛疚。他忽然急中生智，恳切地向茅剑秋倾心表白说，“董事长，如今也还有一个补救的办法，最近省职称评委会还要开会研究一批临时增补的高校职称晋升名额。我看，索性特事特办，何不也把杨瑶作为特例处理，让她参加这次审评呢？如果有机会，请您放心，我肯定以职业道德和良心，做我黎一昙应该做的事，以求弥补我从前的过错！……”事情已经水落石出，茅剑秋这才吁出一口胸中恶气。

为肝移植驱车长白林海

群峦莽莽，万壑松风。

茅剑秋穿一件狐皮领的棉大衣，在两名秘书的陪伴下，乘坐一辆新型越野轿车，沿着长白山腹地的山间，向林海深处一条曲曲弯弯的公路逶迤驶来。此时他耳边呼啸着凄厉的寒风，透过车窗远远望去，前方可见层层峰峦上那白皑皑俨如甲胄般的峰顶。一场大雪过后的长白山区，好像变成一个神话般的琉璃世界。坐在飞驰向前的轿车中，茅剑秋开始身临其境地感受林区特有的逼人寒气。时光已是 2015 年 2 月。

茅剑秋虽然进入白雪茫茫的林海深处，可他的心仍然留在省城那家医院的病房里。这一个秋天，他几乎把精力都倾注在重病缠身的杨瑶身上了。深圳、广州方面的几场商业谈判，基本上都由妻子梁晓月代为出场，好在梁晓月在和外商谈判中，早在为穆厂长跑供销时就锻炼出练达精到的本事。再有他们的儿子茅文学前往助阵，因此梁晓月谈出的结果十分喜人；至于那些经过百般挑选最后聘用的 30 名漂亮东北姑娘组成的秋冬时装模特儿队，茅剑秋也全权委派赵副总和儿子茅文学带队，在广东、广西和香港、澳门等地接连登场，倒也成果喜人。正如他当初设想的那样，有新闻媒体跟进报道，一时好评如潮，顿时轰动了东南沿海和港澳地区。正因为茅剑秋如此操持自己的时装产业，因此来自东南亚各地的时装订单就如雪片一般向 C 城的集团总部飞来。赵副总从南方回来后，茅剑秋马上就把他派往长白山的莽莽林海深处。当然，这一次赵副总肩负的任务，不再是为“剑月集团”的时装新品牌拓展市场，而是要他带几个精明的公司供销员，前往茫茫林海设法寻找抗联军需官朱庆山的后人。具体的线索是，朱庆山如今只有一个儿媳妇可能还在人间了！至于茅剑秋为什么要寻找这年将七旬的老妪，当然和抢救杨瑶有直接关系。茅剑秋是根据杨瑶养父杨震东提供的可靠线索，力求寻找杨瑶的同胞兄长。赵副总尽管对茅剑秋的指示多年视若神明，而且执行起来从不走样，甚至指哪打哪儿，百发百中。可唯有这一次派他带人进长白山，却让他一时摸不清茅剑秋的路数了。他不明白寻找已经死去几十年的抗联军需官的儿媳，和正在省城经商并风生水起的董事长茅剑秋有何关系？

事业和金钱对如今已当上公司老总的茅剑秋而言，不再是他发自内心的全部追求。如今写作也无法让茅剑秋进入孜孜以求的痴迷境界。因为此时最让茅剑秋忧心如焚的就是杨瑶的疾病。随着北方天气的转寒，她的病也渐入危境。当初梁晓月尽管备费周折，最终在C城找到了杨瑶的母亲和老父杨震东，但仍然无法解决为杨瑶移植肝脏的关键问题。原来，经过梁晓月的多次恳求，杨震东夫妇这才道出杨瑶的真正身世。杨震东告诉梁晓月和茅剑秋说：杨瑶和他们夫妻俩其实并没有真正的血缘关系，因此他们虽为杨瑶近亲，肝移植还是无法实施。因为许多肝脏的数据指标不可能达到。经过茅剑秋和杨震东夫妇的多次交谈，正在生病的杨震东深受感动，忽然有一日，老人终于对再次上门相求的茅剑秋讲述了一段有关收留杨瑶的故事。

杨震东说：杨瑶其实并不姓杨，而姓朱，她祖父是抗日联军的老军需官，名叫朱庆山。三十年代日本关东军在伪满地区采取铁壁合围的战术，发起重兵在长白山一带制造无人区，并疯狂制造血案以困死隐藏于林海雪原中的抗日联军。这时，杨瑶的祖父——杨靖宇将军麾下一位专跑新京（C 城）和通化的军需官：他的名字叫朱庆山。这样，军需官朱庆山有幸结识在 C 城伪满铁路当货车司机的杨文昌（即杨震东之父），两人在为抗联多次运送秘密军需物资的过程中结下了生死之交。后来，军需官朱庆山在一次为杨靖宇运送防寒衣物的半路上，中了关东军的冷枪。临死前他向守在身边的司机杨文昌交代后事，这才说要他将来有机会，替他去一趟二道白河，那里有他的家人。军需官朱庆山的临终遗言，就是请求杨文昌代为照顾他生病的儿子儿媳一家。当时，杨文昌不仅拍胸应诺此事，还亲自把老军需官用大雪埋葬在一片林海中。但当时雪路封闭，时间紧迫，杨文昌无法马上进山，去二道白河寻找军需官朱庆山的后人。不过杨文昌暗暗发誓将来一有机会，定要不惜一切代价践约，以实现他对朱庆山生前发下的誓言。

“现在，我们只要到了二道白河，事情就可能有了转机。因为我们的赵副总，经过几天来在林海深处的多方寻找，现在已经有了眉目。杨瑶的生身母亲很可能还活着呢。”这次和茅剑秋同行的还有杨瑶的养父杨震东。老人家尽管也有病在身，可他还是决定陪同茅剑秋前往深山老林，寻找那位从没见过面的杨瑶生母。只有见到她，才能为九死一生的杨瑶寻找一线求生的希望。茅剑秋对杨震东的同行非常感动，一路上两人不断地交谈，使茅剑秋对杨瑶鲜为人知的身世有了进一步的了解。想到此时凶多吉少的杨瑶，茅剑秋就心绪烦躁，因为他在临行之前，省医院的主治医生已把杨瑶的真实病况如实告诉了他：“她现在的病情非常危险，即便你们能把她的兄长找到，即便她的兄长同意捐肝并且各项技术指标完全符合要求，保住杨瑶的生命仍然没有十分的把握。因她的肝病已经到了晚期，发现得有点太迟了呀！”茅剑秋深知杨瑶病情的危重，但只要有一线希望他仍然不愿意放弃，即便在临行之前他还在给医生们鼓劲打气：“你们医生先不要说泄气话。我认为杨瑶还是有救的！只要有一线希望，我们就把它当作一万分可能。总之，我希望你们一定要救活她！她是一个好编辑啊！”如今，茅剑秋坐在向林海深处飞驶的轿车中，脑际纷乱如麻，他眼前始终闪现杨瑶那双对他寄予厚望的眼睛。

“剑秋，这几年我在下面工作，始终都在关注你的情况。”说这番话的是茅剑秋的中学同窗、刚从清江市委书记任上调回省委，出任省委常委兼宣传部长的陈泓。茅剑秋还清楚地记得，十多年前的那个冬天，就在陈泓回辽县老家过春节的时候，是他决定把茅剑秋介绍给当时在松江出版社任编辑室主任的沈跃龙。然而陈泓也没有想到，就是这个在他面前信誓旦旦表示愿意出版茅剑秋处女作的沈跃龙，当他奉调前往清江山区就任副市长不久，就因省委宣传部副部长李征夫的一句话，马上忘却了他在陈泓面前曾经发下的诺言。沈跃龙不仅把茅剑秋的书稿退了回去，以取悦正在宣传部掌控人事大权的李征夫，而且接下来还发生了打击排挤女编辑杨瑶等一系列怪事。而今，陈泓重返省委并荣升常委要职，担任省委宣传部的第一把手。据小道消息，中组部根据陈泓在山区下派十年取得的政绩，不久前曾派人到C省进行考察和党内外的民主测评，有可能在不久的将来就任省委主管宣传的副书记。而这时的茅剑秋也发生了让陈泓意想不到的变化，陈泓回到C城想做的第一件事，就是把老同学茅剑秋请进省宾馆的梅园。在这里两人阔别重逢，相见之际都有今夕何夕之感。陈泓尤为茅剑秋在十多年前来C城经商创下的业绩万分惊讶，他不无意外地表示："当年我回辽县的时候，你还是工厂的工人。那时你的要求仅仅是发表自已写的小说。眨眼十几年时间过去了，我在山区当副市长的时候，就已经在省报上得知《盛京春秋》和《古城斗枭雄》大获成功的消息。当我收到你寄来的两本书，每天我在工作之余，都要忙里偷闲地读上几页。到你的大作《野狼湾》面世的时候，我这才发现从前我眼中沉默寡言的老大哥茅剑秋，果然是怀才不遇的卧龙啊！如今我再回到省城，你的变化比我大得多了，你不仅变成了国内知名的大作家，而且又是省内甚至国内有名气的时装企业家了！哈哈，当我读到你在《野狼湾》中描写的内蒙古荒原时，我才真正了解你中学毕业后所经历的苦难人生。和你相比，表面上我是幸运的。可真正幸运的还是你茅剑秋！"

"为什么要这样说？"茅剑秋有些困惑地望着发际已露出华发的陈泓。

"我说你比我幸运，就因为你经历的苦难比我多。所以你才有资格来写《野狼湾》这样的小说。如果你也像我当年那样顺利地进了大学读书，然后再从政，你就不会有那么深刻的生活体验了！"陈泓毕竟为官多年，看事情总有独到之处，他动情地说："剑秋，从你笔下的狼群如何凶猛残忍，如何偷袭生产队的羊群，以及你们这些知青如何在风雪中救回几只被野狼叼走的羊的描写，我读后就有一种身临其境之感。从前我一直以为你的小说是关在家里的胡编乱造，现在我才明白，你所有的作品，都不是凭空想象而来的。尤其是《野狼湾》简直就是你当年历经险途的再现！因此，我常在我们市委公开的讲话中，提到你茅剑秋这个让我引为荣耀的名字。我对干部们说，谁能想象在新时期会发生这样的奇迹？一个下岗工人不仅能写出震动文坛的作品，而且还能利用写作赚来的有限报酬，从县城来省城办起一家属于自己的时装公司？剑秋，坦率地说，这些年我在下面工作遇上许多困难，可只要想起你，我就什么都不怕了！因为你在我们同龄人面前已经树起了一块丰碑！”

“陈泓，你可不许这样吹捧我！这会让我产生飘飘然的感觉。”

“不，我可没有瞎吹。”陈泓郑重地表示，“这些年我一直在山区工作，什么样的困难都没难倒我。最困难的时候，我都会想到你。”茅剑秋知道他说的是真话。也知道当年他受李征夫的打击下派后，在山区当过几年副市长，主抓林业工作多年。直到三四年前陈泓才改作老本行，就任清江市委常委、宣传部长。陈泓调回省城前，已是那座山区边城的市委副书记、市长多年。最后他就任了统管全市的第一把手：清江市委书记，这才在中央组织部的催促下返回C市，就任省委常委。陈泓如果没有坚韧的性格，就不可能有今天的成就。

茅剑秋在陈泓面前永远是老大哥。他憨厚地笑了笑，说：

“我能有今天，也有你的功劳。如果当年没有你的鼓励和支持，我恐怕就不会有作品出版。尽管沈跃龙是势利小人，在我三部作品发表的过程中，他不仅不扶持，反而把一位敬业女编辑视若眼中钉肉中刺。现在，当年扶持我出书的杨瑶已经患了绝症。我想，她的不幸和我是有关系的。如果她不是因得罪沈跃龙而坚持发表我的作品，杨瑶就不会受到他多年的排挤压制。陈泓，有时我在想，编辑是既辛苦费力又不讨好的职业，我又想杨瑶如果不当编辑而像我这样当专职作家，她也许早就成为比我还有影响的大作家了！当然，也不会生这种病吧？”

“你说得有道理，杨瑶这女同志我是熟悉的。”陈泓深有同感地说，“当初她出版《煤城血祭》的时候，我就了解她。她的才华人品都无可挑剔，本来她在编辑岗位上可以发挥她的才能，可没想到在我下派挂职锻炼这十几年里，她竟因为扶持出版一个业余作者的几本书，就得罪了沈跃龙，还成了李征夫的对立面。唉，真是太不公平。李征夫现在的问题较为严重，不仅受贿，而且还通过手中的职权贪污公款，利用沈跃龙等人到处营私舞弊。组织上已经对他施行了‘双规’。据我了解，他们松江出版社现在严重亏损，很可能就和李征夫有关系。因他过分迷恋权力，还想利用沈跃龙直接控制出版社。现在纪检部门正在就他通过沈跃龙捞钱的问题进行调查，看来他们问题的性质是严重的。”

茅剑秋听了，大为振奋，说：“你回来得真是太及时了，不然，再让他们横行几年，正气无法抬头，邪气也就愈来愈猖狂，这家出版社就要毁在他们手里了！”

茅剑秋清楚地记得，就在他和陈泓见面不久，省纪委就向松江出版社派出一个调查组。沈跃龙被撤销总编辑职务后，社长康平在省委调查组主持的全社大会上做过一次深刻的检查。省委宣传部长陈泓参加了这次会议，并讲了话。陈泓当众严正指出："像康平同志这样无所作为，不能坚持真理，匡扶正气的人，是不配做一家出版社主要领导的！康平同志为什么要屈从于一个总编辑，为什么把一个社的领导集体演变成一个软、懒、散的班子？为什么不能在歪风邪气面前挺直腰板，支持像杨瑶这样有魄力的好同志？就因为康平同志的私心杂念和畏权思想在起着消极的作用。因此，才让出版社发生了一系列亲者痛仇者快的怪事，也才让杨瑶这样的好同志能力得不到很好的发挥！所以，康平同志有必要进行认真的反省和检查！……省委认为，松江出版社的绝大多数同志是好的，都有改革进取的勇气，省委相信经过这次认真的整改，松江出版社一定能以崭新面貌跻身于国内优秀出版单位的行列。我这样说并不是无的放矢，是因为我们看到了社里有像杨瑶这样浑身正气的编辑，杨瑶敢为扶持优秀作品而不计得失的精神，就是振兴松江出版社的最大动力！"台下掌声雷动，许多人都感动得落泪了……

如今，坐在向长白林区飞驰的轿车上，茅剑秋回想行前高楠楠告知的出版社正发生的变化，让他感到振奋和解气。陈泓部长的一番讲话，也震撼着茅剑秋的心。他知道目前发生的一切，正是有病在身的杨瑶多年期盼的。茅剑秋想起杨瑶，就越加心情急迫，渴望找到当年在白山雪原牺牲的抗联军需官后裔，而这件事也是杨文昌老人生前的一块心病。他在战争年代接受抗联军需官朱庆山的重托以后，一直拖到东北全境彻底解放才实现了当年的愿望。1958 年夏天，已从 C 城铁路局退休的杨文昌老人，才得到一次前往长白山的机会。那是铁路工会组织的一次休假活动，杨文昌作为退休员工随队去长白山看天池。杨文昌就是利用这一难得的旅游机会，决心一圆当年对老抗联的承诺。当组织这次看白山天池的铁路工会得知老人的要求时，十分重视，在来长白之前就给二道白河地区的党组织打了电话，提出了协助杨文昌寻找抗联军需官后裔的请求。然而，由于年深日久，加上杨文昌无法提供抗联军需官儿子的姓名（只知军需官叫朱庆山，牺牲时间为 1943 年 12 月），因此在偌大二道白河寻觅起来，无疑如同大海捞针。杨文昌那时已经六旬开外，朱庆山死前对他交代的事情，时至如今仍然没有兑现，这一直是老人的最大遗憾。因此他来到二道白河后，放弃了登长白林海，观览天池胜景的难得机会，而在当地党委和工会人员的陪同之下，根据有限的线索在林区千方百计寻找抗联战士朱庆山的遗属。所幸抗联人员牺牲名单在当地民政部门均有存档，终于在死者名单中查到了朱庆山。而这抗联军需官的后人，只有一个儿子，他与死者朱庆山生前对杨文昌叮嘱的情况基本雷同。这本来是一件喜事，然而让杨文昌乐极生悲的是，就在他在工会人员陪同下找到朱家时，才发现就在他上山前一天，朱庆山的儿子已经因肾病引起的浮肿病死在林场的医院里了。

浮肿死亡在当时那种特定的历史年代不足为奇。1958 年正是“三年自然灾害”时期，因粮食减产而实施的“增量法”和“爪菜代”，直接造成农民的浮肿疾病多有发生，抗联军需官的儿子，当时就因为这种病不治而殁的。当杨文昌听到这一不幸的噩耗时，顿时老泪纵横，他一再痛悔自己不该直到如今才兑现对老抗联的承诺。当他含泪把军需官的一块俄式老怀表（朱家的传家宝）交给朱庆山儿媳妇的时候，这位新寡的东北女人，怀抱两个无力抚养的儿女已经哭成了一个泪人！

当年，杨文昌是在深山老林中找到抗联军需官儿媳妇的，她孤身携带一儿一女，生活没着没落。杨文昌忆起当年牺牲在雪地里的朱庆山，他忽然大发悲声。老人没想到抗联军需官的儿子在解放后，多年仍然生活在条件艰苦的深山老林中。于是杨文昌恻隐之心大发，毅然决定要抱走两个孩子，准备带回省城由其子杨震东代为抚养。但那女人只同意把两岁的闺女交给杨文昌，自己仍然坚持要为朱家守后。就这样，杨文昌下山时抱走了那两岁的弱女。带回C城以后，儿子杨震东夫妇正为婚后无子而苦恼，忽见老父从白山深处带回一个可爱的女孩子，自然有喜从天降之感。杨震东夫妇就为这女孩儿取名杨瑶，自此相依为命地成为一家人。时至如今，杨瑶仍不知她原来就是东北抗联军需官朱庆山的后裔。

杨瑶生病以后，茅剑秋为她尽快实施肝移植手术曾经煞费苦心。他和妻子梁晓月都愿意承担巨额的手术费用，只因国家有器官移植必须直系亲属的法律规定，茅剑秋这才决定寻找和杨瑶有血缘关系的亲人，因为只有这样，才可以彻底挽救杨瑶的生命。

初时杨瑶的养父母都想为女儿捐献肝做手术，但这种努力失败以后，茅剑秋就想起了在冰城经商的姜有松。因为他就是为杨瑶重燃生命之火的唯一希望了。为让姜有松马上赶回C城，为他妻子做与肝移植相关的医学检查，茅剑秋曾经亲自驱车前往冰城。不料他在求见姜有松时遇上了尴尬。姜有松当时不在房地产公司总部，经过他全城四处寻觅，茅剑秋最后在冰城野玫瑰夜总会的雅座里，找到了正和三个艳丽姑娘打情骂俏的姜有松。当茅剑秋把杨瑶在C城病危，急需他回去安排肝移植手术的情况如实相告时，不料和女人们玩得高兴的姜有松，不屑地指问茅剑秋说："你是杨瑶什么人？你有什么权力跟我说这种话？"茅剑秋鄙夷地打量迷离灯影下喝得醉烂如泥的姜有松，郑重地说："我是杨瑶的作者，也是她的朋友。现在她病情危重，已到生死攸关的时候了，我不能眼看着她就这样失去生的希望，我才专程来冰城见你。姜先生，现在只有你能救杨瑶了！"

"你是杨瑶的作者？作者是什么，不就是写书卖字的吗？"不料对茅剑秋连夜驱车几百里的义举姜有松非但不感激，反而以怀疑眼光上下打量他，忽然不屑地说："如果我没有猜错，你就是当年在辽县摆地摊卖服装的下岗工人吧？我倒要问你，你和杨瑶究竟是什么关系？如果你只为了出书，凭什么要到冰城来找我给她换肝？你有什么权力过问我们夫妻的私事？你说，你和她到底是什么关系？！"

"姜先生，我真为你的无耻而感到羞愧！"茅剑秋向紧紧跟随的两个秘书一个司机丢了个眼神。他发现姜有松有意节外生枝，另有所图，便不客气地当众指责说：“现在都什么时候了，你还想那些男盗女娼、乌七八糟的事？我和杨瑶是什么关系，不怕任何人调查。我是一个作者，难道就不能关心编辑的疾病吗？杨瑶现在已经病危，可你却在这里干些什么？你看看自己的丑态，还像不像一个男子汉？我真为杨瑶当年看上你这种人替她感到失望。好了，姜先生，现在不是我们争辩的时候，我请你马上就跟我们去C城，因为杨瑶病情正在恶化，不容你这个丈夫继续躲在冰城不露面了！”

“胡说，你敢说我躲着不露面？老子今天就让你认识我马王爷几只眼！”姜有松借助酒力，冲茅剑秋面部就猛击一拳。幸好茅剑秋早有准备，他一闪身，秘书和司机们便一齐扑上前去，狠狠揪住姜有松的长发，挥掌舞拳地一阵痛打。姜有松顿时鼻口喷血，酒也醒了一半。身边几个丽女哪见过这种场面，一声“妈呀”怪叫，纷纷抱头鼠窜而去。姜有松还想继续耍横，司机上前揪打不放，他这才发现遇上了对手。姜有松顿时吓得一屁股跌在地上，连叫：“我服了，我彻底服你了呀！”茅剑秋上前一把揪住他，喝道：“现在不是谁服谁的问题，姜先生，既然你现在还是杨瑶的合法丈夫，你就必须马上跟我们回到C城，救命要紧！”姜有松在茅剑秋等人面前早就吓瘫了，连说：“我回我回，只求你们别打了，别打了！”

姜有松回到C城，在茅剑秋、纽丽琴、董琪和高楠楠等人的强烈要求下，他勉强去医院作了肝移植的相关检查。可让茅剑秋等人大失所望的是，他的生理指标均达不到换肝的要求，因此只得作罢。如今急救杨瑶性命的唯一出路，只有找到杨瑶的生身母亲。此外，据杨震东说，杨瑶还有一个兄长，也在长白山的密林深处。因此，茅剑秋决定再作一次最后的努力。可由于当年进山收养杨瑶的铁路工人杨文昌老人早已作古，而杨瑶的养父杨震东及养母，都不曾与杨瑶的生身母亲见过面。如今，茅剑秋明知派赵副总前往莽莽长白林海，去寻找一个连姓名也不清楚的抗联家属，无异于大海捞针，甚至连一点点边际也没有。但他必须这样做，在盼望杨瑶生命发生奇迹的紧要关头，茅剑秋不惜一切代价。为让赵副总安心去长白林区寻找杨瑶的胞兄，茅剑秋派他儿子茅文学前去深圳和广东，继续支撑南方的时装销售业务。赵副总这才放了心，说："只要有人替我撑住南方的业务，我就能在长白山林区找到那个可以救杨编辑性命的人！"

所幸，赵副总果然有一套公关的手法。他带几名供销员来到二道白河——当年杨文昌老人进山寻找朱庆山后人并领回两岁幼女杨瑶的旧地，果真发现了朱庆山儿媳妇的蛛丝马迹。原来赵副总来到二道白河后，经过几昼夜的明察暗访，最后依靠当地党委和政府，很快从县档案局的历史档案中，查到了抗联老战士朱庆山的资料。同时也掌握了他死后安葬的准确地点，解放后他被当地政府授予"烈士"荣誉称号等情况，历史档案中均有记载。不过其子在"三年自然灾害"期间因病早亡，其妻因此才从当地公安局档案中查到了可靠的线索。

赵副总马上用电话向省城的茅剑秋通报信息。赵副总说：1958 年铁路老工人杨文昌在二道白河把朱庆山的孙女（即后来的杨瑶）抱回省城以后，朱庆山的儿媳就带着朱家唯一的后人（即朱庆山孙子）在二道白河生活了两年。1961 年她忽然“走道了”（改嫁）。朱家儿媳嫁给一个山林采伐队的工人，但结婚前该工人不同意朱家媳妇把孩子带进其家。朱家儿媳无奈，只好把唯一的儿子送了他人。今天，朱家儿媳已经七旬开外，耳聋眼瞎，赵副总等人在某边远林场终于找到了老太太，此时正在向老妪询问其子的下落。

茅剑秋听到这一消息以后，才和杨震东火速驱车向长白山林海进发。他们抵达二道白河时已是子夜时分，只见秋山森森，四周一片漆黑。幸好赵副总事前已和当地政府联系妥当，他和杨震东在招待所听取赵副总等人的汇报，稍事休息，天色即明。黎明时他们起床吃饭，天色放亮，一行人便带着几辆汽车驶往雪中的林场。在一间老屋里，他们终于见到了那双目失明的老妪，她就是杨瑶的生身母亲。当年就是她在二道白河把两岁的女孩送给了从省城来到山里的杨文昌。岁月悠悠，沧桑巨变，当年新寡待嫁的中年女子，如今已经变成了满头白发的老妪。老人尽管眼不视物，但茅剑秋、杨震东等人向她叙述杨瑶远在省城病重，急需寻求近亲肝脏移植以挽救其生命时，老妪怔呆呆地坐在火炕上沉默不语。好像茅剑秋等人苦苦相求的事情，和她毫无任何关系。或许是年深日久，亲生女儿始终下落不明；或许是数十年困居山林，思念亲女的精神早已麻木。因此老人长时间凝然不语，似乎没听懂茅剑秋和杨震东的反复倾诉，一个人呆然怔坐，凝然无语。

“老人家，杨瑶这么多年不和您联系，这不是她不思念您这亲妈，而是她直到现在也不知道自己的真实身世！”茅剑秋这话刚一出口，就见眼盲老人蓦然一怔，脸色突然变得惨白。杨震东在旁见了，也急忙哭诉：“大嫂，这不该责怪杨瑶，如果你怪罪的话，就怪我好了！因为我爹去世之前曾经特别关照我说，不要把真实身世告诉我女儿杨瑶，就因为我爹当年遵照了您的意思，所以才这样做了。我爹告诉我，是您同意我爹把女儿带到山外，带到省城的。我爹还说，您这样做的原因，是为了让你亲生女儿安心在省城生活。这一切过错，都不该怪罪杨瑶啊！……”

“我那苦命的孩子，娘怎能怪你呢？”老妪不想继续听下去了，她手忙脚乱地从炕上爬下来，揪住茅剑秋的衣袖，迫不及待地说：“孩子她如今得了重病，想找她的亲人救她，这有什么过错？只是，我这么大年纪了，怕是救不得她了！快，你们快跟我去熊瞎子沟，去那儿找她的亲哥哥！……对了，他大号叫田德海，对了对了，我倒忘了对你们说清，我那儿子自他妹子进了省城，也被我送给了人家。他现在姓了田，唉唉，我们朱家的人啊，自她爹爹死后，一个姓了杨，一个姓了田！真让人想起来就痛断肝肠！我这双眼睛，就是这么哭瞎的呀！……”

茅剑秋没想到杨瑶的身世如此之苦！此前，他只听说杨瑶在白山林海的深处有亲人，并且她始终到处搜集抗联的资料。现在他才明白，杨瑶苦苦构思多年的长篇小说《雪葬》，其实就和隐居在白山林区的这段亲缘关系有着直接的联系！如果这次杨瑶不罹患绝症，他也许永远无法揭开杨瑶的身世之谜。也不会清楚她为什么始终在想为抗联创作一部重要的著作。而今他从杨瑶生母这里听到了这其中的秘密，大有茅塞顿开之感。他这时也顾不得多想，只催促老人火速陪他们进熊瞎子沟，寻找那已在若干年前被老妪送给他人的亲生儿子。

“唉，我也不知她哥肯不肯认我这个娘呀？”就在茅剑秋和杨震东搀扶盲目老人，跌跌撞撞从木屋里出来，准备扶她上车的时候，不料那精神有些错乱的老妪，忽然变得格外清醒起来。她慌忙从大家的前呼后拥中挣脱出来，口中发出让人心悸的哭泣之声。老人似在痛悔当年改嫁时不慎做出的错误决定，悔不该在嫁给伐木工时把亲生儿子也送了人。她见茅剑秋等人还在劝她上车，便忽然拼命挣脱。茅剑秋多么希望老人陪他们一起进山，寻找她的儿子田德海。可老妪死也不肯上车，在雪地上拼命地挣脱，因她已多年和儿子没有来往了。老人哭泣着说：“我好悔啊，我当初为何那么狠心，把儿子也送给人家！我不能去，我没脸去见儿子呀！我怕儿子不认我这瞎老婆子！你们就放过我吧，我说什么也不能去熊瞎子沟啊！……”老妪声泪俱下地哭着，忽又痛悔地当众扇起自己耳光来了。

茅剑秋在旁看得心酸，他没想到这次进山寻找杨瑶的亲人，竟见到如此让人揪心的场面。他见赵副总和杨震东还拉扯老妪不放，便上前劝阻，对大家说：“既然老人视力不好，还是不去为好。好在老人家已经给我们提供了田德海的下落，我们索性就直接前往熊瞎子沟好了！”老妪听了，这才止住呼天抢地的哭号。茅剑秋眼含着泪，知情杨瑶的生身母亲生活困苦，那个当年要她嫁进不许带儿子的伐木工，也早在几年前故去了。如今家中只有盲目老人，生活的凄苦可想而知。他急忙吩咐赵副总等人，从一辆小货车上给老人卸下一些粮油物资，那是赵副总进山前准备带给杨瑶亲人的。茅剑秋又掏出许多钱，交给老人安心度日。就在他们一行准备离开林场时，当地林场几位领导听说省城大名鼎鼎的民营企业家茅剑秋亲自带车前来，都纷纷赶来要求设宴款待。茅剑秋这时正为杨瑶疾病心急如火，哪肯留在林场应酬。但他还是和林场的领导们在车前作了短暂话别，茅剑秋叮嘱说："老人是抗联烈士的后人，她现在眼睛不行了，也再无劳动的能力。如果你们真想和我茅剑秋交朋友，就请你们一定替我照顾好这位孤寡老人！"林场的领导早从报上见过茅剑秋的事迹，今见他千里奔波，又如此仗义疏财，都非常感动。听茅剑秋提起老妪是抗联烈士的后裔，自然重新打量这一度遭人冷视的瞎老太太。一个个在茅剑秋面前拍胸许诺地说："茅董事长，你只管放心，从今而后，我们就把她当亲人一样看待。如有不周之处，将来我们去省城时，便再也无颜和你茅董事长见面了！"茅剑秋见林场领导态度真诚，这才放了心。于是他们安置好杨瑶的生身老母，一行人告别林场领导，便登上几辆大小汽车，继续沿着早春二月冬雪未融的积雪公路疾驶而去了。

葬礼上出现了模特儿的队伍

C 城乌云漫天，此时正飘着绵绵的春雪。

只是这春雪飘落在省城的柏油马路上，眨眼便开始悄悄融化。积雪很快在裸露清漆的路面上化成汩汩雪水，而汽车从这些落雪与泥泞中疾快地驶去，马路上便飞溅起雪与水的泥浆。只是马路两旁的马尾松、塔松和白桦树的树冠枝桠之上，仍然缀满层层的银白雪朵。一阵风儿偶然掠过，树上的雪尘便轻盈地飘落在地下，不久，依然还要化作雪水和泥污。春季的雪天尽管已经失去北方寒冬特有的银妆，但这些转瞬即融的飞雪，还是让人留恋它在天际间随风飘舞时的英姿。

省医院的住院部大楼前，忽然驶来几辆大小轿车。须臾，车里便鱼贯走下一批官员，为首者就是省委常委、新任宣传部长陈泓。他身后簇拥着众多大小官员，尾随其后的还有松江出版社的新任社长纽丽琴和总编辑董琪、副总编卓越及文史编辑室主任高楠楠等人。大家在医院领导和特护疗区医生们的陪同之下，进入了电梯，然后缓缓升跃至五楼。很快在他们面前就出现一个宽敞明亮的病区，走廊内有保洁人员在清扫，陈泓部长在官员和医护人员的陪同下，来到一间位于病区走廊一端的特护病室。里面温暖如春，与窗外正飘扬落雪的早春严寒恰好形成了鲜明对照。杨瑶静静侧卧在窗前的病榻上，她面前柜子上有一只蓝色的花瓶，里面有枝花蕾待放的腊梅。花儿的馨香正弥漫在恬静的病室中，守在她床前的是几位出版社男女编辑们。他们近几天都自动轮换着休班，主动要求来这里照顾病危的杨瑶。特别引人注目的是，一位穿笔挺深蓝套装的中年女子两眼发红，颜容憔悴。她就是茅剑秋的妻子梁晓月。这位“剑月集团”的总经理，自从杨瑶的病情转危以来，便毅然放下手中工作，开始频繁出入这间弥漫着花香的幽静病室。有时她会彻夜守候在杨瑶的床前，梁晓月是把杨瑶当成自己的恩人和友人，因而她才情愿为她值班守夜。现在梁晓月见陈泓等人来到床前，急忙趋前唤醒仍在昏睡中的杨瑶。

“杨瑶，你睁开眼看看吧，陈部长他们来了！”纽丽琴悄悄来到杨瑶床前。此前，出版社几位领导都已多次来过了，随着杨瑶病情的逐渐加重，近几天已经进入生命的最后弥留期。杨瑶因为肝昏迷已开始神志不清了。眼下杨瑶在梁晓月和纽丽琴的频频呼唤中，竟忽然睁大了双眼。杨瑶见床前站满了黑刷刷的人影，眼神中不禁有些异样，她发现这些干部和友人中果真有茅剑秋的好友陈泓。她见高楠楠和两位女编辑抬着个偌大的花篮，悄悄摆放在她的床前。那是她最为喜欢的野百合花，雪白雪白的花蕾，在北国的早春寒气中居然开得艳丽无比，花儿的馨香让神志尚未完全清醒的杨瑶顿时眼清目明，多日忧郁的心境也变得豁然开朗起来。这几日她只要醒来，就会从身边那些关切自己安危的朋友口中，听到一些让她振奋的信息：首先是茅剑秋现正带人前往长白山，到密林深处为她寻找可以做肝移植的肝源。医生已经明确告诉她说：“杨瑶，你只管放心好了，只要肝源找到了，我们马上就用最快速度对供肝者进行各项指标的检测和化验。请你一定要相信，现代医学有办法解决各种从前无法解决的医学难题！”

在医生对她不断进行抢救的过程中，杨瑶以最大毅力在与可恶的病魔作殊死的抗争。就像她从前为了一本书的出版在困境面前永不绝望一样，总是咬紧牙关坚持着。在病魔袭击下她同样具有特殊的毅力和勇气，因此杨瑶坚信在生命的绝境之中肯定能出现希冀的曙光。几天前，当纽丽琴和董琪向她通报副编审的职称已经获得批准时，同时又传来沈跃龙因贪污受贿和挪用公款等经济问题被上级纪检机关实行“双规”的消息。杨瑶对这些尽管不再感兴趣，可她仍然还是泪流满面，毕竟是开心之事。而今当她见陈泓代表省委前来探望自己，杨瑶更有些激动和兴奋。只是她再也无力作出任何回应的表示了。她感到浑身一点气力也没有了，口唇没有血色的她已全然虚脱，连点头的气力也没有了。

“杨瑶同志，在省委任命你为松江出版社副总编辑的文件正式下达之前，我们认真考察了你几十年的工作。”陈泓紧紧握住杨瑶那冰冷的双手，真诚地说，“我们惊奇地发现，这些年来你始终在默默无闻地工作，不仅接连推出茅剑秋的三部作品，在国内造成了影响。而且发现经你手编辑出版的大量书籍中，有的也产生了良好的社会影响。在做这些工作的时候，你只以一个普通编辑的身份出现，从没谋取过个人的私利。这么多年来，经你发现和扶持的作者不胜枚举，茅剑秋只是优秀的作者之一。仅凭这一点，我们就该向你祝贺……”

陈泓代表省委宣传部宣布她副总编辑的任命时，杨瑶渐渐闭上了眼睛。她已把这一切荣誉都看得很淡很淡了，在她的眼角还挂着一滴闪亮的泪珠。偌大的病室中静悄悄的，只听得有人在门外悄悄地抽泣，梁晓月急忙回望，高楠楠和几个女孩子也同时注意到，病房门外原来还躲着一个人，她就是接连来医院几次想探望杨瑶却又不敢进门的女编辑周慧。如今当高楠楠把房门忽然拉开，周慧再也无法躲藏了，她猛然扑在杨瑶的床前，跪在地上痛哭失声："杨姐，对不起你！从前那些事，都是姓沈的捣鬼呀，他可把我给害苦了！呜呜，我瞎了眼啊……"

…………

就在这天深夜，在长白山的莽莽山林之中，松涛怒吼，百树呼啸，群峦之下有一条通往省城的公路。四五辆大小汽车组成的车队，亮着雪亮的车灯，正以超乎寻常的车速向前疾驰而来。第一辆车里坐着茅剑秋，他身边坐着一位中年汉子，此人脸膛黝黑而严峻，他就是茅剑秋从熊瞎子沟请来的田德海——已经病危的女编辑杨瑶的胞兄。半小时之前，茅剑秋和田德海等人从熊瞎子沟起程。半路上，忽然接到梁晓月从省城打来的紧急电话。她说，杨瑶再次进入昏迷之后，医生已在催促亲友为她准备后事了。茅剑秋没想到事情来得如此突然，也暗恨自己进山以来劝服田德海和他家人的思想工作做得不到位。昨天中午，他们来到熊瞎子沟时，田德海和他妻子都不配合，尤其是田德海的妻子，当她听说要丈夫前去省城为胞妹捐肝时，更是越加显得暴怒不满。原因当然是她对于住在林场的老妪极为不满。田德海也对他的生身母亲当年为了自身改嫁不惜把他送到熊瞎子沟田家一事，数十年来始终耿耿于怀。母子之间就这样在相互不谅解的僵持中维持着几十年不相往来的亲情。因此，当茅剑秋、杨震东和赵副总等人在当地干部们陪同下，沿山麓间一条曲折的羊肠小路，辗转找到位于半山间的一座干打垒式土坯房时，正在吃饭的田德海一家顿时惊呆了。当田德海和妻子听茅剑秋说明他们是从林场其母处而来时，顿时大怒。田德海把手中的碗在桌上重重一蹾，说：“我从来就没有这个妈！我姓田，可她是谁呀？”田德海妻子对婆婆更是怨气冲天，当着满屋客人之面，频频指责孤身老人从前为改嫁而抛弃亲子的前情。其语言之过激，甚至超出了亲人之间的情理范畴。

当茅剑秋说明他们真正的来意，并说田德海有一个妹妹，如今在省城正患着重病，急需她亲人以捐肝的方式进行急救时，田德海顿时怔住了。他没想到自己的妹妹如今已经改了姓，杨瑶二字对于一个深山老林中的农民而言，完全是一个陌生的名字！田德海妻子忽听茅剑秋等人的要求，顿时又哭又骂地撒起泼来，她说：“我家德海从来就没有什么妹妹。当年他是只身一人进的熊瞎子沟。如今他是田家的人，和省城杨家从来就是井水不犯河水！如果那姓杨的女人，真惦记她哥哥，为什么这么多年不来认亲？偏偏要在她快死的时候，才来深山老林认亲？不行，说什么也不能救她。我家德海根本就没有什么妹妹，你们是找错了人家了吧！”茅剑秋见这女人如此粗野撒泼，只能和颜悦色地解释说：“这件事是怪不得杨瑶的，直到现在，杨瑶也不知她在熊瞎子沟有一个同胞兄长！如果她早知道自己身世，早就到山里认她的母亲和兄长了！再说，德海和杨瑶虽然分隔几十年，可他们毕竟是同胞手足啊！天底下哪有手足不相救的道理？”田德海听了，仍然固执地梗着脖子不说话，而他妻子却把对朱家婆婆的怨气，一股脑发泄出来。茅剑秋见田德海死也不认他省城的妹妹，不得已，才把临从林场出来时，那孤身老妪交给他的一张王牌——那张若干年前拍摄的“全家福”照片，出示给田德海夫妇。那是一张只有二寸大小的黑白照片，早因年深日久而泛黄了。田德海捧在手上一看，顿时睁大了眼睛，那是他父母和两个孩子的唯一合影。一岁多的妹妹被母亲亲昵地抱在怀中，而他一个刚五岁的小男孩儿则倚在父亲身边。拍摄时间是1957年。照片上虽然没有标注地点，但田德海一眼就认出，那是一个农家小院。拍摄者肯定是四乡游走的自由摄影者！

“我们不认这门亲！我们不认识照片上的人！他们朱家的人早就死绝了。”田德海尽管看了照片，他仍然没有认亲的意思。倒是田妻越加激愤地哭骂不休，显然她的全部仇恨，都集中在林场那位孤寡老太婆的身上。茅剑秋对田德海夫妻如此冷漠地拒绝认亲，虽从心里有些反感，但他仍然能理解和谅解。毕竟是几十年不相往来的兄长和妹妹，毕竟是没有亲情基础的一对陌生人，忽然就让田德海或其妻前去省城救助濒临死亡的妹妹，确实从感情上难以接受。茅剑秋见田德海仍坐在那里不肯相认，便想起从林场出来之前，老太太叮嘱他的那些话，讲述的那些兄妹两人少儿时的往事。他蓦然冲田德海大叫了一声：“大黑！你应该救二黑一命啊！”大黑是田德海的乳名，而二黑则是老妪为田德海妹妹杨瑶小时候取的乳名！

“啊——”田德海猛听人叫他久违的乳名，心头不禁一震。这毕竟是亲情的召唤！母亲当年在临嫁之前把他转送深山，他对此事虽一直怨恨在心，但母亲毕竟还是母亲。而胞妹毕竟是胞妹！田德海把那张从茅剑秋手中接过的旧照紧紧抓在手里，忍不住叫了一声。只因这一声哭叫，他心中多年结下的坚冰顷刻融化了。

“田德海，你不能认她呀！说什么也不能去省城啊，你从来就没有什么妹妹啊！”不料他妻子却坚决不肯让丈夫妥协，数十年没有亲情往来所造成的感情隔阂，当然并非一朝一夕就可以冰释的！她唯恐田德海去认省城的胞妹，给他妹妹捐献肝脏。这女人忽而怒骂，忽而啼哭，忽而怨天恨地，忽而又发泄她对亲情和所处贫穷境况的不满。无论茅剑秋等人如何苦口婆心地动之以情，但这近乎无情的山里女人，一把鼻涕一把眼泪，就是死也不肯同意丈夫随茅剑秋上路。

就这样，茅剑秋和杨震东、赵副总等人，困守在半山腰间的茅草屋里，苦苦劝说田氏夫妇。从中午一直劝到午夜时分，始终没有任何结果。后来，茅剑秋只好带着他的人马下了山，在山下一家招待所里，他们围着火炉就如何劝服田德海夫妇各抒己见地发表意见。天亮时分，茅剑秋才打了一个盹儿。在梦中他好像又来到省医院病室，又见到杨瑶那双微闭的眼睛。想到杨瑶，茅剑秋就感到不安和愧疚。他一个激灵从床上爬了起来，大声呼叫着赵副总的名字，这时他才发现窗外已经露出了熹微的晨光。赵副总揉着惺忪的睡眼进了门，就听茅剑秋说：“赵副总，你不是游说客户的高手吗？今天我就要看你的本事了。”赵副总有些为难地点了一下头，说：“董事长，您是说，还要我上山和他们磨嘴皮子吗？我看田德海见旧照片已经动了心，可恨的就是那个混蛋娘儿们，她死活也不肯让田德海进省城！”茅剑秋把他想好的主意一一交代清楚，最后说："你和几个供销员轮流上山，无论如何，也要为我搬到田德海这个救兵！为了搬他进城去救杨瑶，我茅剑秋情愿不惜一切代价！只是你们千万记住，只能好言说服，决不许你们有半句过激之言！"

"董事长，您放心吧。我今天一定要搬动这个救星不可！"赵副总情知这个正在生病的女编辑在董事长心中的地位，因此他拍胸发誓地做了保证。早饭过后，赵副总就带着几个随员爬上山去，再次来到田家茅屋，苦苦相劝，百般哀求。可田德海一言不发，那女人仍然还像前夜那样难缠，忽而怒骂，忽而指责，就是不许田德海下山。如此这般地劝到正午时分，任赵副总等人磨破了唇舌，田氏夫妇仍然不为所动。

茅剑秋正在彷徨无计时，忽听招待所门前一阵汽车声响，有人进来报告说："董事长，熊瞎子沟的镇长和书记亲自来拜访您了！"茅剑秋原本不想惊动当地领导，可没想到他到熊瞎子沟的消息已经外泄，而且书记和镇长不请自来。那书记原来也是一位青年的文化人，进门就向茅剑秋拱手寒暄说："我做梦也没有想到，在省城红了半边天的著名大作家，居然神不知鬼不觉来到我们熊瞎子沟了！这可是天大的喜事！"茅剑秋正在惊异，镇长便在旁介绍说："大作家有所不知，我们书记早就是您的忠诚粉丝了，他特别喜欢读您的《野狼湾》。他不仅读了您写的小说，还喜欢根据这部书改编的电视连续剧。因此，当我们书记听说您来了，当即决定我们班子所有成员都来这里登门拜访！"

"不敢当！"茅剑秋对当地书记和镇长等人的亲自造访，毫无思想准备。此前他在山下林场时，当地干部就因熟悉省城白手起家的时装大师茅剑秋对他百般推崇。这也并不奇怪，因为时装设计师毕竟和当今地方经济发展有些关系，然而地处长白腹地的熊瞎子沟，一个天高皇帝远的地方，居然也有人自称是读过他作品的“粉丝”，就让茅剑秋有些意外了。他紧紧握住书记的手说：“没有想到，在这地方当书记的人，也会是文学的爱好者！真是难能可贵啊！”

书记笑道：“其实我从政之前就是文学爱好者，后来因写不成稿子才改行从政。不过，我非常敬佩的就是你茅剑秋的毅力。你在报上发表的谈话我也读过。你说，文学是一条坎坷的小路，在这条小路上攀登的人太多太多，最后只有少数意志坚强者才可能达到理想的目标。你这话讲得对呀，我记得您还对一些梦想靠文学之梦成其大事的青年人说过：世上的成功道路本来很多，最好不要都拥挤到文学这条小路上来。我就是因为读了您在省报上的谈话，才决定走从政之路的。因此，我要亲自上山拜见您！我很想当面听一听您的指教！”

大家分宾主落座后，茅剑秋说：“非常抱歉，我们这次来山里时间有限，因为要救一位关怀过我的编辑，因此有关文学方面的话题，最好留待以后你来省城时再谈吧。书记，你是当地父母官，现在我要求你帮帮忙了！不知您和镇长能否出面，帮助我们做一做田德海的思想工作。”那书记正巴不得结识茅剑秋，听了赵副总等人介绍前来山里寻求田德海捐肝救妹的经过之后，深表同情，马上和镇长慨然表示：“茅老师，真没想到，您还是一位重感情的人。为了一个帮助过您的编辑，竟然放下繁忙的工作，亲自进长白山来寻找患者的亲人。就凭您这种大义之举，我们也责无旁贷愿意为您做任何事情！茅老师，请您放心好了，这事就包在我们身上，我们现在就去山顶田家，我就不信他们见死不救！”茅剑秋大喜，亲自把书记和镇长等人送到门外，他又再三叮嘱说：“这种事可来不得行政命令，必须和颜悦色地劝说才行。捐肝救人虽是亲人的义务，也一定要采取自愿的原则才行！”书记、镇长应诺着，然后在赵副总的陪同下，亲自上山去了。

茅剑秋整整一个下午，都等候在山下招待所里。他等得心焦，虽然他不曾亲自到场，但从时间上仍可以估计到和田家谈判是何等艰难。一直盼到傍晚日落，书记、镇长等人果然在赵副总陪同下，垂头丧气归来。书记进门就说：“这女人简直就是个无赖，居然连我们这些父母官也不放在眼里，一个心思就盯在钱上了！”

“钱？”茅剑秋听了，眼睛豁然一亮。只听赵副总说：“董事长，如今什么办法都用过了，田德海也有些兄妹的情感，只是他那个女人，坚决不答应捐肝的事。我看，现在也只好花钱了！”

茅剑秋眼前出现了在山上田家茅草屋见到的一切。破壁残垣，四面透风。两个枯瘦的孩子瞪着一双惊异大眼望着从省城赶来的客人。触目惊心的破败和贫困，很让茅剑秋为之动情，他说：“给他们一笔钱，我来时就有思想准备。只是我们谈亲人捐肝救人的时候，如果把给钱说在前面，不仅对田德海人格不够尊重，对我们也不合适。我是想，给钱要等到事情过后再说，那样对我们都是一件好事！”书记插言说：“这个混蛋娘们儿，也许是穷疯了，再就是想借茅老师进山的机会敲敲竹杠吧？说什么也不能给钱，给钱她就会狮子大张口，如何了得？我们已经答应减免她两个孩子读中学的学费了，可她仍然得寸进尺！不能依她，说什么也不能给钱！”

正在这时，服务员进门报告说：“饭已经摆好了，请董事长入席！”茅剑秋和书记、镇长等人进了餐厅，席间，他想好了主意，吩咐赵副总说：“既然如此，我看还是先给钱吧！像田德海这样困难的农户，我就是不认识杨瑶，也应该捐款给他们。房子毕竟太破了呀。赵副总，这次你再上山，什么也不要说了，就告诉他们，为了把他们的房子修好，我同意捐款20万！至于田德海愿意不愿意去省城，我们也不再勉强，言既已到，我们就已经尽心了！”书记和镇长见茅剑秋为一个帮助自己编稿的女编辑，竟如此大义凛然，挥金如土，心中不免对他越加平添几分敬重。

一个小时刚过，赵副总就带几个人兴冲冲回到招待所。他把捐款的过程简要向茅剑秋和书记、镇长做了汇报。最后说，“那女人真是见钱眼开，可没有想到，田德海竟跟这混蛋女人干起仗来了！”众人听了，都为之愕然。茅剑秋也不明白她收到捐款后，为何还要和丈夫吵架。赵副总说：“田德海为什么和那女人吵，就因为那女人见了钱，马上就改变了态度。当即就对田德海说：你随他们去省里吧，这回我再也不拦你了！可田德海却受不了，当即就骂女人说：人家茅老师只因编稿的关系，竟然为救妹妹的性命什么都豁出来了。可你就是为了钱呀！我告诉你，钱必须给茅先生退回去，不然我就不依你！”茅剑秋听了，半晌无言，他在想田德海这番话的分量。书记和镇长却说：“听这话，田德海还有人味！”就在大家都猜测不透此事最终结局的时候，只听走廊忽然响起急促的脚步声，一个黑大汉忽然闯进门来，正是他们盼望的田德海。他进门就把一包沉甸甸的纸口袋往茅剑秋面前“咚”地一放，瓮声瓮气地说：“茅老师，走吧！如果要我去省城，我现在就跟你们走！……”

就这样，田德海搭乘茅剑秋的轿车驶出了熊瞎子沟。半夜时分，茅剑秋和田德海坐在向省城飞驰的汽车里，彼此心情都感到格外沉重。车外夜风呼啸，早春的鹅毛大雪铺天盖地而来。雪朵纷纷飘落，但这些雪朵只要飞落在地气已暖的公路上，马上就化成雪水，而雪水再遇呼啸而至的北风，就变成了一片片雪白的冰凌。这让飞驰的汽车碾压下去，车轮就滑出一条条泛白的车痕。茅剑秋带领的小小车队，就在这飘雪结冰的公路上走走停停，在艰难的行程中，最让茅剑秋焦虑忧心的还是不时从省医院传来的紧急信息。梁晓月不断用电话向跋涉在路上的丈夫报告着入夜后杨瑶愈来愈危重的病况。直到凌晨四点半，也就是当茅剑秋的车队将要驶进省城之时，梁晓月又打来一个电话。这一次，茅剑秋接听以后，眼中忽然溢出了泪花。接着，车里就响起他哽咽的抽泣声。始终沉默不语的田德海，忽然紧紧抓住茅剑秋的手，他发觉事情有变，不祥的阴影马上笼罩着这黑脸汉子，他急切地追问低哭不已的茅剑秋说：“哭什么？茅老师，你为什么要哭？我不是已经来到省城了吗？你说，你为什么要哭呀？！”

"……"茅剑秋不语，手里仍然紧握着电话，哽咽的哭声渐渐变成无法控制的号啕。最后，他一把抱住惊愕不已的田德海，道出了真情："我们来晚了，她……已经去了！……"田德海发疯也似的瞪大了眼睛，突然叫了一声："二黑！"就一头扑倒在汽车的后座上了……

又是一个飘雪的日子。

不过，时光已是三年以后——2017 年 3 月 1 日，杨瑶病逝的三周年祭日。傍晚时分，茅剑秋驾驶着丰田越野车，顶着刺骨小北风把车开进从前常去的一条小街。街口处亮起了红灯，他透过车窗外望，发现随飘随即融化成片片冰水的街路上，反射着千楼万厦频频亮起的璀璨霓虹。五彩缤纷的灯火下，街路变得格外漆黑冰冷，他把车在街口处向另一小街拐了过去，不久，就在一间亮着幽暗灯火的咖啡屋前泊了车。

"茅老师，今天晚上我们可不可以聚一聚？"中午，他忽然接到松江出版社文史编辑室主任高楠楠打来的电话。他们已经很久不曾联系了。自三年前的这个时候，他们共同参加了杨瑶的葬礼以后，彼此的接触就开始减少了。由于茅剑秋从春天起就把"剑月集团"的工作重心移向东南沿海地区，在温州、潮州和深圳特区等先后开办几家连锁店式的时装销售公司，所以他一年之中很少在 C 城。

"可以，当然可以！"茅剑秋对高楠楠的要求，回答起来总是那么爽然痛快。在他看来高楠楠就好像已经故去的女编辑杨瑶的化身和影子。在他眼里高楠楠为人行事与杨瑶酷肖，每次他见到高楠楠都会油然记起从身边永远消失的杨瑶。茅剑秋问她有什么事，楠楠却说："见面就知道了！"

"在哪儿见面好呢？是吃西餐还是中餐？由我做东！"

"不必，今晚还是我来做东吧，地点嘛，我想还是老地方好些。"

"那好，你的意思是光喝咖啡不吃饭了？"

"就是的，其实喝咖啡的效果往往比吃饭好多了！"

"好吧！楠楠，我准时到达就是了！"茅剑秋如今经营的时装生意蒸蒸日上，可谓万事顺遂，如日中天。不过，茅剑秋仍然喜欢和从前的出版社保持必要的联系，尤其像高楠楠这样的好朋友。茅剑秋更喜欢在营销不忙的时候，不时有一些文学方面的交流。他心里始终没有忘记多年养成的文学写作的爱好。当然，他也没有忘记一件事，这件事又必须和高楠楠不断保持联系，那就是杨瑶病逝不久的一天，高楠楠约他来到这家名叫"小北斗"的咖啡屋见面。他如今还清楚记得，那天夜里也像今晚这样宁谧，这样灯火璀璨；有所不同的是，那是个没有飘雪的夜晚，也没有春天的东南风。高楠楠总是那么热情，见了他仍像从前那样敬重他。

"茅老师，这是我们在杨瑶去世后清理遗物时发现的，"茅剑秋如今依稀记得，那个夜晚他和高楠楠在这家咖啡屋见面时，高楠楠从提包中取出个沉甸甸的牛皮纸口袋。她从里面取出一厚沓印有密密麻麻宋体字的书稿，郑重地送到他面前说，"此前杨瑶虽然对我说起，她每天都利用晚饭后的时间，搞她自己的自留地。当时我并没有想到，她那么瘦弱的体质，那么沉重的工作任务，还有她精神上背负的沉重压力，怎么还有精力写作呢？现在才发现，她生命的最后几年，始终在坚持写作！您看，这就是杨瑶的作品，可以称得上是遗作了！”

“哦？！”茅剑秋心头一震。马上把沉甸甸的打字稿抱在手中，近前一看，正是她对他谈起多次的《雪葬》！当初他第一次听杨瑶谈到这一写作计划时，是在江边疗养院的病房。当时杨瑶还在病中，却写出了《雪葬》的写作提纲。茅剑秋做梦也没想到，如今杨瑶悄然离去了，身后却留下一部沉甸甸的手稿！他急忙翻开扉页，见杨瑶在卷首这样写道：“为什么要以《雪葬》作为这部小说的题目呢？它源于我的祖父——一位我不曾见过面的铁路老工人留下来的故事。我祖父把他当年在和抗联老战士们打交道时亲身经历的往事，都讲给了我的父亲，我父亲再讲给我听。祖父讲的故事中有一幕最为让人震撼的场面，就是抗联战士在日本关东军的合围中壮烈牺牲之后，没有棺木、没有坟穴、没有礼炮，甚至连就地挖掘坟墓的铁锹也找不到。在这死无葬身之地的艰苦环境中，唯有用积雪来掩埋志士的遗体。故而称之为‘雪葬’。……让人遗憾的是，几十年来我一直梦想有一天实现这个理想，亲自去当年抗联战士壮烈牺牲的地方，亲自考察壮士们被雪葬的旧址。我想，那里肯定保留着战争岁月的遗痕。雪葬的场面，我没有见过，但我能够想到它的肃穆与庄严。如果我能亲往那雪葬的旧址去寻找抗联的旧梦，我相信凭我的生活积累和活跃的形象思维，肯定能在眼前再现那些烈士雪葬时特有的雄浑场景！可惜，我的理想无法实现了……”

茅剑秋哽咽了一声。他忽然想起，前次他冒北方春寒为杨瑶寻找胞兄以求肝移植手术的时候，有幸到过风雪迷离的长白山林区。他也曾利用行车的间歇，亲自踏查了当年抗联密营和杨瑶小说前言中提到的雪葬旧址！茅剑秋发现在当年抗联战士举行集体雪葬的旷野中，现已建起一座巨型的烈士纪念堂。四周栽满青松翠柏，在纪念堂前面是一块长剑式的巨型石碑，碑面上镂刻着一位国家领导人亲题的碑文：“雪葬于此的抗联战士永垂不朽！”据了解当年抗联战士雪葬及解放后为死难者重建陵园的当地人介绍：抗联战士雪葬的场面异常雄浑隆重。皑皑白雪中出现了几个若隐若现的坟墓，而坟墓并非以土掩成，坟包全然都是皑皑的白雪。葬礼举行时负责雪葬的抗联领导人指挥一队荷枪战士冲天鸣枪，凛冽的枪声，顿时划破了林海雪原惯有的岑寂，从此雪原深处便破天荒地出现一座座雪掩的坟墓！……

茅剑秋从在长白雪原亲见的抗联烈士安葬地，联想起杨瑶那悲壮而别开生面的葬礼。那天，C 城飘雪，但没有风。静静的陵园里一派肃穆。许多和杨瑶相识或不相识的作者们都来了，因为他们都被杨瑶这位肯为普通作者呕心沥血的编辑感动了，因此对她的英年早逝都表现出无法掩饰的同情与景仰。茅剑秋和梁晓月早早就赶来了，他们发现杨瑶的灵堂前集聚着许多省内出版界和宣传机构的男男女女，陈泓和省委宣传部领导同志也到场了。已经退休的前总编辑陆炎良久伫立在杨瑶的遗像前，凛冽北风把他花白的长发吹散吹乱，遮住了他的半张脸庞。看得出陆炎对杨瑶的早逝十分悲伤，一汪老泪潸然而下。他身边站着用黑呢大衣紧裹着细瘦身子的康平，他不想让人看清他的脸孔，还像从前他在职时一样，尽量控制着感情并不让人察觉他内心情绪的变化。

茅剑秋在人群中忽然发现一位身材颀长，穿黑色短大衣的青年少女。他猛眼看去，心头不觉一惊，因这姑娘生得面孔白皙，眉眼清秀，尤其是她那举手投足所显现出的娴雅温存，几与他熟悉的杨瑶极为酷肖，这少女分明就是杨瑶的化身！直到这时他才蓦然明白，在人群里哭红了双眼的少女，可能就是杨瑶在北京某大学读书的女儿姜贝贝！她胸前佩着一朵白花，姜贝贝在为早逝的母亲洒泪。这让茅剑秋见了更为动情，此前他虽不曾和姜贝贝见面，但如今他暗暗产生几分慰藉，杨瑶的女儿已经长大成人了！他向人群深处寻觅着，终于找到了在冰城见过面的房地产老板姜有松。他今天低着头，尽管从他神情上看不出对亡妻的哀思，不过，受悲怆气氛的渲染，他还是不时掏出帕子拭泪。毕竟夫妻一场，况且杨瑶身后受到各界人士如此敬重，也让他不得不反思自己的过去。

动人心魄的哀乐在风雪中骤然响起。忽然，灵堂前出现一队特殊的悼念队伍，她们都是年轻妙龄、秀美婀娜的北方姑娘。一个个身穿黑白相间的时装，在悲壮哀乐声中显得格外引人注目。为首者就是首席模特儿黎明。她今天浑身白色冬装，白衣白裤，白靴白帽，就连棉袄的领口也镶嵌着雪白的绒毛，她在这些俊美的女模特儿中间，尤显清丽哀婉，素雅可人。茅剑秋知道这在严寒早春风雪中出现的素雅女式时装，都是他最新设计的服饰。美观、大方、高雅、脱俗。既有东方女性素洁端庄的特色，亦有典雅华贵的风格，因此这些新时装刚好派上用场，恰可用于为女编辑杨瑶举行的隆重送葬仪式。那些在茅剑秋麾下用于时装宣传的俏美模特儿们，此前曾经出席过各种名目繁多、花团锦簇的时装发布会。而今她们在茅文学的带领之下，从南方专程飞回东北 C 城。让茅剑秋无限欣慰的是，儿子茅文学恰到好处为他调来的这支模特儿队，姑娘们居然以全新的靓丽风姿出现在这特殊的庄严场合，顿时为杨瑶的葬礼平添了让人耳目一新的悲壮氛围。这些身材高挑的姑娘们，尽管与长眠的死者素昧平生，可她们都深深地知道，这位在早春飞雪中飘逝而去的女编辑，肯定有着特殊的人格魅力，不然，她们董事长和总经理就不会如此认真、如此隆重地为她送行。

女模特儿们围绕杨瑶的骨灰盒和遗像缓慢而凝重地走了过来，在越积越厚的皑皑雪地上留下她们整齐的足痕。姑娘们在经过杨瑶遗像前时，都不约而同地向这位含笑女编辑遗像投以庄严凝重的注目礼。素妆粉黛的模特儿们，都将手中采撷的严冬腊梅那在凛冽寒风中绽放的花枝，依次摆放在杨瑶含笑的遗像前，雪中梅朵俨然一片红嫣嫣的花海。她们在这一刹那，感受到的就是从事模特儿职业以来绝无仅有的自豪，因为这与她们从前的任何一场时装表演显然都有着截然的不同。她们如今并不是为商演出风头，而是为一位同性女子的非凡人生在经历着感同身受的庄严。茅剑秋发现所有为杨瑶送行的人们，包括从前在职称评审时极力贬低压制杨瑶的老教授黎一昙，都不会想到眼前会出现如此动人心魄的时装表演。尽管姑娘们和老总茅剑秋此前都无让模特儿们借追悼杨瑶之际展示时装的故意，只是想让姑娘们来为杨瑶送最后的一程。但茅剑秋精心设计的这一隆重送行毕竟过于理想化了，因此模特儿们的出现就自然而然起到了催泪的作用。雪朵纷飞，哀乐低回，姑娘们凝视着飞雪中的杨瑶遗像，都情不自禁地落泪了……

“杨瑶，现在见到你的作品，我真高兴！”茅剑秋眼含泪水，很想把那打字稿紧紧揽在怀中。他觉得文字也像人一样可敬可爱，杨瑶虽死，但她的文字还在人间。睹字如同见人，茅剑秋有些忘乎所以了！他忽然郑重地对高楠楠说：“像杨瑶这样优美的文笔，缜密的艺术构思，深刻又气壮山河的立意，真是寻常少见的。这样的好书你们为什么不安排出版呢？”

“这就是我今晚来和您见面的原因！”高楠楠依然穿着春天里的时装，坐在灯影中显得优雅而倩丽。她指了指那部书稿，叹息一声：“茅老师，我已经读过书稿的原文，真好，真是一部好稿子！可惜的是，杨瑶因为有病，这部书稿并没有写到最后，就突然搁笔了。对了，茅老师，这部书稿现在还没有一个尾巴！您说说看，一部书稿就是写得再好，如果没有结尾又怎么能出版呢？”

茅剑秋这才意识到今晚高楠楠约他见面的原因所在。于是他信手翻到打字稿的后部，果然，杨瑶的作品缺少最后一章。很可能她正在写作的时候，肝病已经发作到让她无法忍受的地步，这才不得不中止这一最有意义的人生写作。然而，杨瑶的构思究竟是什么？尽管他是从前见过杨瑶写作提纲的人。不过她那个提纲，仅仅是个粗线条的计划而已。再说，几年时间过去了，当时她究竟在提纲上如何拟定的结尾，茅剑秋现在已经无法追忆了。不过，高楠楠以恳求的口气对他说："这部小说我们已经列入了出版计划，选题社里讨论得异常热烈。许多人都认为杨瑶留下的书稿很有价值，只是需要请人来为她的作品续写尾声就行了。因此，纽社长和董总编一致认为，此事定然是非你茅老师莫属了！"

"我——？"茅剑秋有些茫然若失地坐在那里，似乎在灯影下又见到了杨瑶。她那双明亮的大眼睛似在暗中凝视着他，好像向他发问："茅老师，你能续上我的尾声吗？"

"我试试看吧！"半晌，茅剑秋终于从沉思中回到现实，他把那些单页的书稿都聚拢在一起，然后郑重地对面向他投以探询目光的高楠楠，点了点头："请你放心，楠楠，我一定要完成这个任务。只是，请你和社里要有思想准备。一是，我有可能让大家失望，因为我不能保证是否让杨瑶本来十分优秀的作品尽如人意；二是，我现在时间比较紧，可否多给我一点时间？我首先要通读杨瑶的原稿，然后才能根据她的思想脉络，力争写出一个理想的结尾！"

"太好了！"高楠楠说，"还有，纽社长让我转达她的谢意，她还想在杨瑶这部书出版的时候，同时能见到您为她写的序言！"茅剑秋听了，半晌无语。耳边只有呼啸的风声。那是他前不久亲往长白腹地——杨瑶出生地寻访时耳边听惯了的山风与林吼。

而今天，杨瑶作古已经整整三年了。茅剑秋坐在这咖啡屋的雅座里，在灯影幽幽之中，似在追忆遥远的往事。就在这时，门开一闪，一位穿着米色风衣的俊逸女士飘然而入。定神看时，正是女编辑室主任高楠楠。她进了雅座，亲切地向茅剑秋伸出一只手来，和他一边紧紧相握，一边说："茅老师！您知道我今晚带来了什么吗？是一个祭礼呀，庄严而神圣的祭日礼物！"

"祭礼？"茅剑秋闻之愕然。头脑中的那个梦顿时被惊醒了，多日来始终在他脑际浮现来去的杨瑶影子，此时倏然不见了，代之而来的则是满面含笑的高楠楠。她飞快地来到茅剑秋桌前，变魔术一般把双手从后面向他一举，两本厚重而封面素洁的新书，就稳稳放在茅剑秋的面前。茅剑秋定神一看，散发着油墨清香的新书封面上，是两个草书大字《雪葬》，背景则是北国严冬的风雪。作者的署名为：杨瑶 遗作！

"哦，好！楠楠，这真是最好的祭礼呀！我今晚见到它，就想起了杨瑶，我代她向你致谢了！"茅剑秋用哆嗦的手，悄悄翻开那书的扉页，里面是杨瑶一张生前的照片。她以皑皑白雪作为背景拍下的照片，依然如生前一样地向他投来妩媚的微笑。茅剑秋这才想起，今天就是杨瑶的祭日，时光过得真快！三年前也是在这间咖啡屋里，他第一次见到杨瑶的稿子。那次高楠楠作为该书的责任编辑向他郑重交代续尾的任务之后，茅剑秋就用了几个月的时间阅读杨瑶的遗作。后来，他终于吃透杨瑶这部《雪葬》的精深立意：她是在纪念一位在战争烽火中壮烈牺牲的抗联军需官——她的亲祖父。杨瑶的文字与述事功力当然无可挑剔，茅剑秋在夏天的炎热中，开始为这部书稿续写尾声。他知道为杨瑶续写作品的最后部分，不可能全凭现有的文史资料，还需要调动他的全部生活积累并继续前往抗联战士雪葬之地进行补充生活。茅剑秋在这部书稿的最后，不仅写出他在长白林海亲历的往事——在烈士安葬地的庄严凭吊，而且他还写进那个抗联军需官安葬旧址的变迁，杨靖宇、赵尚志、陈翰章三位抗联烈士牺牲后的许多真实史实。杨靖宇被关东军枪杀以后，身首异处，头颅被日本关东军送到C城游街示众，而他的尸体则被人雪葬在长白茫茫的林海深处；而杨靖宇、赵尚志、陈翰章三颗不屈的头颅，则被关东军当成运回东京寻求奖赏的重要物证，在解放军大兵压境之时，如何在C城到处辗转，最后被我军截获并送到东北局所在地的哈尔滨珍存。当然，茅剑秋也写到那个抗联军需官的雪地安葬，以及一队抗联战士集体牺牲后的隆重雪葬。而今，这部经他加工润饰的作品，终于出版了！

“茅老师，大家都认为您续写的尾部笔调风格，思想理念和艺术表达能力，都像杨瑶的风格！”两杯热咖啡上来了。在弥漫苦涩香味的静静雅间里，高楠楠一边喝着咖啡，一边向埋头读书的茅剑秋报告《雪葬》面世后各方的反映。她特别向他提到评论家们对杨瑶作品的评价，高楠楠说：“还有，您为杨瑶写的序也很动人，凡是读过的人都为之感动。大家一致说，您是带着对编辑的敬重感情写成的，因此，读过这篇序言的人，也都忍不住落泪了！……”

茅剑秋凝神不语。他的目光开始在自己撰写的《序言》上移动，那确是他发自内心的语句，没有一句假话：“杨瑶去世的时候，刚刚五十三岁，正是人生最美好的岁月。她给我留下的印象是：美丽、善良、无私、无畏。她的职业，就好像我们时装公司那些设计师，或者更像有经验的裁缝师。这辈子就那么一如既往地为他人裁剪衣服，一辈子就那么无休止地奔忙着。有时为了别人她还要代人受过。因此我想，杨瑶这种职业确实有些辛苦，比起我们这些所谓的作家甚至还要辛苦百倍！作家爬格子，尽管辛苦却有所收获，然而她呢，忙到头来得到的又是些什么？作品是别人的，而编辑，往往收获的并不全是幸福和快乐。有时为了别人出书，她还要落得个得罪人的下场。杨瑶那么年轻就悄然辞世了，我想，一个重要的原因，是她这些年太忙太累了！……”

C 城的夜晚，雪雾迷茫。茅剑秋不知过了多久，终于和高楠楠在那个熟悉的街口分手了。他手里捧着两册沉甸甸的新书，心里也同样沉甸甸的。这时，他来到汽车前面，就在他打开车门，准备上车的时候，忽听身后传来一个女子脆亮的声音：“茅老师！我还有一件事呢……忘记说了！”

“你说吧！”茅剑秋回过头去，发现漆黑夜空里仍然还在飘雪。尽管早春的日子里，飞雪不像以往那样落在脸上令人砭骨，但还是生出几分寒意。茅剑秋这才发现，高楠楠并没有车子可乘，尽管她衣着艳丽，可她却在狂风荡过的结冰马路上深一脚浅一脚地跋涉着。这时，她在雪中正向他高扬一只手，叫道：“我忘了向您约稿了，我仍然希望做您的责任编辑！……”

茅剑秋心头一热，急忙应诺着。并催促已经走远的高楠楠坐进他的车子，然而高楠楠似乎没有听到。在迷离的风雪中，她的身影愈走愈远了。茅剑秋良久伫立在雪中，眼前变得一派迷惘。纷乱的雪花，似乎融入了浓重的夜色。茅剑秋急忙发动车子，向那消逝在夜幕下的模糊影子追了上去。

2020 年 10 月，三稿于北京城市副中心。

图书在版编目（CIP）数据

投稿者 / 窦应泰著. -- 北京：中国工人出版社，2021.1
ISBN 978-7-5008-7618-2

Ⅰ. ①投…　Ⅱ. ①窦…　Ⅲ. ①长篇小说—中国—当代 Ⅳ. ①I247.5

中国版本图书馆CIP数据核字（2021）第025950号

投稿者

出 版 人	王娇萍
责任编辑	傅　娉
责任印制	黄　丽
出版发行	中国工人出版社
地　　址	北京市东城区鼓楼外大街45号　邮编：100120
网　　址	http://www.wp-china.com
电　　话	（010）62005043（总编室） （010）62005039（印制管理中心） （010）62379038（社科文艺分社）
发行热线	（010）62005996　82029051
经　　销	各地书店
印　　刷	三河市国英印务有限公司
开　　本	880毫米×1230毫米　1/32
印　　张	12.75
字　　数	271千字
版　　次	2021年4月第1版　2021年4月第1次印刷
定　　价	49.80元

本书如有破损、缺页、装订错误，请与本社印制管理中心联系更换